21世纪
年　度
报告文学选

2 0 1 9 报 告 文 学

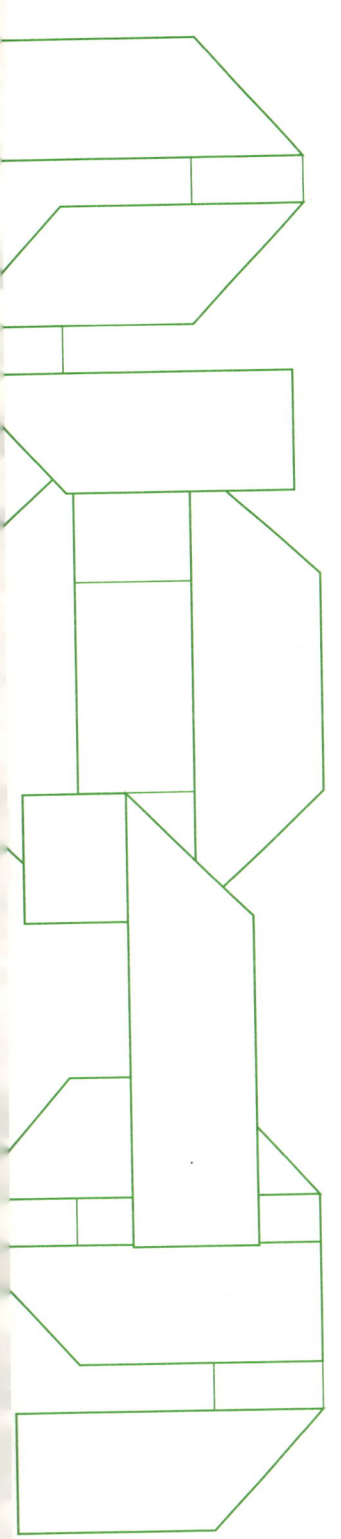

21世纪
年度
报告文学选

2019
报告文学

李炳银 编

人民文学出版社

图书在版编目(CIP)数据

2019报告文学／李炳银编．——北京：人民文学出版社，2020
（21世纪年度报告文学选）
ISBN 978－7－02－016115－7

Ⅰ.①2… Ⅱ.①李… Ⅲ.①报告文学—作品集—中国—当代 Ⅳ.①I25

中国版本图书馆CIP数据核字（2020）第031889号

责任编辑　李　宇
装帧设计　李思安
责任校对　杨益民
责任印制　徐　冉

出版发行　人民文学出版社
社　　址　北京市朝内大街166号
邮政编码　100705
网　　址　http://www.rw-cn.com

印　　刷　天津千鹤文化传播有限公司
经　　销　全国新华书店等

字　　数　296千字
开　　本　880毫米×1230毫米　1/32
印　　张　12.5　插页3
印　　数　1—3000
版　　次　2020年4月北京第1版
印　　次　2020年4月第1次印刷

书　　号　978-7-02-016115-7
定　　价　49.00元

如有印装质量问题，请与本社图书销售中心调换。电话：010-65233595

出 版 说 明

二十世纪八九十年代，我社曾编辑出版过小说、散文、诗歌、报告文学等各种文学体裁的年选本，其后，这项工作一度中断。进入新的世纪，我社陆续恢复编辑出版短篇小说年选、中篇小说年选、散文年选，对当年我国中短篇小说及散文创作实绩进行梳理、总结，向读者集中推荐，取得了良好效果，也为新世纪的文学积累做出了贡献。

报告文学敏锐及时地把握时代脉搏，反映社会生活。根据文学界人士和读者的建议，同时与小说年选、散文年选形成系列，我社又恢复编辑出版报告文学年选；编选范围原则上为当年全国各报刊上发表的报告文学作品，入选篇目的排列以作品发表时间先后为序。

我们希望年度报告文学选能够反映当年报告文学的创作概况，使读者集中阅读欣赏当年最优秀的报告文学作品。我们的努力是否达到了这样的效果，期望得到文学界和读者的批评和建议。

人民文学出版社编辑部

目录

·001· 中国天眼（节选）　王宏甲

　　　—— 南仁东传

·037· 拯救睡眠　李燕燕

·077· 东极之光（节选）　阎受鹏　孙和军

　　　——"里斯本丸"事件纪实

·125· 明月村的"月亮"　长　江

·200· 你和我（节选）　万　方

·253· 雀儿山高度（节选）　陈　霁

　　　—— 其美多吉的故事

·301· 我的二本学生（节选）　黄　灯

·349· 飓风行动之围猎　丁一鹤

中国天眼（节选）

—— 南仁东传

王宏甲

越来越珍惜时间

南仁东有半个月没有出现在工地了，人们感到异常。

"没事，南老还用电子邮件指挥工作呢！"

工地上各大系统的总工们几乎众口一词，都说南老师去北京开会了。可是人们知道，南老师要是去开会，很快就会返回。于是有人说，"南老师出国都这样，电子邮件天天有呢。"

现在，南仁东的电邮依然天天有。但是，人们发现凶凶很不安，它到处走，好像在找什么。

"它一定是找南仁东！"

南仁东的病情很快报告到上级领导那里。领导们都震惊：晚期了！领导们立刻指示，全力抢救南仁东。

医生们也感到震撼：到这种程度，怎么还在工作呢？

北京郊外顺义区的一座小院，南仁东两个女儿的家。

2015年夏日的阳光从窗外照进来，他坐在椅子上晒太阳，并没有感到阳光炎热。他闭起眼睛享受阳光，似乎第一次感到阳光如此温暖。从医院出来的南仁东到这里静养。

家里养了一只威尔士柯基犬，头部近似狐狸，腿短，看去像小狗。柯基犬的名字就是威尔士语"娇小之犬"的意思。它机警大胆而又性格温和。这只柯基犬，总让南仁东想起凶凶。

虽然，南仁东的同事和学生都跟着他走过工地的许多地方，但唯有凶凶跟着他走遍了工地的一切角落。不论是凶底，还是周围山顶上那六个高塔的基座，它都跑前跑后地跟南仁东去过。闭上眼睛想着凶凶，南仁东就能看到工地上的一切地方。

直到现在，没有任何人谈到南仁东患病期间曾有谁去探望他的回忆，南仁东压根儿就没让大家知道。但是，一个阳光明媚的日子，他的学生苏彦被获准去郊区看望他。

南仁东是苏彦的硕士生导师，也是她的博士生导师。现在，苏彦是国家天文台的研究员了。这天，她自己开车，带着儿子找到了京郊的这个小院，老师跑到门口来接她了，满面笑容。跟着老师一起出来的还有那只柯基，它看到陌生人，没有叫，很有礼貌的样子。

苏彦看到老师头上只剩下稀疏的很短的白发，泪水差一点就涌出来。老师没有作声，领着她穿过院子。苏彦跟着老师进屋后，只见阳台上有紫色的小花，花儿正开得鲜艳。

进屋坐下来后，苏彦说，这么多年，老师一直太累了，现在圈梁合龙了，索网工程也完成了，老师终于可以不用再管 FAST 了，可以安心休养身体了。

老师没有吱声，苏彦有点纳闷，往日很健谈的老师，怎么不说一句话呢？过了半晌，老师还是没有说话……苏彦刚才说错了什么吗？苏彦做南仁东的学生，算起来有十八年了。苏彦刚才那话是关心老师，认为老师可以不用再管 FAST 了……可是，南仁东也许会觉得，你怎么会这么想呢，怎么会这么不了解我呢？

"南老师，您这儿空气挺好的。"苏彦感到要打破沉闷。南仁东回答了一句话，声音很低很沙哑。她没听清，又问："老师您说什么？"

老师沙哑的声音大声说："像坐牢一样。"

2015年秋，是凶凶第一个发现南仁东回来的，它忽然奔迎到基地的门岗之外，小车驶进大门，它又跟进大门。车还没停下来，人们就听到了凶凶不一样的声音。车刚停下，凶凶就用前爪去扒车门。车门从里面推开，南仁东就出现了。

"南老师回来了！"工地上很多农民工都叫他南老师，这是个很亲切的称呼，跟叫"南总"不一样。

每个听见南仁东说话的人，都发现他说话声音沙哑、很小声，但他很用力地在说。办公室通知食堂，要保障好南老师的营养，食堂给南仁东做了鱼，南仁东却不吃。

"南老师怎么不吃鱼呀？"食堂的师傅说。

"他说没时间。"姜鹏说。

南仁东很认真地希望不要给他开小灶，不要特殊化。然而南仁东还是像从前那样，经常吃饭会误点，他来食堂的时候菜已经没了。师傅说:"南老师您等等,我马上给您炒两个蛋。"

"不用。"南仁东拿着碗筷到那大菜盆里刮刮刮,刮出剩菜就开吃。师傅知道南仁东一向节省,对他说:"南老师,炒个蛋,没几个钱。"

南仁东说:"我没有时间。"

南仁东善于用电子邮件指导工作,这期间他更经常在邮件的最后写道:"不必回复。"有一次,某个学生说,南老师真是珍惜别人时间,总在电子邮件的最后说:不必回复。南仁东说:"我是珍惜我自己的时间。"

为什么这样说?对方回复,南仁东点不点开看呢?要是有事不看就误事了。要是无事,点开不是要花时间吗?南仁东用电邮指导工作,回答问题是很多的。他要求对方无事不复,就会节省不少自己的时间。

他越来越抓紧时间,好像是要跟时间争夺什么。

南仁东又回北京开会了。他跟妻子说要去逛一下商场。

不知道他妻子是不是感到诧异,因为多少年了,谁见过南仁东去逛商场呢?他哪有时间去逛商场呢?他请妻子跟他一起去,他说他要替别人买衣服,这方面,他觉得自己比较差。

妻子郭家珍陪他一起去了。

他不是要替哪一个人买衣服,他都说不清他到底要给多少人买衣服。他在商场里给工地上的一个工程师打电话,询问刚从云南贫困山区来的那批农民工有多少人,其中女的有多少。之后,看到商场里的衣服都太贵,于是出商场。到了另一个综合市场,在那里找到了卖降价衣服的地方。那些降价衣服不分衣和裤,也不分男衣和女衣,都混着挤在一种像大沙盘那样的地方。

郭家珍帮着选，然后让营业员来打包。

南仁东再回工地时，快递早已把那几大包衣服送到了。南仁东让小货车装上几大包衣服，他亲自送到那云南来的农民工住的工棚里去。

那是个晚上，下工的时间。南仁东的学生说，工人们居住的工棚里汗味很大，南老师好像毫无知觉，一进去就很开心，他一屁股坐在工人的床铺上，还使劲蹾了蹾，好像是看看结实不结实。

南老师说："把那几个袋打开。"

灯光下，那是几个蛇皮袋，那种商人倒卖衣服常用的大蛇皮袋。袋子被打开了，各种颜色的衣服跑出来了。南仁东说："大家挑，都有，挑适合的。"

工人们看着，没有动。

南仁东说："这是我跟老伴去市场挑的，很便宜，大伙别嫌弃。"然后南仁东自己动手，把衣服从包里拿出来，放到工人们的床铺上。除了衣服，还有鞋子，袜子。有人说，"南老师您别动了。我们来。"大家这才挑选开了。

看着那情景，南仁东笑得脸上像开了花，十分享受。

后来有人把这说成是南老师的扶贫之举。在南仁东心里，其实不是，他是想感谢工人。大窝凼，很多现代设备难以施展。张蜀新他们用无人机从空中拍下来的劳动场面，有人形容为"蚂蚁搬家"。很多很累很重很难的活，就是这些农民工起早摸黑不讲代价地做的。南仁东深深地感谢他们，买打折的衣服给民工，内心里还感觉抱歉，感觉无以回报。

南仁东的学生们曾经有过这样的对话：

"你觉得南老师这段时间有变化吗？"

"什么变化？"

"没见他批评人了。"

"是的。"

"我感觉他好像在交代什么似的。"

"交代什么?"

"好像在抓紧时间感谢要报答的人。"

写到这儿,我想还有一件事应该记下。

今天的黔南州大数据管理局局长张智勇,是1995年参加选址时认识南仁东的。二十二年后,他在北京人民大会堂"南仁东先进事迹报告会"上发言,他说:

"1996年5月,我收到了南老师托人带来的一封信,拆开一看,信笺中夹着500元钱,这相当于我当时几个月的工资。信中提到,他下乡看到农村有的家庭还很穷,孩子上不起学,寄点钱过来,委托我寻找合适的学生资助他们完成学业。南老师之后还多次寄钱,资助多名学生直到中学毕业。"

张智勇说南老师这样一个大天文学家,不只是仰望星空,还惦记着贫困山区的孩子。我想,南仁东此举主要也不是为了扶贫,而是着眼于山里孩子的成长。

2015年国庆前夕,随着长度3.5千米的10千伏高压线缆通过耐压测试、变电站设备调试完成,FAST综合布线工程完毕,这标志着"天眼"的神经系统建成。

2015年11月21日,南仁东在现场目睹了馈源舱成功地升起在大窝凼的上空。他举起右手遮在安全帽前——这个动作看起来犹如向天空中发出闪闪银光的馈源舱致敬。阳光照在他仰望着的脸上,只见他沧桑的脸上微笑着淌出了泪水，他那小胡子也已经变得花白了。

美国350米口径的阿雷西博望远镜的馈源舱重达千吨，中国500米口径望远镜若按阿雷西博方案，馈源舱则会重达几千吨，现在中国天眼的馈源舱只有三十吨，差别甚大。有人曾做过这样一个比方，你想象一下当年的"大哥大"和现在的华为手机，大抵就有印象了。

二者当然不只是吨位和体积的差别。国家天文台副台长郑晓年曾对媒体介绍说：中国天眼覆盖天顶角是美国阿雷西博望远镜的两倍，并通过并联机器人的工作，实现毫米级高精度定位。

我们在宇宙中的位置

在南仁东的档案里，有一项他在"教育和科普"方面的成就。其中记载他1996年任北京天文学会理事长期间，首次召集全国高等教育天文选修课研讨会，向国家教委提交《关于加强高校天文选修课的倡议书》，这一举措对后来的高校天文学教育产生影响。自编教材《射电天文》，每年授课七十学时。自1986年起，培养研究生二十名，有七位博士已获研究员职称。

这里反映的不仅是南仁东在这方面做了多少事，更在于他心中的期望：他深知中国要在这个射电望远镜时代挺进到世界天文学的前沿，并运用它对人类做出有益的大贡献，靠我们这一代是不够的，要靠青少年继往开来，继续探索前进。

这是南仁东一生中的一项重要工作，也是他在多么繁忙的FAST建设中仍然不忘科普的原因。他不仅自己尽力而为，还建议贝尔给中国青少年讲课。

贝尔来中国，曾经应邀在中科院、中国科协组织的专题讲座讲过课，听众都是科研人员。就在2012年8月国际天文学联合会第二十八届大会期间，南仁东建议贝尔："你也给中国的中学生讲一讲，好不好？"

贝尔欣然同意。于是张承民去联系了北京市第三十五中学。

"你为什么联系三十五中？"我问张承民。

"中国两弹元勋邓稼先是这个学校毕业的。"张承民说，"这所学校最初是李大钊等人创办的。王岐山、王光美、王光英也是这个学校毕业的。今天它的科普也做得很好。"

我亦由此得知，李大钊、邓萃英等创建者当初提出的办学宗旨是："改变民族落后，发展教育事业，培养栋梁之才，有志者事竟成。"于是这所中学叫"志成中学"，创建于1923年。志成中学为改变民族落后而培养栋梁之才的情怀，一直是这所学校的文化血脉。1952年编为北京第三十五中学。

国际天文学联合会第二十八届大会于2012年8月31日闭幕。9月初正值中国学校开学，贝尔应邀到三十五中给中学生做报告，张承民陪同。报告会由三十五中校长朱建民主持，张承民翻译。

这位24岁第一个发现宇宙中有一种脉冲星的贝尔，当年曾被赞为"天文玫瑰"，日后还被誉为"脉冲星之母"。她出现在北京三十五中的中学生面前时已经69岁。她一头金色的短卷发，戴一副金色细框的眼镜，身穿的衣裳满是花卉和树叶，给人很生态的感觉。

她被要求做了一场题为《科技创新与素质教育》的报告。她讲了自己的学生时代，讲了自己还在剑桥大学读博士的时候发现了脉冲星……她的报告犹如在太空翱翔，给中学生以很大的激励。就在这次，贝尔被聘为北京第三十五中学的荣誉校长。

自南仁东建议贝尔给中国青少年作报告后，2013年9月11日上午，贝尔出现在新疆科技馆学术报告厅，又为新疆青少年做了题为《Our place in the Universe》(《我们在宇宙中的位置》)的科普报告。

乌鲁木齐市八所学校的380多名中小学生穿着校服，整整齐齐地坐在这里，聆听了七十岁的"脉冲星之母"贝尔的报告。

这天贝尔穿一套米黄色的衣服，依然是金色的短卷发，依然是金色的细框眼镜，依然神采奕奕。她始终站着演讲，时而伸出双手，仿佛要拥抱宇宙。陪同贝尔来做报告的仍然是张承民，他协助这场报告会的组织者新疆少年宫一同组织了这场报告会。

贝尔演讲的《我们在宇宙中的位置》，南仁东深为欣赏。

南仁东最后留下的音像话语中也讲到这个话题，令我们再次窥见南仁东对中国青少年一代的期望，后文再叙。

贝尔这次来中国，是受中国科学院国家天文台FAST工程科学部邀请，到新疆参加"大型射电望远镜科学与技术研讨会"。一同应邀来新疆参加这个研讨会的还有美国、德国、英国、荷兰和澳大利亚的十多位国际著名天文学家。此时FAST工程开工建设已有两年半，各项子工程都在有序地推进。这次研讨会的目的是什么呢？

2013年9月17日下午，贝尔在中科院国家天文台做了一场科普讲座。贝尔讲了在她之前，就有科学家一次次与脉冲星擦肩而过。她发现后，也曾被她的导师否定。她为什么能坚持呢？这就讲到了科学技术以外的东西了。

"对未知的强烈兴趣，以及探索中的快乐和享受，贯穿在我整个职业生涯中。"贝尔说。

贝尔所讲的已是精神，比科学本身更重要。本次新疆会议和贝尔为中国国家天文台科研人员的演讲，包含着南仁东意欲为中国年轻一代天文工作者与国际一流的天文学家建立更多联系的愿望。

以上是一段回叙2012年和2013年的故事。

时光进入2015年8月2日，南仁东做了手术后居家治疗期间，从工地上发来的手机信息里看到了FAST第一块主动反射面单元成功吊装的消息，诸多往事就在脑海里涌现出来……他想起了邱育海。

邱育海是浙江镇海人，毕业于北京师范大学天文系，他有一项"短波通讯突然骚扰及太阳质子事件的预报"，曾获1990年中科院科技进步一等奖。1993年，南仁东首次提出要把"国际大射电望远镜"争取到中国来建设时，邱育海是他最早的"志同道合"者。

那时，也许都没有细想究竟有没有可能。邱育海生于1941年，比南仁东年长四岁，他们是同代人。期望中国天文学走出落后的低谷，是这一代天文学家心中积蓄已久的愿望，不管有没有可能，都要去争取——这就是他们的真理。

"有条件要上，没有条件创造条件也要上！"在他们的青年时代，这句话曾经响彻整个中国，使贫油的中国有了石油，使用手榴弹武装的国家有了原子弹、氢弹！这句话是那样地激动过他们的青春岁月，并且真的成为他们一生中没有什么能挡得住的基本素质。

不久，也是这种素质使邱育海给南仁东提出：我们搞个"主动反射面"的吧。这是针对美国阿雷西博望远镜固定的反射面而言的，如果我们建造出主动反射面的大射电望远镜，无疑就大大超越阿雷西博。

搞"主动反射面"，也得到了南仁东的导师王绶琯院士的支持。这同样是老一代天文学家的愿望——就是要刻苦攻关，力争超越美国阿雷西博。

可是，非常难！

南仁东一生都是个追求完美，追求卓越，追求创新的人。我现在无法知道邱育海给南仁东说出搞个"主动反射面"之前，南仁东是否已有这个想法。我不知道是否可以描述为"不谋而合"，但说南仁东赞同是可以的。

由于难度非常大，南仁东曾与FAST核心人员讨论。有人提出"主动反射面"，有人提出"像阿雷西博那样反射面固定不动"，我们究竟该走哪一种技术路线？最后南仁东拍板：搞"主动反射面"。

由于主动反射面是要靠索网来实现的，南仁东所坚持的索网是柔性支撑，而不是阿雷西博的硬支撑。柔性支撑支持主动反射，硬支撑导致固定不动。南仁东坚持柔性支撑甚至被认为"固执""独断专行"，可见南仁东对坚持"主动反射"有多么坚定。

现在是2015年8月2日，FAST第一块主动反射面单元终于开始吊装了，南仁东强烈地感到自己在病休中待不住了。不久他就出现在FAST工地。

我的面前有一张南仁东在大窝凼施工现场指导反射面单元拼装工作的照片，拍摄时间是2015年11月25日。南仁东身穿工作服，头戴安全帽，他的那一撇胡子更花白了。

2016年7月3日，500米口径射电望远镜安装最后一块反射面板……这一天，南仁东没有在现场。他的身体状况非常不好，此前已被送回北京救治。

负责吊装最后一块反射面板的工人名叫陈祖泽。他就是平塘县克度镇金科村的农民，从广州打工回来参加到FAST工地建设中来已久。FAST周边的村已经迁走了两千多户农民，他是其中之一。

南仁东对贵州人民，对为了FAST而迁出家园的每一户农民都怀着深深的感激！他希望这最后一块反射面板，应该由工地上的当地农民工来吊装。这项光荣的任务，交给了在FAST反射面板安装工程中表现突出的金科村农民工陈祖泽。

世界上伟大的工程，是需要有一种庄严的仪式感的。

这时候，完成其他项目的大部队已经撤离工地，工地上还有科研人员和工人三百多人。国家天文台台长严峻手握麦克风，仰望着高高的塔吊，发出最后的命令："FAST主动反射面最后一块面板，起吊！"

他的声音通过扩音器在群山中回响……这时候，数百科研人员和工人，从工地四周，从凼底和山顶，就地站立，目睹了金科村农民工陈祖泽吊装最后一块反射面板的庄严时刻。

掌声在天宇下鼓起来，宣告了FAST主体工程完工。

一千只彩色气球飞上蓝天。

世界上最大的500米口径球面射电望远镜，第一次完整地呈现在天穹下，呈现在中国贵州葱茏的群山中。七月的阳光，照耀着比埃及金字塔更大的500米口径射电望远镜，它银光闪闪宛若从天而降，壮丽无比。

2016年9月23日，这是FAST落成启用的前两天。美国天文学家约瑟夫·泰勒在贵阳，给中学生做了一场科普报告会，题为《畅想深空》。

泰勒是应邀前来参加9月25日的FAST落成启用典礼的。报告会由贵州省科协和国家天文台共同举办，陪同泰勒前来的是中国天文学家、FAST工程副总经理彭勃。

报告会地点在贵阳一中报告厅，贵阳一中、师大附中等多所中学的四百多名中学生和带队老师会聚在这里。下午四点，泰勒如约到来，师生们报以热烈的掌声。

在贝尔发现脉冲星后，泰勒和他的学生赫尔斯首次发现脉冲双星，并因此获得1993年的诺贝尔物理学奖。这期间，泰勒继续对脉冲双星深入研究，首次发现引力波存在的间接定量证据，这是对爱因斯坦广义相对论的一项重要验证。

泰勒在报告会上与贵阳中学生互动交流。泰勒对FAST给予了极高的评价和期望。学生们积极提问了FAST与阿雷西博的区别。泰勒幽默而严谨的回答给大家留下深刻印象。现场共有八名学生获得提问机会，其中六名学生获得与泰勒共进晚餐。

在将要结束这一小节之前，我把泰勒给贵阳中学生做的科普报告会写在这里。因为这是南仁东自己已经无力去做的事，而邀请世界一流的天文学家去给"天眼之乡"的青少年做科普报告，是南仁东的愿望。

何谓综合国力

2016年9月25日，注定是中国天文学史、中国科技史要记住的日子。这一天，中国天眼FAST落成启用。

这个隆重的时刻是在25日上午举行，参加典礼的国家领导人和国内外贵宾都要在24日到达贵阳。

"南老师会来吗？"基地上不少人这样问。

"会来，肯定会来。"有人说。

"不知道南老师身体状况怎样。"

聂跃平是受邀赴贵州出席典礼的科学家之一。24日上午，他到首都机场大厅时，忽然看到化疗后头发稀疏的南仁东一个人拖着行李箱走在熙熙攘攘的旅客中，吃了一惊！

"南老师！"他追上几步，去接南仁东手里的行李箱，"你怎么一个人来？"

"老聂啊！"南仁东还是这样称呼他。

"怎么没人陪你？"

"大家都忙。我也不愿别人陪我。"

大窝凼 FAST 观测基地综合楼会议大厅。

布置会场的时候，凼凼好像知道了将有什么大事，它在基地内外转来转去，大约感觉到南仁东要来了，显得特别兴奋。

24日黄昏，凼凼叫了，仍然是凼凼最先发现南仁东到了。

这一次，同事们已经候在综合楼前迎接。大家让南老师赶紧先去休息。但是南仁东执意要去看大射电望远镜，他还没看到完全建成后的模样。没有人能够阻止他。

小车把南仁东带到了 FAST 近前。同事和学生要陪他一起去看。但是，南仁东阻止了众人："让我自己走过去看。"

仿佛有一道不可抗拒的命令，大家止步看着他前去，身后只有紧紧跟随他的凼凼。

这个黄昏，贵州高原的夕阳又大又圆，映照着一个老人、一只狗，还有他们身后长长的身影。

现在，让我们来看看，应邀前来参加 FAST 落成启用典礼的外国友人，除了前面讲到的约瑟夫·泰勒，还有谁：

英国曼彻斯特大学教授、SKA 项目提出人之一：彼得·诺曼·威尔沃金森（Peter Norman Wilkinson）。

荷兰射电天文学研究所前所长：威廉·尼古拉斯·布罗夫（Willem Nicolaas Brouw）。

SKA项目首任主任、欧洲VLBI联合研究所首任所长：理查德·斯基利兹（Richard Theodore Schilizzi）。

英国射电天文台前任台长：安德鲁·杰费里·莱恩（Andrew Geffrey Lyne）。

SKA总干事：菲利普·约翰·戴蒙德（Philip John Diamond）。

荷兰阿姆斯特丹大学教授：理查德·戈登·斯特罗姆（Richard Gordon Strom）。

理查德·戈登·斯特罗姆的夫人、物理学博士克里斯蒂娜（Christina Solomonidou）。

美国阿雷西博天文台原副台长：胡安·费尔南多·阿拉蒂亚·格雷特（Juan Fernando Arratia Negrete）。

美国国立射电天文台台长：安东尼·詹姆斯·比斯利（Anthony James Beasley）。

澳大利亚联邦科学与工业研究组织天文和空间科学研究所代理所长：道格拉斯·博克（Douglas Bock）。

不知你是否注意到，这份名单里美国国立射电天文台台长已经不是鲁国镛。鲁国镛没有来。此前，在提出邀请对象名单时，南仁东第一个提的就是对中国FAST给予重要支持的鲁国镛，随后得知：鲁国镛生病了，不能前来。

25日上午，FAST基地综合楼会议大厅。

讲台上巨大的宽幅蓝色背景上，用中英文印着洁白的大字：500米口径球面射电望远镜落成启用。主办单位是：中国科学院和贵州省人民政府。

出席中国天眼落成启用典礼的有中共中央政治局委员、国务院副总理刘延东，中国科学院院长、党组书记白春礼，还有时任中共贵州省委书记的陈敏尔和贵州省省长孙志刚。

刘延东在讲台上宣读了中共中央总书记、国家主席习近平的贺信。贺信的第一段写道："值此500米口径球面射电望远镜落成启用之际，我向参加研制和建设的广大科技工作者、工程技术人员、建设者，表示热烈的祝贺和诚挚的问候！"

正是在这封贺信里，习近平总书记第一次把FAST称为"中国天眼"。原文："500米口径球面射电望远镜被誉为'中国天眼'，是具有我国自主知识产权、世界最大单口径、最灵敏的射电望远镜。它的落成启用，对我国在科学前沿实现重大原创突破、加快创新驱动发展具有重大意义。"

中国天眼工程，2011年3月25日正式开工，至2016年9月25日，正好五年半建成启用。这个建设速度，令所有在场的国际天文学家都感到惊叹。

正是这天，在众人参观500米口径球面射电望远镜的时候，SKA总干事菲利普·戴蒙德说："我不认为任何别的国家能够做到这些。从几年前的一片荒芜，到现在可以运行，真的很伟大。"他还说，"非常非常精妙的系统，全部自动化控制，令人信服。"

怎么理解菲利普·戴蒙德这句话？如果说这是中国综合国力的体现，又怎么理解这个"综合国力"呢？

我想援引这样一个故事——

苏联时期的几代航空母舰，都是在乌克兰尼古拉耶夫造船厂造出来的。苏联解体后，俄罗斯与乌克兰是两个国家了。这时有一艘航空母舰"瓦良格"号完成度68%，进行不下去了。乌克兰不要这艘舰，希望俄罗斯拿一笔钱把它造完了开走。可是俄罗斯财政困难。双方曾就价格问题相持很久。后来两国总理一起去视察这艘舰，都问尼古拉耶夫造船厂的老厂长马卡洛夫：把它造完还需要多少钱？老厂长说："瓦良格"号不可能完工了。

两国总理都问为什么，还缺什么？

这时候老厂长说：缺什么？我缺苏联部长会议，缺苏共中央，缺苏联国家计划委员会，缺国防工业委员会，缺九个国防工业相关的部委，缺七百多个相关工业，缺八千多家配套厂家。一句话，缺伟大的苏联，你们谁拿得出来？

我不知道上述故事的准确度如何，但我相信，像这个老厂长这种情感的人是很多的。顺便一说，这艘"瓦良格"号，1999年被中国人买回来了，就是后来由中国海军改造的"辽宁"号航空母舰。

中国天眼建造过程中，全国有二十多所大学和科研院所参加科研开发，有近二百家企业参加开发建造，其中多是国内顶级的企业，有包括一百多位科学家在内的五千多人直接参与建设。

最让外国专家难以估算的是贵州人民的贡献。

还只有南仁东的一个设想，八字没一撇，贵州农民就把路修到你选址的地方去了。在漫长的十多年选址中，当初新生的婴儿都快小学毕业了，FAST还没有立项，贵州人民仍然给予大力支持。那里贫困山区的农民并不富裕，"再穷也会杀鸡给你吃！"这淳朴的民情，让南仁东深感永远无法回报。终于获准立项了，终于开工了……从无人机航拍下的照片里看，那么大的设备，那么长的钢梁，那么重的零部件，

017

都是农民工像"蚂蚁搬家"那样搬进这大窝凼……几千户农民，携老带幼，说迁走就迁走了。小学生也排着队离开他们的校园……应该有一支歌来唱给这大山里的贵州农民：

　　告别故园的千重稻菽

　　叩别地下的祖辈魂灵

　　带上牛羊种子

　　带上铁犁石磨

　　走吧，去建一个新家

　　这一切里有多少细致的政府工作，有多少人民的体谅支持，你如何算得清。

　　在 FAST 落成启用之前，贵州省以立法的形式建立了电磁波宁静保护区。你只要接近 FAST 核心区方圆十公里处就能看到政府公告："您已进入电磁波宁静保护区，请自觉遵守贵州省人大常委会批准的《黔南布依族苗族自治州500米口径球面射电望远镜电磁波宁静区环境保护条例》……"这里的人民都会像保护家园一样保护它。

　　9月25日庆典结束后，嘉宾们陆续离开了天眼基地。

　　南仁东留下来了。这一天是 FAST 启用之日，中国天眼开始探测宇宙信号了，这不是他几十年来日思夜想的吗？

　　这天是农历八月廿五，满天繁星。

　　南仁东在 FAST 观测系统前观看到深夜。

　　第二天他要走了，同大家告别。在基地的大门口，南仁东再一次对凼凼说，你就在这里，别跟来了。那就是他与凼凼的告别。凼凼看着南仁东上车，车子渐渐远去，那是它最后一次看到南仁东。

天眼，你会哭吗

2017年1月25日，《2016科技盛典——CCTV科技创新人物颁奖盛典》在中央电视台首播。本次有十位科学家获得年度创新人物奖，南仁东名列首位。

回想起来，南仁东只是在学生时代因读书成绩好获过许多奖状，此外再没有获过任何奖。本次获奖，南仁东自己都感到意外。

中科院科学传播局新闻联络处业务主管王晓亮来向南仁东汇报，告诉南老师要去中央电视台拍摄现场领奖，要发表获奖感言。南仁东一口就回绝了："我不去。"

这是南仁东生命中的最后一年，他在经历治疗之后头发花白而稀疏。他平时就不肯出头露面，现在更有身体不适的理由可以推辞。但过一会儿，他问："你刚才说，这个节目，央视要向全国播出？"

"是的。"王晓亮说。

"我去。"南仁东说。

王晓亮和FAST总部办公室主任张蜀新一起陪南老师去的。南仁东催促着，他们早早就到了央视"科技盛典"拍摄现场。晓亮对南老师说："我们不用来这么早的。"南仁东说："不能让人家等我们。"

颁奖盛典开始了。南仁东是第一个被请出场的。

他走到舞台中间，向观众鞠了个躬。

央视主持人迎上前去与他握手："南老，您好！"她随即向观众介绍说，"因为南先生做手术，所以嗓子说话稍微有一点儿费劲。这二十二年的时间，南仁东先生几乎是参与了FAST从细节到大局的每一个环节。"说到这里，她转而问南仁东，"您几十年坚持这样一件最艰难的事情，究竟对您来讲意味着什么？"

南仁东双手自握着躬了一下身，仿佛是敬礼。他的眼镜反射着舞台上的灯光，灯光下的南仁东脸上有点儿浮肿。舞台的上方悬挂着许多金色的奖杯，南老短短的白发此刻在强光下看去仿佛每一根都是金色的。在他的身后，是巨大的 LED 屏幕。屏幕上头戴安全帽的南仁东比舞台中间的南仁东大许多倍。

许许多多的往事早就在他的脑海里沸腾……这次到央视来参加这个盛典，起初回绝，转而说要来，实际是要来借央视这个传播机会，向贵州人民最后说一段不能忘怀的话。他开始说了，以下就是他这天说的全部的内容，用沙哑的声音，带着喘息，艰难地，缓慢地，断断续续地说出来：

我在这里，没有办法，把千万人，二十多年的努力，放在一两分钟内……我在这个舞台上，我最应该做的，就是感激，感激！

这个荣誉，来得太突然，而且，太沉重。我觉得我个人，盛名之下，其实难副。但我知道，这份沉甸甸的奖励，不是给我一个人的，是给一群人的。我，更不能忘却的，就是，这二十二年艰苦的岁月里，贵州省四千多万各族父老乡亲，和我们，风雨同舟，不离不弃……我再一次，借这个机会，感谢所有帮助过我们……帮助过 FAST 的人……谢谢！谢谢！

南仁东又到办公室来了。

请记住这间办公室：国家天文台 B 座 333 号。

早先，南仁东主持大射电望远镜中国推进会只有三间办公室，现在 FAST 总部有三层楼，一百多人。楼里有二十多名研究生，他们经常晚上八九点钟还在办公室里工作。南仁东生病后，学生和科研人员都不敢去打扰南老师，但南仁东时不时会走来看一看学生们。他的家距离办公楼不远，散步走着走着就到了。

一天晚上，楼里的学生都走了。张承民看到南仁东办公室里还有灯光，里面传出一声紧一声的咳嗽，门虚掩着的，他本能地推门就进，看到南仁东正双手捧着看一页文字，泪流满面，随着一声声剧烈的咳嗽吐出血来……他连忙上前从桌上抽出卫生纸去擦老师嘴边的血。

南仁东渐渐平息下来后，喘着气，指着放在桌面上的那页文字，意思是让张承民也看看。张承民看到，那是打印出来的习近平总书记的那封贺信……上面留有四方的折痕，这信是南仁东平时就揣在身上的，不知道他看过多少遍了。

南仁东说："FAST 一路走来，很难。现在启用了，也还会遇到困难。能不能出成果，要靠你们。怎么再接再厉，怎么团结，怎么协作，怎么高水平管理，怎么运行好？你看，这不光是贺信……"

顺着南仁东手指的地方，张承民看到总书记贺信中的话："希望你们再接再厉，发扬开拓进取、勇攀高峰的精神，弘扬团结奋进、协同攻关的作风，高水平管理和运行好这一重大科学基础设施。"

南仁东从贺信中读出勉励，他还特别在"早出成果、多出成果、出好成果、出大成果"这些字的下方，线条压线条，画上了粗粗的红线。"你们，要拿出方案，不要辜负了习主席的信任！"

FAST 一路艰难。今后如何，仍取决于人的开拓进取。但今天能得到国家最高领导人的支持，南仁东深知这里的重要性。他的感动与荣誉无关，而是深感国家大科学工程，需要国家的充分支持。

另一个日子，南仁东向张承民问起美国国立射电天文台原台长鲁国镛的病情。张承民犹豫了一下，还是告诉了南仁东：

"他去世了。"

"什么时候？"

"去年12月16日。"

华裔美籍著名天文学家鲁国镛，毕其一生为国际射电天文学的发展做出一系列大贡献，他对中国FAST的立项做出举足轻重的支持……得知鲁国镛已逝，已经很多个日子不抽烟的南仁东突然很想抽烟。他走出去，回来时手里有一支烟，还有火，坐下来正打算抽。张承民说："南老师，您不能抽了。"

南仁东停住，稍后把那支烟放在鼻子下面闻，再后放进嘴里嚼，把它吃了。

"如果有一天我真的不行了，我就躲得远远的，不让你们看见我。"这是南仁东对学生说过的话。

2017年5月15日，姜鹏从FAST观测基地给南仁东打电话汇报工作。此时，姜鹏是FAST调试组组长。汇报完工作，他问了一句："老爷子，听说你要去美国？"

姜鹏拿着电话听到沉默，稍后传来沙哑的声音："是的。"

彼此沉默片刻，姜鹏听到南老问他："你有时间回来吗？"

"这边事儿太多了，我可能回不去。"姜鹏说。

"好吧。"这是姜鹏最后一次听到南仁东的声音。

今天已无法知道，南仁东当时听姜鹏表示没打算回来，心里怎么想。我想，他或许会想，姜鹏不错，把心都用在工作上了。

2017年8月，中国科学院公布了2017年中科院院士初步候选人名单，72岁的南仁东是其中年龄最大的候选人。

张蜀新曾告诉我，天文口有七个院士联名推荐南仁东为院士候选人。另有人告诉我，办公室也积极为南仁东填表，搜集文章，南仁东则说："你们别忙这个了，我活不到那一天。"

其实，早就有人建议南仁东对报院士要积极一些。可是南仁东总说没时间。他说的没时间，是没时间写论文。二十多年来他几乎所有醒着的时间都用在FAST上，其中也用了很多时间写建议书，写可行性调研，写项目申请、经费申请……或者构思项目设计，向下指导怎么去做。在他心中，知识是用于社会建设的，如何把FAST建成最重要。

我不禁想起华罗庚。二十世纪六十年代，他看到广大科技人员和工人在火热的社会主义建设中都需要数学，他写了《统筹方法平话及补充》《优选法平话及其补充》，还带着学生到工农业实践中去推广。1965年毛泽东曾写信祝贺和鼓励华罗庚"不为个人而为人民服务"。南仁东青年时就读到了华罗庚的通俗数学读本，这些对南仁东是深有影响的。

2017年8月15日清晨，贝尔率英国皇家爱丁堡学会五人代表团到达北京国际机场。她是应中国科学院白春礼院长的邀请来华访问的。张承民到机场迎接。贝尔第一句话就问："南呢？"

贝尔在中国的行程，三个月前就排定了。当时南仁东还与贝尔约好，要亲自领贝尔去贵州FAST观测基地。张承民知道南仁东去了美国，估计他该回来的，可是几天前给南仁东和他家里打电话，都联系不上了。张承民只好给贝尔说"南去美国开一个会议"。

贝尔似乎有预感，她觉得南仁东要是没有非常之事，不会失约。

"南，没事？"她问。张承民如实说："没联系上。"

按原日程安排，贝尔到达北京的当天上午，没出机场，张承民陪贝尔飞往贵阳，接着驱车去 FAST 观测基地，到达时已是这天下午四点半过了，在大楼里稍坐片刻就去看"中国天眼"。于是贝尔看到了，那巨大的球面射电望远镜，在夏日黄昏的夕照中金光闪闪，宛如幻想的天宫奇境，不禁赞叹："太美了！这是一个画家设计的吗？"

2017 年 8 月 16 日，贝尔已知南仁东在美国处于病危，她说了一句"南为什么不去英国治疗呢"。第二天，贝尔在贵州师范大学附属中学给八百多名中学生做了一场讲座。

她记得南仁东曾经建议她"给中学生讲讲"，现在她是在南仁东病危的日子里给中国青少年讲这一课，她似乎很想给孩子们多讲一些，她讲得非常开阔，题为《天眼·FAST·脉冲星·宇宙》。张承民现场翻译。

在现场互动中，有个高一女生周佳怡同学说，这是她"第一次听天文科普讲座"，让她"觉得天文是一门非常有趣的学科"……贝尔听了似乎有点惊讶："第一次？为什么是第一次？学校没有自然课吗？"她说，"人这一生，不能没有幻想，不能没有天空。"

2017 年 9 月 16 日早晨，国家天文台台长严峻在南京参加一个学术会议，收到南仁东夫人从美国发来的一条短信，告知南仁东在美国波士顿去世，时间是 2017 年 9 月 15 日北京时间 23 点 23 分。南仁东生前要求：丧事从简，不举行追悼仪式。

天上有一颗南仁东星

2017 年 11 月 17 日，中共中央宣传部追授南仁东"时代楷模"荣誉称号，号召全社会向他学习。

2017年12月8日上午9点，南仁东事迹报告会在人民大会堂举行。报告会由中宣部、科技部、中国科学院、中国科协和贵州省委联合主办。中科院院长、党组书记白春礼，中共贵州省委常委、宣传部长慕德贵参加了报告会。

会上，郑晓年、彭勃、杨清阁、张智勇、张素五人，从不同角度报告了南仁东事迹。

报告会前，中共中央政治局委员、中宣部部长黄坤明会见了南仁东亲属和报告团成员。全国政协副主席、科技部部长、中国科协主席万钢参加会见。

黄坤明在会见时说，南仁东是新时代中国科技工作者的杰出代表，光辉典范。他的先进事迹集中体现了广大科技工作者自觉践行社会主义核心价值观，坚守理想信念、坚守科技报国的精神风貌和崇高理想，激励着各行各业的建设者，也感动着千千万万的中国人。我们要学习他忠于祖国，奉献人民的爱国情怀；学习他勇于开拓创新，勇攀高峰的进取精神；学习他坚毅执着，严谨求实的科学态度。我们要大力学习、弘扬南仁东同志留给我们的宝贵精神财富，在新时代不断克服我们科技的难题，进而不断克服我们经济社会发展当中的各项难题。

黄坤明强调：我相信通过我们报告团的报告，通过进一步地宣传南仁东同志的先进事迹，一定会激起科技界乃至全国各个方面，更好地在以习近平同志为核心的党中央领导下，认真贯彻党的十九大提出的奋斗目标，为实现中华民族的伟大复兴不懈奋斗。

南仁东最后的日子，只有他的妻子郭家珍和女儿在场。现在，郭家珍对黄坤明部长和在场的大家说了一段发自肺腑的话，这段话包括讲出了南仁东最后时刻的愿望，大家都再次很受感动。以下内容根据现场录音整理，保留了郭家珍的口语：

南仁东去世以后,习近平总书记、李克强总理以及刘延东副总理等党和国家领导人都对他表示了哀悼,对家属表示了慰问,我借此机会再次表示感谢!我们确实很受感动,在我们最悲伤的时候,得到了非常大的安慰。

南仁东被授予"时代楷模"称号,他生前绝对不会想到他身后会得到这么高的一个评价。我们作为家属,说实话,我现在仍然诚惶诚恐。我觉得他在我们心中就是一个很普通的人,我们对他的工作事迹并不很了解,家人只知道他是一个勤劳、善良的好人,一个正直的好人。我们只知道这些,至于他在工作中遇到的这些险情,克服了多少困难确实不是很清楚。通过他身后的这些宣传报道,我们也进一步了解了他。对他在工作中的这种奉献精神,我确实也刮目相看。

这个FAST,我也知道他不是为他自己建的。他平生最大的遗憾就是说,没有再给他一点时间,让他再为FAST做一点工作。到临终的时候,他念念不忘的仍然是他的这个FAST。他寄重望于后来的人,希望FAST的团队继续努力,能够把这个望远镜调试好,使它尽早出好成果,出大成果。我在这里也代表我的家人,预祝FAST将来为祖国做出更大的贡献。

2017年10月10日上午,中科院科学传播局和国家天文台举行新闻发布会,首次发布中国天眼FAST发现六颗已得到国际认证的脉冲星。这是南仁东去世后第25天。

实际上,第一颗脉冲星是8月22日发现的。李菂团队发现了它,将它编号为FAST脉冲星一号。9月10日,这颗脉冲星得到国际认证。

FAST副总工程师李菂马上给南仁东发了一封电子邮件，但是没有收到回复。这是南老师逝世的五天前，南老师已在弥留之际。

2018年4月28日，中央电视台报道，国家天文台发布消息：中国天眼首次发现一颗新毫秒脉冲星，得到国际认证。这是继发现脉冲星之后的另一个重要成果。

毫秒脉冲星是每秒自转上百次的特殊中子星，对它的研究，是观测超大质量双黑洞发出的引力波最有效的方法。这颗毫秒脉冲星自转周期为5.19毫秒，相当于每秒钟转200次，想象一下，质量那么密那么重的星体转那么快，那是什么情形。

现任FAST首席科学家李菂在央视播报的新闻中介绍说："初步估算，这颗毫秒脉冲星的年龄在十亿年以上，它是一个非常有历史的、转得非常快、又非常稳定的一个宇宙时钟。"

到2019年1月4日，中国天眼已发现脉冲星优质候选体67颗，其中54颗得到国际认证。仍有新发现在刷新纪录。

在FAST观测基地，凶凶一直是忠实的守门犬，仿佛永远在那门岗值班。南仁东去世后，不知从哪一天起，凶凶很不安。它消失了。起初，消失两三天，它回来了。然后又消失了。此后大约隔十天、隔半月，它走了又回来，回来了又走……一次次回来，人们看它一次比一次瘦了。食堂的师傅给它很多肉食，希望留住它。它饥饿地大口大口地吃，但没有办法留住它，它还是要走。

"凶凶在找南仁东！"基地的人感觉到了。

凶凶有一个多月没回来了。有人说在克度镇见过它。还有人说在贵阳见过它。一天，有人说，在克度镇那边，有一条狗被人打死吃了，可能是凶凶。大家心里一沉，隐约感觉，可能就是。

又过了大约两个月,人们大抵把凶凶忘了。一天夜里,人们听到狗的长啸……是凶凶!这天月亮很圆,人们循声去看,月光下,凶凶坐在FAST高高的圈梁上,仰头长啸,其声之哀,令人泪下。

2018年10月15日,中科院国家天文台宣布,经国际天文学联合会小天体命名委员会批准,国际永久编号为"79694"的小行星被正式命名为"南仁东星"。

这颗小行星是中国国家天文台于1998年9月25日发现的,9月25日是FAST落成启用之日,编号"79694"的尾号"94",可解读为建大射电望远镜在贵州选址是94年开始的。

在国家天文台宣布天上有一颗"南仁东星"的同一天,吴为山创作的又一尊南仁东塑像在FAST基地举行揭幕仪式。仪式由中宣部宣教局、中国科学院科学传播局、贵州省委宣传部、中科院国家天文台共同主办。

南仁东塑像,将永远矗立在他倾注毕生精力打造的FAST的家园。有人说,南仁东走后,凶凶找南仁东找得太苦了。现在,如果凶凶回来,可能就不会再走了。但是,凶凶再也没有回来。

天文小镇

天眼建成,给当地发展带来巨大好处。

怎么向你介绍这个小镇呢? 克度镇是距离天眼最近的小镇,如今被称为"地球上看得最远的地方"。

小镇形成于元代,明初始称"克度里"。镇内仍存古屯堡、木瓦房,还可见今已不用的石臼、石磨、水碾、木制织布机。传承得最悠久的还是有几千年历史的山歌对唱、祭典、阳戏，至今仍是受游客欢迎的文化节目。

克度镇辖十三个行政村，四万五千多人，农业人口占到97%。1994年聂跃平选址首次到这里时，所见乡村还有不少茅草房。那时大部分青壮年外出打工，如今大部分返回家乡。

小镇仿佛一夜之间升起两座五星级宾馆，还有中小宾馆59家，餐馆100多家。这是我2017年11月到天文小镇时了解到的数字。这些餐馆大部分是搬迁到小镇上来的农民办的。

如果把为安置移民而新盖的楼房描述为移民新村，肯定是不准确的。迁入的移民每家都有独立的楼房，楼下一层可做店面。一排排新楼面街而立，有许多条街，俨然是个很有规模的新镇。

某天早晨醒来，克度人发现自己的家乡已经被来来往往的游客叫成了"天文小镇"。这里已经不偏僻了。从贵阳到这里，车程从原来的两个半小时缩短为一个半小时；从平塘县城到这里，从两小时缩短为四十五分钟。

这里的宾馆、餐馆、商店，不只是住宿、吃饭、购物而已，也让整个小镇充满科技感、未来感。路灯就有几十种，在夜色中或幽静或炫目地亮着种种天文元素。这一切让你感到这里有精心的设计，有不寻常的组织作为。

进入小镇，耸立眼前最大的地标建筑是天文时空塔，银白色的塔身高达99.99米，给人一飞冲天去探索宇宙的冲动。高塔二十七层。怎么上去？有五部电梯，可见规模。登临塔顶，极目远眺，整个小镇尽收眼底。夜幕下，小镇的漩涡星系广场、中轴迎宾广场、暗夜观星园、天文教育园、天文时光村、天文风情客栈、天眼访客服务中心、万国风情美食街、星空游乐场，还有450米长的天幕商业街……各色建筑星罗棋布，无数灯光点点如闪烁的银河。时空塔本身灯光变幻，绚丽璀璨，塔顶射出去的光束直冲云天，令人惊叹。置身其中，夜风吹拂，无论上下，睁眼便是浩瀚星空，侧耳能听宇宙呼吸。

怎么做到这些的？

再看看，这里不是只有新房子，这里正在成为国际天文学的一个会议中心。2017年9月25日，第二届国际射电天文研讨会在这里隆重举行。小镇还先后召开了中法SVOM天文卫星国际研讨会，中国—南非射电天文、空间测地与空间科学双边等国际会议。

为纪念世界最大的射电望远镜建在贵州省黔南州平塘县，国际天文学联合会将中国科学院国家天文台发现的两颗小行星，分别命名为平塘星、黔南星。另有中国科学院紫金山天文台发现的一颗小行星被命名为贵州星。

天眼建成，不只是给天文小镇带来巨变。邻近的通州、塘边等乡镇建设也快速推进，农村面貌大幅改善，大量外出打工农民返回家乡。2012年，平塘县经济发展在全省88个县（市、区）排名第73位。天眼建成半年后，2017年上半年平塘县在全省县域经济发展第三方阵的十五个县市中排名第一。受积极影响的也不只是平塘县，辐射带动了罗甸、惠水、贵定、独山等县。

中国天眼景区总经理韩明陆对我说："其实，到平塘，可看的不仅有'天文'，还有'地理'。"

韩明陆就是平塘人，毕业于天津商业大学，1997年担任这景区总经理时只有25岁。我略略一想，天眼建在平塘，不就是因为平塘的地貌吗！他的话里一定还有内容。

果然，他说："我们平塘县委臧侃书记用八个字概括：观天探地，世界唯一。"

"探地，怎么唯一？"

"我们这里打造了'大贵州滩'。"

"什么是大贵州滩？"

他把有关信息发到我手机里。于是我看到，以平塘、罗甸、惠水三县交界为核心的一大片三叠纪沉积地层区域，是距今两亿年前发育在深海盆地中的一块碳酸盐岩台地，深海、半深海、浅海、陆地等各种环境的沉积岩石都有，故名"大贵州滩"。这里曾经是海陆生物生息繁衍的理想场所，各种水生爬行动物化石、海百合化石，以其宏大的规模令世界震惊。

韩明陆的介绍正讲出了，贵州高原地处西南，因天眼的建成，这里瑰丽雄奇的山川地貌也向世界展示出它独特的优势。比如大贵州滩现在是平塘的"国家地质公园"，这里洞穴密布、暗河纵横、漏斗竖井天坑成群，集合了所有的喀斯特地质地貌特征，具有不可复制的稀缺性、可观赏性。

不仅可观赏。我十五年前初次到贵州，来过平塘。那时从天空中俯瞰这儿的山，只见宛若无数远古征战的帐篷安扎在大地，不像我家乡的武夷山或欧洲的阿尔卑斯山那样连绵不绝，多是一座一座平地而起。这是怎么形成的呢？那以后我知道了，这里的山，是两亿年前的海底景观。在这些高度差别不大的群山之间，曾有许多海底生物在"山"与"山"之间游弋，是两亿年前海底的自然力量造就了它们。今天500米口径世界最大的望远镜就安放在周围多座山与山之间的低洼处。青藏高原在距今约二三百万年前开始大幅度隆起，形成今天的"世界屋脊"。最后露出水面的这片海底世界，因无数小山峰耸立于斯便成为当今中国唯一没有平原支撑的省。在这个省最具特点的洼地中，平塘便是最适合安放世界最大望远镜的地方。那么，要看要研究两亿年前的海底世界,请到"中国天眼"的家乡来,这里有一部地球地质成长史,它也是青少年学地理地质的天然大课堂。

你已知天眼落成于2016年9月。2017年上半年,平塘接待游客就达到513.63万人次,其中省外游客349.27万人次,旅游总收入46.23亿元。到本年第三季度,上述数字刷新为:共接待游客1006.1万人次,旅游总收入81.08亿元。当地政府描述为"井喷式"增长。

韩明陆告诉我,游客中大部分是家长带着孩子一起来的,还有学校组织学生来的,夏令营、冬令营,或者来这里上天文课、地理课。省外的多来自重庆、四川、云南、北京、广州、上海。

最好的纪念

2018年1月,冠音放寒假的时候,我带她来到天文小镇。除了可以沿着观光栈道,登上高高的观景平台,俯瞰世界最大的射电望远镜全景,冠音最感兴趣的还有天文博物馆和天文体验馆。在我看来,天眼小镇的天文馆,是中国最好的天文馆。

走进天文馆大厅,看到一尊站在地球上的人物塑像,我曾问:"知道他是谁吗?"冠音脱口就说:"张衡。"

"不是。"我说,"你仔细看,下面写着。"

"屈原。"她读出来,并问,"为什么是屈原?"

"屈原写过《天问》,从古至今有很多人翻译过,学军爷爷会背诵其中的一种,我感觉是翻译得最好的。请他给你背诵几句吧。"那次,我的好友师学军是一起去的,他欣然背诵如下:

这浩茫的宇宙有没有一个开头?

那时混混沌沌，天地未分，
可凭什么研究？
穹隆的天盖高达九层，
多么雄伟壮丽！
太阳和月亮高悬不坠，
何以能照耀千秋？
大地为什么倾陷东南？
共工为什么怒触不周？
江河滚滚东去，大海总喝不够？
哪里能冬暖夏凉？
何处有灵芝长寿？
啊！是非颠倒，龙蛇混杂，
谁主张君权神授？
为追求真理的阳光我日夜奔走，
渔夫却笑我何以不随波逐流！

这座天文馆大厅里屹立的是一个诗人，为什么？

屈原的《天问》，包含着对宇宙，对天地苍穹，对国家社会，对世道人心，深邃的追问！这个天文馆展示的不只是科学。它能打开学生对浩瀚时空和漫漫人生广阔的思考。

南仁东曾说自己一生竭尽全力，与前辈、同事和学生共同奋斗只是提供了天眼这个平台，期望年轻一代用它去创造成就。他一生忙碌，有心科普却所作甚微，因而现在更大的期望——是期望"天眼"能成为打开青少年眼界，放飞幻想，激励创造的重器，这是比促进经济发展更重要的"国之重器"。

天地万物，最重要的并非物的创造，而是人的建设。

中科院科学传播局周德进局长是一位笑容可掬的领导者，他对诸多科学家的创造非常了解。他曾给我介绍说，习近平总书记2017年的新年致辞讲道："'中国天眼'落成启用，'悟空'号已在轨运行一年，'墨子'号飞向太空，神舟十一号和天宫二号遨游星汉……"这都是最近一两年我国探测太空的重大成就。

不仅上天，还有下海。我国"蛟龙"号载人潜水器，在地球最深处的马里亚纳海沟创造了载人下潜7062米的"中国深度"，是世界同类作业型潜水器下潜最深的世界纪录。它是中华民族进军深海的号角。

地球有南北两极，喜马拉雅山被称为地球的第三极，海底则被称为地球的第四级。中国"蛟龙"号载人潜水器是能够到达地球第四级最深处作业的深海重器，意味着"蛟龙"号可在占世界海洋面积99.8%的广阔海域使用。"蛟龙"号载人潜水器还计划于2020年6月进行为时一年的海底环球航次。这无疑是郑和、哥伦布、麦哲伦都无法想象的伟大壮举。

周德进还告诉我，中科院目前探测宇宙的科研还有"太极计划""天琴计划"等，都属于运用不同的方式进行空间引力波探测。关于引力波探测的大意义，在天眼小镇的天文馆里也有通俗的展示。

我又一次细看了南仁东留下的非常有限、极其珍贵的音像，我听到南仁东本人讲FAST的科学意义，他概括了七个字："一黑二暗三起源。"一黑是黑洞，二暗是暗物质、暗能量，三起源是宇宙起源、天体起源和生命起源。他说这都是FAST要探索的任务。

这是他生命中最后一段时光留下的音像，他的话语小声、短促而吃力，有些语言看似连不起来，但还是能听出他的思索。

他说:"十六世纪,哥白尼用日心说,把我们从宇宙的中心踢开……"这是讲,当人类知道地球不是宇宙的中心,就动摇了欧洲千年来形成的哲学和宗教的宇宙观,由此给人类社会带来的变化是划时代的。

他接着说:"如果生命只有地球有,我们还是生命的中心、文明的中心……"他想说什么呢?这里可见他确实想探索地球之外的生命。在浩瀚的宇宙中,难道只有地球有生命吗?没有发现,不等于没有。南仁东不认为宇宙中没有地外生命,只是人类还没有发现。他说:"我们如果发现了同类,我们什么都不是。"这"同类"是指地球之外有智慧的生命。他说的"我们什么都不是",是指人类就不会认为宇宙中只有我们地球上有生命。

发现了地外生命有什么好处?

他说:"这会根本地医治人类的贪婪与狂妄。"在这里,南仁东思索的是,人类至今不停的战争、掠夺、压榨,说着冠冕堂皇的理由,本质上还是以强凌弱,以大吞小,以富欺贫。假如人类发现了外星智慧,或可警醒人类,不要狂妄于自己掌握的科技,占有的金钱,人类能不能变得让善良来统治人心,停止相欺相残,团结起来,变得好一点呢?

一个关心生命起源的人,我们就难以把他仅仅看作是一个科学家了。能够思索到——人类如果在天文的第三时代,通过射电望远镜发现地外生命,将有助于改造人类自己,这只是一个科学家吗,这是一个哲学家的思维。

每个人都可能有人生理想。南仁东自小喜欢绘画,有美术家的梦想;考大学时报考建筑系,有建筑家的理想;清华把他录取到无线电系,改变了他的"专业",但并未改变他的理想,只是让他多了一个科学理想。最终，他把自己一生钟情的三大理想——美术、建筑、科学——如此完美地融合在一个世界最大的射电望远镜中，如此开阔地将地球、人类，同宇宙联系在一起，这真是一个非常之人。

你已看到，中国天眼落成三个月后，2017年的前三个季度，到平塘的旅游者已超过一千万。据韩明陆介绍，其中的青少年正在逐年激增，目前人数已占到三分之一以上，即年四百万左右。这影响不可思议！

中国天眼是南仁东最好的纪念碑。通过中国天眼，通过天文小镇，影响一代又一代青少年，意义不可估量。期望千千万万个青少年成长起来，这正是南仁东的召唤，也是对这个中国英雄最好的纪念。

（节选自《中国天眼——南仁东传》，北京联合出版公司2019年3月出版）

拯救睡眠

李燕燕

一个成年人,一天的睡眠时间,正常应该在7到9个小时。换句话说,人生有三分之一的时间,是在睡眠中度过的。

然而,还差三分钟就到凌晨一点,"知乎"上关于"睡眠"的问答还在火热进行中。

"你睡了吗?"

"没有那个福气,正陪老板唱K,他开心着呢!不知道什么时候结束。人在江湖,身不由己。"

"你怎么还趴网上? 不是说练了瑜伽状态好很多吗?"

"一言难尽。业绩比武马上启动,这几天一闭眼,各种报表、计划、PPT就自动在脑子里一遍一遍地过。"

"楼上,你发的这幅图看不懂。何意?"

"我想回古代。老婆孩子热炕头。"

曾几何时,人们"日出而作,日落而息"。黑夜浪漫,萌发了无数类似"唐朝的夜晚"的奇幻故事。黑夜静谧，意味着运转的停滞，也意味着人对世界控制力的空白。人们躺在床上，性爱抑或沉沉睡去。直到电灯普及，驱逐黑暗的同时，照亮了现代文明的高速发展之路。从此，"日出而作，日落而息"变得不再必要，而睡眠直接成为效率的敌人。在一条看不见的长鞭驱策下，人们慢慢陷入永不停歇的状态。无休止的奔忙和24小时不间断的社交媒体，侵蚀着生活最私密的部分，人们能感知，却无法拒绝这样的侵蚀；昼夜分界已然模糊，写字楼可以整夜灯火通明，城市里出现越来越多深夜不打烊的餐厅、酒吧、便利店和书店；甚至，现代化程度没那么高的乡村，兴奋和宣泄也直达深夜。在时代驱动下，永不停歇的，何止是身体和脚步，更有内心，愈夜愈翻腾。

一位"豆瓣"网友则在"小组"发言："今天我所渴求的一切仿若都近在咫尺，我迫不及待地想要抓住它们，并且深陷其中——我以为在享受生活，殊不知，已经被自己一点点构建起来的生活全面控制。包括所有的时间，更包括我的睡眠。"

中国睡眠研究会发布的《2017年中国青年睡眠现状报告》调查了近6万名10岁至45岁的人，76%受访者表示入睡困难，只有24%受访者表示睡眠状况不错，一觉睡到天亮的只有11%，仅有5%受访者作息规律，93%受访者睡前玩手机。这93%的人，显然无法通过卸载社交软件来接近正常的生活作息。

2018年3月21日是第18个世界睡眠日，其主题为"规律作息，健康睡眠"。3月18日，中国医师协会睡眠医学专业委员会在北京清华大学举办了"2018世界睡眠日新闻发布会暨全国大型义诊活动启动仪式"，同时公布了一批数据：

——社区老年人群中睡眠障碍和抑郁症状的患病率分别为

30.5%和18.1%，且10.6%的社区老年人同时存在两种疾病或症状。睡眠障碍是痴呆发生的危险因素，失眠障碍是阿尔茨海默病发生的危险因素。

——关注女性睡眠问题：女性更易罹患睡眠障碍。女性睡眠及睡眠障碍受不同年龄、不同生命阶段（青春期、月经周期、妊娠/哺乳期及绝经期）的内分泌与心理变化的影响。

——关注婴儿的睡眠问题：国外研究发现，约20%至30%的婴儿受睡眠问题困扰，而我国婴儿的睡眠问题更加普遍，发生率约为40%至70%。20%至30%的婴儿睡眠呈碎片化，频繁夜醒，且可能有入睡困难，睡眠呼吸障碍等问题。

2018年中国"90后"年轻人睡眠指数研究结果则显示，中国"90后"年轻人睡眠指数，其均值为66.26，普遍睡眠不佳，呈现出"需要辗转反侧，才能安然入睡"的状态。"苦涩睡眠"占29.6%，"烦躁睡眠"占33.3%，"不眠"占12.2%，"安逸舒适睡眠"占19.4%，只有5.1%睡眠处于"甜美睡眠"。在睡眠时间上，"90后"睡眠时间平均值为7.5小时，六成以上觉得睡眠时间不足。

从睡眠类型的地域分析，睡得最早的城市为上海，睡得最晚的城市为深圳，起床最早的城市为北京，起床最晚的城市为珠海，晚睡晚起的城市为大连，晚睡早起的城市为重庆，最爱午休的城市为香港，最受情绪/情感干扰的城市为澳门。

时代变革催生着日新月异，包括当下的多元化社会，包括复杂的社会生态和老龄化加剧。人们试图用生命三分之二的时间掌控一切，却对另外的三分之一失控了。

凌晨一点半，"知乎"的讨论仍在继续。

一位自称深受"失眠并发症"困扰的网友很是沮丧："……我们的

睡眠丢了，本来这应该是自然而然、不花一分钱的美好东西……"

一位曾被迫长期加班的网友话语中透出无奈："为了生存，我只能任由上司剥夺我的睡眠。可当我升了职有按时睡觉的权利，却再也睡不着了。这是怎样的人身伤害？！"

一位网友则"重要的话说三遍"："拯救睡眠！拯救睡眠！拯救睡眠！"

求 医

630公交小巴的一个途经站点，是重庆市精神卫生中心金紫山院区。早上7点40分，28岁的李晓在这个站点下车，准备去挂个门诊看睡眠。李晓的表情有些焦灼，因为上午还有商业谈判任务，所以6点半就动身先去求医。但早上的行程不太顺利。她家住在渝北区，离金紫山院区不到二十分钟车程。车水马龙的星期一早上，打出租车不是一件易事。在"滴滴"上输入目的地信息，也一直没有回应。

"重庆的出租车司机喜欢先问问你去哪里。我跟他说去精神卫生中心，他立马转过头，上上下下打量我一番，一边快速摇上车窗，一边跟我讲他有预约单。"李晓在半个小时的时间里先后遭到三次拒绝，最后只好转了两次公交，才在与繁华都市接壤的一处山脚，等到630路小巴。

金紫山院区在一个山坡上，630路是唯一经过那里的公交车。和许多城市的同类医院一样，深藏在偏僻静谧的地方。金紫山院区坐落在一段盘山公路的一旁，周围尽是茂密的树林。若从繁华时尚的"红旗河沟"主干道出发，也可以步行40多分钟上山。

与李晓同坐630路的还有39岁的林彦。林彦是前来复诊的。一年前,喜欢在夜里奋力作论文的林彦突然"没有瞌睡"了。以前动不动弄到通宵达旦,最早也是凌晨1点过才结束,可只要躺下,头一沾枕头,立马能睡着。"有一天突然不行了,总感觉脑子里塞满杂七杂八的东西,不停转,越睡越兴奋。"

实在睡不着,林彦会慢慢坐起来,披着外套系上拖鞋,移步到阳台的秋千架去斜躺。破晓的风带着凉意裹挟着她,初秋季节,很惬意。这种感觉,很像当年读博士研究生的时候,进入课题攻坚阶段,午夜从实验室出来,她和男友费力地爬上教学楼顶层的天台,相互依偎,靠在那里吹吹风,然后长舒一口气,感觉明天的一切艰难险阻皆可战胜。如今,对失眠的中年林彦来说,惬意是短暂的,第二天的感觉令人绝望。

林彦是个高校教师,课不多,工作时间相对自由。作为学院里的"论文高产者",一个30岁出头便进入"正高"序列的年轻学者,一个名字常常出现在院领导汇报稿中的"出色才俊",为了保证科研效率,她会把白天切割成很多段,在每个时段里"做该做的事",而所有时段都"一定是紧密关联的"。"睡不着"以后,林彦每次睁着眼睛挨到早上七八点,半躺在床上考虑"一会儿起来,先吃个早餐,还是再闭目休息下;或者迟点,直接早餐午餐一起解决,下午再去实验室工作"。总之,新的一天又这么毁了。

"这对一个本身对自律性有着极高要求的人来说,是一个巨大的打击。"林彦说。

作为同去看睡眠的人,在金紫山院区的候诊大厅里,李晓与林彦有了一些交流。李晓讲起了《南方人物周刊》上看过的一篇文章,说文中用《百年孤独》马尔克斯构建的深陷失忆泥沼的马孔多小镇做比喻,讲现实中的失眠会导致记忆力衰退,很是生动——"患者慢慢习惯了无眠的状态,开始淡忘童年的记忆,继之以事物的名称和概念,最后是各人的身份,以致失去自我,沦为没有过往的白痴。"

在"记忆力日渐衰退"这点上,林彦与李晓有着同样的担心。最近,李晓常常看着一个熟悉的人朝她走来,这个人可能是一块工作了好几年的同事,想打招呼,却突然想不起他叫什么名字,不只尴尬更有莫名的恐慌,"但如果有几天我多睡了2个小时,就会觉得脑子变灵光。"而在林彦,则发生过在科技大会发言时突然"断片"的情形。"断片"的那段成果综述,是她日常可以倒背如流的。有一段时间,林彦很关注"老年痴呆症"的发病年龄会不会提前。她还特意去医院做了脑部检查,结果显示一切正常。

其实,正是与失眠附生出现的一系列问题,使出生于1970年代末、思想存在许多顾虑禁区的林彦最终告诉在国外访学的丈夫,自己要去看病,去精神卫生中心。越洋电话那头,丈夫"哦"了一声,便沉默不语,片刻嘱咐林彦:"病历上尽量用化名吧。"

"90后"李晓却认为这不是一件"大不了"的事,"看心理问题跟看身体上的疾病一样性质,有病就该治。"去年,李晓的公司组织体检,采取"套餐自选"式,一大半的同事都选择了"心理测试"这个项目。在李晓的公司团队里,"85后"占了90%以上。

时至今日,老百姓依然习惯性地把精神卫生中心称之为"精神病院"。下山的630路小巴招呼站与金紫山院区门诊大楼隔着一条狭窄的马路。站牌下,几个等车的路人好奇地张望对面。

"对呀,我们俩就住在附近的小区。没有,没有进去看过,没事儿进去干吗?"

"我有糖尿病,出门老想解手。一次在这个站等车时,实在憋不住就进到对面找厕所。我老伴晓得这事还训了我一通，告诫我千万不要再进去，里面有很多'武疯子'，出了事他们也不负法律责任。"

事实上，诸如"精神分裂症"等严重的精神疾病都在院中一个严加看管的病区，有护栏门禁的重重加持，一个陌生人踏进医院也未必能找得到。在门诊大厅排队挂号的，大都是看"心理问题"，其中85%以上伴随不同程度的睡眠障碍。

早上8点，金紫山院区的"心理门诊"已经排起了长队，队伍里有老有少，身份年龄各异。一个50多岁的大姐正高声大气地操着方言，讲她辗转几个医院治疗失眠和焦虑的经历。她姓宋，来自距离主城近300公里的石柱县，家里经营着红火的农家乐。她因为严重的失眠和"检查不出病因的躯体疼痛"就医，最终被确诊为焦虑症，在这里经过两个疗程的规范治疗，已有所好转。

"因为睡眠问题就医的人群，包括了公务员、老师、工人、服务员、退休干部、小学生，林林总总。年龄最大的近九十岁，最小的不到十岁。除了最普遍的失眠障碍（又叫原发性失眠或失眠症），还有睡眠不宁腿综合征、睡眠中的行为障碍（梦游等）、嗜睡、睡眠相位后移症候群（表现为晚睡晚起）等等。与睡眠相关的疾病达到九十多种。"重庆市精神卫生中心副主任、主任医师罗捷说。金紫山院区心理门诊每天要接诊伴有失眠症状的病人超过150例，"西南医院每天接诊量大概要达到100例。"

在中华医学会神经病学分会睡眠障碍学组发布的《中国成人失眠诊断与治疗指南》中，失眠的定义被描绘为患者对睡眠时间或质量不满足并影响日间社会功能的一种"主观体验"。表现为入睡困难（入睡时间超过30分钟）、睡眠维持障碍（整夜觉醒次数不少于两次）、早醒、睡眠时间下降和总睡眠时间减少（通常少于6小时），同时伴有日间功能障碍。根据病程分为急性失眠（病程小于一个月），亚急性失眠（病程在1至6个月之间）和慢性失眠（病程半年以上）。一项调查表明，我国普通成年人在一年内有过失眠者比例高达57%，其中53%症状超过1年，但仅有13%的患者曾经找医生谈及自己的睡眠问题。

罗捷认为，失眠分为生理性与病理性。生理性失眠包括境遇性失眠（换地方睡不着、遇到压力反应的"一次性"失眠），一般能够自动调节恢复，而持续两周以上的失眠则必须警惕为病理性，需要及时就医，否则会由于神经递质紊乱，难以恢复正常的睡眠机制。病理性失眠分为入睡困难、睡眠肤浅、早醒。

"现代电子照明最早改变我们的睡眠，随着社会不断发展，更多的因素加入其中。睡眠症状常常是情绪障碍、心理疾病和身体疾病的症状之一。"罗捷这样阐释自己的看法。

作为一名有着丰富实践经验的精神心理科医生，罗捷认为，"入睡困难"和"睡眠肤浅"通常是轻度焦虑、抑郁的表现，这两种睡眠问题过去人们统称为"神经衰弱"，现在已经没有这种医学术语了。当年，"神经衰弱"作为一种不规范的说法，人们并没有引起足够重视，"就如只见冰山一角，却不知海平面以下所蕴藏的庞大与危险"。而"早醒"则往往与有自杀风险的重度抑郁伴生。

"除了失眠这样具有普遍性的症状，最有意思的是，抑郁症的躯体症状还常常表现在胃肠功能上，吃不下饭，形体消瘦，腹胀腹痛，病人常常做完一整套消化科检查，兜兜转转一大圈，最后才会想到应该去看心理医生。焦虑症则反过来，表现为多食、发胖，同时呈现出心血管病的症状。"

林彦本是忌讳看心理医生的。虽然她的同事都是硕士以上学历的高级知识分子，但他们大多是"60后""70后"，时代特定的烙印令他们记忆深刻，某些观念也随之根深蒂固。比如，林彦儿时的一个邻居就是人们所谓的"疯子"，最常见的症状是"成天低着头、惊惶躲闪、不和人说话"。虽然没有任何公共危害性，但大家都有意避着她。林彦记得，这个女邻居后来被自己的远房亲戚给卖掉了，若干年后蓬头垢面跑回来，街道上几个妇女按着她洗头剪发，因为头上长了虱子。一个月后，这个女邻居跳楼死了，自杀。大人小孩对她没有半分同情，街头巷尾纷纷议论"疯子终于死了"。林彦现在回想起来，那个女邻居很可能就是一个可怜的重度"抑郁症"患者。可是，哪怕到了现在，不少人也会把"心理疾病"等同于"神经病"，报以异样的眼光。在林彦执教的大学，进编制的老师报到前要先做心理测试，如果有问题，就不能被正式录用，"我们领导说过，要及早发现和清除那些可能惹麻烦的定时炸弹"。所以，林彦为了"失眠"去看医生，的确下了很大的决心，"不看不行了，决不能重蹈我大学同学的覆辙。"

除了那位女邻居，林彦读大学时还遭遇过"神经衰弱"的大学校友，那段经历非常难忘。一位室友，念高二的时候就在小县城被县医院的"内科医生"诊断为"神经衰弱"。成宿不能睡觉，安眠药是几年间的常备药。林彦和其他同学都知道室友的病，但在所有人看来，"神经衰弱"耳熟能详，林彦的母亲也有这个病，顶多就是失眠头疼，严重的时候吃几片药，不是什么值得一提的大事。可是，仅仅一年时间，林彦亲眼目睹室友因为"连续三天一分钟也睡不着"而藏在卫生间痛哭，发展到"任何声音与光线都会导致彻夜难眠"。室友甚至用打工攒下的钱买眼罩耳塞。最终有一天，这个平时内向秀气的女孩突然狠狠操起椅子，向寝室里两个正用电脑放光碟的同学砸去，边砸边吼："真的好讨厌你们，我被你们害死了！"室友被闻讯赶来的辅导员拖走，几天后办了休学。后来听说被诊断出狂躁症。

"失眠是件大事。只有当自己身临其境，才知道失眠的痛苦。"林彦感叹道。

从诊室出来，林彦掏出手机查了查公交软件，发现下山的630小巴还有一会儿才到站，就顺手翻出一个论文查阅App，刚点开界面，想了想，又搁下了。

宋大姐也从诊室出来了。这次她并没有从医生那里拿到多少药。

半年多前，和丈夫一起在石柱县的乡镇里经营农家乐的宋大姐突然病倒了，症状有些怪异——白天没大的不舒服，一到傍晚就开始胸闷心悸心痛，尤其在半夜特别难受，"感觉心脏扑通扑通就快从嘴里跳出来了。想喘口气吧，胸口又像压了块大石头。"整夜整夜，宋大姐都睁着眼睛在极度难受中度过。本来，宋大姐是不会轻易"认栽"的，她是镇里公认的"能干人"。儿子儿媳全部在外打工；老伴身体不好，逢变天就浑身痛，连腰都弯不下。宋大姐几乎包揽了自家"农家乐"里的全部活路，只在夏季客人最多的时候，才请同村人帮忙做做饭。客人前脚离开，宋大姐就立刻拆洗被罩床单，一分钟也不耽误，哪怕已经夜深。去年，她还流转来几亩土地种黄连。大儿子的一对儿女也是宋大姐和老伴带着。直到有天上午，困倦不已的宋大姐在院子里晒衣服时，突然晕倒。

"我肯定得了严重的心脏病，以后动不了怎么办？"宋大姐哭着跟外面赶回来的三个儿子说，脸色惨白。她最担心自己丧失劳动力。

儿子们知道，不到万不得已，母亲是不会"露病"的，这次一定事儿大。他们把宋大姐带到重庆主城的三甲医院看心血管看胸科，结果一切正常，甚至血压血糖血脂都没有任何问题。可是，宋大姐依然入夜就胸口憋闷难以入眠，有时甚至通夜喘着大气呼吸。"找了几个大医院，什么检查都做过了，依然查不出病因。"最后，还是邻村的一位妇女主任提醒她去看"精神科"，可能是"思想里出了问题"。这位妇女主任曾经被剧烈头痛、眩晕和失眠折磨多年，最终被确诊为"神经官能症"，对症下药已经痊愈。终于，宋大姐半信半疑走上了另外一条求医道路，并得到确诊——意想不到，竟然还真是一种"心病"。但"焦虑症"及由此引起的睡眠障碍治疗起来并非"短平快"。宋大姐换了几个医院，试了不同的疗法，虽有好转，却并非立竿见影。

"我是守在屋里的主心骨，当然要尽快好起来才行，否则谁来支撑这个家呀。"

"与睡眠相关的日间社会功能损坏包括疲劳或全身不适，注意力或记忆力减退，学习、工作和社交能力下降；情绪波动或易怒，兴趣、精力减退；工作或驾驶过程中错误倾向增加。最严重的失眠者曾因此试图自杀。科学研究证明，睡眠剥夺与老年痴呆症有直接关联。"李晓的医生告诉她。但李晓尚未到用药阶段，还可以尝试用"认知行为治疗"进行调节，其中包括：

——下午三四点以后不要再喝咖啡、浓茶等。

——睡觉前不要过饱或饥饿。

——临近睡眠时间，避免做一些让自己兴奋的、思维活跃的事情。

——至少在打算睡觉前半小时，关闭手机等电子产品。不要在床上看电视、玩手机。

——睡前不要饮酒和大量喝水。

……

"我们可能属于'长期缺觉'状态的耐受人群。"心外科医生林明说。他对女友李晓的"失眠"及她所描述的那些"并发症"有些意外。几天前,他嘲笑李晓那些"养生"的动作"十分矫情",甚至引发了一场争吵。但林明确实没见过因为"失眠"而衰弱的医生,即便是在长期缺觉状态下经受"刺激"也精力旺盛。作为年轻的副主任医师、科室骨干,林明需要二十四小时做好上手术台的准备,也时常出现凌晨两三点接到一个电话披上衣服就往医院跑的事,"比如,主动脉夹层破裂,分分钟致死,随时随地发病。"

长期经历睡眠剥夺的医护人员,不少都有失眠的症状。刚开始,夜间忙碌后,林明白天能掐空稍微补点觉,现在想补觉都睡不着。他不知是自己开始步入中年,还是正常生物钟频繁被打破难以调节回来的结果。失眠有时是因为工作焦虑或恋爱问题、家庭纠纷,但林明并没太在意,因为白天精神状态很好。

最近,林明的朋友圈经常被医生猝死事件刷屏。无病史的年轻大夫在"连轴转"之后猝死的原因大部分是心脏骤停。一项来自荷兰的调查研究显示,与睡眠质量高的人比较,睡眠差的人心血管疾病发生的风险高63%。冠心病的发生风险则高79%。临床干预研究显示,当失眠得到控制后,心血管疾病合并焦虑的发病率减少三分之一。

心 病

同以往一样,宋大姐看完病就搭乘动车回石柱。这次,是在主城开副食店的三儿子"老三"开车送她去的火车站。老三的左脸还时不时有些抽搐,但已经算恢复得不错了。在宋大姐犯"焦虑症"前的半年,去批发市场进货的老三刚把肩上扛的一袋80多斤的干辣椒扔进小货车,突然晕得天旋地转,跌到地上怎么也爬不起来。送去医院检查,才知道是突发脑梗,虽然不是特别严重,但很长一段时间半边身子"发麻"。老三才28岁,很年轻。"那样年轻就中风了,真不知道以后会怎样。"宋大姐很忧心。老三的媳妇负责看店,一有空闲就去打麻将。老三中风的时候,孩子刚刚两岁,宋大姐提出把孩子带回石柱去带,被老三媳妇拒绝了,理由是"镇上连个像样的幼儿园都没有"。那段时间,宋大姐睡觉常做噩梦。有一次梦见小孙子在燃起熊熊大火的副食店门前大哭,"半夜惊醒,脑子很乱,要一个多钟头才能平复。"

再难受,宋大姐也不会在外人面前表露半点,从年轻时就如此。她坐在蜀葵节节攀高围成的花墙里,大声跟客人插科打诨,笑呵呵地接受客人对她"做农家菜地道"的赞扬;她穿一身花花绿绿,做事比村里的妇女主任还风风火火;家里年年创新高的收入和儿子儿媳的孝顺,以及读小学的孙儿孙女考的"双百分",是宋大姐在村里人聚集时的最好谈资。随时随地,走路挺胸抬头。年轻的时候,因为村支书欺负丈夫老实,动了手,宋大姐闻讯赶上前,操根棍子犯了混。几个大男人都拿不住她,因为这个女人不怕事。

"那个村支书亲戚多得很,家族有势力,我们势单力薄。我就横下心,不过就是拼命。"有一个星期,宋大姐出门都揣着一把菜刀,"说不怕也怕。但不能自己打自己的脸。"

回乡镇的公交车上,她接到了大儿子打来的电话。大儿子是漆工,在广东做工,这通电话是在一个酒店的装修现场打的。电话里电钻隆隆,噪音很大。此时,身体微微发胖的宋大姐正被一个怀抱一只大包裹、沉沉入睡的大爷挤到座位一角。"我给屋头拉了笔业务,4家人6月中旬就会过来避暑,屋头可以预先做好准备。"老大特意嘱咐,每个客房都需要单独装个wifi，他上次回来发现二楼和三楼信号都很弱，这样客人不会满意。"哎呀，娃儿就晓得布置任务，都不晓得我们这些上年纪的人不懂这些现代玩意，只有跑到镇上到处去找人帮着弄，麻烦得很。"挂了电话，宋大姐眉眼间悄然现出愁容。

二儿子的语音微信是一大早发过来的，但宋大姐当时忙着挂号看病开药一直没时间。直到夜里到家，连上wifi，她才打开微信。二儿子在广东另一个城市打工，他在时断时续的语音里讲，前两天媳妇刚刚做完一个复杂的妇科手术，还要住一段时间医院，花费很大，之前他们买了辆车，积蓄都投进去了，飞来横祸亟须家里支援，末了叮嘱母亲要按时吃药，好好睡觉。宋大姐看看墙上挂的时钟，快九点了，一阵熟悉的心悸凭空而来。犯了关节炎的老伴瘸着腿从小厨房出来，手里端着一碗素面，搁着几片莴笋叶。

"老二家又出事了。"宋大姐叹气，随即抚着胸口发呆。老伴把那碗面搁到旧饭桌一角，搭了搭宋大姐的肩膀，"你先吃点东西吧。不要瞎操心，咱们不缺钱，明天我去镇上给娃儿汇款，事情总归会过去。儿孙自有儿孙福。"

老伴记得，半年多前，宋大姐凌晨3点胸口难受得在床上直翻腾——也是第一次犯病，正是白天接到二儿媳的电话，说老二带了一帮工友去找老板讨工钱，结果双方动手打群架，全部进了派出所，可能要拘留。

"事情就坏在我堂客她压根不是个没心没肺的人，她活得仔细活得要强，得的是心病。"

年轻人在外讨生活不易，宋大姐常常念叨。

这几年家运屡有不顺，宋大姐从去年年初就开始吃素念经，祈祷平安。现在，宋大姐将一根从山上寺庙求来的红绳结挂在床边；每晚脱下的鞋子，鞋尖一定要朝向床外。据说这样可以避免邪物在夜间侵犯，得到没有痛苦和噩梦的好眠。

下午三点四十分，重庆市渝北区某小学门口，狭窄的街道停满小车，铁栏前堆满人群，各异的神色中纷纷透出焦急。很显然，白发在攒动的人头中占绝对优势。几分钟后，紧闭的学校大门发出吱嘎吱嘎的响声，缓缓推开，人群开始随之移动。放学时间到，63岁的老张跟随挤挤挨挨的人群，进入学校接孙子。几分钟后，老张背着书包，拉着八岁大孙子的手走出校门。可能城管马上要来了，路边摆菜摊的三轮车开始收拾、跑路。

"哎，等下！"老张喊住落在最后面、还在左顾右盼最后一单生意的菜贩，迅速挑拣杀价买下了平菇、莲白等几个小菜。接着掏出手机给老伴王大姐打电话。此时，王大姐正在家里看管半岁大的二胎孙子。

"喂，老大接到了，菜也买好了，现在我马上送老大去艺术班学画画。给老二洗头洗澡的事儿，等到我回来，热水器的水温你调不好。"所幸艺术班隔得并不远，只有半站路。

老张和王大姐到重庆照顾孙子，前前后后已经有八年了。"原以为，孙子上了小学，我们就可以回家休息，哪知道老二又来了。孩子爸妈，一个公务员，一个在国企，哪里有空带孩子。亲家那边经常住院，保姆费钱又不放心，我们只有硬着头皮扛下。"

而老张和王大姐有"失眠"这个毛病快五年了。毛病是不知不觉有的。不知从什么时候开始，老张每天晚上最多只能睡"四个钟头"，在一番辗转反侧之后；而王大姐睡眠很浅，总是处在"迷迷糊糊半梦半醒"的状态。夫妻俩常常会相互埋怨，最多的是王大姐说老张：你能不能不要老翻身，你快两百斤的人翻下身，床很响，本来我快睡着也醒了。

老张很无奈，不翻身一侧身子僵得疼。五年来，他们先是按照朋友的推荐吃维生素，"说维生素有催眠效果"，感觉作用不大。异地就医毕竟麻烦，手续繁杂，于是又拿着儿子的医保卡去社区医院开一些艾司唑仑——属于传统的苯二氮卓类，似乎要好一些了。社区医院年轻的"眼镜医生"，开药时甚至头都不抬，因为找他开这种药的人很多。这种药长期吃有药物依赖，肌肉松弛作用会导致老年人摔倒。但这些副作用恰好被这对老夫妻所忽视。

2015年，老张带着王大姐游古镇。四合院里，王大姐在抬腿跨过第二道门槛的时候，一只脚突然不得劲儿，脚尖在门槛上绊了一下，啪的一声摔一跤，结果脚腕骨折。许是年纪大了，休养了两年才慢慢康复，可是睡眠问题更突出了。

眼见大孙子磨磨蹭蹭进了艺术班的教室，老张轻轻吁了口气。回去的路上，他检视自己在游摊上买的小菜时才发现，西红柿上有块烂斑，老伴是要骂的——这两年老伴脾气越发不好，整天絮絮叨叨地抱怨，就仿佛在为缺失的睡眠寻找一个出口。况且，今天早起老伴心情就不好，她说梦见前年去世的老母亲，带着她去老家走了一圈，遇见的全是死了的"老辈子"。这是凶兆，王大姐一口咬定，今天已经不安地念了很多遍。老张还得去安慰她，再强调一遍世上没有鬼神。

"我俩其实挺孤独的。"提着小菜，老张露出落寞的表情。

由于不会说四川话、不适应巴渝风俗，"连麻将打法都完全不一样"，在这里几年下来，老张王大姐的朋友圈只有儿子儿媳，能称得上点头之交的邻居只有两三个，"其实有一个挺谈得来的，跟我们是一个地方的，可老伴不喜欢她，说老了老了还涂脂抹粉，妖艳。"这个社区十多栋楼里住了上千人，虽然一早一晚老两口都会在小区花园遛弯儿，但对老张和王大姐来说，基本都是陌生人。"现在不像以前，家家户户门都关着,谁也不理谁。哪像原先八十年代的平房闷罐房,小归小,成日家门都是打开的,邻居之间互相串门。"生活没有任何动力,只有在面对两个孙儿的时候,他们才感觉自己是被需要的。儿子儿媳下班回家后,老张常常感到很失落,"他们下班回来,要么看电视、玩手机、逗孩子,要么在家继续加班,反正不大跟我们说话。我理解,他们白天忙了一天,回来不想说话也正常。"

在中国,像老张王大姐这样"给儿女帮忙"的随迁老人还有很多,他们被称为"老漂族"。国家卫生健康委员会此前发布的数据显示,中国现有随迁老人近1800万,占全国2.47亿流动人口的7.2%,其中专程来"照顾晚辈"的比例高达43%。城市"老漂族"不断壮大是中国人口城市化水平不断提高的结果,也带有城乡二元结构和户籍区隔的特点,同时反映出中国家庭养老模式的合理性和隔代育幼的现实性。但不可忽视的是,老人与子女共同生活,一方面可以有效整合家庭资源,共同应对养老和育幼的双重挑战,另一方面,当"随迁老人"面临"不适应"、"连根拔起"的新生活时 —— 不适应主要集中在环境气候、语言交流、风俗习惯、人际交往等方面,家族成员之间的摩擦和冲突可能加剧,随迁老人的心理问题,包括睡眠障碍便会凸现。

失眠已久、脾气大变的王大姐对儿媳的生活习惯已经发展到"忍无可忍"。看不惯儿媳周末睡懒觉啥都不干,看不惯儿媳连自己主卧的马桶都不拿"洗涤剂"擦干净,看不惯儿媳没事喜欢"买买买"。跟儿子说几句,儿子却向着媳妇说话,反而劝她不要干涉"年轻人的生活方式"。每每爆发激烈的争吵,王大姐都想直接撒手"回老家"了,"说不定回家就睡得着觉了",却又舍不得两个孙子。

在这个周边生活还算便利的社区里,随迁老人几乎都来自区县和外省市,其中农村、乡镇占了一半,照顾晚辈的更占到了70%。不容忽视的是，"失眠"成了随迁老人的"通病"。

"睡不着，想家。家里院子种的橘子树每年都结很多果子。"

"我想要的很简单，在自己的家里，吃点自己种的小菜，做点自己喜欢的事。"

老张说："我和老伴真想回老家，去过一段真正退休后的日子。旅游，走走看看，见见故乡的朋友。现在再不走动，以后想动也动不了了。"

夜里十一点，老张夫妻开始辗转反侧的时候，57岁的况老师终于做完了所有上床前的"仪式"。躺下，平卧，放空大脑，祈祷尽快入眠。

每晚的睡眠对于作家况老师来说，非常重要，又异常艰难。他已经吃了十年会导致药物依赖的阿普唑仑。从晚上十点开始，是整整一个小时的"上床准备"——

先在跑步机上运动二十分钟，速度不快不慢。

拿出女儿从国外带回的红酒，在高脚杯里倒上半杯，绝对只能半杯。一年前况老师尝试喝酒助眠，对酒精寄予厚望。虽然并不科学，却是有理由的。年轻时况老师与文友们相聚，几杯白酒下肚，回家倒床就睡。喝酒助眠，一开始喝一点就管用，两个月后，每天都喝，喝到一瓶红酒或四瓶啤酒的程度才勉强见效，反而伤了肝。"酒是好东西，但一定要控制。"况老师跟朋友说。

读诗，读散文，欢快的积极的那种调子，大声读出来。

给大鱼缸里的金鱼喂食，然后欣赏一会儿。

吃药，上床。

况老师没有想到的是，所有的"仪式"都只是"楼上掉落的一只靴子"，"另一只靴子"还迟迟没有动静。况老师保持平躺放空大脑，一个小时过去了,并没有如愿进入睡眠状态。凌晨一点,门锁被钥匙转动的声音终于传来,咔哧咔哧,夜深人静之时格外清晰。女儿小真终于回来了。

小真轻手轻脚地点开鞋柜之上的小灯,小心翼翼脱下高跟鞋。动作还在进行中,客厅的吊灯陡然亮了。扭头,父亲已经铁青着脸靠在沙发旁。

"为什么又回来这么晚?"

"早上走的时候就说了,晚上要加班。"

"加班?是跟朋友瞎玩了吧?有这些时间,不如多看看书,考个研或者考公务员也好,你那个工作不靠谱。"

"爸,别太专制了!"

"我是关心你。"

凌晨一点半,父女俩再次发生争执。另一只靴子终于落地。凌晨三点过,况老师入眠了。零碎的梦境里,他正在给幼年的小真改作文。《我爱蚕宝宝》,文笔还是嫩了点不够优美。算了,还是我来替她重新写一篇吧,肯定能在全国拿一等奖。

24岁的小真一直觉得父亲想要全面"掌控"自己,以"关心"为名。比如,雨天堵车,她赶不及回家吃晚饭,便先打个电话告诉父亲。挂掉电话不到两分钟,父亲又打了过来。公交车停靠站台,大雨滂沱,小真忙着撑伞,就没有接这个电话。回家后父亲动了怒,大声责怪她不接电话,因为他有很重要的事情交代——"如果你坐的是465路,那它会在轻轨站的前面20米左右停,你下车可以径直走进轻轨站,然后穿过通道从另一侧上来"。这段充满"父爱"的"交代",让常常在国内外飞来飞去的小真哭笑不得,"父亲有时不像一个高级知识分子。"

况老师觉得女儿越来越"把控不住"了,他很担心。他希望一切

"可控",虽然近二十年来,太多的事都"不可控"。当年该他晋"正高",硬件软件资历一切合格,中途却杀出单位的"引进人才";妻子温柔敦厚、心性纯良,有人告诉他看见"他爱人和别人很亲密",他不以为然,不到半年便接到妻子递来的"离婚协议书",妻子连女儿都不要;他的中篇小说已经过了某政府奖的终审,却突然有人举报他"抄袭","抄袭"的是"结构",虽然调查未果,可是获奖的事也彻底黄了……从过去的经验看,女儿相对可控,现在也未必。

今年6月,由于严重失眠及巨大的不安全感,况老师被迫到重庆市精神卫生中心就医,在诊断出中度抑郁的同时,还发现了阿尔茨海默病(老年痴呆症)的迹象,被医生建议做进一步检查。

当前,老年人的睡眠问题突出且带着较大风险。陆林院士课题组研究发现:一、在自我报告存在睡眠障碍的老年人中,抑郁症发生的风险显著增加,且持续存在的睡眠问题会加剧老年人中抑郁症的发生、复发和症状的恶化。另一方面,具有抑郁症状的老年人睡眠障碍的发生和恶化的风险也会增加。二、失眠障碍是阿尔茨海默病发生的危险因素。充足的睡眠有利于脑保护,有利于降低发生老年性痴呆的风险。

老张夫妻所在的社区里有很多新生的婴儿。夜里常常能听见婴儿们的哭声,此起彼伏。随迁老人和新手妈妈多的现象引起了社区的重视,从2017年初,社区便向重庆市某社会服务中心购买了包括心理咨询、社会融合等一系列服务。

从事心理救助的社工陈琼在这个社区里遇见了一位新手妈妈,对方才张口说了几句话,便哭了出来。这位看上去非常年轻的妈妈大哭着告诉陈琼,自己的女儿只有四个月大,睡眠问题非常严重,每天会夜醒"无数次"。这位新妈妈指着自己明显的黑眼圈和满布血丝的双眼,大喊:"救救我,我快崩溃了!"按惯例,陈琼让她用涂睡眠时间表的方式,记录孩子每天的睡眠和苏醒时段,拿到妈妈的反馈,陈琼被其记录的详细和精确惊到了,比如:7点起床,凌晨2点第一次夜醒,吃奶瓶5分钟,玩耍3分钟,小便1分钟……焦虑化为一串串数字显现在表格中。

"甚至在某些夜醒的点,可以看出,她是在期待这些,预知这些不好的事情一定会发生。然后真的发生了,有点墨菲定律那种感觉。"陈琼觉得很有意思。在深入交流中,陈琼进一步发现,这位妈妈所理解的"夜醒",有时根本只是孩子"翻了个身"或是"呢喃一句",这些本是正常现象,但由于"可能是夜醒"的不安,新手妈妈便对孩子的睡眠进行干预,反而把孩子吵醒。"夜醒"成了事实,孩子客观上存在了"睡眠问题"。

在西方婴幼儿睡眠的跨文化研究中,阿维·萨德与约迪·明德尔等人2011年发表的论文比较了西方社会与亚裔社会中父母对孩子睡眠问题的感知,结果显示,后者认为孩子有睡眠问题的比例是52%,其中17%认为问题严重,显著超过前者26%(其中2%严重)的比例。

对婴幼儿来说,究竟怎样才称得上"睡眠问题"?陈琼倾向的判断标准是,当孩子的睡眠已经影响到大人了,就应当寻求帮助。

六年前,陈琼还没有考"心理咨询师",和这位新手妈妈一样,二十出头全职在家,一度因为孩子的睡眠而濒临崩溃。

"在中国,一直存在'一切以孩子的需求为重'的家庭观。如果一个妈妈做了全职太太,那么就很容易在带孩子这件事上钻牛角尖——因为这是'我'的价值最大的体现。"陈琼说。

陈琼当年做完剖腹产手术后大出血,好不容易捡了条命,医生要求她"夜里保持充足睡眠,不要带孩子",但她知道,这几乎是不可能的。婆婆从她怀孕辞职在家开始，就利用各种机会敲打她："男人在外面挣钱养家不容易，他主外你主内，你最大的事就是带好小孩。"虽然对婆婆的话心有芥蒂，但小孩落地，陈琼就开始和自己较劲：我一定得是个特别尽职的妈妈。事必躬亲，做到极致。孩子半岁的时候，1.65米的陈琼一度瘦到只有80斤。

有人曾打趣说哺乳期的妈妈是"24小时型人"，与常见的作息节律分类"晨型人/夜型人"不同，妈妈们"不需要睡眠，全靠一口仙气吊着"。新生儿父母，在责任感的召唤下，成为睡眠剥夺最严重的群体之一。

接触专业的婴幼儿睡眠知识后，陈琼开始反思"一切以孩子需求为重"的"家庭观"。"若大人因为睡眠剥夺无法保持平和的情绪和良好家庭氛围，孩子不可能不受影响。"她相信，孩子不过是家庭成员中的一分子，只有每个成员的重要性平等，才可能真正彼此尊重。

冰山之下

有人在"知乎"里发问：你那么年轻，那么幸福，可为什么睡不着？

"匆忙的白天，我们是扮演各种角色、忙于各类事务的社会人，自己隔'自己'太远了。晚上的时候，人的情绪情感最丰富，最接近自己的潜意识，于是'睡不着'成了自己与'自己'待在一起的方式。"心理咨询师余波说，"你要相信，每个失眠者都被'冰山以下'的部分折磨着、痛苦着。"

余波的好友、另一位资深心理咨询师汤朝千的手机里则存着一张"冰山图"，"你看，露出的三分之一是我们的意识，平于海面的是'前意识'，海面以下的三分之二——最多的部分，是'潜意识'。""冰山图"的原理来自弗洛伊德的精神分析学。按照这一学说,潜意识很难或根本不能进入意识,前意识则可能进入意识,所以从前意识到意识尽管有界限,但没有不可逾越的鸿沟。前意识处于意识和潜意识之间,担负着"稽查者"的任务,不准潜意识的本能和欲望侵入意识之中。但是,当前意识丧失警惕时,有时被压抑的本能或欲望也会通过伪装而迂回地渗入意识。

"深夜自己和'自己'独处之时,前意识很容易丧失警惕,一些刻意压在心底的欲望、想法、情绪情感、不敢面对的人事物,以及未完成的事件,会回到意识层面来反复纠缠你。由此生发的诸多表现中,睡眠障碍最普遍。"余波说。

半夜十二点过,放下平板电脑上卫生间的时候,27岁的丁河特意在镜子前停了停,他发现自己的发际线后退得更加厉害了。没有毛发遮蔽的光亮宽敞的脑门,借着洗手池上方黄亮的灯光,得意地在夜的静谧中闪耀着。上午去集团开会,会间休息,大家在楼顶花园喝咖啡。秃顶到只剩脑后一圈头发的副总经理,总是喜欢在鬓边留上一簇长发,然后把它仔细地盘在额前。谈笑风生,突然大风袭来,正在宣讲某个成功案例的副总经理顿时满脸头发,一片凌乱。几个女孩带头笑起来,丁河也觉得分外滑稽。看着镜子,丁河觉得自己几年后也会秃成那样,顿时很沮丧。5年前大学刚毕业,每每理发,看着新学徒在一颗"发量惊人"的脑袋跟前不知从何下手,丁河心里总会生起带着几丝尴尬的自得。最近两年,他会挑拣"技术好"的理发师,专门嘱咐:"注意额头周围的修饰。"

坐回床上,丁河关掉正在追的美剧《权力的游戏》,打开"知乎",看那个关于失眠问题的讨论。

有网友贴出了熬夜失眠以后与以前一切正常时的对比图,体重、皮肤、气色、毛发,"二十出头像奔四的"。

丁河加入:"如果说岁月是把杀猪刀的话,熬夜就是那块该死的磨刀石,而你就是那个每天亲手磨刀的人。"

"现在'90后'的睡眠状况,到底有多糟?"网友问。

有人又提到了那份针对全国20多个省的《2018年中国的"90后"年轻人睡眠指数研究》。满分100分,"90后"的睡眠均值只有66.26分。根据2010年进行的第六次全国人口普查,中国有约1.74亿"90后",按照这个比例,有约1亿"90后",都睡不好觉。

有人借用了萧敬腾《王妃》中的几句歌词:"夜太美,尽管再危险,总有人黑着眼圈熬着夜。"

丁河看过一份资料,说是从睡眠障碍者的职业分析,最容易失眠的是程序员,占16%,其次是蓝领、销售、咨询人员,新兴职业的淘宝店主、网红的睡眠状况也不是很好,分列第五、第六位。丁河恰好是干销售的。但他觉得,自己的"无眠"很多时候不是"不困",而是觉得如果就这么睡了,好像是种浪费,带着某种"不甘心"的意味。

长夜漫漫,丁河却无心睡眠。在夜晚,他才有紧绷一天之后的散漫。白天的他,西装革履巧舌如簧,忍辱负重点头哈腰只是为了冰冷的销售数据不断上升;黑夜的他,身上笼着有洞的睡衣,喜欢自言自语偶尔迸出一两句脏话,这才是真正的他。白天,为了工作不得不接触大量陌生人,他从骨子里感到疲惫。生活完全被无感的职业所塑造,让他觉得可悲,他害怕变得平庸,"因为'生而为人'是必定担着某种使命的"。丁河从做这一行开始,就知道自己"志不在此"。他喜欢掌控自我。大三的时候,他联合几个美术系的同学一起组建了一个小公司,做创意手工饰品,价格定得高,顾客很小众,维持了半年。他也去报社实习了大半年，和"老记"合作的特稿还拿过市里的新闻奖，可光环毕竟不能当饭吃，纸媒越来越不景气的现实无法回避。所以，现在即使他能拿到三十万的销售提成，开着崭新的路虎炫耀在街头，有漂亮的女孩子主动加微信，心底依然被无名的失落感萦绕。

"我觉得，三十岁上下的人很悲催，处处被人掌控着，还必须面带微笑。"丁河说。

被"与理想无关"的现实掌控，因为你首先得生存，大多数人上有老下有小，距离拿退休金还有几十年，谁也不能预测这中间会发生什么。被手握资源的客户掌控，因为合同在他们手里。被上司掌控着，他们决定你是否升职加薪，三十岁上下的人资历靠后，但又是干活的绝对主力。被下属掌控着，他们决定你的想法是否能落实，而他们的失误最终由你承担。被老家的亲情掌控着，逃不开以爱为名的要挟，逃不开小城父母们的攀比——钱、车、房是最明晰的比较指标。对丁河来说，光天化日之下，他必须随时随地脸上携带微笑，像随身携带三部手机一样。只有在夜里独处时，他不必微笑。与黑夜为伴，是丁河潜意识里与现实的自己的对抗。

丁河寻求黑夜的诗意。晚上读书、听歌、追剧、发呆是一种"恢复"，是与自己灵魂对话的方式。做销售工作时间灵活，他常晚睡晚起，明知晚睡和抽烟一样会让自己"短命且死得很难看"。他时常感到自己与整个社会的运转都不相配。除了提早到来的"发际线后退"，买不到早餐店新鲜的馒头包子豆浆、只能用油腻或重口的夜宵做晚饭让他耿耿于怀，有时他觉得"两餐太近，肚子发闷"，会选择一天只吃两顿。

正午起床时，丁河看起来黑眼圈浓重面色青黄，下巴布满胡楂，"白天，有时感觉自己就像身中剧毒，耳鸣、浮肿、上火、消化系统紊乱。"

"你可以试着调节自己的生物钟啊？"

"不行，我已经成了昼伏夜出的生物，无法说服自己恢复常态。"

洗过一把脸，丁河的眼睛重新焕发光彩。

"有人经常工作或玩游戏到凌晨才睡，第二天甚至到中午才醒。但如果让他提前睡觉，他可能睡不着。这是睡眠时相后延，并非真正意义上的失眠。"一位精神科医生说。

凌晨依然不能入睡的，还有阿红。"奔四"的阿红热衷于追偶像剧，"弹屏"时或者在"剧吧"里喜欢自称"老阿姨"。看着屏幕里"小鲜肉"花式撩妹，嘴边不知不觉地浮现出"姨妈笑"，"感觉自己就是被那个男孩温柔地护在怀里的小女生。"

在阿红的手机里，最高纪录是同时并存五个视频 App，有六部青春偶像剧需要同时"追"，一晚上的时间全部都泡进这些剧里了。白天，阿红想起夜里追的那些"狗血神剧"，自己也会觉得不可思议，"一个标准的办公室'御姐'怎么会做出这样的事？"在政府机关里，盘起一头长直发，习惯于穿黑灰色系职业套装，一脸冷清的阿红，更是一点点也不会显露出自己"俗气"的"喜好"。

每每阿红追剧，都会把自己代入"玛丽苏"的情节——那个被异性宠爱包围的女孩。深夜连续的追剧，让她哪怕是在漆黑中躺下，也数小时辗转反侧，陷入剧情幻想之中，睁着眼睛看见天一点点亮起来。一年多的失眠问题，给阿红留下了记忆力衰退、脱发、发胖、急躁、心慌等一大堆"毛病"。哪怕知道屏幕光线可能抑制褪黑素分泌（褪黑素，由脊椎动物大脑中心状如松果的腺体分泌，通过产生困倦感及降低核心体温来调节每日的睡眠与苏醒循环），"对女人来说，有可能除了失眠，更有患上乳腺癌的危险。"阿红很清楚自己面临的健康危机。有一天晚上,她一直追着的网剧突然下架,竟然有一种失恋的感觉。

和周围的许多同龄女性一样,结婚多年,孩子读书离家。阿红的丈夫至少有五年不曾拥抱过她,除了一年中为数不多的几次夫妻生活,他们近三年没有接过吻。阿红的丈夫是个"一板一眼"的男人,喜欢把"老夫老妻"挂在嘴上。两年前,孩子开始住读的时候,阿红的丈夫就主动申请到郊县工作,理由很充分:孩子住校了,也不需要辅导功课了;郊县生活补贴高;有充足的基层管理经验,回来更容易提拔。

"他是个好人,但有时想想,这样的婚姻有什么意思呢?"

阿红有几个年纪相仿的朋友,动离婚的念头已经将近十年了,可到最后却发现彼此的一切都纠缠太深,包括财产、房子、孩子、社会关系,就像旧院子里两棵缠在一起长了百年的老树,盘根错节,动一动太伤元气。把一切看淡,也懒得离婚。有朋友和丈夫在外"各玩各的",彼此心知肚明。但阿红从小接受的教育太正统,觉得这样做"连底线都没了"。

"我熬着夜,在那些幼稚的青春偶像剧里寻找被爱的感觉。"阿红说。

汤朝千认为:"冰山之下——潜意识里的东西很复杂,除了各种被压抑的欲求,更有防御和祈愿。"汤朝千接待过一个饱受失眠折磨的证券公司操盘手,每天经历过上午九点到下午三点的忙碌之后,心中的弦依然紧绷,成宿成宿地无法安眠,全靠药物维持睡眠。"股市瞬息万变,他的潜意识希望他随时随地都能像个敏锐的警卫,能够预见和防范可能出现的危机。"

高三学生小路每晚都会在入睡的两个小时左右被突如其来的腹痛惊醒,继而上厕所,再返回床上躺下,睡意全无。经过细致的检查,小路并没有任何消化系统问题。这样的腹痛腹泻起于一次模拟考试的前夜，对于那场主要关于立体几何的数学考试，小路恐惧且毫无把握。在之前的几次考试中，小路没有及格。高瘦而眼神犀利的数学老师每每讲评都会先点名痛批。老师的手臂伸得很长，他手里抓着的那张满是红叉和问号的试卷，像一面耻辱的旗帜，在这个面目严厉的中年男人的愤怒中招摇，留给小路深刻的印记。夜里突发的不适，使小路第二天成功躲过了那场模拟考试。很快，他蹊跷地迎来了每晚必约的"腹痛"和随之而来的失眠。在心理门诊，医生告诉小路，这恰恰是他"隐藏愿望"的实现方式。

伤 口

少女云儿的梦千奇百怪，梦境诡异，但主题都与死亡相关。十四岁的云儿害怕睡觉。"睡着了会做各种各样的噩梦。"云儿告诉心理咨询师何梅。见到何梅之前，少女云儿的"睡眠恐惧"已经发展到哪怕通夜开着灯，也不敢合眼，直至"熬到极限"才疲惫不堪地睡去。

重庆上智心理咨询服务有限公司"何博士工作室"的何梅，每个星期在重庆市江北区人民医院有半天门诊。在这里，性格细腻温柔的她接待了很多青少年咨询者。

何梅发现，云儿对自己的每一个噩梦记得都很清晰。在梦境构建的所有诡异氛围里，云儿都是孤独无助的，而且躲逃无路。

云儿性格内向，说话躲躲闪闪。在何梅挖空心思与女孩实现深入交流后，她一点点还原了这个女孩的生活轨迹。

"总体来说，这个女孩儿是个'缺爱'的'留守儿童'。"何梅概括道。

云儿的父母在她很小的时候就调去外地工作，外婆需要昼夜不停地照顾卧病在床的外公，就常常留她一个人单独睡觉。四五岁时云儿怕黑，甚至不敢单独待在房间里，更不敢一个人睡。黑暗当中会传来各种古怪的声音，原本很微弱，在黑暗中却无限放大，比如，有东西滑落在地上的声音，风吹动窗户的声音，旧房子里偶尔有蟑螂、老鼠爬动的声音，甚至还有隐隐约约的如婴儿啼哭的猫叫声。白天，外婆为了哄她听话，讲给她"狼外婆"的故事，"狼外婆嚼起小姑娘的手指咔吱咔吱响"。再大一点，她会去翻翻大孩子们在杂志摊买的《鬼故事》，里面有"僵尸系列"。身边的小朋友知道她的父母都不在身边，不断给她讲自己和别人"亲身经历"的"灵异事件"，告诉她，她和外公外婆住的那栋老房子里吊死过一个白衣女人。她将夜里听见的声音和白天的见闻不自觉地联系在一起，噩梦频频。

读初中的时候，外公去世，因为不适应住校生活，云儿继续住在外婆家里。外婆去照顾舅舅的小孩，在家的时间更少了。独睡的云儿越来越不能承受夜晚入梦的恐惧，总在即将进入睡眠状态时大脑条件反射般地苏醒，直到天边有一丝微亮透出。那时，云儿一个月里大概有五六天能睡好，或是缺觉太久实在太累，或是白天被老师训得太凶没有心思想睡眠问题。云儿也曾试着与大人沟通自己"不敢睡"的问题，大人们认为她就是"体力活干少了"，"人小鬼大没事找事"，外婆让她"没事的话学着做饭"。

开灯睡觉的习惯是从念初二开始的。有一天，因为一点小摩擦，班里几个男生很凶地对着云儿吼了几句侮辱带恐吓的话，可怜的女孩从那天夜里就开着灯睡，一直发展到后来开着灯都通宵不合眼。最终，因为长期的严重失眠，云儿白天上课状态异常的情况，引起了老师的注意。

"有些睡眠障碍的根源是心理创伤。"何梅说。

何梅帮助过一个二十岁出头的火锅店服务员，女孩的症状包括失眠和妄想。女孩常常换工作，特别在意老板和顾客对她的态度和评价。入夜，脑子里翻来覆去地想事情导致无法入眠。

"这个女孩在刚出来打工的时候，经历过严重的挫折和误解，但没有及时从里面走出来。她平时与人打交道格外谨慎小心，以至于有的顾客觉得这女孩子怎么特别多事，结果反而更加容易出现问题。"前来咨询的时候，这个女孩反复向何梅诉说周围人对她形形色色的敌意，以及她的"自我感觉"，"我的长相是不是有点怪，左右脸不对称"。这个女孩被诊断为偏执（人格障碍）、抑郁焦虑（情绪障碍），如今已经咨询和治疗了一年半的时间。

与其他睡眠障碍的患者不同，刚读大三的王东自认"睡眠很好"，"昨夜又是好觉"。就在昨夜，王东的母亲又一次目睹儿子从卧室中出来，徐徐穿行到客厅，开灯，接着从饮水机里倒出热水来冲果汁，然后坐在沙发上慢慢喝下。和以前无数次一样，重复完这些动作，王东回到卧室，继续睡觉。

王东是个已经有七年病程的"梦游症"患者，正因如此，已经读大学的他只能住在家里，和父母一起保守着这个黑夜里的"秘密"。父亲为儿子每晚不自知的"梦游"做了充足的安全防护，用棉布包住桌角椅角，用胶布贴了电线插孔，甚至挑选可以控温的价格高昂的智能饮水机，以防烫伤。母亲则专门在客厅一侧摆了一铺小床睡在那里，这样可以在夜间看住儿子。几年来，王东和父母跑了很多趟医院，在彻底排除了脑部器质性病变以后，确认这是心理精神问题。

通过与王东的深入交流，医生发现，有一道坎隐隐横亘在这个男孩心里，尽管他根本不愿提及 ——

在王东十二岁的时候，跟着二十岁出头的小舅舅去游乐场。那天很冷，半道上，王东突然提出想喝一杯热饮，一向疼爱侄子的小舅舅就去马路对面的小店里买。就在他急匆匆端着热饮过马路的时候，被相对而行擦身而过的一个大汉撞了一下，跌倒时被一辆刚起步的公交车卷到车轮下。这场惨烈的车祸中，大摊的鲜血和飞溅一地的橙色饮料，是留给王东最深刻的印象。之后几个月，幼小的王东都没有从悲痛、恐惧和内疚中走出来。许多亲戚朋友向王东询问整件事情的发生经过，这让他开始隐隐害怕，他跟周围人说："小舅舅过街是给他自己买热饮，他口渴了。"也许是为了保护这个孩子，慢慢地，家里所有人都开始刻意不去提小舅舅的事，就仿佛世界上从没有存在过小舅舅这样一个人。

十四岁的时候，王东第一次发病，那天晚上饮水机是断掉开关的，但梦游中的王东竟然能够精确地插上电源、打开开关。那一晚，母亲刚好起身上厕所，看到了这一幕，"上前叫他，怎么叫都不答应。孩子目光呆滞，面无表情，就像中了邪一样。"后来才知道，儿子竟然是在沉睡中完成这一切的。

32岁的何强同样也是一个"睡眠障碍"的"例外"。别人是"缺觉"，而他是"嗜睡"。就连出现在心仪的相亲对象面前，何强也是强打精神。即使喝着最浓的咖啡，也无法掩饰他渐渐展露出的倦意，以及连连出现的哈欠。

何强是一位工程项目部经理，工作压力大强度高。他已经习惯于随身携带一根牙签，用途就是在困意渐浓的时候"摸出来，用力地朝手心刺一下"。平时，他会尽量避免长时间靠在某个东西上，这是有先例的。一天上午，他巡查工地，感觉有点累，就挨着一堆预制板靠了几分钟，没想到就在那里睡着了，直到工人把他唤醒。午睡是何强每日必须的功课，他会把手机铃声设好再同时准备一个闹钟，力争在两个小时后准时醒来——但这是件很难的事。时常，闹钟叫着，何强意识清楚却动不了身体，这是一种"鬼压床"的可怕体验。灵魂清醒着，朝着一动不动的肉体狂喊：起来了，不然你今天的工作又要泡汤了！急，却一筹莫展。

白天每隔两三个小时就犯困，持续了三年时间。即使按照医嘱调整睡眠，保持晚上9点多睡、早上6点起的作息，何强白天依然困倦。

其实，三年以前何强并不是一个嗜睡的人，相反，成家立业的压力常常让他辗转反侧。嗜睡，是在他有过两次"熟睡"体验之后，才慢慢开始的。

第一次"熟睡"体验是在恋爱受打击之后。那时，何强的生活中出现了一个漂亮女孩，她主动靠近何强，却始终保持若即若离的状态。就像有次女孩主动提出去何强家做鱼吃，等何强买好了晚餐所有食材，她才打电话告诉何强，晚上她有急事来不了。但夜里女孩的朋友圈却显示，她在自己家里做了一顿意式大餐。在反复考量之后，何强决定结束这种暧昧的状态，就在微信里对她表白，没有任何回应。次日他发现自己被女孩拉黑了。再打电话，发现自己的电话也进了"黑名单"。深夜十一点，实在无法想通的何强试着从QQ上联系女孩，几分钟后，QQ跳出这样几句话："我明确告诉你，我与你之间除了同事关系以外再不可能有其他，我有男朋友了，请你好自为之。"不到一分钟，QQ也被拉黑。警告般的几句话直戳心肺。那一晚不知为何，何强裹紧被子，睡得格外沉，第二天醒过来的时候已经是中午十二点，手机上公司打来的未接电话有二十多个，但他竟然都没听见。这个女孩他没有再联系，虽然同在一个系统，何强尽量避免与她接触。半年后女孩结婚，办公室里有个同事讲："他们那婚礼可非同一般，女孩子的父亲是正厅级领导，婚礼的司仪都是电视台的当红主持人。"闻此言，出身平凡的何强从此更加努力地工作，想要摆脱这件事带给他的阴影。可是，业绩拔尖的他，年底又出现在了公司的调动名单上——调动到闲置部门，收入将比过去低一半。他看见自己的名字清晰地落在白纸黑字上，一言不发，当天下午回家倒头就睡，这是第二次"熟睡"体验。这一觉也是睡到第二天中午。起床后，他愤然到公司递交了辞职报告。虽然两个月后，他找到了待遇更加优厚的工作，但却渐渐开始了"嗜睡"。好在经过系列检查，排除了最为棘手的"发作性睡病"。

"嗜睡确实不多见，要澄清是不是易疲乏，对生活没有兴趣和动力。有可能是发作性睡病，更有可能是心理诱因——一些人遇到困境的防御机制是逃避型、幻象型或退化型的。"罗捷认为。

产　业

"值得关注的是，在心因性的慢性失眠里，具有负性思维模式的人比例很高，通过精神交互作用，由于越来越关注，导致问题越来越严重，形成恶性循环。过度恐惧和关注睡眠又导致了生活的失序。"何梅说，"转过来，我们的科技发展和消费主义又制造了形形色色的'睡眠产业'，致力于解决睡眠问题的同时，也制造着睡眠问题。"

在何梅的印象里，很多人被"睡不着"给吓着了。有的人硬将自己睡眠的长短给规定了，比如30岁至40岁，每天至少保证8个小时睡眠，如果没有做到，就不断暗示自己"睡眠不好"；有的人对"什么是好的睡眠"也有认识误区，认为只要做梦就表示"没有进入深度睡眠"。有一位退休干部规定自己每晚必须十点半准时入眠，如果已经过了一个小时依然没有睡意，他就觉得"今晚肯定毁了"。

"很多患者对睡眠有误解，他认为自己一定要睡着觉，第二天才会精神好，睡不着觉就会对身体造成影响。因为有这样的思想负担造成对失眠过度的关注，越过度关注，越担心睡不着，越想要睡好，就越睡不好，所以一定要患者认识到这些，他才能够放松去睡觉。"

目前，遭遇"失眠"的大部分病人自我调整的步骤主要包括练瑜伽、体育锻炼、饮食调整等，如果这些非药物治疗没有达到效果，需要专业人员的心理教育谈话、咨询治疗共同协助。如果来访者因为心理压力大而倾诉了半小时，医生认真听的本身，就有疗愈的作用。

"再配合放松训练结合按摩，常常可以起到很好的缓解甚至治愈的作用。"心理咨询师刘云波说。

刘云波曾是一位军队心理服务工作者。他到高原部队服务时，遇到过一位战士，主诉自己已经失眠很长一段时期，原因是一闭上眼脑子里就闪现一幕幕恐怖血腥的画面，无法正常入睡。通过与战士的长时间深入交流，刘云波确认他没有其他身体问题和严重的精神障碍，于是现场引导他开展放松训练。"进入渐进式肌肉放松环节时，该战士无法放松，感到非常紧张，自述眼前出现很恐怖的画面。辅以背部按摩后，该战士感到恐怖画面消失，眼前逐渐由黑暗转为明亮，心情逐渐放松。"在多次谈话和训练后，随访发现这位战士睡眠状况明显改善，可以高效完成各项工作任务。

如果一段时间的谈话治疗效果还是不能让患者很快睡眠，药物治疗可以起效。

镇静催眠药物是治疗失眠的一个重头戏，主要是苯二氮䓬类药物，经常应用于临床的是唑吡坦、佐匹克隆、右佐匹克隆以及扎来普隆。

扎来普隆和唑吡坦都是十到二十分钟起效，可以用于一些入睡困难的病人。佐匹克隆和右佐匹克隆，则起效时间比较短，半衰期也比较长，适用于睡眠维持困难的病人。褪黑素是当下比较流行的药。而奥氮平等药物，精神科医生则普遍认为，"病人吃了以后，看起来睡得很好，其实包含着肥胖等诸多副作用，要慎重对待"。

"如果说患者吃安眠药，吃了一段时间后觉得挺好的，千万不能一下子停掉，不管哪种安眠药都要缓慢地减量。如果说病人伴有睡眠呼吸暂停，或有肺部疾病的，那要非常谨慎地使用这些药物，尽量不要用。因为很可能导致睡眠呼吸暂停加重，有猝死的可能。所以，我们开安眠药之前一定要问病人：晚上有没有打呼噜？是不是有很严重的憋气？"罗捷说。

接受心理咨询需要时间空闲和费用。在重庆市，不仅是专业的精神卫生中心，三甲医院普遍开设了心理门诊，连儿童医院也有"儿童心理门诊"。公立医院的心理咨询是便宜的，目前有40、50、60一次几个价位，一次30分钟左右，需要排队。而以工作室形式从业的心理咨询师，一次咨询至少50分钟，每次的费用以数百元计。

近几年来，何梅的工作室热衷于社会服务，低价接诊了很多底层民众和青少年，比如云儿和那位女服务员，"睡眠问题已然成为社会问题，对我而言，这是种社会担当。"

"值得注意的是，这几年国内心理咨询乱象丛生。很多人拿着考来的心理咨询师资格证从业，究竟专业素养如何，不得而知，可谓良莠不齐。"一位三甲医院精神科医生说。

2017年9月，国家正式取消了心理咨询师资格证。职业还在，只是国家退出鉴定。

"由于历史原因,不可否认部分考证者并不是为了从业,而是为了解决自己的问题,'随机从业'者不在少数。虽然'心理咨询师'这个人数过百万的群体,对我国心理健康事业贡献巨大,但国家从来就没有让这个行业'坐正',它就不是'准入制'的类别(医生、律师等属于准入制)。将来,把心理咨询师纳入到能力水平评价或准入性专业技能,对专业人才实施准入制管理,才能彻底解决目前混乱局面。"刘云波说。

在关于心理咨询的"五花八门"中,"催眠"这一"神奇的技术手段",一小时的收费动辄在千元以上,更是引发了诸多争议。关于"催眠",不少人说话很难听:这就是一个打着噱头骗钱的把戏。

"实际上,催眠是一种很好的补充治疗手段,有时会发挥意想不到的奇效。"汤朝千说。目前他的主攻方向正是催眠与认知行为。

"我会跟失眠者说,从今天起,你都能好好睡觉。"汤朝千所采用的"美式催眠"除了部分严重精神障碍外,都能很好地实现"催眠","催眠中使用正面话语,能够直接绕开前意识的阻抗,直达潜意识。"

睡眠本身不能带来效益,睡眠问题却带来了效益。

回溯历史上人类对睡眠的认识,其实是相当有趣的:在古希腊,人们认为睡眠是一种"中毒现象",罪魁祸首是"白天活动时体内产生的代谢产物";15、16世纪,有人提出睡眠是一种"大脑暂时关闭的状态",原因是"血液冲到脑部,对大脑造成压力";直到20世纪,被誉为"现代睡眠研究之父"的克莱特曼将脑电波应用于睡眠研究,发现了快速眼动睡眠期(REM),睡眠才真正成为一种科学。

在某种程度上,正是科学提供的理论和数据,助推了消费主义的睡眠迷思。国人或许从未像今天一样,把睡眠看得如此重要:从眼罩耳塞、枕头床垫床单被套，到褪黑素、脑电睡眠仪、熏香、助眠喷雾、睡眠饮料，再到助眠音乐、睡眠监测App、睡眠宝典、专业睡眠咨询师、睡眠社交……

各种睡眠产品应运而生。人们日间用咖啡因、安非他明和莫达非尼等保持清醒，又在夜不能寐时吞下各种安眠药丸祈祷安睡。正如干净的水和清新的空气要靠购买才能得到——就像强调无污染产地的瓶装水和日趋流行的空气净化器，睡眠这一再自然不过的事物最终也成了商品。消费主义的思路擅长把问题转化为商机，于是，市场在科技的支持下提供各式各样的睡眠解决方案——这是个看似完美的商业闭环。

可睡眠问题真能迎刃而解吗？在以上种种消费情景中，与其说消费者购买的是产品，不如说是解决问题的期许和可能性。至于问题最终能否解决，因人因情况而异。

修 复

"究其根本，失眠不是一个纯粹生理或者心理的问题，它是各种社会因素的交织。比如，在儿童身上会有和家庭环境的交织，在成人身上会有夫妻关系甚至婆媳关系的交织，到老年人身上甚至还会有二胎政策的影响。"心理服务志愿者孙小莉说。她所在的"心起点"公益团队足迹遍布重庆市数十个社区，帮助过的对象包括学生、老人、留守儿童、婚恋危机人群、单亲困难家庭、出租车司机等。

"拯救睡眠，最关键的是，要把'失眠'作为一次修复契机，给人疗愈的机会，让人看到自己的'伤口'和'痛点'。"余波说。

因为在既往的人生经历中走的路稍微偏离了正常状态，导致在某个节点上超出了一个范围,这并不意味着常态。一旦失眠或者有一点抑郁焦虑,恰恰是自我认知的一个最好时机,思维模式和情绪认知都是可以借此自我调整的。

心理咨询师汤朝千也曾经罹患严重的失眠。一段时间里,安眠药的等级不断提升,每天服下的药片数量也超出常规。"学习心理学是自我安抚的一种方法,作用很好。"他把生活中的快乐称为"拉力",把爆发的压力称为"推力",心理咨询师提供的帮助只是一种"补充的拉力"。

丁河是在经历了两年多的"睡眠时相后延"后,开始真正意义上的"失眠"。他尝试调节作息时间、听轻音乐、戴眼罩、喝牛奶、睡前健身,都没用。吃第一代镇静催眠药物无效后,医生给他换第二代镇静催眠药物。他先吃一片,后来两片,最后三片。药物的副作用很明显,第二天脑袋里就像"生了锈",血管里的血液凝滞了,连舌头转动都不灵活,非常不舒服。丁河先后跑了几个医院又找到一些心理咨询师的工作室,断断续续吃了一年药。在这期间,丁河的父母先后迁去了哥哥姐姐的城市,丁河发现那个曾生他养他的世俗小城与他的牵绊越来越少。丁河有过幻想,风浪来临,把父母家人都安置到深山中一个安全的地方,自己独自去面对,死活不重要,关键是能够拼命搏击一个回合。"只是没有想到,在年近三十之际,命运用另一种方式成全了我。"今年5月,丁河辞去销售工作,拿出自己的全部积蓄投资朋友的新兴农业公司,他们在区县流转了十几亩土地做"瓜果采摘"。丁河在乡下给自己改造了一栋"别墅",院子里满是花花草草,"这在大城市里就是办不到的事"。他在"抖音"里直播自己在地里修剪蓝莓枝条的视频,一个小时里转发量居然破万。最神奇的是,辞职创业的第二个月,他的睡眠就恢复正常了。"每天晚上十一点准时睡,也不再为'早睡'感觉'不甘心'了,第二天早上七点准时起床。"

因为今年活儿不多,在外面也没赚到多少,宋大姐的大儿子准备带着媳妇回来了。"他做了好多年漆工,手艺好,回来正好帮着把家里的房子翻新翻新。"宋大姐端着一大碗面大口大口吃着,上面有几块排骨和一个煎鸡蛋。上午,宋大姐去了村委会,跟村干部们汇报了想把屋外的小溪挖个渠引一部分水流从自家院子穿过,有客人上次跟她建议过,外来的客人觉得这里的水特别好。"我觉得在家好好干绝对比外面打工强,只是孩子们不愿听。现在总算有想通了的。回来一个,我就少操心一个。"宋大姐叹了口气。最近,夜里躺下犯胸痛的时候越来越少了。

社工陈琼最近在社区组织了一个"老年学堂",许多随迁老人都被发动参加进来,活动的时候可以带上孙子,活动内容包括聊天、下棋、吟诵和舞蹈,老张夫妇也在其中。周末,老张的儿子儿媳会带上一大家人出去郊游,去哪里也会征求下老两口的意见。"最近老伴的脾气好了不少,晚上至少能安稳踏实地睡五个钟头。"老张说。

云儿到何梅那里去做心理咨询,都是父母亲自带她去。父母回来了,房间紧挨着云儿的卧室。云儿夜间依旧能听见各种声音,但她知道,父母就在隔壁,安心。两个疗程以后,云儿已经能够关灯入眠了。

郊区僻静的河边,是王东逝去的小舅舅的坟地。九年来,这是王东第一次手捧白菊站在小舅舅的墓碑前,"谢谢您,对不起!"话音未落,高大的王东已经痛哭失声。这六个字,是九年来他一直想说而没能说出口的,就那样压在他的潜意识里,化为深夜驱动他"梦游"的怪兽。

阿红告诉自己的心理咨询师,周末丈夫从区县回来,她会约他一块去喝下午茶——这是他们结婚十六年来的第一次。这次,阿红准备好好跟丈夫沟通她对婚姻家庭的想法和期待。

何强很幸运。这次,他在相亲中看中的女孩恰好也喜欢他,女孩的喜欢没有带着半点"忽悠"的色彩。"我们谈朋友吧?"何强小心翼翼地发微信,心惊胆战地等回复。"好啊!"不到一分钟,女孩就回复了,还带着三朵玫瑰花的标记。这是傍晚六点,何强没有再感受到来自内心的倦意。

(注:文中除罗捷、何梅、刘云波、余波、汤朝千、孙小莉为真名外,征询受访者意见,本着保护隐私的原则,文中其余人物均为化名。谨以此文献给我国正在发展中的心理健康事业。)

(原载《北京文学》2019年第4期)

东极之光（节选）
——"里斯本丸"事件纪实

阎受鹏　孙和军

前　言

2015年10月20日，国家主席习近平在白金汉宫出席英国女王伊丽莎白二世举行的盛大欢迎晚宴上致辞时，赞扬"里斯本丸"沉船事件中，勇救英军士兵的舟山东极渔民："第二次世界大战期间，中国浙江省舟山渔民冒着生命危险营救了日本'里斯本丸'号上数百名英军战俘。中英两国人民在战火中结下的情谊永不褪色，成为两国关系的宝贵财富。"

太平洋战争爆发，香港沦陷。1942年9月25日，日船"里斯本丸"押送1816名英军战俘去日本做苦工。10月2日凌晨，"里斯本丸"驶至舟山东极海域，遭美军潜艇"鲈鱼"号攻击而沉没。日军欲全歼英俘，并将罪责推卸给美国。东极渔民在惊涛骇浪中将落海的384名英军战俘从鬼门关拉回来,粉碎了日军全歼英俘的阴谋。可东极渔民当时不知道这艘巨轮是押送英俘的日船"里斯本丸",也不知道它缘何沉没,更不知道救起的那群人是特殊的人,在一个特殊年代里,因为一种特殊的命运来到这里的人。他们只知道救人。

"四面大洋。上有虎豹龙蛇,人迹罕至。耆老相传,古有仙者隐于此。"宋乾道《四明志·昌国县》对东极这一方水土的描述,涂抹了浓浓的传奇色彩。

相传很久以前,舟山群岛几个渔民驾着木帆船在茫茫的大海上向着东方驶去。突然,碧波万顷之中,现出一簇小黑点,驶近一看,是几个荒无人烟的小岛。渔民登岛望着这水天一色浩淼无际的大海,以为到了天的尽头,于是,他们便把脚下的这片岛称为"东极"。

东极的渔民撑着小舢板捕鱼捉虾,日出而作,日落而息,一代又一代,薪火相传。谁也想不到"二战"时,日船"里斯本丸"会在这里沉没,无声无息地生活着的东极渔民会干出震撼海天的壮举。

东极渔民抢救落水英兵和侨民的故事,是一个悲壮的、惊险的、充满人道主义关爱的故事;是一个让世界了解中国,了解中国人的故事。在艰苦的战争环境下,舟山东极渔民自己的生活都是一个问题,他们自己的未来都是一片迷茫,然而他们却选择了救。这一救,彰显了中国舟山东极渔民一颗善良的心灵,宁肯不要海上漂浮的"洋货",而去救人的性命;宁肯自己饿着肚子,给英国人吃饱;宁肯自己穿不上衣,还要给英国人穿衣御寒;他们知道生命的可贵,但依然敢用自己的生命去保护与自己毫不相干的英国人。今天,朴实的中国舟山东极渔民虽然已经渐渐地淡忘了自己的英雄行为,只愿过平淡而操劳的生活,但历史不应该忘记他们。他们是中国精神的代言人,是世界为中国感动的一群人!

英俘被押上"里斯本丸"

古希腊历史学家希罗多德有句名言:"神欲使之灭亡,必先使之疯狂。"

"二战"的日本,是疯狂的日本。

战争恶魔的掌心牢牢地攥住了日本。法西斯战犯们驱赶着一个民族,走上了血与火的不归路。

战争的机器一旦启动,日本这只狼一股劲向前猛冲,再也无法回头。1941年12月7日,日本抱着"举国玉碎"的决心,挑战国力强于自己数十倍的美国,闪电般袭击珍珠港,太平洋战争爆发。

同时,日军攻占了香港。

香港沦陷,不幸的1816名英俘和一些眷属,被日军的刺刀抵着脊梁,押上了吹嘘为乐园的武装运输船"里斯本丸"。

香港之战

日本是个生存环境特殊的多山岛国,处于环太平洋火山地震带,自公元416年有历史记录以来,至2005年,里氏5级以上或有死人记录的大地震有433次。日本还平均每年有四五个台风登陆,其多山环境的泥石流潜在危险更是无以算计(梶秀树 冢越功《城市防灾学——日本地震对策的理论与实践》)。日本的自然资源贫乏,其工业生产所需的主要原料、燃料,均依靠进口,始终怀揣危机感。明治维新以后,日本开始逐步走向对外扩张的道路。而扩张之路所必要征服的,就是疆土辽阔的与其一衣带水的中国。光绪十三年(1887)二月,李鸿章在《论日本修约》一稿中称:"窃维日地褊小,而有大志。日人诡谲而能自强,实为东方异日隐患。"此语落地仅仅过了7年,中日就爆发了甲午战争。徒具肥胖之躯的大清王朝,竟经不住日本的致命一击,最后只能屈辱地以一纸《马关条约》,割地赔款以求媾和。这场战争,不可不提的是,英美德法等国,皆站在了支持日本的一边。只有俄国,因为有着自己的"小九九",算是采取了不干涉政策。甲午战争的胜利,使日本尝到了侵略的甜头,也使日本的野心不可抑制地膨胀,一发而不可收。征服中国,把中国纳入自己的势力范围,已经成为日本的国策。

数年之后,日本与俄国大打出手。这就是1904年2月开始至1905年9月结束的历时两年多的日俄战争(日本称日露战争)。这场战争,实际上是日本与俄国为争夺朝鲜半岛和中国东北的控制权而打的,最后以日本的胜利而结束。令人难以置信的是,日俄两国交战的地方,却是在中国的东北以及朝鲜。更为吊诡的则是,英美再次站在了日本的一边。这场战争的结果,使东亚原有的政治格局彻底改写,日本异军突起,跻身于列强的行列。

倏忽之间,天地旋转,世界秩序已经发生巨大的变化。但是,对于日本来说,这一切仅仅还只是开始。

按照既定的征服中国之国策,1931年9月18日,日本发动蓄谋已久的"九·一八事变",吞并了中国东北,扶持溥仪建立伪满洲国。1937年7月7日,卢沟桥事变爆发,日本开始全面侵华战争。

从"七七"事变,至太平洋战争爆发,中华民族以血肉筑长城抗战,单独牵制日军百万,极大地消耗了日军主力。1941年,日本在中国战场已深深陷入泥潭。大半个中国大好河山虽然全落入了日本之手,然而,此时长驱直进的日本大本营无论兵源还是物产资源都已经难以继续支撑大规模作战，想一口吞下整个中国的愿望显然已经无法在短期内实现。何去何从，日本有两派：一派主张北上，配合德国清剿苏联；一派主张南下，和英、法、美争抢亚洲殖民地。北上还是南下，引起了日本陆军部和海军部无休止的争论。

日本觊觎广大的西伯利亚地区已非一日。1939年5月，日本关东军发动了诺门罕战役（又称诺门坎事件），欲占领蒙古东部的哈拉哈地区。苏联看穿了日本的企图，深度介入了这场战役，朱可夫被苏联统帅部任命为第57特别军军长，派到前线指挥作战。8月20日，苏蒙军队发起大反攻，日军一败涂地，第23师团小笠原中将自杀。这一场战役，在二战史上并不为人所重视，其原因是在西方的二战话语权里，第二次世界大战素来是以1939年9月1日德国入侵波兰为标志的。但无可否认的是，诺门罕战役在一定程度上改变了第二次世界大战的走向。虽然据苏联解体之后的解密档案显示，苏联军队在这场战役中精锐齐出，对决的只是一支二三流部队的日本关东军第23师团，可谓胜之不武，只是无论如何，这之后，日本开始寻求与苏联中立，放弃北进战略而南下，与英、美、法、荷兰等国争夺亚洲的殖民地。

欧美列强本来不想与日本干仗，是日本发疯了，狠狠地咬了他们一口，弄得他们皮破肉绽，流血了，痛了，才咬咬牙，狠下心动手打这只法西斯恶狼的。

日本受德国长驱直进、如入无人之境的欧洲战场鼓舞，近卫文麿内阁于1941年7月2日召开御前会议，决定实施南进战略，"不惜与英美一战。"7月25日，罗斯福在英国与荷兰的支持下，冻结了日本在美国的所有商业资产，并对日本施行全面的石油禁运。日本侵华战争开始以来，美国可从来没停止过对日本的能源出口，资源短缺是日本的痛处，美国此举，不啻直刺日本的要害。自认为已经强大到足可以与西方世界一决高下、妄图称霸世界的日本，无法忍受美国的制约。虽然日本与美国的外交谈判一直在继续，但是日本军部与英美开战的决心已无可动摇。

1941年12月8日凌晨，香港突然响起了空袭警报，凄厉的鸣叫声撕碎了市民们的梦。

"哎哟，又搞什么演习啦？"人们半信半疑地从床上跳下来，揉着惺忪的眼睛，纷纷走出家门，彼此不信任地打探着消息。大多数人都以为这又是一次防空演习而已。自从日军占领广州、海南岛，香港早就感受到了战争的气氛。每天时不时的防空警报、防空演习，一开始也把市民的心给揪得紧紧的，几乎难以透气。然而，一天天过去，防空演习的警报声磨得耳朵生茧了，麻痹了，好像不会发生什么事，每天该干嘛，还干嘛。

此时，几辆疾驶的救火车从人们的眼前呼啸着掠过。一些人感叹地笑着说："哈，好逼真的防空演习啊！"

可是，还不到半小时，尖厉的飞机声、震耳的高射炮声和惊天动地的轰炸声杂糅在一起的那种极其恐怖的声音，在香港东北角爆发了。这突如其来的袭击，吓得居民心头突突突乱跳，头上冒出了汗，呆瞪瞪地四下张望着，都没了主意。不少人赶忙穿上衣服，惊恐地跑到马路上，到处打听消息。

有人扯着路边的一个警察低声地问："兄弟，出什么事啦？"那个警察茫然地摊开双手，摇摇头说："我也不清楚呀！"原来他也是才接到紧急集合命令，到底是防空演习还是真的爆发了战争？他也糊里糊涂。战争，对他来说实在太生疏了。

"没什么事吧？"在统一码头和尖沙咀天星码头等着摆渡的人们也互相探听着。

"什么事也没发生过呀！"有人手上晃动着当天的英文报纸说，"那上面的报道，没有一条新闻说香港立刻会有战争呀！"

人们说说笑笑，轻轻松松地等待着横渡维多利亚港的小火轮到来，婆婆妈妈们还嗑着瓜子聊着家长里短，码头上水手们悠闲着，只有个把人忙碌着往灯柱子的灯套上个银灰色的防空布罩。

邻近街道上清洁工在扫马路，远处有生炉子的烟，几家食品店铺陆续地卸下了店门，穿着干净的白色工作服的伙计，闲散地倚在店门，看着三三两两路过的行人。有人买了早点边走边吃，有人骑车匆匆而过，有人在大呼小叫，市声嘤嘤。人们都不相信会有什么飞机，真的会飞到香港空中来扔炸弹。

而事实是，香港人太天真了，他们的猜想完全错了。恶狼已龇牙咧嘴地扑过来了，而他们还在梦幻中。

英美列强对日本侵略中国行径的长期放任、纵容，致使这头法西斯恶狼野心膨胀，妄图霸凌世界，恶狼的魔爪已伸向了这个过了100年平静生活的自由商埠。

日军奇袭美国海外军事基地珍珠港后，还不足8个小时，东条英机便下达了进攻香港的命令。行动的代号是"花开，花开"。

此时，日军已赢得了战争的先机。香港已成了名副其实的"孤岛"，前面是隔着深圳河虎视眈眈的日本大兵，后面是茫茫大海，几乎就是军事家们所谓的"死地"。

太平洋闪击战爆发，应该教训了每一个正义的人：对待残忍不能太仁慈，和法西斯讲道德，是不可饶恕的罪过。

香港时间8日凌晨2时，酒井隆中将司令官指挥日本第23军，从大陆一侧向香港发起了猛烈攻击，并出动35架轰炸机空袭九龙、香港。

此刻，告罗士打行三楼的远东情报部才正式公布日本向英美宣战的消息。三三两两的人群立刻拥上了马路，东一簇，西一堆，站在路边咬着耳朵说话。这可怕的消息立即插上翅膀飞向四面八方，战争的火药味顿时弥漫了整个香港。

形势转变得实在太快了，光靠脑袋上的皱纹似乎无法迅速地了解情势。此时，香港人懵懵懂懂，说惶恐有点惶恐，说不安有点不安，心情有点怪。对战争的无知，使他们不知道该怎么去处理自己的生活以适应战争。因此，当下午第二次警报拉响的时候，市面上的慌乱是令人痛心的。每个人都为了逃避死亡而狼狈地乱窜，有些走进防空洞，有些跑进比较坚固的建筑物，最可怜的是有些人像无头苍蝇一样，东撞西碰，不知道逃往何处，只是在马路上不停地拼命狂奔。

日本突然袭击香港，不仅市民缺乏心理准备，军队也糊里糊涂，疏于防守。1941年12月11日，日军步兵向九龙要塞发起攻击，英军瓦利斯准将没有想到日军这么快到来，他的部属慌乱中拿起武器抵抗，日军已冲入阵地，英军溃败，九龙要塞被日军轻易攻占。

桥头堡丢失，英军的处境更加艰难，被压缩至维多利亚港口附近及香港本岛。12日，日军曾派代表向英军发出通牒，要求英军投降，遭到港督杨慕琦拒绝。

战争在这个时候呈现了一个短期的胶着状态，从14日起至18日这个星期里，双方只是激烈的炮战，尽一切可能以猛烈的火力压倒对方。18日深夜，日军渡过维多利亚港，经过5天炮击，分别在港岛北角、不莱玛、水牛湾完成了登陆。加军榴弹兵D连与义勇军第3步兵连共同扼守渣甸山及黄泥涌峡要道。日军230联队推进渣甸山时，遇上西部旅守军顽强抵抗而出现了自入侵香港以来从未有过的大量伤亡。

西部旅旅长罗松准将铁骨铮铮，视死如归。12月20日，当日军从阳明山庄攻入黄泥涌峡，突袭西旅总部，僚属对罗松准将说："将军，撤吧，不撤就来不及了！"

满脸硝烟的罗松准将，昂首站在阵地上，掸一掸衣上的尘土，笑道："怕什么？"

敌人的炮火几乎压得他抬不起头来，但是他任凭僚属呼喊，仍岿然不动。身后原本招展着的那面米字旗，已经像草标似的几乎成了一根秃杆，杆子还直挺挺地站着，旗布早被战火烧得只剩了几缕焦黑的碎条儿，在朔风中飒飒飘荡。他觉得自己往高处一站，部属都会看见，他就是一面旗帜！

只是他这面旗帜，太疲惫了。太阳已经懒懒地西斜，准备午休，而他从早上到现在，只顾指挥士兵战斗，没顾得上喝一口水吃一口饭。

日军冲上来了，罗松猛地挺身而出，举枪高喊："冲呀！把敌人赶走！冲呀！"

罗松的英雄行为，激发了僚属们的勇气，大家奋身杀向敌人。飞来的炮弹压缩着空气，爆开的弹片穿过人们的脑袋、胸膛、臂膀、大腿……鲜血溅在附近人的身上。罗松射出了他生命中最后一发子弹，一颗呼啸而至的炮弹在他身边爆炸，他倒在硝烟里，与僚属们一起英勇战死。

同日，英国首相丘吉尔致电报香港，鼓励守军抵抗到底，其电文谓："汝能抵抗敌军一日，对于全球之盟军，仍能有所贡献。"

香港保卫战是极其悲壮的，碎裂了多少颗心，使多少人失去了亲人，一辈子陷入痛苦的思念之中。一位满头白发的英国老妇人，坐在新界的一个收容所，沉默地打着毛线衫。外面的炮声、爆炸声和玻璃破碎声，对她好像一点威胁也没有。一队上前线的士兵匆匆而过，有个约20岁青年，走到老妇人面前，在她额上轻轻地吻了一下，正想离去时，老妇人却把他叫了回来，替他穿上那件刚打好的毛线衫，那军人笑了笑走了,也许那青年军人去了再也不回来了,而他的去是愉快的,因为他有一个慈爱的母亲。伤心的是那位老母亲,直到香港战事结束,她还不知道儿子是战死了,还是被俘虏了？如果被俘虏了,日本人对战俘非常残酷,不知道他有没有因为受不住侮辱而牺牲了呢？她的心,难忍儿子离去的痛楚,日夜悲伤地思念……

黄泥涌峡失陷,香港最后一个水塘失守,英军面临断水断粮境地。20日,英军被日军完全分割在东、西两个地区。21日,东部和西部旅反攻均未能成功。24日,日军相继占领了发电厂,切断了淡水供应,守军被逼到岛屿的尽头,此时日军再次对英军劝降,但仍遭拒绝。

25日,日军飞机及炮兵集中火力对仓库山峡、湾仔山峡、歌赋山、扯旗山、西高山的英军阵地狂轰滥炸。港督杨慕琦发表圣诞文告,鼓励士兵奋战。当日下午3时,莫德庇少将向港督报告守军无法组织有效的抵抗。下午3时30分,英军挂出了白色降旗。当晚,在九龙半岛饭店里,英国殖民总督马克·杨爵士,在日军总司令部半岛酒店向日本第23军司令佐木中将签署了正式投降书。至此,香港全部沦陷,因而此日被称为"黑色圣诞"。

霎时,从宝云山到金马伦山、寿臣山、扯旗山、西高山,几乎每个山头都扯起了太阳旗,趾高气扬地飘荡于这个"自由商埠"的天空。

26日,日军奏起了军乐,昂着脑袋,挺起胸脯,骄傲地举行了占领香港的入城式。

占领香港,对日本来说,标志着首次抢占了一个欧洲国家的海外殖民地。

香港开战之时,日军预计需要半年时间才能攻陷香港,18天便结束战事,大大地鼓舞了他们的士气,加快了其攻占东南亚的进度。

然而，日本在东南亚的频频得手并没有带来他们所期望的"停战"，相反，遭到被卷入太平洋战争的各国坚决的联合反击。1942年1月1日，中国与美、英、苏领衔签署26国《联合国家宣言》，世界反法西斯同盟正式成立。这一次，中英美苏终于站在了一起，第二次世界大战由此进入了新的阶段，日本这只法西斯恶狼的末日近了。

资源紧缺的日本，难以支撑长期战争的巨大消耗，因此，一直采取"以战养战"的野蛮手段，掠夺占领区一切资源，包括劳动力。到了1942年，日本本土的劳工已经极度缺乏。要解决这个难题的办法，日本唯一能够想到的，就是利用被日军关押在各个战俘营里的战俘。把战俘送到日本本土，让他们成为劳工，为日本的生产提供廉价的劳力，这成为日本国内工业界无比强烈的呼声。

香港保卫战的盟军将士，包括英军、印军、加拿大军以及义勇军，有2113人阵亡，2300人负伤，10000多官兵、眷属被俘。被俘的将士多数被关押在深水埗战俘营。此时，他们还不知道，他们中间的1816人，在不久的将来，将经历一场漫长而残酷的地狱航行，押往日本作为劳动力使用，最终近一半官兵将长眠在途中，再也回不到他们浴血保卫过的香港，再也走不进他们温暖的家中，再也见不到他们的至亲那望眼欲穿的目光了。

日本人会优待俘虏吗？

1942年9月25日清晨，皇家苏格兰团第二营军官汉弥尔登与伙伴们没精打采地坐在泥地上，靠着香港深水埗战俘营的墙根，蒙蒙眬眬地打着盹。"快！快！集合！集合！……"几名突然闯进来的日军大声吼叫，吓得他们跳了起来。

汉弥尔登是"里斯本丸"惨剧幸存的三位英军中校战俘（豪威尔中

校、波特中校、汉弥尔登中校）中的一位。离"二战"不久，汉弥尔登脑子里还保留着鲜活的记忆，一切清晰如昨。他以自己的亲身经历写下了《"里斯本丸"的沉没》，并于1966年出版。他的回忆材料成为远东国际军事法庭审判日军战争罪行的证词。他对日军如何将英俘押上"里斯本丸"，以及船上非人的境遇与遭受的虐待，记述得一清二楚。

"走，走，快走！"日军驱赶着英俘走向香港深水埗营地的阅兵场。有几名英俘臂上、腿上的伤口正在换药，刚包扎了一半，也被日军猛地拖起来往外走。

深水埗营地的阅兵场上，黑压压地站着1816名英军战俘，静默地等待着日军安排他们的命运。

狼不会变成羊，即或伪装成羊，也是为了吃羊。负责押解英俘的是日军少尉和田英男，这头披着人皮、杀人不眨眼的恶狼，此刻，装扮成绵羊，脸上竟挤出了一丝笑容，笑得眼角的皱纹分成燕尾般的三叉，两颊鼓起软绵绵的肉疙瘩，将那张怪脸压成了南瓜的形状，表示出一副天生可爱的模样。他用一种日本人惯装的礼貌样子，弯腰指点着停泊在海面的"里斯本丸"，振振有词地向战俘们宣布："哈哈！就是那艘庞大的轮船，将你们带离香港，去一个你们将被好好善待的美丽的国家。平安而舒服地居住于照顾你们的乐园，我将亲自率领这个队伍照料你们的健康……好好记住我的脸。"

这张阴恻恻的皮笑肉不笑的脸，英俘们怎能忘记？

尔后，"里斯本丸"上发生的一切，让英俘们把这张脸深深地烙印在心中。种种令人难以忍受的迫害，逼着英俘们怒不可遏，生死关头火山似爆发，踩烂了那张脸，将那个恶魔与"里斯本丸"一起埋葬于舟山东霍洋。

人，往往向好的一端想得多。当时，战俘们立即明白了自己将被送往日本国，听起来似乎温情而柔和的和田英男那一番蛊惑人心的话，确实起到了一定的作用。虽然在香港深水埗战俘营吃尽了苦头，但战俘中仍有一些人开始对日本有了种种幻想，以为到了日本会得到优待："日本是个爱面子的国家，应该不会在自己的国家里，对战俘做出不人道的对待吧，我们的日子会过得好一点吧。"

"日本人到了国内，也许会文明一点，也许会遵守国际法，不再让我们挨饿，不再打骂我们，给战俘一点起码的人格尊重吧。"

美国研究日本的专家赖肖尔评价那些热衷战争的日本人，是"一群中毒的工蜂"。中毒的工蜂是不要命的，只想蛰死人。

"二战"策源地的日本，是反社会、反人类的法西斯，他们的心理已经集体歪曲，战俘到了日本，岂能摆脱虐待？当时，更多的英俘对押运至日本有利的想法报以冷嘲热讽："哼，白日做梦吧！日军占领菲律宾后，不提供衣物、食品和水等生活必备物，勒令80000多驻守巴丹半岛的美菲联军俘虏强行军到打拉省卡帕斯集中营，路上至少有15000人被弄死了！"

"头脑太热了吧，要日本人发善心是想天上掉馅饼，日军用刺刀逼迫6.2万盟军战俘和20多万从泰国、缅甸、马来西亚、印尼和中国等地被强征的劳工，修筑那条臭名昭著的'死亡铁路'——泰缅铁路，搞死了多少人呀！"

"是呀！在蛇虫鼠蚁、疟疾瘴气的肆虐，以及日军残暴的虐待下，战俘和劳工们终日在悬崖绝壁、崇山峻岭间用原始简单的器械开山修路。有人说，全长415公里的轻型窄轨铁路，每铺一条枕木，就伴随着一条生命倒下，那条路是铺在累累白骨上呀！"

"唉，我们被押往日本，也不会有好命运的，如果像菲律宾的美军战俘一样，去三菱公司的矿山、企业充当苦力，迟早也会被折磨死！"

"那些中国俘虏,被日本人搞什么活体实验,更惨呀!……"

英俘们几乎都倾向于留在香港,这样,也许日后获救或者脱逃的机会能更多一些。但这种讨论对战俘来说实在是毫无意义,因为他们的命运已掌握在别人手中,没有选择的余地,一切只能顺从,听任摆布。

地狱航船

日军的医生在深水埗营地摆开了一个个工作摊子,战俘的身体经过简单的检查,就要上"里斯本丸"了。每50人为一组,每组由1名军官带领。

此时,战俘们个个营养不良,形容枯槁,弱不禁风,浑身上下邋遢肮脏。有的纱布条吊着负伤的臂膀,有的拄着拐杖,有的互相搀扶,拖着沉重缓慢的脚步,一拐一瘸地由深水埗营地坎坎坷坷的阅兵广场,走向附近码头的驳船。驳船穿梭往来,将战俘们送上"里斯本丸"("丸"为日本船的后缀,相当于号)。

整个队伍由英军密特萨拉军团第一大队司令官斯图尔特上校负责,一些军官协助其领导。另有一名日本海军上尉率领的25人卫队,负责监控全体战俘。登船的英军战俘来自各个战斗单位,包括皇家海军陆战队、炮兵部队、信号军团、陆军工兵、密特萨拉军团、海军防卫团,以及陆军医疗队的官兵。此外,还有一些英国平民(含眷属)也被驱赶上船。

所有战俘及其眷属被关进3个货舱:由波洛克上校指挥的皇家海军被关押在距船首最近的前舱;由斯图尔特上校指挥的皇家苏格兰队和密特萨拉第一大队及其他小队及散兵,则在船桥首部的2号舱内;由彼特上校指挥的皇家炮兵团,位于船桥首部第3货舱。英俘大约只有半数人有木棉制的逃生带。

船上有778名日本士兵,还有上尉华尔达统率的卫兵队25人。他们占据了船前部甲板的大部分好位置,趾高气扬,笑着、闹着,即将归国的兴奋与英军俘虏的沮丧形成了鲜明的对比,与底层的英俘环境有天壤之别。

和田英男少尉不许英俘走出舱门半步,关押英俘的每个船舱,空间狭窄,空气闷热,人如搁在蒸笼里的鱼,肩挨着肩地拥挤着直立在一起,坐下时连脚也无法伸直,更甭想同时躺下来休息,睡觉得轮着来。

"唉,这鬼地方,真不是人待的!"汉弥尔登手指一触到滑腻腻的舱壁,心里就嫌恶得浑身发毛了,他在一片昏暗里摸索,想找一块洁净干燥的舱底坐下来,摸来摸去,摸到了压舱的麻袋,装满了沙子,闻上去有一股烂掉的蔬菜和尿液的味道,而且很多被弄破了,隐约可见老鼠来来往往的网状足迹。他挨着麻袋,叹了口气,双手抱着头坐了下来。

"里斯本丸"自9月27日拂晓启航北上,朝着公海方向驶往日本。在头几天航行中平安无事,天气也很好,但关押战俘的船舱成了人间地狱,异常污秽,混浊的汗臭味和排泄物,成为一个令人难以忍受的负担,日军不得不允许战俘们以小组为单位,轮流到甲板上放风。当汉弥尔登与伙伴们吸上了一口新鲜的空气,觉得那股舒畅的味道难以言喻,成了最美好的享受。可是只有短短的三分钟,又被日军恶狠狠地赶进了船舱。

在幽暗的深处,汉弥尔登看见一些人在悄悄地祈祷,苍白枯槁的面容上浮现着惊恐的神色,眼睛黯然无光。汗臭味和排泄物的一阵阵恶臭,强烈地冲击着人们的鼻子,似乎要将你肚子里吃下的东西全都呕出来。有几个人，实在忍不住了，"哇"地一下，将消化了一半的腻兮兮糊状物吐了出来，溅到了旁边人的衣服上。人们只能从衣衫上撕下一块布片擦拭，沾着那摊湿漉漉东西的舱底无法待人了，大伙只能更紧地挤在一起，转身也感到更不容易了。

虱子在这样的环境里猖狂起来了，汉弥尔登感到浑身奇痒难受，双手不停地抓着头颈、肚子，他问一旁的比弗："你身子痒吗？"

"痒，痒得我想把肉都挖下来！"比弗边说边抓着大腿。

每个人的肉体都成了虱子们舒服地吃喝的乐园，虱子叮咬的痒直渗入每一个细胞，英俘们不停地抓着身体的各个部位，船舱里响起了一片簌簌的抓痒声，肚皮、背脊、大腿、头颈都抓出了斑斑的血痕，一刻不停地扭动着身子。

船上水少，也令人不堪忍受。饮用水是奖赏品，因此没能配给。一人一天最多只能喝一小杯。战俘们都竭力不去想水，但是毫无效果。越是力图不去想水，就越是强烈地想喝水。干渴难忍的战俘，在睡梦中张着焦裂的大口，一声又一声吐出一个单纯的字："水！水！……"

凯纳从梦中醒来了，嘴角发青，头发沾湿，额头上汗水直淌，完全是一个病人模样。乔治和费尔看了感到不安，见他受尽了口渴的折磨，费劲地蠕动着他的发肿的嘴唇和舌头，可发不出声音。

还剩下一些些水，这，大家都明白，大家都惦记着，大家都想喝，但是谁也没有表示。三个好友你看着我，我看着你。乔治看到凯纳陷入了虚脱的惨状，含着眼泪将水瓶子递给了凯纳，于是，凯纳便将那半瓶水喝得干干净净，连一滴也没有剩。

因喝不到水而喉咙焦灼，舱角落有人低声哀号，要求领他出去跳海送死。

人体，每日总有排泄物。此刻，关押在"里斯本丸"的英俘，一次轻松的拉屎撒尿,也成了难以企求的奢望。运输船的货舱里没厕所,上甲板角落里临时用木栏遮掩凑成二三平米地方,放一个木桶作简易厕所,男女合用。这对船上如此多的人来说实在太少了。厕所前排起了长长的队伍,你从木桶上刚刚站起,还没系上裤子,他便迫不及待地挤了上去,坐到木桶上。那些患上了痢疾的人就更惨了,腹泻严重,一天多次如厕,咬着牙忍着肚子痛,排着队苦苦地等候,有时实在等不及了,只能拉在裤裆里……

英俘在"里斯本丸"上命运之悲惨程度,多年后,幸存下来的英军官兵记忆犹新。那些令人难以想象的痛苦的生活细节,深深地烙印在心上,一辈子抹不去。

这是幸存者一生不愿提及的一艘最可怕的地狱航船。

"鲈鱼"号的猎物

9月30日傍晚8点左右,"里斯本丸"通过了北渔山岛灯塔,突然遇上了暴风雨袭击,海上掀起小山般的巨浪,船只不停地摇晃,能见度极低,地形又复杂,使得再紧贴海岸航行也变得十分困难和危险。

驾驶船只的二等运输兵荒木视力不好,十分惶惧,全身抖得像一片树叶子,心绪非常之乱,说不定什么时候铸成大错,将船撞到岩石上粉身碎骨,赶紧叫人去船长室,恳请经田茂船长亲自来掌舵。此时,经田茂莫名其妙地患上了"登革热"高烧,头像裂开似疼痛,身子软绵绵的。他听了来人的话,竭力挣扎着爬起来,感到整个人像纸糊草扎的一样,挪动半步都十分困难,忽地一阵晕眩,两眼发黑,他又瘫倒在床上。片刻,他醒过来了,有气无力地说:"唉,暂时离岸航行吧!"

"里斯本丸"向外驶出了将近9海里,继续航行。可就是这个短暂的离岸航行,给了美军伏击的潜艇迅速捕捉到发起攻击的时机,结束

了"里斯本丸"近20年的航海生涯，与众多英俘们一起葬身海底。（日本邮船株式会社：《日本邮船战时战史》，1971年出版）

10月1日子夜，"里斯本丸"驶入了浙江省定海县东经122°38′11.5″，北纬30°12′48.4″的东极列岛（又称中街山列岛）海域。

此时，潜伏在那里的"鲈鱼"号早已静悄悄地等待着它的到来。

凌晨，天色突然转好，月白风清，海面银波粼粼，水流平缓，十分便于观察分辨海上一切动静。大约凌晨4点光景，潜伏在中街山列岛海底的"鲈鱼"号发现了"里斯本丸"踪影，迅即判明对方为敌国武装船只。好不容易发现了这么好的猎物，岂能让它溜走。

"鲈鱼"号此时的舰长是海军中尉罗布·罗伊·麦克雷格。麦克雷格是美国加利福尼亚州旧金山人，生于1907年2月7日，1929年毕业于安纳波利斯美国海军学院。他后来在美国海军少将的位置上退役。在发现"里斯本丸"后，麦克雷格抑制着激动，冷静地观察了周围环境，又抬头看了看天上月亮，下令："航速减慢到13节，继续前进。"他经过一番深思熟虑，觉得月光实在太亮了，立即攻击，会给自己带来意想不到的后果。于是，猫捉老鼠般地锁定目标，与其保持一定距离尾随，全神贯注监控"里斯本丸"动向，寻找着最佳战机。

弄清了"里斯本丸"的航行轨迹后，"鲈鱼"号潜入深海，以4000码的低速，超过了两艘渔船，驶往"里斯本丸"前方水域守候，等待天明。

汉弥尔顿《"里斯本丸"的沉没》记述："在二号舱，当天值班的官员皇家苏格兰队的费尔贝恩中校，在6：30到下层甲板舱叫醒同伴，并检查他们是否整理好铺盖，要求他们穿好衣服以应付7：00的点名，和往常一样，一些人上了甲板急急忙忙奔向数量不多的厕所。"

天亮了，约在早晨6时多，"里斯本丸"突然转了50度，改变了航线，打算重新靠岸航行。这使"鲈鱼"号很吃惊，敌船一靠岸，将失去战机。因此立即潜入水下实施攻击。7点04分，"鲈鱼"号距离"里斯本丸"3千米的地方进行了第一次攻击，但3枚发射出去的鱼雷不是没有打中，就是没有爆炸，"里斯本丸"仍然继续航行，并没有意识到危险已经逼近。第4枚鱼雷发射后，过了2分10秒，传来了一声巨响。麦克雷格从潜望镜里观察，"里斯本丸"此时向右舷改变航向50度，前进速度明显放缓，最终停了下来。此时，"里斯本丸"上的日军突然感到一阵奇怪的震动从轮船深处传来，打断了轮机的节奏，从懵懂中似乎明白发生了什么事。一边装可怜，挂出一面类似不要伤害它的旗帜，却仍没有悬挂任何表示载有战俘的旗号，一边却暗藏杀机，甲板上的日军向潜艇的方向开炮射击98次，虽然没有对美国潜艇构成重大威胁，但至少表明日军开战了。

上午8时45分，"鲈鱼"号0度回转、80度轨迹，在水下6英尺处调整好位置，与"里斯本丸"相距1000码之间，麦克雷格命令再次发射鱼雷。然而，这次如同第一次攻击时的3枚鱼雷一样又没有击中目标，"里斯本丸"有幸躲过了一劫，使船上生命不致全部覆没。可这让麦克雷格很生气，他觉得自己的计算是非常精确的，肯定是鱼雷运行不好。有关鱼雷质量的问题，不仅是麦克雷格一个人感觉到了，其他潜艇的舰长在历次战斗中也都有明显的感觉。在受到众多潜艇舰长的数落之后，并由于受到海军上将查尔斯·安德鲁斯·洛克伍德的强力干预，美国军械署的设计师们才认真地对有缺陷的鱼雷进行了检查与改进，而这，已经是1943年以后的事了。

麦克雷格在9点38分时，命令向"里斯本丸"发射了第6枚鱼雷。也就是在那时，他发现了空中盘旋而来的日本飞机。于是他命令潜艇下潜30米。大约40秒钟以后，麦克雷格听到了爆炸声。2分钟后，飞机在潜艇周围投下3枚深水炸弹，但并没有给潜艇带来任何损伤。飞机在空中盘旋，迫使"鲈鱼"号潜形，躲入100英尺深海处隐藏，但未远遁。"鲈鱼"号在10点收回潜望镜，麦克雷格已经看不到目标。麦克雷格在航海日志上写道："估计敌舰沉没。"

"里斯本丸"出事后，日军舰和飞机相继赶到事发地点增援，"鲈鱼"号便静静地潜藏海底，一整天等待观望，苦苦地寻觅脱身机会，无奈苦于日海空军盘旋不停，只能耐心地蛰伏不动。直至19时05分，趁海面能见度降低，"鲈鱼"号骤然浮出海面，风驰电掣般遁离这片海域。

沧海变色的悲剧

人，最坏的事体莫过于良心死灭。战争使日军丧失人性，丧失人性的人，仍具有人的智慧，那是一种比野狼更恶毒，更可怕的凶兽。不幸的1816名英俘，在"里斯本丸"即将被葬入大海的生死关头，就遭到了这种凶兽虐待。

浩瀚的大海上那场沧海为之变色的悲壮之剧，是幸存的英俘一生不想也不敢提及的最可怕的噩梦。

日本人遮盖虐杀英俘墨写的谎言，终究掩不住英俘血写的事实。

日军封舱

"当船只遭难时，我们的第一反应就是要援救这些英军战俘。"这是1942年10月20日出版的《日本时代周刊》对"里斯本丸"事件的报道。

日军的第一反应是什么？我们来看一看事实吧。

幸存者汉弥尔登中校与士兵佐敦回忆:"里斯本丸"遇袭之际,正是战俘们刚刚揉着惺忪的睡眼从梦中醒来,在船舱整队,等待早晨点名的时刻。突然,在没有警告的情况下轰隆一声闷雷般的巨响,船体顿时便剧烈地晃动起来,战俘们跟跟跄跄,七斜八倒,一个个惶惑地睁大了眼睛,瞳仁凝止了转动,怔怔地看着周围的一切:"发生了什么事?"

大家不明白引起爆炸的究竟是发动机中止,还是动力失灵等内部故障?或是外部攻击?货舱里响起了一片乒乒乓乓的碰撞声,轮船颤抖着慢慢停了下来。

日本人粗野地大叫着,看上去十分激动,从船尾到船头来来往往地发疯似奔跑着。"里斯本丸"着火了,蒸汽的吼叫已经消失,甲板的倾斜愈来愈严重了。此时,战俘们才知道"里斯本丸"被鱼雷击中了。

日军少尉和田英男挥舞着臂膀说:"别乱动,我们向敌人潜水艇投下了深水炸弹!"

轰隆——轰隆——战俘们听到了海底传来了雷鸣般的爆炸声,静默地站在原地不动,保持着极度的镇静。

和田英男一边声称毁灭了敌人潜水艇鱼雷,一边命令士兵:"八嘎!把甲板上的英国人,还有那些长期赖在甲板上的该死的病鬼,统统赶进货舱!"

日军士兵红着眼睛,挺起刺刀冲过来,将英俘一个不剩地逼进了就近的船舱,牢牢把守住每一个货舱的入口处,严防舱里战俘出来。

封舱,"里斯本丸"遭鱼雷击中后,日军的第一反应是把英军战俘死死地捂在船舱里。

和田英男少尉下令,严密封闭"里斯本丸"上所有舱口,盖上防水布,钉上木条,用绳索捆住。

可怜当时三个关押战俘的船舱相邻但并不相通，每个舱只有一个通道与甲板相连，平时日军就是从这个通道向里送饭。封舱后，三个舱都成了恐怖的地狱。一片漆黑，又隔断了新鲜空气的流通，令人感到异常闷热与窒息，这足以迟钝英俘们的神经，大多数人只穿着短裤和背心，相互偎依着保持体力和意识。

"里斯本丸"与"鲈鱼"号对峙期间，正是舱内所有战俘饱受煎熬之时，时间越长，战俘们的境况就越差。没有早餐供应，早餐早已变成了恶臭的污物。最难耐的是许多患痢疾和腹泻的病员，一再提出到甲板上透透气，无一例外，全被日本人拒绝。在接下来的七八小时内没有任何人以任何理由可以上甲板，在令人昏晕的热气下，再也没有人去和日本人进行任何交涉。同时，停止了饮食与照明电的供应。

此时，三个舱的战俘们想尽各种办法互通情况，甚至于模仿"莫尔斯电码"，通过在舱壁上敲击管道与排气孔叫喊来传递信息。当得知彼此处境一样，他们已意识到处境的险恶，被鱼雷击中的船只随时可能下沉。英军官兵都感到危机降临了，英俊的英格兰小伙子托马斯·哈米尔拍着脑袋说："糟了，怪我小时候没学会游泳，船沉了，咋办？"

"不会游泳不要紧，别忘了抓一块木板。"彼特上校拍着小伙子的肩膀，"掉到海里洗个澡呗，不要离开我呀！"

满脸络腮胡子的皇家苏格兰队的汉得森苦笑着说："嗨，我也不会游泳，哼！好心的日本人，给了我们难得的学习游泳的机会，好好学一下吧！哈哈哈！"（汉弥尔登《"里斯本丸"的沉没》）

2号舱的英俘们发现平躺着不动，可以保持意识，一些人便闭上眼睛，什么也不去想，听任命运安排，就像一旁已死于白喉病的两个人一样，直挺挺地一动不动地躺着。

情况最糟糕的是3号舱，由于货船尾部进水，加之停电，伸手不见五指，对面不见人影，一切靠手脚摸索。水从船舷裂口嘶嘶地灌进来，仅仅10分钟内，水已经没上了脚踝。3号舱里的战俘们紧急组织起来自救，人工操作水泵排水。在极度闷热缺氧的环境下，很多人昏厥过去，但在失去意识之前，每个人都尽力去踩六下水泵，抽水的速度暂时保持在海水涌入的速度之上，以尽可能维持生命之旅。然而，似乎这一切都是无助的挣扎，船尾在逐渐地下沉，3号舱里数百名战俘命悬一线，会随时丧生，但还是保持着冷静。

封闭于三个舱内的英俘，依然寄希望于日军能及早解救他们。

罪恶的企图

当天午后时分，日本帝国海军驱逐舰"栗"号（Kuroshio，又名酷儿，英译黑潮）赶到出事海域。英军战俘在黑暗的底舱里听到了另有船只靠近的声音，以为日本人会救他们出去，他们静静地等待着。

17时许，"里斯本丸"上搭载的778名日本军人，先行转移到驱逐舰上。是时，"里斯本丸"总共有四条救生艇、六条救生筏，经田茂船长曾决定如出海事，留给战俘两条救生筏。正当两艘救生艇开始转运日军官兵时，另三艘日本炮舰"丰国丸""百福丸"和"第十云海丸"也赶来了。

四舰的指挥官们齐集在"里斯本丸"上，开会商议，最后决定将剩余的日军官兵转移到运输船上，留下25名卫兵及船员押送俘虏，并计划将"里斯本丸"拖到浅水区等待援救。

778名日军转移后，留在"里斯本丸"上的和田英男和他的几名手下，以及新森源一郎、船长经田茂等人，在如何处理船舱里的战俘的问题上，意见不一。经田茂船长认为战俘们应该运到日本去，这是他此行的任务。和田英男则坚持认为，如果发生沉船，无法救助战俘的话，就该将战俘全部杀死。

此时，密封在舱内的战俘，一片漆黑，又呼吸不到新鲜空气，几乎窒息。战俘们已经24小时没有进食了，24小时被拒绝上厕所了。

"黑潮"号与"丰田丸""百福丸"等三艘日船都开走了。这使英俘们绝望中愤怒了，大声怒吼："怎么不管我们的死活！"

战俘代表斯图尔特上校敲着封顶的木条，大声抗议封舱："快，快拿掉钉死的木条，至少拿掉一块木头，透一点空气，紧急关头，给我们一个逃命的机会。"

"里斯本丸"经田茂船长听了，表示了一定的同情心，他对和田英男说："你封闭船舱，闷死人咋办？"

"哼！"和田英男少尉一声冷笑，"闷死是他们命该如此，你不要多管闲事！"

"万一船沉没，底舱的人闷在舱中，不是都要丧命吗？"

和田英男瞪圆双眼，盯着经田茂说："蠢猪！那么多俘虏只有25名卫兵，开了舱，你压得住吗？只有钉死所有舱盖口，让俘虏像木头一样，才安全呀！"

"留一个通气孔，给俘虏透透气，不能全封死呀！"

"哼，笨蛋，透什么气，俘虏多一分力气，皇军多一分危险！"和田英男食指戳着经田茂鼻尖说，"知道吗？蠢猪！"

经田茂还想争一下，和田英男怒不可遏，一把推开，大声呵斥："八嘎，滚开！这是军事行动，你无权干涉。再闹，我就不客气了，把你绑起来扔到海里！"

经田茂船长见和田英男发火了，坚持封舱，摇摇头，无可奈何地回到了驾驶台。

"你们要遵守国际法，不能这样对待我们！"斯图尔特上校愤怒地呼喊。

"哼，遵守国际法，我们对你们已经够优待了，让你们坐这么好的轮船。是你们的盟国潜艇捣乱，才坏了我们的船只，该死！"和田英男大声命令卫兵，"仔细检查各个船舱，再钉得死一点！"

日军封舱，这一极端野蛮行为，完全不顾被囚禁在船舱里的芸芸众生，丧失了起码的人道主义基本准则，将1800多名无辜的、渴望获得救助的苦难生灵推向死亡的陷阱，其人性已堕落到幽暗的深渊。

封舱使舱内伸手不见五指，彻底地阻塞了新鲜空气的流通，情况愈来愈恶化。舱里的官兵和侨民无限恐怖，加上黑暗，阵阵的寒栗在背上爬来爬去，心冰凉了，几乎连毛发直竖的痛苦也感觉不到了。皇家苏格兰团第二营少尉詹姆斯·麦克哈格·米勒对身旁的科瑞说："日本人在船舱口钉上了木板，上面还用帆布盖住，不让我们出去，难道要让我们在海里活活淹死吗？"

"不会吧，日本人的心那么黑吗？会无情到让1800多个无助的人在痛苦中闷死吗？等等吧！"科瑞依然还对日本人抱着几分幻想。

船从尾部开始慢慢地下沉，英俘等了又等，等待着日本人派人来救他们。可日本人没有任何救援行为，没有进行什么尝试让光亮或者新鲜空气进入沉闷船舱的动作……

詹姆斯·麦克哈格·米勒终于明白，他对科瑞苦笑着说："嘿，看来我们活到头了，日本人的企图很明显，是我们盟国的潜艇炸坏了运输船，他们会把我们死亡的责任推到我们盟国头上，我们没有人可以活下来！"

绝望笼罩着英俘们的心头，船只成了一具漂浮的遗弃物，载着一船正逼近大限的人！

英俘求生的拼搏

尽管命在旦夕，但此时的战俘们还没有任何骚乱行为，仍保持着冷静与服从。

10月2日黎明，"里斯本丸"遭受鱼雷袭击已经过了24小时，货舱内空气变得极度污浊，船体开始东摇西晃，船只航行的能力已丧失殆尽，不可能到达安全区，沉没已不可避免，时间显然已经不多。死亡的恐怖，猛烈地撞击着英俘的胸膛，一个个汗流浃背，他们不甘心把这艘船作为自己葬身的坟墓，他们还年轻，还有许多事要做，家人正等着他们回家。（汉弥尔登的回忆录《"里斯本丸"的沉没》）

一刻也不能耽搁，危急关头，求生的欲望迫使斯图尔特上校决定不再等待下去，遂组织一小队开始行动。豪威尔中校领先持刀奋力向上，爬至舱口，切割封舱的木条和防水布。但因舱内缺氧，豪威尔中校觉得自己疲倦到从来没有过的地步，两腿软弱得不能支持；他忍住腰酸腿疼，继续用刀子划着防水布，撬着木条；一切念头都糊涂了，觉得头脑里受了一阵黑暗的猛击，船一晃动，身子一摇，便风瘫般从舱口跌了下来。又上去两名战俘，使出全身力气去揭舱盖，可用刀割着割着，便觉得头昏目眩，在船体摇晃中又掉了下来。

此时已是上午8时10分，因船体即将下沉，经田茂船长打出旗语，要求允许弃船。"丰国丸"随即派出救生艇，带走了大部分卫兵和船员，留下六七个卫兵仍在甲板上监视舱底战俘，严密封舱而不管战俘死活。

9时许，船体又大幅度摇摆起来，沉船危险步步紧逼。

舱盖必须揭开，这关系到舱内数百条战俘的生命。"好！好！"寻觅出舱之路的豪威尔中校大声叫喊起来。他眼睛亮了，放光了，睁大了，他在货船一个堆放杂货旮旯找到了一架木梯，把他的眼睛和心吸引住了。他兴奋得浑身止不住颤抖起来，赶紧招呼战俘们将梯子架到舱口。几名战俘紧紧抓住梯杆,拼命爬上梯子,用头和双手竭尽全力猛顶,一下又一下,呼啦一声,舱盖终于顶开了。波特中校等4人爬上甲板,他们缓步向船桥走去,要与船长交涉。

"哼,去见鬼吧!"和田英男少尉看到一些英军战俘正尽力地从舱口挤到甲板上来,阴恻恻狞笑着,"不准上来!回到舱里去!"他眼中露出凶光,命令身边的日军卫兵对手无寸铁的英俘开枪射击。

一名英俘刚从舱口露头,砰一声,颅盖便被击碎。汉弥尔登中校也中了枪弹,波特中校和其他两个爬上甲板的军官都受伤倒地。血腥的屠杀迫使英俘逃回船舱,舱盖又被严严实实地封死了。

一名英兵搀扶着波特中校,跟跟跄跄地回到2号舱。他伤在要害,躺在舱板上觉着周身发冷,仿佛灵魂已经凝结成一块坚硬的石头,慢慢地向地底沉坠。他似觉有一座大山压向他的身体,两眼发黑,头和脚都变得冷冰冰,胸中的心脏跳动缓慢下来,阵阵的寒栗在他背上爬来爬去。他看见了死亡,想起了伦敦附近那个风景如画的小镇,宁静的小河上架着宁静的小桥,白色的教堂尖塔旁的那丛树木掩映着一座简朴的木屋,木门外院子里经霜的秋叶血一样殷红,恍见苍老的母亲正以焦虑的眼神,倚在木屋门边翘首望着自己回家,两行苦涩的泪水簌簌流过他的嘴唇:"多么想回家呀,可儿子回不来了,妈妈,再见了!妈妈,妈妈……"

奄奄一息之际,喃喃自语的波特面容一点血色也没有了,似乎哀伤压住了他的舌头,他用自己那双失神无光的眼睛向身边的斯图尔特倾吐着胸中无限的忧愁。他开不了口,牙齿打战,与其说他说话,还不如说他哼着……他拼尽了最后一丝力气,颤抖着握住斯图尔特的手,喃喃呓语:"上校,一定……一定要把大家活着带出去……活下去……活下去……"声音越来越低,细若游丝,一串泪珠从眼眶中溢出，渐渐松开了手指，唰地双臂摊落舱板，那一对无表情的蓝色的眼睛，凝视着那黑洞洞的船舱里伙伴。

斯图尔特上校深深地叹息一声，含泪在波特中校脸上轻轻地抹了一把，让他合上了眼皮，轻声地说："兄弟，放心，我会把大伙带出去。"

逃回船舱的英俘向斯图尔特上校报告外面的情况，特别是注意到该船在海水中的位置已经很低，意味着逃生时间极短暂了。救生艇正在接走最后留置船上的日本卫兵和船员，日军打算彻底放弃"里斯本丸"，让战俘全部淹死。不能犹豫了，如果再困在舱中，只有死路一条。

突然，船体又剧烈地晃动了，船尾开始下沉。斯图尔特上校双眼瞪圆，紧咬的牙齿磨得嘎吱嘎吱地响，咬得嘴唇出了血，额上血脉贲张。他的声音慢、低、狠，吐出来的字像扔出来的铁块："我们不能等死！"他立即以"莫尔斯电码"，敲击管道传递信息，与1号舱、3号舱的波洛克上校、彼特上校联系，约定皇家海军、皇家苏格兰队和密特萨拉第一大队与散兵、皇家炮兵团一齐行动，冲破日军封锁，夺路逃命，并指定米勒、卡兰等尽力把木质舷梯、桌板、凳子、木桶等物件随身抛入大海作为浮生器具。

可惜已经迟了，求生之机稍纵即逝。"里斯本丸"最后一次晃动后，船尾轰地沉入大海，海水汹涌灌入下舱——3号舱。可怜3号舱内的360名英国皇家炮兵部队官兵，集体活生生地呛死于舱中。

斯图尔特上校的脸涨得通红，挥动拳头，大声命令："冲出舱去！"

1号舱的英国皇家海军和2号舱的皇家苏格兰官兵们不顾一切地冲上了甲板，正要跳向救生艇的和田英男少尉一见，一声冷笑，恼怒红透了他的双眼。他立即转身，龇牙咧嘴，活像一个疯子，大声吼叫着命令士兵："射击！"

和田英男这时已经是十足的野兽了，不，在他以战争为职业的残酷的嗜血生活里，他早就是一个披着人皮的凶兽了，而凶兽具备人的能耐就更凶残了；他端起冲锋枪，眼里闪着疯狂的兽性的火光，怒吼着狞笑着扫射英俘。

一阵密集的枪声响起，英俘纷纷应声倒地，鲜血染红了甲板。

和田英男一边射击，一边叫士兵占据有利位置，控制通道。

此时，压抑在英俘胸中的愤怒，火山似爆发了！

英俘们不甘心就这样了结一生，强烈的求生本能驱使他们不屈服于血腥屠杀，不顾生死，发狂似的冲出来，前仆后继，英勇地冲上去肉搏。和田英男手里的冲锋枪正在狠命猛扫、子弹像火龙一般袭向战俘的当儿，一名英俘身手敏捷，从他侧面扑过去，紧紧抱住了和田英男少尉的后腰，一个猛甩，冲锋枪落在甲板上，和田英男也摔倒了。其余战俘或挥舞木板殴打，或拳击脚踢，乃至撕咬，甲板上响起乒乒乓乓的物体碰撞声，血肉的撕裂声，骨头的折断声，令人心悸的号叫声……

一边是手持枪械的杀人恶魔，一边是赤手拼斗的夺路求生者，双方的搏杀异常激烈。好在英俘人多力量大，日本兵人数少，几分钟内，一场血肉拼搏的混战就结束了，和田英男和5名卫兵被打死了。

"孩子们，勇敢些，不管发生什么，要勇敢！"斯图尔特上校一边大声呼喊着，一边和其他战俘一起跳入了汹涌的海涛。

经田茂船长和其他船员也跳入海中逃生。"短时间在海中漂流后，不久全体船员被救助船救起"。（日本邮船株式会社：《日本邮船战时战史》，1971年出版）

战俘们没有救生圈，香港上船时仅半数人配置了木棉制的救生带。日本人的军舰是最靠近英国遇难者的，但战争使他们人性扭曲、泯灭，周围大大小小船上的日军此时不是救，而是屠杀，用机枪、步枪杀害落水的战俘，染得海水一片红。还残忍地驾着船只，像碾死蚂蚁一样将挣扎在水中的战俘压入海底。一些尽力爬上了日船垂挂的绳索的战俘，一个个被日本人踢回到海里，许多原本能生还的英俘，又被日军弄死在海中，侵略者再次制造了一场惨无人道的虐杀弱势群体的人间悲剧。

东霍洋上大营救

"快，快去海上救人呀！"

一声声呼喊响彻渔岛，一支支螺号回荡长空，东极列岛男女老少倾岛出动，东霍洋上展开了一场史无前例的大营救。

青壮年渔民驾驶着一艘艘小木船，不惧海面上日军舰艇的威胁，冲向英俘挣扎的涛头，将命悬一线的遇难者一个个救起来。

这场大营救，东极渔民温馨的人道情怀，与日军冷酷的兽类血腥形成了鲜明而强烈的对比。

东霍洋上，渔家自然流露的人性、人道光辉，升腾起高昂的气节与尊严。

这场大营救，是一章辉煌的国际人道主义史诗。然而，时光的波涛不仅漂白了当年英军官兵在大海中悲惨挣扎的情景，也流失了太多舍己救人的记忆，湮灭了太多可歌可泣的故事……

惨烈惊心的一幕

"里斯本丸"遇袭、曳航直到沉船，都在浙江省定海县东极乡青浜岛东北的东霍洋。今属舟山市普陀区东极镇管辖。

1942年10月2日，农历壬午年八月廿三，天色晴好。天亮前，隐约听到海底响起沉闷的雷声，震得岛子微微颤动。青浜岛民们似觉那天海上有稀罕事发生。

是什么东西，响声和力量那么大？大家都觉得有点奇怪。当年亲历营救英俘的老渔民郭阿德、王阿武、唐阿全等记忆犹新：大清早，一些人便爬上了老黄胖山、南田湾、西峰湾和石柱山顶眺望，一双双目光在东霍洋面扫来扫去，想看清究竟发生了什么事。

上午7时许，几个眼尖的后生大声叫唤起来："哇，船，哇，船，那么大的船！"

人们顺着他们指点的方向望去，只见一条巨轮从东霍洋面跌跌撞撞地向青浜岛摇晃过来。随着那条巨轮在人们视野里越来越大，人们心脏的跳动频率也越来越高了，情绪也越来越不安了，聚集在山顶上的人也越来越多了，七嘴八舌的议论也越来越多了。

"难道东洋鬼子要来青浜？"

"打鱼船没那么大，做生意的绿眉毛、黑眉毛、白眉毛与福州的花屁股运木船也没那么大呀？"岛上的渔民从来没见到过这么大的船，大伙猜测着只有日本人有这么大的船。

"日本鬼子上岛没好事呀，恶魔杀人不眨眼，浑身血腥气！"

青浜岛渔民记忆犹新：1940年2月，日军去六横岛烧杀掳掠，遭定海县国民兵团抗日自卫第四大队王继能部阻击，鬼子便把怒气宣泄于无辜村民头上，任意枪杀积峙村刘左荣、刘圣土、刘圣龙、刘济生等8名平民；8月，日军怀疑东极渔民11人为游击队员，派遣军舰掳至沈家门，用刺刀捅死；同时，六横岛渔民钱贵世、刘阿云捕鱼返航途中，遭遇日军巡逻艇被抓，四肢被钉在"杀人板"上，活生生钉死，再刺刀剖肚，挑出内脏，又刺穿左肩窝，用铁丝穿连抛入海中；1941年夏，沈家门30多名群众被日军枪杀于白虎山，过几天，又将10余名行贩杀死于白虎山嘴。一桩又一桩血淋淋的事实，使一些岛民越想越怕，不少人奔向天后宫，求天后娘娘保佑平安，千万别让日本鬼子上

岛来。(《普陀县志》858页，浙江人民出版社1991年11月)

一些人还站在岛子顶上，一边揣摩着那艘巨轮的来意，一边惊恐地睁大眼睛，紧紧地盯着它，绝不忽略任何动静。

"咦！"这艘巨轮怎么斜来歪去，没了力气，驶得那么慢？怪模怪样，是货轮，可甲板上影影绰绰伸着黑洞洞的炮管；是军舰，分明前后是干舷高高的货舱。山顶上的青浜人丈二和尚——摸不着头脑，只能瞪圆眼珠子牢牢地盯着，看它变出什么鬼花样来。

这便是日军武装运输船"里斯本丸"沉没前的情景，它犹如一头即将断气倒毙的老牛，摇摇晃晃，航速越来越慢，船头高高翘起，船尾深深地陷落海中，显得十分沉重。大约距青浜岛三四海里之处，它再也无力动弹。那根高高的桅杆已经明显地倾斜，船舷周围潮流回旋冲荡，激溅起一丛丛白色的浪花。一大群鸥鸟，围着它不停地盘旋，似乎想捞点什么。三艘小火轮在旁边忙忙碌碌地打转。但青浜渔民视野所及，还是一片微茫，而且根本听不到声音，不知道发生了什么事。

上午10时左右，青浜渔民见到了一生从未见到过的惨烈惊心的一幕——

轰的一声巨响，"里斯本丸"船头冲天而起，尾部直插入海中，巨大的水柱激射云天，崩落的水珠子发出耀眼的光芒。船的四周震荡出一圈一圈巨大的漩涡，一波一波向海面漾开。无数个物件从船上崩落到海里，漂在沉船周围，闪烁着五光十色，随着潮流向西南方扩散。

岛民们见无数只酒坛子一样的东西在船边漂散，于广阔的海面上沉沉浮浮，顺着潮流滚滚而来，涌向就近的岛子。远处，还隐约传来一阵阵令人心悸的枪声，依稀可见日本鬼子以"酒坛子"作靶子，举枪砰砰射击。

是酒坛子吗？究竟是什么东西？"咦！"不对呀，随潮漂来的一只只酒坛子，怎么会自己游动？"酒坛子"漂出了鬼子枪弹的射程，离岛子越来越近了。此时，眼尖的岛民一细看，大惊失色："是人呀！是人呀！"

不计其数的落海者，在骇浪里苦苦地挣扎求生，犹如一大群蚂蚁泡在一锅汤里。岛上人不禁异口同声地大叫起来："人！人！满海是人呀！快去救呀！"

天意，真是天意！是老天有意要留下这些受尽苦难的英俘，见证日军残暴的兽行。

中街山列岛气候变化莫测，当地出海渔船时有失踪。但据当年10月2日的天气记录显示，那天，是东极气象史上少有的好天气。英俘从"里斯本丸"跳海的那一刻，正逢二三级柔和的东北风，潮流也刚巧是东北涨水，并且是农历八月廿三，潮流较缓，顺风顺水平稳地推着他们涌向西南方的青浜岛、庙子湖岛、西福山岛；如果是西南风，潮流是西南落水，或者再早几天，碰到大潮，或遇到风大一点，那么，跳海的英俘在劫难逃，顷刻便会全部被汹涌的潮水卷向外海，葬身鱼腹。

老天慈善呀，风好潮好又加上艳阳高照，暖和如春，海水不是很凉，落水的英俘手脚犹能灵活舒展，如果天寒，泡在海水里时间那么长，几乎全部英俘会冻僵。按照中街山列岛崖壁险峻、潮流澎湃的地理环境，若潮水与天气稍有不顺，救助者便难施援手，落水者就难以生还。那么，"里斯本丸"沉船事件的历史面目就全非了！

东极无风三尺浪，兀立于海面的青浜、庙子湖岛岩崖陡峭如壁，周边林立的礁石尖利如刀，哗——哗——海潮在礁岩间一阵又一阵咆哮翻滚，猛烈冲撞在石上的波涛，摔成洁白如雪的粉粒，向空中激溅。那些泅水而来的战俘，有的被岛边漩涡搓揉着旋转着，漂向了庙子湖岛、西福山岛；有的好不容易接近青浜岛，砰地撞到岩礁上，撞昏了，又被浪潮冲走了；有的硬生生碰死在礁岩上，鲜血染红碧海……山顶上的青浜渔民瞧着这般场景，一个个毛骨悚然，痛彻心肝，大家连滚带爬地下了山，一边跑向海滩，一边大声呼喊："海上出事啦！快，快去海上救人呀！"（1995年8月25日，阎受鹏、潘捍平在青浜岛访问参与营救的渔民王阿武、郭阿德、唐阿全、张如品、沈阿贵等口述记录）

要嫁衣，还是要救人？

那天上午，布匹、香烟、木头，还有大大小小的桌椅凳子，随着潮流冲到了青浜岛海边。

18岁的渔家姑娘陈阿莲按照平日生活惯例，拎着一只竹篮，跳跳蹦蹦，爬过一个个陡峭的小山坡，跨过一条条纵横交错的沟壑，绕过一尊尊嶙峋的巨岩，来到海边捡马蹄螺、小娘螺和漂上滩头的乌贼、涨膏黄鱼。

到了海滩，她抬头一看，不禁惊奇得目瞪口呆。这是真的吗？是梦吧，她拧拧腿，又揉揉眼睛，细细地看了一下，是呀，没看错呀，眼神燃起了喜悦的火焰，浪头上真的漂来了许多花花绿绿的布呀。看着看着，她的心剧烈地跳动起来，她的眼睛和心被五颜六色的花布吸引住了，在浪头上飘荡。从来没见过这么好看的布，家里的衣服都是粗糙的厚实的土布缝制的，顶多印几朵靛青色的小花。岛上人家做了一件衣服，新三年，旧三年，缝缝补补又三年。阿爹阿娘穿了给儿女穿，阿大穿了，给阿二阿三再穿，衣裳的岁数往往比人的年龄更大。十花九裂，千补百衲，黑一块，白一块，红一块，蓝一块，几乎看不清什么是衣裳的底色。眼看自己大喜的日子近了，爹娘正忙着在为自己张罗婚事，愁着没新布做嫁衣裳哟。此刻，她的眼前出现了彩虹，她的心笑了，亮了，她进入了美梦一样的境界，激动的泪珠从她红扑扑的脸蛋上淌下来："我有新布做嫁衣啦！"

她像鸟儿似的飞奔回家，欣喜若狂地叫喊："布！布！阿爹，布！快，快去海里捞布呀！"

阿爹怔怔地看着她，惘然地问："布，什么布？"

听清了阿莲说的事，阿爹高兴得半天说不出话来。淳朴的东极渔民捡到遗物也会归还失主，可这些布是海龙王送来的呀，激动的泪水从他棕色的脸上和腮帮上的很深的皱纹上滚下来。他低下头去，用衣袖子和粗糙的手巴掌擦着眼泪，但是泪珠还是顺着脸上往下跑，滴到宽大的龙裤上，把龙裤湿得斑斑点点的，好像下了一阵连绵的温暖的雨。他转身跪在供在壁龛里的龙王木雕像前："谢谢龙王爷大恩大德，可怜我家里穷，做不起女儿的嫁衣，送来了布。"连连叩了十几个响头。拜毕，来不及擦干泪水，急忙跟着女儿阿莲奔向滩头。

青浜岛地无三尺平，岛上只有桌面大的土地种点番薯等物，居民四季以捞鱼虾为生，日子过得非常贫苦。左邻右舍，听了陈阿莲的话，也先后赶到海滩，见海龙王送来了这么一份厚礼，立即纷纷驾船去海上捞布。

陈阿莲和爹驾驶着小舢板，过了拦门虎 —— 三块礁，片刻，就捞上了五匹花布。阿莲轻轻地抚摸着那匹橘红色花纹的雪纺纱洋布，心想穿着这匹布做的嫁衣裳，去当新娘多么风光呀！想着想着，她的两眼和皮肤增添了令人难以相信的光彩。这是千载难逢的好机会，爷俩正兴致勃勃地想多捞几匹布，多做几件新衣裳。此时，忽见水中漂来了落水者，好似无数只落水羊羔沉浮在大海里，嗷嗷地叫着，苦苦地挣扎着，一下子把陈阿莲和她的爹惊呆了。

救人的时机稍纵即逝，丢下一切活计，向落海者伸出援手是舟山渔民的天职。陈阿莲的爹见此情景，便停止捞布，赶紧摇着舢板救人。

舢板太小了，四个落海者拉上来，就摇摇欲沉。离船四五米处，还有一个人从浪涛里伸出了手，用求救的目光注视着阿莲爹。阿莲爹见小船再也无法加重负荷，也没空间挤人了，要将他救上来，只能把捞上的布丢还大海，那女儿的嫁衣呢？阿莲看出了爹的心思，含着泪说："爹呀，救人要紧呀，布，丢了吧！"

阿爹默默地看了阿莲一眼，脑门上皱出了一条条深纹，眼眶滚出几粒豌豆般的泪珠，双手颤抖着，将布匹悉数扔进了大海。接着，伸出臂膀将那个人从浪里拉进了船舱，后又连续救起了两个人。

救人和捞布只能取其一呀，渔民们毅然把捞起的布匹等财物全都扔入海中，竭力腾出空间去救人，可多捞一个落水者就多捞一个。

此刻，你是贪婪布匹等财物，还是一心救人，成了青浜岛民衡量一个人品行的尺子。

那时，两个十八九岁的小青年，驾着一艘小舢板来到燕子湾，禁不住花花洋布和香烟的诱惑，悄悄地避开了求救的英俘，眼睛只盯着布、香烟、木头，不声不响地起劲地捞取着"洋财"，片刻，便捞上了大半舱。这副模样被旁边的渔民看见了，一齐围了上来，怒目冷对，异口同声地大骂："呸，看你俩的德行，心比乌贼还黑呀！……"顿时，这两人成了岛民众手所指的臭蛋。

见到落海者不救，这种行为违犯了中街山列岛渔家传统的道德铁律，是无法饶恕的罪过。两个小青年的阿爹知道了儿子恶劣的行径，都气得紫涨了面皮，龇牙露嘴，半晌说不得话，赶忙摇着船过来，指着他俩厉声叱责："畜生！还是人吗？倒了祖宗十八代的霉，遗臭万年的混账东西！"一边骂一边怒气冲冲地擎起长篙子狠狠地砸了过去，两个小青年脸吓得煞白，双手紧紧地抱住头，紧缩着身子躲进舱角。他俩料不到自己的行为会激起众怒，会惹阿爹发这么大脾气，见阿爹眼睛里喷发出怒火，胡须抖动，嘴张开露出牙齿，好像要把自己生吞活剥了似的，浑身颤抖着战战兢兢地爬上船头，跪下来连连叩头谢罪："错，错，错了！再也不敢了！爹呀，阿伯、阿大呀，原谅我俩年轻不懂事，饶……饶，饶饶吧！"

两个小青年连连叩了几十下头，舱板咚咚直响，额角起了肿块，两位阿爹还不肯饶恕，一位老渔民劝着说："兄弟，原谅他俩年轻懵懂，知道错了，就饶过了吧！"

"畜生！快去救人！"在父亲的怒吼声中，两个小青年颤颤抖抖地站起来，转身连忙将捞起的布和香烟等"洋财"，悉数丢进了大海里，赶紧摇着舢板去救人。

可是前方海面漂着数不清的半沉半浮的落水者，好像一锅虾皮汤，触目惊心。少量渔船根本无济于事，咋办？只有倾岛出动，男女老少一齐上阵，也许能将落水者都救上来，那由谁来领头组织、发动呢？

青浜岛的领头雁

北雁南归菊花黄，
又梦娘亲补秋裳。
孤灯萦绕一缕线，
花镜朦胧两鬓霜。
心悬儿郎望穿眼，
手缝思念泪盈眶。
魑魅猖獗乡路断，
骨肉分离痛国殇。

赵筱如好几年没回家了，时常爬上青浜岛山巅，坐在岩石上，两手支撑着头颅，面朝西北，默默地向远方的老家眺望。只见海面烟波茫茫，一片浩瀚，归帆去棹斜阳里，望着那令人心酸的无边无垠，怀念着白发苍苍的爹娘，满脸是思乡的泪水。

"里斯本丸"在东极沉没是偶然的，而青浜渔民倾岛而出营救蒙难的英兵是必然的。是时，青浜处于一个特殊的时代，岛上有几位非凡的人物，赵筱如就是其中之一。

赵筱如出生于安徽阜阳的一个小山村，家在霜叶如花云深处。他来舟山担任东极乡公所总干事之际，日军正大举入侵江浙，定海本岛于1939年6月23日沦陷，县政府转移至南面的象山县桥头湖办公，各级地方政府停止运作，乡长陈顺富离职去外地经商。赵筱如多么想与家人见面，无奈东极与家乡相隔的千山万水，都成了敌占的沦陷区，有家难归，他只能滞留东极，依靠做小商贩谋生，与岛民打成一片。（《舟山市志》，浙江人民出版社1992年8月第1版）

而立之年的赵筱如，中等个子，为人真挚，头脑精明、冷静，他那线条分明的脸和强壮有力的身体，使人感到一种刚毅之美。这个人真的不简单，身在边远小岛，心上却挂着天下大事，不时宣传抗日救国道理。他在青浜岛的天后宫办起了夜校，让青浜岛《抗战五更》响亮地飘荡于东霍洋："一更月照亮，/日本矮子出东洋，/半夜三更来偷打，/夺去中国东三省，山东济南奉天吉林，/外加黑龙江，/夺去飞机场，/外加火烧兵工厂，/侬看矮子强横勿强横……"他让岛民们明白国家兴亡，人人有责，只要四万万同胞一条心，猖狂的日本鬼子终究会有被中国人民赶走的一天。

东极虽然偏远，但宁波、沈家门有东极人的渔行，时有船只往来，信息相通。赵筱如有初中文化程度，对"二战"形势略知一二。"珍珠港事件"后,他抗日必胜的信心更强了,与定海县国民兵团抗日自卫第四大队副大队长缪凯运取得了密切的联系,不时传递情报。

当时,中街山列岛处于无政府状态,然而,青浜岛在赵筱如、唐如良、唐品根、唐阿如等支撑下村级行政运作如常。组织保安队抵御匪患,开设渔行向外销售水产品等有条不紊。岛上无为非作歹、欺行霸市、压榨穷苦渔民的渔霸,纯朴的岛民们男的在海上捕捞鱼鲜,女的在岛上种植杂粮,虽然穷苦,生活却也安定。岛上无鸡鸣狗盗之辈,家家几乎夜不闭户,秩序井然,一些头面人物与群众水乳交融。因此,岛民们拥戴岛上的领头者,如遇土匪骚扰、海难降临等大事,他们登高一呼,倾岛响应。这也是后来赵筱如他们救助英俘后,又护送三名英军军官去大陆那么大行动不泄一丝之密的奇迹产生之人文基础。

1939年6月,日本鬼子攻陷定海县城后,舟山人民抗日斗争奋起,既有中国共产党领导的游击武装,也有重庆国民政府的军政组织,使得日寇只能在定海城关及沈家门和岱山岛的高亭镇、东沙角等若干据点耀武扬威,而对青浜等远海外岛鞭长莫及,只能不时派舰艇转一圈,无力调派军队常驻。因此,广阔的渔农盐村及外围岛屿仍为中国政令所及。1941年3月,组建"六(横)桃(花)朱(家尖)普(陀山)守备区",驻六横双塘。守备区主任王继能是登步人,所辖兵力有六个中队(连队),受浙江绥靖指挥官竺鸣涛和浙江省第六区(宁波区)行政督察专员俞济民所节制。舟山东南、东北各大小岛屿是其活动范围,这给救助"里斯本丸"的英俘提供了有利的环境。

1942年10月2日凌晨,海底几下闷雷般的巨声,深深地震撼着赵筱如的心灵,这种声响是他从来没有听到过的,他机警地感到东霍洋要发生什么大事。大清早,他便爬上青浜岛顶峰,全神贯注地盯着海面,当"里斯本丸"七摇八晃地过来,他从船头的旗帜一眼便看出这是一艘日本武装运输船。当他看到了船上许多人落入大海，日军向落海者开枪射杀的凶残行径，意识到落海者属于反法西斯阵营，必须救助。情势紧急，他便急匆匆去找一向行侠好义的渔行老板唐如良商讨对策。

唐如良，青浜人叫唐阿大。是个三十开外的男子汉，身材魁梧，仪貌堂堂，嗓音特别洪亮；他的整个躯体与其说是结实，不如说是粗壮。此人出身于青浜大家族，家境较好。唐品根、唐如良、三保保长唐阿如、唐阿庆、唐如福、唐阿良、唐阿宝等唐氏叔伯兄弟九人，号称青浜"九老虎"。唐如良为首的青浜岛保安队，曾把海盗打得屁滚尿流。他以直肋船收购岛上鱼货，销往外地，在青浜、沈家门乃至宁波均有开设的或挂钩的渔行，专做买卖鱼货生意。多年闯荡江湖，世面见得多，信息也灵光，上下路道活络，再加上他胆识过人，敢作敢为，又颇得人缘，因此在当地说话办事都有一定号召力。而且渔行人手多，力量大。此外，唐如良身边还有翁阿川、许毓嵩等一批素抱热忱之心、见义勇为的好友，能组织广大群众投入救助行动。赵筱如知道要从广阔大海的惊涛之中救那么多人，领头者非他莫属。

那天，唐如良赤臂袒胸跳上木帆船，与伙计们扯起赭帆，正要去沈家门的渔行，忽见赵筱如汗流浃背地跑来，知有急事，连忙向伙计喊："落篷！落篷！"

"快，快，唐老板快救人！"赵筱如气喘吁吁地说。

唐如良性格豪爽，勇于担当，他听了赵筱如说海面上有许多人亟待拯救，立即斩钉截铁地说："人命关天，快去救人！"

翁阿川站上船头，抬眼一望，忧心地说："人是一定要救的，可眼前日本兵还在开枪杀人，船过去会不会有危险？"

"情势严重，管不了那么多，一寸光阴一条命呀！"

翁阿川略一思索，说："如良，靠侬一条船，咋救这么多人？"

"快,把渔行直肋船开出去!"唐如良挥动着臂膀,毫不犹豫说,"青浜有五十多条船,统统摇出去救人!"

"船分散在各个岙口,咋通知呀?!"

"你俩马上去保安队(青浜岛防海匪的队伍),叫他们吹号!"唐如良想了一下,对小舅子王宝荣和许毓嵩说,"另外,把渔行的大旗扯起来!"

青浜岛没有田野,岛民靠捞鱼为生。鱼货交易的生命线全靠渔行联结。海匪不时骚扰渔行,劫掠钱财;东极风大浪高,时有海难发生。因此,岛上有个不成文约定:只要渔行大旗一竖,岛民与船只便立即集合,御匪弭灾。

赵筱如跑进村子,沿着村巷大声呼喊:"快,快去海上救人!快去海上救人!"

石柱山顶上响起了嘹亮的螺号声,海湾里扬起了渔行醒目的大旗,紧急召唤全岛渔民行动起来,去应对突发性的海难。

当时,在东霍洋上救英俘的大多是舢板。舢板,渔船中最小者,形体大同小异,无帆,常载于母船之上,俗称"背子"。随母船出海作辅助捕捞或两船交往之用,长仅5至6.5米,宽1.1至1.5米,深0.5至0.7米,靠摇木橹往返。当地民谚云:"呆大捕,死张网,活络要数小舢板。"那时,青浜人近海沿岸作业靠小舢板,给大捕船补给生产生活资料,也靠小舢板驳运。青浜海域礁岩多,小舢板钻礁丛灵活。可这种小船在狂海怒涛中逆风逆潮,穿浪而行,犹如一片落叶漂荡,驾船者不仅十分吃力,也异常危险,去救人是需要勇气和胆魄的。好在东极渔民长年出没风浪里,掌握了高超的驾船技能。

"救人呀!救人呀!"青南、青东、青岙、沙湾的渔民一听螺号,一见大旗,所有的男子都驾着各家各户的小舢板穿风破浪、蜂拥出海;

妇女们则在岸上忙碌接应，照料海难得救者。

唐如良驾驭着直肋船，一边与王宝荣等几个伙计救人，一边照看着海面，指挥着舢板去抢救最危急的落海者。直肋船抗风浪的力度大，哪里有险情，直肋船就开往哪里。即使风浪倾覆了小舢板，只要直肋船赶到，也不会出什么大事，保证着救人安全有条不紊地进行。

古稀老人登高一呼

青浜渔民倾岛出动救援英兵之际，相邻的庙子湖岛也成了大营救主战场。

1942年10月2日中午，一位精神矍铄、气宇轩昂、须发苍苍的老人急匆匆奔到庙子湖岛的村口，登上一座巍然屹立的巨岩，将双臂高高地伸向苍穹，大声疾呼："东霍洋许多人落水啦，救人一命，胜造七级浮屠！积德的时刻到了，大家快去救人呀！"

那位老人的义举，已载于《东极镇大事记》，他就是时年71岁的沈万寿。

那天，岛上人正埋头忙着各种活计，有的打船，有的织网，有的造房子，有的整理着渔具准备出海。沈万寿想去海边转一转，那天是他侄儿沈元兴和沈阿明打好的新船下海的好日子。他走出家门口，不经意间抬眼一望，见海面有点异样，仔细一看，他怔住了，那种从来未见过的情景呈现在他眼前——东霍洋面上大量布匹财物顺着滚滚潮流漂来，无数个落水人员在波涛中苦苦凫游。他的心急遽地怦怦地跳动起来，便急忙赶到村公所，找到五保保长吴其生，叫来副保长吕德仁和四保保长沈品生，叫他们火速组织船只救人。

吴其生、吕德仁等听了，连声说："好，好，分头行动，赶快去救！"他俩心急火燎，满头大汗，奔向岛上各个村子，叫大家立即撑船去救人。

沈万寿，当时庙子湖岛最受尊敬的老人，他在村口石破天惊的一声呼喊，震撼了岛上千百颗渔民的心。

"造好新船风篷飘，天上北斗七星照，五湖四海任我走，走遍天涯乐逍遥……"海湾里，打鱼汉正放声高唱着《新船下水歌》，闹盈盈一片，兴高采烈地给沈元兴和沈阿明的新船举行"下水典礼"。一对翘角的新船打扮得像花轿一样靓丽，舷柱、舱门都贴上了鲜红的对联："入水捞取奇珍，临风采集瑰宝"。可谁能想到那对新船下水的第一天，便书写了它捕捞史上最有意义的一页，捞起的竟是比珠宝还珍贵千百倍的东西。

听到了沈万寿老人洪亮的喊话声，看见了他挥动的臂膀，海湾里咚咚锵锵的锣鼓声戛然而止。沈元兴和沈阿明立即喊人将新船推入海中，急忙扯起帆篷，驶过岛子门外的百亩地礁，去东霍洋上救人。

吴兰舫家正在造新房，听到了老人呼喊，便立即叫帮他搬木料、砌石墙的乡邻们，放下手中的活计："救人要紧，快，快去救人！"

老人洪钟大吕般的高亢号召声，使村子里一切嘈杂的声响寂然，走在路上的人们肃然立定。大家的视线齐刷刷转向东霍洋，"快，快去救人！"四面八方立即传来了一片响应声。

全岛迅速行动起来，从海湾驶出了16艘船只，一支浩浩荡荡的救援船队驶向东霍洋，先后救起了英俘106人。庙子湖岛，上至白发苍苍古稀老人，下至垂髫童稚，都投入了东霍大营救。

沈万寿老人将英俘带到了陈财伯庙，他向财伯公拜了三拜："菩萨呀，这些年轻的外国朋友来借住您的寓所，打扰了，请多多关照这些落难人！"那尊穿龙裤的慈眉善目的渔民菩萨，看着自己的殿堂成了英俘的庇护所，仿佛露出了一丝笑容。拜毕，沈万寿回家挑来了两桶热气腾腾的米饭,还叫他的儿媳妇送来了菜汤和开水。英国人一见流泪了,他们饿坏了,不用筷子,用手抓着就吃,捧起碗就喝,沈万寿赶忙叫人拿来汤匙。有的英国人闻不惯海鲜鱼虾味,沈万寿叫儿媳从家中拿来了辣椒、洋葱、大蒜、白糖等。

庙堂挤满了获救者,沈万寿将一部分英俘安排到渔民家。任月梅,那时还是个12岁的小姑娘,父亲叫她领着一位叫艾伦的英国人到家去住。路过海滩,忽见一匹喷花的洋布漂浮到滩边。她欣喜地奔了过去,但捞不着,焦急地顿着脚。此时,艾伦从一艘船上拿来了一根长竹篙,将花布勾了起来。那块从"里斯本丸"漂来的布料,后来,成为任月梅一生中最珍贵的纪念品——新婚嫁衣。"里斯本丸"的故事,织进了这件由洋布裁缝的嫁衣里,织进了东极人的生命里。

"救人一命,胜造七级浮屠!"沈万寿老人那一声呼喊,一直回响在人们的心头,慈悲情怀永留芳,于庙子湖岛上竖起了一座崇高的不朽的口碑;那一声呼喊,闪耀着中街山列岛渔家的人生之圭臬。

"全赖中国人的救援行动"

佐敦与1号、2号舱1000多名英俘,冲出战友们揭开的舱口,从"里斯本丸"跳入大海逃生。霎时,沉船的周围海域漂满了英俘的身影。有的挟着船上的木板,有的攀着抛下海的木梯、凳子、桌面……浪涛里传来一声声呼救。此时,附近几艘日本的舰船视而不见,就当英俘像漂浮着的布匹、木头一样,径直从他们身上开了过去,一些日本兵还对游近船只的英俘开枪射击。

佐敦曾几次试图爬上日军救生艇,但都被日军踢了下来,差一点被小艇碾死。佐敦知道了日军想要把这些战俘全部杀死,不愿意让他们活下来,怕今后他们会公布日军对待战俘的方式。

极度的愤恨与悲哀使佐敦浑身颤抖，心如刀剜，咬破了嘴唇。他清楚地记得日军丢弃了即将沉没的"里斯本丸"，将留守的人员，全部撤回了"黑潮"号等三艘日船上，此时，毒蝎一般凶狠的日军，仍无一丝怜恤之心，死死地捂住舱门，不肯揭开一根封条，给战俘们留一条生路。"里斯本丸"渐渐下沉，3号舱里的求救声越来越弱。3号舱在船尾，遭鱼雷袭击后最早进水。当"里斯本丸"跌跌撞撞地晃向青浜岛时，水已没上了3号舱内英俘的脚踝。"里斯本丸"整个下沉，舱门被牢牢钉死的3号舱内360名战俘，没有一点求救的声音了！

一个浪头将佐敦抛到十余米外，当他重新浮上水面时，幸运地看到了身边漂着一段木头，赶紧伸手抓住，与战友们一起随波逐流地漂荡在大海上。他不会游泳，不知自己是死是活。此刻，他的泪水再也忍不住了，汩汩地流过脸颊，他想起了爹娘正等待着他打完仗回家。他的家乡是肯特郡一个非常有古典气息的小镇，小时候母亲常带着他去大教堂做祷告，据说那教堂已经有1000多年历史了。他还记得做完祷告后，母亲与他穿过那条古色古香的小街，去一家温馨的茶屋。"妈妈哟，儿子还能与你一起享受那美好下午茶吗？"此刻，佐敦和战友们多么想活下去呀！他们沉浮于浪头上，睁着眼睛，在茫茫的大海上寻觅着船只的踪影，期待着奇迹发生。

"救苦救难的主啊，救救我们吧！"一些基督信徒在浪里默默地祈祷着，还不时伸出手画着十字，盼望着上帝派来方舟，把他们从惊涛骇浪里拯救出来。

奇迹真的发生了！"方舟"真的降临了！

浪里的英俘们看见西南方一座蘑菇状的岛子的海湾里，涌出了一队小船，绕过三块紫褐色的礁岩，迎着潮流，向他们冲过来。他们含泪相望，一双双眼睛露出既感激又兴奋的光芒，尽力游向小船。小船行进得很慢，他们很快知道了船上没马达，是人力摇橹作动力，逆风逆水给摇橹者增加了巨大的阻力。小船渐渐近了，看得到摇橹的人跟他们招手了，只见那些渔民一个个赤臂露胸，胸脯上那两块结实的肌肉，热汗涔涔，颜色就像枣木案板，紫油油地闪着亮光，喊声比涛声还响亮。一下子，小船遍布了四面八方。一双双粗黑而有劲的手伸向漂浮于东霍洋上的英俘，一个又一个被捞进舱，一船又一船被送上了岛。

一位获救上船的英俘，是基督教的信徒，他跪坐在自己赤裸的脚后跟上，面容肃穆而虔敬，闭上眼，连连在胸前画着十字，口中念念有词，感恩主派来了方舟把他们从苦难的深渊里拯救出来。他看到一艘艘小船把英俘送上岛岸，立即掉头又急匆匆朝着海面上漂浮的人驶去，脸上不禁淌满了泪水。

"方舟神话"是人类起源神话，也是人类文明起源的源头。中国有"葫芦救人"，西方有"方舟救人"，两个神话惊人相似，如出一辙，可见东、西方文化是互相交融的。

中国古代亦有方舟神话，而且历史比西方更悠远。考古学家于湖南省黔阳县新石器时代早期高庙遗址出土的文物中发现了巫山神话图——8000年前的中国挪亚方舟图。圣经记载的方舟神话传自犹太教，只有2000多年。犹太神话传自苏美尔神话，而苏美尔神话亦只5000年。中国方舟神话竟有8000多年历史。

善心作"方舟"，渡人于危难，是中华传统文化的一种精髓。

其实，那天东霍洋面落水的若是日本人，善良的东极渔民也会大力营救。对无辜的渴望救助的生命施以援手，是中华民族的善良本性使然。2015年3月30日，中国海军潍坊舰搭载449名中国公民撤离也门西部荷台达港之际，就帮助一名日本游客乘舰脱离险地。

一条舢板摇过来，佐敦的手臂，被一只粗大的热烘烘的手捏住时，他全身紧绷的神经一下子松弛下来。醒来时，佐敦已躺在一座庙宇的门外，一位老婆婆用火热的雪白的棉纱土布面巾，仔细地给他擦身子，还叫人送来热乎乎红糖姜汤给他喝。他没上衣，赤着膊颤抖着，那位婆婆拿来了一套她儿子穿的打过补丁的干干净净的宽大的青色衣裤给他穿上。此时，他才感到自己真的新生了！

东极渔民义无反顾的大营救壮举，使"黑潮"号等几艘舰船上的日本人惶惑了，木然了。

日本人想不明白，那些偏僻海岛的渔民与英俘非亲非故，为何舍命营救？并且是那么起劲，那些渔民的身体里仿佛装满了蒸气，向前直冲，几乎让人听得见许多气缸盖子在他们胸中揭动的声响。他们不捞棉布、木头、香烟等"洋财"，一个心思救人。一些英俘攀住了船舷想爬上船，浪头扑过来又将他打入海中，如此反复了二三次，再也没力气了，眼见要沉入海底了，可他们不怕自己被淹死，纵身入海，将英俘一个个托起来，拖进船舱。（据浙江省档案馆保留的《定海县东极乡三十一年十月二日参加救护英俘居民登记名册》记载：东极渔民出动渔船46艘，使384名身陷大海的英俘绝处逢生。）

日本人见东极渔家的男女老少都出来了，岛上到处是一片闹哄哄的景象，热忱地护送接待英俘，那么多的人已被救上了岛，也许一些日本人良心发现，开始救人了。也许，日本人心里清楚，让英俘活下来，送到国内做苦工，对日本人来说是挺划算的。

汉弥尔登中校扶着块木头，漂浮于海涛里，见日本人停止了杀戮，也捞人了，自己离日本船较近，于是便转身游了过去。他的《"里斯本丸"的沉没》高度评价了东极渔民的大拯救："那些战俘得以生存，全赖中国人的救援行动。""日本人的本意是让战俘全部淹死，这样，他们能说船是被美国人击沉的，他们没有机会实施救援。后来，他们在海上看到中国人救上了如此多的战俘后，才明白他们的计划不可能被实现，所以他们改变了策略。""不然，我们统统要被他们埋葬在海底了！"

从事态发展来看，淳朴的东极渔民善心"方舟"，不仅将水火之中的数百名英俘救出来，而且粉碎了日军全歼英俘的罪恶企图，设若没有中国渔民的及时救助，"里斯本丸"运载的所有战俘和侨民将会一个不剩，当然也就没有了尔后近千名英军官兵历尽日本战俘营的折磨后，剩下数百名传奇般回到祖国的经历。

汉弥尔登在回忆录中悲愤地说："所有的战俘原本是能得救的，在日本人转移自己队伍的同时，可将他们一起转移。""在现代战争编年史中，沉没导致1000多名官兵丧生的'里斯本丸'，作为恐怖事故可能死亡所占的比例并不很高，很多的事故可能有更多的人以更残酷的方式丧生，但很明显在'里斯本丸'沉船事件中，这是不必要的牺牲，本可以获救的战俘，由于日军不救，导致近千名英军官兵和侨眷丧生，这是泯灭人性的日军对生命的漠视。"

回望历史，众多的生命在某种时刻是如此被轻易地撕碎，不由不让我们深深地痛楚、悲伤。长风为歌，在天空中慷慨拂过。广袤宽厚的蔚蓝色大块，无边无垠地庄严地铺陈着，潮水冲刷着东霍洋上大大小小的岛屿，太阳的红唇吻着青浜岛的轮廓。一层层云，血一般红，水面上也荡漾着无数道殷红的光。天空中仿佛奏着一支悼念遇难英军官兵的哀乐，在人们的心头低低地回旋。

（原载《中国作家·纪实版》2019年第4期）

明月村的"月亮"

长 江

引子：猜猜这是啥地方？

有一阵子，说起明月村，我耳根就会听到那句泼天的质疑："怎么，××的月亮就比××的圆？"唉，还真让疑者说对了，明月村的月亮就比其他地方的圆，圆得有理、有特色、有个性，从呱呱坠地就开始特立独行。

这是个啥地方？

2018年10月15日，我在北京跟来自台湾4所高校的大学生们"分享""明月村的变迁"。当我卖关子给同学看了十几幅照片和一些相关资料，让他们猜那些茶园、竹林、松海，漂亮的木屋、洋房、步行道、绿植、鲜花以及大学城里才有的"讲堂"、"夜校"、"图书馆"、"咖啡馆"、广场是哪里时，都猜不出来。

我告诉大家，刚才大家看到的照片叫"明月村"，真是个村子，只不过这是中国农村目前刚刚完成脱贫、正在努力探索新的生活样态的一个"身份不详"之地，或者说正在探索的一个"案例"。这个"案例"今天已经和传统的农村有着很大的不同，首先是这里经过政府的投入，已经解决了水电气暖、电视、宽频、污水处理、垃圾分类等大城市早就已经解决了的基础设施问题，条件比城市里的还要好；但是，它又不是城市，因为明月村不允许"把城市简单地复制到农村"，它在拥有了城市文明、城市舒适度的同时，还依然保持着农村的自然环境、原始生态，以及干净的空气、新鲜的食材——整个村庄依然是传承了几百年、上千年的中国农村的一副"老样子"。

可不是嘛，仔细想想，人类生存地球，生活中唯有"美好的存在"是值得追求的，城市有城市的好，农村有农村的好，如果想把二者叠加，那在过去，是奇怪的、奢侈的，至少是少见的；但是今天，明月村就"两好加一好"，就把这样的一种探索、一种追求、一种理想给做成了。

一、明月村，你从哪里来？

翻开明月村外宣的小册子，上面有一段话，字虽小，却带着绵延千百年悠悠的历史且不断接力的一种气势！

明月村，位于天府成都绿色蒲江，距离成都市区90公里，隋唐茶马古道及南方丝绸之路上的䢺宁驿站，7000亩生态竹林，3000亩生态茶园，古松俊逸，古窑静默，民风淳朴，40余个文创项目，散落茶谷松林，一百余位陶艺家、艺术家、设计师栖居田园，新村民与原住民互相融合，共创共享幸福美丽新乡村。

2018年仲夏的一个黄昏，我踩着落日余晖，来到明月村，尽管对这个传说中依然保留着隋唐遗韵的川西南小村落，已经有所耳闻，但进得村来，还是眼前一亮，心头一跃。村口一块巨石，一人多高，双臂来宽，像碑一样竖着，上面凹进去"明月村"三个淡红的大字，石头并不是白色或青黑色，而是人为地把它做成了树干一样的深赭，深赭的背后还衬着一小片绿竹和一面白色的村舍山墙——画面感很强、很时尚。

车子缓缓进村，我怎么看不见村舍？"村里的房子呢？"

陪同的蒲江县外宣办工作人员就告诉我，说，您别找了，四川的农村就是这个样子，"望村不成村"，家家户户都是分散居住，互相之间保持着一段距离。

原来明月村并不是一个小村子，也不是我印象中北方的农村那样，一片错落不齐的农舍，一片散乱而自然形成的农田，大家聚成一个疙瘩，鸡犬之声相闻，炊烟袅袅相绕……今天的明月村，已经通过"打造"，由过去的三个自然村合并，变得很大，大到什么程度？6.78平方公里的总面积，727户人家，原住民2218位。这里虽说没有高山大川，只是一片缓丘，但外来人若非利用直升机凌空俯瞰，一下子还真看不清全貌。

那就只有看地图喽？

对对。

第二天天刚亮，我在地图上看懂了明月村。

村子形状粗粗看去，很像中国地图——"大公鸡"。只是小。著名的318国道，去往西藏的方向。到了甘溪，便岔向路北的一条洼路，越走越深，越走越窄，眼前便被绿色漾满，没有了疆界。

明月村里曾经有一座"明月寺"，村庄因此而得名。2009年以前，明月村还是一个戴着帽子的"市级贫困村",村民过着日出而作、日落而息的传统生活,种着水稻和玉米,家家都不富裕,也没想过能富裕。如果要"抓钱",就只有外出打工。但是2017年,这里的人均年收入已经从过去的几百、冒千,超过了两万,村民不仅达到了"小康",而且仿佛"一下子"就迈过了"穷日子",过起了"富日子"……

怎么过来的呢?

短短几年,这个在中国近70万座农村之一的普通村庄,不仅成了"中国乡村旅游创客示范基地""四川省文化产业示范园区""四川省第一批乡村旅游创客示范基地",而且发生的戏剧性变化,简直可以说是完成了一个谁都意想不到的"生存的飞跃"。

故事从哪儿说起呢?

一个人,一个神秘的人。开始她只是一名陶艺爱好者,爱陶,做旅游设计,在北京工作过。2008年汶川地震,8.0级的强度没有使明月村房倒屋塌,但村中的一口300年的老窑却震裂了嘴、塌了腰。

"爱陶人"因为姓李,我就简单地称呼她为"爱陶Li"吧,她的出现是为了探访这座古窑。

在中国古代,明月村的确是南方丝绸之路和茶马古道上的一个驿站,不仅如此,还属于邛窑生产的区域范围,所以很多人都会烧窑,村里的"张家碗""刘家碗"等等的,只不过那时候村民烧出来的陶品都是为了自家的生活所需,吃饭的饭碗啦,照明用的"省油灯"啦,以及家家户户用的泡菜坛子。

神秘的"爱陶Li"一进村,不顾自己是一个未婚女性,也不仅仅因为明月村古老的"龙窑"把她给"镇住了",她深深地被明月村天然的美丽与超凡,村民的淳朴与善良所打动,于是一方面决定出钱修复古窑,另一方面决定在"明月村"扎下根来,成为明月村第一名自然入村的"城里人"。"爱陶Li"打算通过自己努力，号召更多的同行来恢复古窑、参与制陶，继而把"明月村"打造成为一个日后可以在世界上"叫得响"的"明月国际陶艺村"！

"爱陶Li"经过考察，发现这里的土地、水、空气、湿度、净度等等，非常适合制陶，况且这里的村民有制陶的文化、有基因，至今还有一位1932年出生的老陶艺传人——张崇明健在。

古老的"明月村"仿佛等待了成百上千年，就等着有一天有人能认识它、理解它、开发它，等着"爱陶Li"的一双"慧眼"。

床前明月光，疑是地上霜……
明月几时有，把酒问青天……
海上生明月，天涯共此时……
小时不识月，呼作白玉盘……

中国古代诗人太多太多咏颂明月的诗歌，这一刻仿佛都把期待的目光对准了今天的时代——明月村，你准备好了吗？

2012年，"爱陶Li"找到了时任蒲江县政协主席的徐耘先生，提出了修复故窑，继而打造"明月国际陶艺村"的计划，希望得到当地政府支持，同时上交了一份《关于规划与建设邛窑陶瓷文化创意产业区的构想》。《构想》中提出了四大内容：

第一，复兴邛窑，在明月村搞博物馆；

第二，发展陶艺工坊，振兴明月村古老的邛窑产业；

第三，扩大邛窑影响，在明月村搞国际交流；

第四，邛窑旅游，让古老的明月村因受到现代生活的刺激，从里到外都快速发达起来。

对"爱陶Li"的构想,蒲江县政府、甘溪镇政府当然是支持,支持!具体由县政协接洽。

2009年以前,"明月村"的对口扶贫机构是四川省成都市的"政协",县委县政府正在积极寻找下一步如何借助外力来振兴乡村。这样,和来自"爱陶Li"的积极性"一拍即合":政府、政策、资本、产业、能人、操盘手、执行人,等等。几方面的目光随后都聚集到了"明月村"的"再造"……

二、时代大手笔,明月村改天换地!

截至2017年底,中国像明月村这样的自然村落还有69万多个。涉及人口大约6.7亿,占全国总人口的50.32%。

这么多的人口,农业人口,按照国家的部署,要在2020年以前完成"脱贫",这一点中国政府已经向国际社会发出了明确的承诺。

总体目标:

到2020年,中国要稳定实现扶贫对象不愁吃、不愁穿;

要保障扶贫对象义务教育、基本医疗和住房;

要保障贫困地区农民的人均纯收入增长幅度高于全国的平均水平;

要保障贫困地区基本公共服务主要领域的指标接近全国的平均水平——

这就是著名的"两不""三保障"。

时代已经拉开了大幕——"神来之笔"已经舞动,要使"明月村"

沧海变桑田！

"明月村"在国家的"承诺"中不仅"先行了一步"，此刻蒲江县和甘溪镇的各个部门领导更时不我待，把"支持"迅速落实到行动上。于是实打实的安排、实打实的协调、实打实的资金，一一启动。为了尽快见到成效，县委县政府还专门成立了明月村"项目领导小组"，综合协调和项目定位；甘溪镇负责项目建设、基础设施和运营；村委会则具体协调用地、环境、秩序管理以及农业生产方式的转型，等等。

首先，8.8公里长的"明月村环路"由政府投入，漂漂亮亮地修起来了。

水、电、气、暖、电视、网络很快覆盖而成。

跟着还有很多外表看不到，但对于现代化生活又必不可少的基础设施，比如排污管网、污水处理、垃圾回收等也都在地上、地下迅速建设完成。

这些"基础设施"不是哪一户原住民，也不是后来进村的哪一户"新村民"个人能够做得到的。明月村的发展如果没有政府搭台，后面的导演、演唱者、参与者、共建者都没有可能出场。

据相关统计，近年来，县里、省里各级政府对明月村的投入已达8000万，对于川西南浅丘地带的一个村庄，不啻为巨大的一笔投入，是令人艳羡的倾斜。政府如此出手阔绰，在外人看来仿佛是透着"不差钱"的任性，但事实上不是。蒲江县不是一个富得流油的资源县、工业县，蒲江就是一个农业县，一个标准的国家农业大县。但是，你要发展，要闯出一条中国传统农村与现代、与城市相融合的道路，该勒紧裤带的时候就得勒紧，该舍得的地方又必须舍得！

为了做好电视节目（央视《新闻调查》），我和节目编导陈新红曾两次来到明月村，进行调研和前期采访。

我们问过不止一位后来入村的新村民一个问题,"如果当初你们选择了明月村,这里要是没有干净的自来水,洗菜、做饭、洗衣、洗澡;没有电,没有天然气,没有电视、网络,没有污水管网,甚至没法使用冲水马桶,你们还会不会来?"新村民都告诉我,"那恐怕就不会来了,就得犹豫。"所以蒲江县对明月村的打造,是基础的基础,因为现代人无论生存在哪里,基本的生活舒适度已经不属于奢侈的要求。

然而,就在县镇两级政府全力支持,"爱陶Li"也已经投入了三四年打造明月村的"古窑观光区""体验区""产品展陈销售区"和"艺术家院落"的时候,出于某种召唤,"爱陶Li"犹豫再三,最终剃度出家,取名牧灯,开始把更多的精力投入到了宗教慈善领域,打造"明月国际陶艺村"的项目似乎要面临搁浅。

怎么办?

这个插曲,的确让人有点意想不到。但是"爱陶Li"的行为并不是不能被人理解。同时,明月村开弓没有回头箭,行动号角已经吹响,当然不会鸣金收兵。

后来我们摄制组来到邛崃,专门采访了已经调任邛崃市"邛窑遗址开发保护"项目的徐耘主席。原来,我们准备听他讲一讲明月村这段"曲折"的纠结与坚持,但是没想到,徐耘主席对此根本就没有提,他认为"这不算什么",明月村的发展是历史的敦促,村民的需要,更是国家振兴农村伟大工程呼唤的一个不能停歇下来的时代的脚步,怎么会因为一个人的离开而停止?况且"爱陶Li"虽然出家了,她所修复的明月窑已经焕然一新,她所打造的"明月窑"的陶瓷品牌已经推出,她在村里的产业经营至今还假手他人好好存在着,并一路领衔起着示范的作用。

"爱陶Li"的出家是安心的,明月村的前进不会停下脚步,人们对她的感激口口相传……

三、政府搭台、文创唱戏,导演是谁?

仿佛,明月村满眼能看到的郁郁葱葱丝毫都没有变;

仿佛,明月村一眼望不到头的茶园、果树、竹海、松海所衬托的农舍丝毫都没有变;

人们进得村来,耳朵能听到、鼻子能闻到的"鸟语花香"都没有变;

整个村庄几百、上千年传承而来的自然、和谐、朦胧、梦幻也都没有变。

但是,改变的规划却在紧锣密鼓地进行。只不过,明月村最初探索的打造"国际陶艺村"项目在"爱陶 Li"走后,促使人们反思,反而借力长力,又扩大到了"陶艺加蓝染""乡村旅游"+"餐饮、民宿"、各类农副产品深加工以及各类农村手工艺品的出产与出售,等等——总之政府搭台、文创唱戏,目的就是吸引外来的创客,从而更多元化地刺激古老的明月村焕发出自己的内生动力,这一点,原则上一点都没有变。

为了充分利用好政策,蒲江县在国家地震补偿的大援助政策下,提供了187亩国有建设用地给明月村进行"引凤入巢",这部分土地,分为17个地块,规划为40年产权,政策允许进入市场。另外,项目小组还启动了"改造村民老院落"的方案,让有意租用农民闲置"老房子"的创客可以得到政府政策保护和资金支持。

当然,有了政府的投入并不一定就打通了明月村发展的通道,需要有人提出清醒的目标，哪怕这个目标前无古人，或如同一座大山挡在前头，明月村也会钻山开路，打通一条隧道，把新的思想、新的创举之光引进来。

提起"操盘手"，人们过去在大脑里可能不会出现太正面的联想。但是来到明月村，当我多次听到这个词，知道了这个词所承担的功能，对明月村的发展所起到的作用，我开始"今非昔比，拨乱反正"了。

明月村的"操盘手"是具体设计和规划这个村如何向前发展的决策人，至少是方案的推出人。同时"操盘手"不仅对今天负责，还要对长远负责，对未来负责，所以这个角色、作用，深刻而深远。

明月村的第一任操盘手是谁？就是徐耘。

2013年，政府委派徐耘直接负责明月村的开发，那时候，他还是蒲江县的政协主席，之前他做过成都的安仁古镇、新场古镇和天台山景区的策划，都是从"顶层设计"到具体的实施，老把式，经验丰富。

徐耘上任后怎么搞"明月村"？

一个乡村的振兴，一个村庄的再造，核心是什么？目的是什么？手段和路径又是什么？

他支持"爱陶Li"的主张，要把城里的，或者更准确地说是"外面"的人才引进来，这对古老的土地如同飞播造林。

明月村利用天时地利发展适合的产业，这些产业必须是和当地的农民有关的，是可以让当地的"土著"参与或通过培训、孵化能够参与的。因此，引进"文创"就是"酵素"和"孵化器"。这条路前无古人，至少在本地区还没有先行者。但是，引进了文创产业和能人，带动了明月村的产业，一个新问题冒出头来，那就是本地的传统农业还搞不搞？

搞！当然要搞！

这个问题很重要，是根本的东西。

"农事为先、农民为主"这八个字就是在那个时候由徐耘提出来，入脑入心。

明月村是一个农业村，农民喜欢跟土地打交道，跟庄稼作物同生同长，这个根本永远不能变。

"明月村"永远都不能"被变成"一座城市，这样的想法，徐耘如此坚定，不是出于他自己个人的爱好，也不是政府"操盘手"的独断专行。他的这种执念来自农民，来自明月村2000多位原住民。

简单一句话："农民不愿意！"

我们来到明月村，就这个问题问了很多当地的农民："你们愿不愿意把城市直接复制到明月村里来？大企业、大马路、大高楼……"回答一律都是"不，不愿意"。

明月村的村民就不想让自己成为"城里人"，或把自己的家园变成另外的一个"城市"。

那"你不喜欢城里人的好生活吗"？记得我也没有忘记问。

得到的回答："城里的好生活我们当然是想要的，但继续生活在农村又能享受得到城市的便捷，那才是最安逸的。"换句话说，老百姓要青山绿水，要茶园竹林，要几百年老祖宗留下来的自然风光，也习惯了在这里过传统的农耕生活。

后来，徐耘主席对我说："为了解决明月村到底要选择一条什么样的路来发展的问题，我不知和多少老村民深入地讨论过，也不知道在村里转过多少遍——农民喜欢什么？明月村的农民喜欢什么？既想享受城里人的现代化生活，又不愿意舍弃农村的传统田园；既想要像城里人一样地能挣到钱，又不想离开自己难舍的故土。这就是农民。

明月村的农民。"

路在哪里？谁来试着开辟？

"操盘手。"

徐耘主席说："对。没错。就是操盘手。操盘手的作用就是首先开路。这个角色在我们国家这一轮乡村建设中至关重要，尤其他们承担着'顶层设计'。路的方向决定着长远的未来。而'操盘手'是目标的制定者、组织者、执行者，也是各方利益的协调者、后勤服务的保障者，此外还是建设节点的控制者。你说有多重要？"

"操盘手"要长期陪伴，不能是"飞鸽"牌的，要做"永久"牌的。他们要长时间地起到连接政府、文创、投资人、原住民、资本等利益的相关方，统筹协调，步步为营。所以要组建这样一支操作团队，徐耘说"关键在找准人"。

"找准人？还要长期陪伴？您的意思是说'操盘手'要长期待在村子里，最好也能成为'新村民'？"我问。

徐耘说："对，近些年很多外面的实践，比如日本、我国台湾，搞新农村建设或新社区建设，主要的操盘手就是要把自己的生活，乃至人生的命运都与这个村、这个社区紧紧相连。什么好处？好处就是休戚与共、命运捆绑。"

我说："那您也成了明月村的'新村民'了？"

徐主席说："我没有，2016年10月我被组织调到邛崃搞'邛窑遗址'的开发去了。但是明月村我们早就物色了一个接班人，是我千挑万选的，这个人叫陈奇，人们现在都管她叫'奇村主任'，这个'村主任'我建议她自己也在村里开一家民宿，把自己的生活甚至身家性命都和明月村挂起钩来。结果这些年来，明月村有了两个'村主任'，一个是吴俊江，行政上的原住民村主任；一个是陈奇，县政府委派的，以'项目工作小组组长'的身份进驻明月村,是'名誉村主任'。这两个'村主任'使命不同,任务不同,但都代表着农民的利益 —— 新、老村民的利益,都要带领明月村好好地往前走……"

四、人来了,故事就来了……

明月村的诗,我信手拈来,权作回忆间的小憩:

> 我心中漾着泉水的喜悦,
> 全因这明月照亮的村落,
> 她有野花一样的芬芳,
> 更有松林的风,吹动我的心……
>
> 想在那片竹林下掘一眼水井,
> 取甘甜的水来熬粥、煮茶、洗脸,
> 晴朗的夜晚,月亮来相映照,
> 就像一位好邻居……

1. 陈奇:是村主任,也是"画月"的主人

见到"奇村主任",我没有想到陈奇身兼重任,外表看上去却是那样的年轻、时尚,更有很好的口才和待人接物的亲和力。

果不其然,一看她的来路 —— 大学本科:中文;研究生:川大文化产业运作与管理。到明月村来之前已在成都最著名的商务旅游公司(开发过"宽窄巷"的)工作过,前后参与了西来古镇、西岭雪山等项目的策划、运营,人称"一位奇才"。

2014年4月,陈奇有幸随公益组织"3+2读书荟"来到明月村,做"乡村阅读推广",算是第一次进村,立刻就被吸引。之后徐耘把她挖过来,组织上是按照人才引进的安排,给了她蒲江县城建投资公司副总经理的身份和待遇,并且鼓励她到村里来落户。因此陈奇如今身上的标签,不仅是政府委派进村的工作人员,而且还是明月村100多位"新村民"当中的一员。她家在明月村办起的民宿,取名"画月",由其老公经营。老公是一名画家,对民宿的设计很有想法,所以木门、木窗、木床、木桌,客房的窗外推开即见不是竹林就是松山,单纯而古朴。平日画家一边照看自家的生意,一边在自己的画室里创作。一家三口在明月村安居乐业,已经把明月村当成了自己的家。

　　不错,"安居、乐业、家园",这是明月村想要追求的方向——

　　陈奇在后来接受我的采访时反复强调这六个字。字面并不惊人,但这三组概念是基石、是台阶,宣告着明月村操盘手的誓言。其中"安居"意味着人们无论是原住民还是随后加入明月村的外来户,都要在明月村首先把家安下,放心地在这里生活,而不是客人的心态。其二"乐业",就是人们都能在明月村找到一份工作,有自己的产业,一份养家糊口的收入,比如"老村民"可以继续在村里种田,伺候茶叶、水果、竹林,外加参加一些文创辐射出来的有偿性工作;"新村民"则可以在这里既有自己的事业和爱好追求,也有事做,比如培训老村民陶艺或蓝染,经营自己的民宿或书法篆刻传习所,等等,大家都能待得住。然后"家园",这个概念也都是大家心目中的一个图腾,落实到每一天就是要把"明月村"当成自己的"家",那感觉很崇高,也很有维护感,言语与行动便不同,就会很自觉地共建共享,处处按照"家"的标准来对待村里发生的一切,包括今天,也包括明天和未来。

　　我不能不说,明月村的"操盘手"是有真知灼见的。

两任——徐耘和陈奇。或者说同一时期，一个在幕后，一个在前台。

从2014年到2016年10月，两年的时间，徐耘与陈奇"四手联弹"，把明月村的规划制定得很明确，可以说"调子"是从农民的利益出发，是事先就"定好了的"，并且不允许轻易地被后来者推翻。所以，他们提出的方案可以说是蒲江县有史以来第一个"自下而上，由农民和设计师共同完成的村庄发展《方案》"，突破了"领导让干啥就干啥"的固有模式，是符合实际需要的，真正由土地生长出来的。只不过他们《方案》中提出来的"四个重点"和政府认为政府应该做的"四件大事"高度吻合，同一个平台上实现了"英雄所见略同"。

"操盘手"的"四个重点"是什么？

第一，要为农民划定出"创业区"，就是"凡是当地农民能做的，新村民都不要动，要保护老村民的利益"；

第二，8.8公里的围村环线上可以安排艺术家的院落，但这些"艺术家"必须是明月村需要的各类人才；

第三，本乡本土的能人总会成长，因此这些人发挥创造力的舞台必须事先预留；

第四，政府落实的187亩国有土地，为村里的文创产业提供必要的建设，但政府不能指望用这片地来挣钱。

政府要做的"四件大事"又是什么？

第一，"发现"：发现明月村这个地方的产业在哪里、文化脉络在哪里；

第二，"发现"之后"梳理"：把发现的资源——自然资源、生态资源、土地资源、闲置宅基地资源等都进行梳理；

第三,"唤醒":知己知彼,知道外面的世界,也知道自己的追求,然后把明月村的活力唤醒;

第四,"重塑":重塑的地方包括"生态重塑""业态重塑""形态重塑""人态重塑"。其中:

1."生态重塑",就是明月村的树木一棵都不许砍,村子的规划必须首先要保住原始的林盘;

2."业态重塑",是选好合适的业态就认真呵护,使其业态的种子种得下、活得好,以后还一定会开花结果;

3."形态重塑",专指明月村的建筑,形态要美,但也要自然,人工修饰的风格要与村子的原始风貌相和谐;

4."人态重塑",这是说政府不仅要支持从外面引进来的各类能人,同时也要从明月村内部培养自主的力量,以确保明月村的事业永续发展、后继有人。

两个"四点",底线都是从明月村出发、从农民的需要出发,这样,什么事情就都好说。

明月村有了"振兴总谱",既定方针就是集中在一段时间内引进陶艺家、蓝染坊主、乡村设计师、作家、诗人、书法家、篆刻家以及各类手工艺人和有机农产品的深加工业志愿者,这些志愿者都不是有钱有势的大财主,都是他们的文创产业恰恰适合了明月村,有可能带动明月村今天乃至长远的转变。这样,一张蓝图已经画好了底稿,随后的勾勒、着色、画龙、点睛便水到渠成,一路成型。

2.宁远:放下话筒的电视节目主持人,有间"远远的阳光房"

谁都不会想到,一个在省电视台工作,有着"金话筒"荣誉的电视节目主持人,竟放弃了令人艳羡的岗位,下海做起了自己的事情,而后被徐耘召唤来到明月村，成为明月村首批"新村民"，这个人就是宁远。

2008年，"5.12汶川大地震"发生后，宁远坐在四川省电视台新闻主播的位子上，每天都把不断变化的灾情和抗震救灾的人和事讲给观众，很多时候说着说着她就自己先"眼泪汪汪"，被电视观众誉为"中国最有善心的电视节目主持人"。

宁远之所以来到"明月村"，是曾经被徐耘主席登门求贤，邀请她有空了"到明月村里来看一看"。那时候她已经跟自己的发小一同下海做起了服装产业：自己设计、自己生产，衣服多以棉麻丝绸为原料，质地古朴，时尚洒脱，因此门店销售、网络销售，做得都风生水起。

有一天她开车来到成都西南的一处古镇办事，事办完了，忽然想起徐主席的邀请，看着明月村离自己已经不远，就一脚油门拐到了明月村。进了村，满目青翠，遍地野花，天蓝云白，大地铺就着一幅茶园、竹林、松海的巨大画卷，满腔欣喜便油然而生。

宁远随便走进了一户农家。2015年，当时的"明月村"还没有像两年后发展得那样好，除了自然风光美不胜收，还有很多破败的房子。宁远走进的这户人家姓罗，她一进院，很快就被罗大爷、罗大娘"不见外"的欢迎给感动了。特别是看到一个很有川西南民俗特色的木质脸盆架子，带着节俭的线条和历史的积淀，就很喜欢，就想买下来。但是没敢说，更没想到她的"喜欢"被罗大娘给看到了，马上就说"你要喜欢，就拿走"。

宁远很高兴，得偿所愿，想给钱，大娘不要。她把钱压在了冰箱顶上。但第二周再来，钱大爷大娘谁都没动，仿佛那钱他们根本就不知道、没看见。

怎么会呢？其实，宁远第二次来到明月村，是为了对大娘表示感谢,特意买了新的脸盆架子(怕旧的被自己拿走,大娘洗脸就没得用)。所以大娘是知道的。只是那200块钱大爷大娘说什么都不会要。

宁远在采访时跟我说到这一幕,眼泪忍不住流了下来。她说:那个脸盆架子摆在我成都的工作室里很惹眼、很传神,但是后来才听说,那"脸盆架子"是大娘年轻时的陪嫁,如今唯一还留下来的大娘的念想。

歇了一会儿我轻轻问:"那你就是因为这个脸盆架子,才来到明月村的?"我的问题很明确。宁远说:"对,我就是因为这个脸盆架子。为了明月村乡亲们的淳朴。我把自己放到这个村,一定要在这里做点什么。比如建一处蓝染工坊,不仅自己可以好好地经营一份文创产业,而且也可以带动村民,成为'孵化器'。"

随后,宁远在明月村办起了一家名为"远远的阳光房"的蜡染和扎染的蓝染工坊,还在自己的作坊旁种起了"板蓝"。采访中我没有忘记问:"搞蓝染是你们公司的传统项目?"

宁远说:"不是,我根本就不懂,也从来都没有做过。只是为了落户明月村,我要开发出一种新的文创产业。经过好多种考察、选择,最后选定了蓝染,因为这个产业和明月村非常相搭,古老的村落配上古老的手工技艺⋯⋯而且我那时也只知道用于蓝染的天然染料——板蓝,它的根——板蓝根,是治感冒的,根本就不懂得板蓝根的上半部分,它的茎和叶,是老祖宗留给我们染布的最好染料。"

宁远把"板蓝"从贵州丹寨引到明月村,原来明月村并没有这个物种,也不知道移栽之后能不能活。"但结果您猜怎么样?板蓝在明月村长得比'娘家'还好,对这块土地更适应、更喜欢。"

"天意?"

"真是天意!"

罗大娘的质朴撩拨了宁远的善良，而板蓝的试种成功更坚定了宁远放手在明月村建起属于自己、以后也一定会属于乡亲们的"远远的阳光房"的信念。

我那天是跟着宁远一起在板蓝田里先采了很多的板蓝茎和叶子，一个人手里一只篮子，然后才来到她的作坊。人还没有进院，就看到院外有一个平台，经过了平整和水泥的硬化之后人为"坐"在那里，是晾晒蓝染布匹的地方，也是展示的舞台。平台上高高架起几根木桩，木桩扯上了线，线上深蓝浅蓝搭满了从"远远的阳光房"刚刚染出来的面料、衣物。一片一片"蓝色"在风中微微摆动，仿佛和着风在低吟浅唱，自得其乐。

"远远的阳光房"名字听着很洋，但它就是利用了罗大娘家原始的土坯房，阳光下土坯房黄到灿烂。宁远在山墙上开出了一个大玻璃窗，让阳光照射到室内，屋里就明亮，就有了生气——"远古"的老房子也就从陈旧走进新鲜，从过去走进了今朝，与现代化的生活搭起了兄弟的肩膀……

3. 李清：扛着振兴蜀窑的大旗，恍惚自己走进了宋朝？

和宁远"随便来村里看了看"不同，李清找到明月村是扛着振兴蜀窑的大旗，走入村中，他竟觉得自己恍惚走进了宋朝。

宋朝？明月村和宋朝有什么关联？"蜀窑"又是什么东西？

采访到李清老师之前，说老实话我不曾十分认真地思考过陶与瓷、陶瓷与中国乃至世界的整体关系。见面求助，再做点功课，豁然明白：中国人长久以来总是把瓷与陶相提并论，称之为"陶瓷"，这种提法首先反映了"陶与瓷"都是"火与土"的艺术。而由于陶器发明在前，瓷器发明在后，所以瓷器的发明，在很多方面就受到了陶器生产的影响。

如果一定要找出二者之间的区别，那陶器和瓷器的主要不同在于：陶器的胎料是普通的黏土，瓷器的胎料是瓷土，也就是"高岭土"（这种土因最早发现于我国江西省景德镇的东乡"高岭村"而得名）；此外，陶胎含铁量一般在3%以上，瓷胎含铁量一般在3%以下；陶器的烧成温度一般在900℃左右，瓷器则需要1300℃的高温才能烧成。因此老百姓手捧陶与瓷会觉得陶器粗疏，断面吸水率高，而瓷器经过更高的高温焙烧，胎质坚固致密，断面基本不吸水，敲击时还会发出铿锵的金属声……

中国的英文名称不是就叫CHINA吗？CHINA的原意就是瓷。这一点很多人都知道。

但是陶器的发明并不是只有中国（这我得扫盲一下），世界很多有人类生存的地方，懂得用火，就有陶品。只不过"瓷器"不同，它是中国独特的创造，世界知道它是因为我们的大量输出。如此，"瓷器"才成为了中国对世界文明的伟大贡献之一。

说起陶瓷，李清老师不仅侃侃而谈，而且满眼放光。

他的解释几乎和官言不出左右，而他和"爱陶Li"尽管不是同一天来到明月村，但对陶瓷的喜爱却难分伯仲。

2015年经人介绍，李清第一次走进了"明月村"，立刻知道这地方就是他想要的。

放眼环顾，远景青松墨竹，身旁茶园翻翠，脚边小溪淙淙，鼻尖弥漫芬芳。整个村子，闲闲散散地能见到有农人在地里忙着，更多的人则不知隐身何处。鸟儿虫儿万万千，在花草树间无忧无虑地觅食嬉戏……天呐，莫不是我一脚便踏入了宋朝？李清老师想，这"宋朝"的联想就是从那一刻开始，若干年后都挥之不去。

李清老师要振兴"蜀窑"，蜀窑是指四川本地的陶艺。

中国生产陶器的历史至少有上万年，唐朝的"唐三彩"自不必说；宋朝有哥、官、汝、钧、定五大名窑；元有"青花"；清有"珐琅彩"。世人都见得很多，只是世界只知道中国有"唐三彩"，却不知道蜀地还有个"邛三彩"，邛崃的三彩陶艺，盛于唐，衰于宋，也非常有名。

来到明月村之前，李清已经开宗立派，注册了"蜀山窑"的品种，而且他的"振兴"已经形成体系、理论，更重要的是他认为："要振兴一门艺术，非众人来做不可。"这就包括要有基地，要能产学研一体化，要有痴心的发烧友，还要有烧窑的场地，和一批甚至是一大群热爱这门艺术的普罗大众。

采访时，我第一次见到李清老师，他就不无陶醉地跟我说："想想看，明月村如果开辟了陶瓷产业，农民用自己村里的水，泡自己种出来的茶，然后用自己亲手烧制的陶瓷器皿，坐在风光秀丽的自然美景中，慢慢地品尝——啊，那是一幅多么美好，多么田园，又多么富有诗意的生活画卷啊！"

为了支持李清老师在明月村建立制陶产业，明月村村委会将自己原有的办公地点腾了出来，给他做制陶车间、教学场地以及烧陶的窑室。那一块地很大，给出的诚意更大、更深！所以李清老师一进村，刚刚安置好"蜀山小筑"的住处，就马上行动，从第一个月开始，每个周六，免费培训村里人制陶，风雨无阻，几年来从未中断。

李清的学生有大人、孩子、老汉、村妇。明月村的"老村民"从一开始什么都不懂，到后来自己也能上机器、拉坯、造型，然后自己做出自己设计的制品，农闲时自己制陶，添置了拉坯机供游人体验，一方面增加了收入，另一方面也陶冶了自己的情操。

"农耕陶艺"是李清老师提出的概念，扬起一面大旗！

"生活艺术化，艺术生活化"是他认为可以达到的境界。

他说:"别以为农民啥都不懂,明月村的村民就很享受陶艺的实践和成果。这一方面来自基因,另一方面来自有人对陶艺的热爱。我们随着明月村热爱陶艺的人越来越多,'国际陶艺村'才可能名副其实。"这是李清愿意做的,也是明月村的操盘手们想要引进他这个人才的期待与渴望……

4. 何飞:半小时他就和同伴决定落户明月村,为啥呢?

何飞,憨憨厚厚的一个壮小伙,30多岁,已经是两个孩子的父亲。家住成都大邑安仁镇,就是刘文彩和收租院所在的地方。经历了"文革"的人,没有人不知道大地主刘文彩和著名的阶级斗争的好教材——群雕"收租院"的。只不过时过境迁,刘文彩的原型和宣传的到底一样不一样?他家的水牢到底是不是扎着竹签用来残害穷人的?如今"刘氏庄园"对外开放,前去证实和证伪的游人都络绎不绝。

何飞的父母都是农民,何飞大学毕业后成了一名专业市政工程师,原本工作和生活都在大邑,已经端起城市的铁饭碗,但为什么"城里"的日子不好好地守着,又回到农村,落户到了明月村?

"我从大邑到明月村,不是为了别的,就是因为老乡给我的半筐李子。"采访一开始,何飞就很感动地跟我说起了这件事。

何飞说:"被感动的不光是我一个人,是我们这一伙。那一次我们慕名来玩,好几年前了,我们几个同事一起来的。看到村里有人种李子,正是成熟的季节,就很眼馋,都想摘,但又不好意思。正难舍着,李子树家的老乡送了一大半筐李子给我们。当时我们几个哥们儿都感动得不行,大家互相交流了一下眼神,结果就半小时,就集体决定:回去辞职,到明月村来落户,干一番事业,回报村民!就这样,我们就来了。"

明月村的新村民，很多都有一个特殊的故事，一段特殊的奇遇，但何飞落户明月村，他的几个同事都来到明月村，干什么？总不能守着这个村庄的善良过日子吧？原来，何飞几个人先前干的就是"乡村建筑设计与施工"，给客户提供经营指导。而何飞在做市政工程，特别是后来参与了旅游地产的项目，发现人们今天面对传统的老房子，往往就知道拆，大拆大建，仿古做旧，这明显是本末倒置。于是他开始对乡村建筑展开了思考，思考如何在保留传统老建筑的基础上，进行新建设的设计。而这个工作，说实在的，正和明月村的需求对口。很多村民的"老房子"都需要出租，总得收拾收拾，于是就面临改造。但怎么改？既要满足新村民也就是"承租人"的生活舒适度需要，同时"老房子"又不能完全毁弃或失去原有的民俗特点，于是"乡村建筑设计"便成为非常有市场的服务。

当然，对明月村的老村民，何飞等人的帮助统统都是免费的。他们除了给本村出设计，同时也有偿地承接外村、外县的服务，把基地就设在明月村，把在明月村改造后的"老房子"作为样板。此外，住在明月村，何飞和伙伴们也都是租用老乡的房子，这样房子租得多，便可以扩大经营，民宿、小酒馆，不仅能养活自己，还能完成多种实践。

"开始时你爸爸妈妈同意吗？"

一边参观何飞和爱人租下来的两处院落（这两处"老房子"被何飞改造成了特色民宿"朴园"和"素舍"），我一边想起了这个问题。

何飞很诚实，说："一开始，爸妈真的是不能接受，说好不容易把你送进大学了、送进城了，你现在又跑回到农村来干啥子？"

何飞咬着牙对爸爸讲："那就让我试一年，如果搞不成，我再回到城市去上班也没啥。我当时就是这样安慰父母和媳妇的。"

"结果呢？"我盯着。

"结果两三年,我们几个朋友在明月村发展得都还不错,至少是通过自己的努力可以看到自己的选择是有前途的,这个'前途'就包括既能实现自己的理想,也能养活家人。现在,我家的'业务'都忙不过来,还请父母、叔叔、婶婶,还有不少老家的亲戚也都过来和我一起干。"

"和你一起干?你说的'业务'是指什么?"我看何飞兴奋,自己也跟着有点兴奋。

何飞说:"就是经营啊。我出差,到外面去提供乡建设计,家里的民宿、菜园子总得有人管。于是大家就都过来帮我忙活,特别是过年,大家都觉得在明月村团圆真的挺好,比以前在家里随便找个'农家乐'吃吃年夜饭还有意思。这不,就一边挣钱,一边享受安逸了?"

我们正采访着,何飞说得正高兴,他六岁的女儿从外面玩够了跑回来,大喊着爸爸!围着我们的摄像机看,更围着父亲开心地笑,一点也没有见了生人便会立刻躲到一边去的一般小姑娘的羞怯。

何飞说:"你们看,这是我的孩子,很活泼,对吧?她就是吃村里'百家饭'长大的。我们明月村,是孩子的天堂,大人白天忙,一点也不用担心孩子会没地方去,她刚才就不知跑到哪家老乡家里玩去了。所以现在我们又要了二胎。孩子在农村长大,贴近自然、简单纯善,是最好不过的安排……"

"可是村子那么大,6.7平方公里呢,你真不担心孩子会跑丢?或……"我有点担心,真的是有点担心。

何飞说:"不必担心,偶尔有人看见她在路上,担心她会迷路,就会把她送回家,所以孩子很安全,您放心,您放心。"

5. 熊英:高跟鞋上还带着泥巴,只为明月村最好的"有机果子"

熊英,一个女人,取了一个男人的名字。

如果不看文字——"熊英",我真的第一时间会联想到天上飞的"雄鹰",或在电脑键盘敲下去,马上会"联想"出的也是"雄鹰"这两个字。

但熊英漂亮、文弱,漂亮与文弱当中还带着一种自信,以及因了这种自信想要干什么就一定得干成的那样一股蛮劲。平素说话不爱大声,能量都集中在心里,仿佛攒着,何时遇到一件心仪的事情,便会一下子爆发出来,脱缰野马、奔腾无羁。

如此的一个女人怎么会来到明月村呢?

记得我采访的时候,风尘仆仆的熊英刚从施工现场回来,脚上穿着一双松紧口的高跟皮鞋,粗粗的鞋跟上还带着崭新的泥巴。身上穿一袭白色的棉麻长裙,头上戴着软檐的遮阳布帽。

我知道来明月村之前,熊英是个作家,爱写东西,爱种花;也知道她抽烟,抽得很凶,喝酒也只喝烈性酒。这些爱好跟她文人的身份都很对路。但我有所不知,或根本就想不到,熊英在辞职办起了自己的"农家乐"餐饮,第一家开在离成都18公里的"三圣花乡",然后又在成都最繁华的地段建起了自己的"空中小屋",在做起"个体户"之前,她还曾是一名国家干部,在"体制内"做了很久,先是13年的银行职员,其中6年做信贷处长,然后又还沿着经济这条线一直"进步"下去,干过经济发展局的局长、招商局的局长、分管经济工作的副区长,哦,还有,国企的老总……

这样的人生,反差也太大了吧?

然而不同的时代鼓励不同的人生选择。

离开体制后,她做得很从容。

有人质疑:"你发展得这么好,多少人辛苦了一辈子,也做不到你10年前的位置。干吗就这么矫情,反倒要回归社会,回归到民间?"

熊英说:"面对这样的疑问,我真委屈。你知道'鸟儿游水'的痛苦吗?并且一游就是20年!别人口中的美味,或许对他人是美,对我,就是黄连。"

我点头,表示可以理解。

熊英继续:"以前那种风光、种种风光,其实我从来也没有喜欢过。我这个人不喜欢当官,不喜欢赚钱,不喜欢大城市的紧张与喧嚣,更不喜欢跟什么人争名夺利……我就喜欢田园,就喜欢想过自己想要的生活。"

在成都,熊英把她的"空中小屋"取名为樱园,意思是"因缘"。这家餐厅,我曾经看到网上有食客留下了这样的帖子,说他每次去成都,都要到熊英的屋顶"樱园"去坐一坐,在那里喝喝茶、吃吃饭、聊聊天。"成都哪怕是到了秋天,风也是很清,树也是很绿,还有一些花儿还在开着。于是我坐在窗前,心,很静……"

一个爱自然的人,一定不喜欢太多人为的雕琢。熊英下海后搞起餐饮,这是她的主营业务,但另一样业务,或者说真正的喜爱,外界几乎不知,就是酿酒。

有一天她的妹妹熊燕跟她说:"姐,成都西南有一个挺远的村子,你没有去看过,要是去了,一定会动心。"

明月村的风光,这里民风的原始与自然,深深地吸引了熊英。她和别人不同,她喜欢酿酒,明月村有3000亩茶园、7000亩竹林,头顶还有上万亩的马尾松,这是一处什么所在啊?简直就是果酒的家乡——熊英怎么会视而不见,与其"擦身而过"呢?

于是熊英就立刻进村,打定一个主意要鼓励村民做"有机"水果种植。

她要酿酒，没有化肥、没有除草剂的"有机水果"是她的需求。她把宝"押"在这个村，并坚信自己（和村民）能够"前途无量"！

很快，熊英实验做出了第一批果子酒，这当中就有栀子酒、橘子酒、柚子酒、猕猴桃酒，此外还有谁都没有听说过的松针酒。

2016年，熊英不仅把三圣花乡和成都的两处"樱园"都统统交给了妹妹来打理，自己一个人完全融进了明月村，而且一住下来就不回城。一方面全力打造她的新樱园——"明月樱园"，一方面酿酒，支持村里的"有机农业"，可以说忙得不亦乐乎。

"将来，我的'明月樱园'建好了，游人或访客到了这里，不仅可以更放松地贴近自然，'在窗前心里很静地坐一坐，喝喝茶、吃吃饭、聊聊天'，还可以亲手参与酿酒，在村里选择自己最喜欢的食材，做自己最喜爱的各种果酒，然后包装好，写上自己的名字，或珍藏，或带回家，送给朋友。淡淡的花香、浓浓的果味，表达着自己一份来自乡野的手工情谊，那该多么美好？多么富有'召唤感'？"

哈哈，熊英说到这，漂亮地笑了。

采访还没结束，她说："唉唉，可不可以抽根烟？"我说："可以。"随即，啪的一声，打火机响了，烟也点上了。

五、故事来了，变化就来了……

明月村的"故事"，从"人"而来的故事太多了。如果在过去，编成戏文，由说书人连讲三天三夜也说不完。这些人来明月村图什么？他们在村子里被指望起到的产业发展的"刺激""酵母"作用有没有发挥出来？

截止到我最后一次去明月村的2018年9月，明月村的文创人才已经引进了100多位，文创产业45个，带动"老村民"办起的产业也有30来个。

风吹水动，那是在表皮，水底下的翻涌，什么样？

1. 雷竹保卫战 —— 先把人心稳住！

为了找到最有发言权和代表性的人物，我第一次做采访就点名想见村主任和书记。但书记外出，暂时不在，我说村主任也行，总之是"原住民""老村民"，土生土长的村干部，从他们嘴里才能听到最真实的变化，才能让我"放心"。

于是，村主任吴俊江就坐到了我的面前。

那天的采访场地，我们选择在他家门前的一片茶园，田埂的一侧，这样安排，编导、摄像和录音老师都说好：有特点、沾地气，近处是茶园，远处是竹林和松树，"说村里的变化"，没有比这场所更合适的了。

吴村主任长得看不出年龄，三十？四十？人低调，属于那种不是不会说，只是不大善于言谈的男人。身架相貌，尤其憨厚地一笑，骨子里一望而知还流淌着很近、很近农民的血液。

"即便到了2010年，我们村里的人均收入才一千多，那还得赶上好年景；但是到了2017年，我们村的人均收入就已经突破了两万。"

人均？"包括老人和孩子，都算上？"我提醒。

村主任说："对，就是人均，全村727户人家，2218人。"

村主任说着收入，我随着他就首先从"收入上"看明月村的变化。

"那村里经济上的变化最主要的来源是什么？"我问。

村主任说："主要还是农业，采茶、养竹子、种水果。这比过去种水稻、玉米强多了。一亩地怎么也能挣到6000元，这是很稳定的收入。"

村主任实话实说，顺着自己的思路，并没有理会我之希望其实更重要的是想从他嘴里获得"文创"入村后"村里的变化"，相形之下，我显得有点功利。

不过村主任也紧跟着说："当然到了2013年，我们村开始引进'文创'了，这时就可以画一条线，历史的、里程碑一样的一条线。我们村的变化可就更大了，农民再搞农业生产就不孤单，就多了一些力量来支持我们。"

啊？还是农业？

"农民搞农业生产就不孤单，多了一些力量来支持？"村主任这是在说什么？

村主任说："您别急，我这说的是'老村民'，但是和'新村民'有关。"

村主任说："'新村民'到来后，为什么说对我们'老村民'在农业上的帮助是最大的、最直接的？比如竹笋，雷竹笋。过去我们到了收获的时候，也就是每年的三月份，就那么短短的一段时间可以销售。卖得出去就好，卖不出去就损失。当年我们的老书记为了帮助村民卖笋子，一大早，5点多钟就租了车子让村民把各家各户的竹笋都装上车往县城里拉、往成都去送。但是很辛苦、很辛苦也没有什么保障。但是'新村民'来了，他们每个人都有自己的关系，流量、微信、朋友圈，能充分发挥各自的人脉去让亲戚朋友们都来买、都来订购。这样就帮助我们把竹笋给往外销了。"

"哦。"绕了这么一大圈，村主任是想跟我说这事 —— 我再一次看到"中国的农民真是最务实的"。

2018年春节刚过，明月村的竹笋眼看着又要大丰收了，但是市场的竞争也很大。有一天吴村主任找到"奇村主任"，说："陈奇啊，今年的竹子价格又不好,听说是重庆那边大量上市,他们是开荒种竹子,土地成本可以压得非常低。那怎么办? 咱们村如果村民的笋子今年销不出去,明年村里就可能有人要砍竹子……""奇村主任"一听,"啊? 这怎么能行? 明月村的竹子是村民糊口的'主打农作物',也是整个村子的'景观农业',如果家家户户都因为暂时的销路不畅就纷纷砍竹子,那整个明月村的主体农业收入就要打折扣,村容村貌也就会被破坏,村子变秃了,既不好看也不环保了,那明月村……不行!"

陈奇开始组织大家出手,城里人、"新村民",大家有钱的出钱、有力的出力。

后来我采访到陈奇,说起这一段的"惊心动魄",她还记忆犹新:

"当时我们就想了各种各样的办法,但是我和我的项目小组的几个工作人员谁都没有做过农产品的销售,也都没有做过电商。我们几个人,那段时间就主要是拍片子、写文案,希望通过网上销售打开局面,所以要准备很多很多的资料并通过一道道的审核。"

当时"项目小组"找到国内一个生活品牌网络的知名电商,叫"开始吧",他们就学着搞电商的人去提交项目书,在网络上提供非常高清的雷竹笋的照片。这些照片拍摄很讲究,拍得不美吸引不了买家;拍得过美,将来和消费者买到手的"实物"如果不一样,也不行,也要面对消费者的投诉。

"哎,当时我们的摄影师李耀还正在生病,要住院做手术,然后就上午在医院里打吊针,打完了就赶紧跑回到村子里来拍片子。"

2018年3月19日,明月村通过电商销售雷竹笋的行动正式上线,陈奇说当时她心里的重负真是"压力山大"。有一个星期,连着晚上都是两三点钟才能入睡,为什么? 就怕竹笋上线了以后还是没人买,那可怎么办? 怎么跟村民交代?

"当时村里的旅游合作社、雷竹合作社，最早把雷竹从浙江引进的还有一个王洪林，包括我，各方各出了3万块钱来救急。每一天，我们项目小组的工作人员都要和村民一起打包、发货，打包、发货。不懂市场，还遇到了有些商人，跑过来跟我们蹭热度，开始说要买我们的笋子，后来又放我们的水，嗨，各种各样的故事就都来了。"

那一阵子，明月村的"老村民"大多都在自己的竹林里挖竹笋，打包销售严重地缺少人手，此时"新村民"的力量和爱心就凸显出来，很多人就都来参战。

"项目小组平时里引进项目，和文人创客进行情怀畅谈，日子忙而优雅，但'雷竹战'打响了以后，我们就只能在自己不熟悉的商海里厮杀。幸好，这场'厮杀'最终的结果还不错，包括成都市、四川省的一些机关在网络上看到我们明月村的行动，都主动跟我们联系，香格里拉酒店不仅进村来采购，来时还不忘带上很多媒体的记者……"

奥地利总统三月份到成都访问，在最后离开成都时吃了最后的一餐饭，就在香格里拉。当时饭桌上就有明月村的雷竹笋，一张总经理亲手给"总统"夹着竹笋来烫火锅的照片被一时传播，明月村的"雷竹笋"就开始一改"养在深山人不知"的艰难，突破了销售的瓶颈。

就这样，明月村的竹林保住了，没有一户"老村民"砍了一亩的竹子。

明月村的乡村建设（我更愿意说它是一种"再造"），本来政府搭台、文创唱戏，原则就是要在农民继续搞好农业的基础上"锦上添花"，并不是要当地的农民改变"农民"的本色，放弃土地和耕种，那所谓"农民为主，农事为先"就废了。

这是"脑核"。

保持一个方向，人人尽知。比什么都更重要。必须坚持！

2. 餐饮、民宿 —— 守在家里就能挣钱！

土地，永远是明月村的命根子，农民没有土地，或者不在自己的土地上种东西，那还叫"农村"，还叫"农民"吗？

不过明月村的发展，引进了那么多文创的产业和能人，对村民的带动，除了农业，还有什么变化在村子里发生？这的确是我在采访村主任和以后的其他人时很突出、很在意的。

于是我继续问村主任吴俊江："比如餐饮和民宿，听说不少'老村民'也都被带动了？"

吴村主任说"对"，他告诉我："比如我们村2014年之前，没有一家村民搞过什么住宿。没有一户人家有产业。抓钱就只能靠到外面去打工。守在家里，就守着自己的家门口还能经营？村民们连想都没想过。"

"是啊，这应该是'沧海桑田'了吧？"

"对。"

"到现在，明月村已经有多少人开了餐馆，搞起了民宿？"我的问题越来越具体。

村主任说："到现在我们村里搞民宿的已经有40多家，其中属于原住民创业的是25家。"

"25家？"

"对，有控制地发展，慢慢地发展。"

记得还是第一次来到明月村进行前期调研，我听蒲江县委宣传部李梅部长讲过这样一个笑话：

2014年以前，明月村别说民宿，就连一家"能吃饭的地方"也没有。那时农民都是家家户户自己开伙,开什么餐厅? 脑袋里根本就没这根弦。但是尴尬来了,有好几次,县里、镇里带着创客们到村里来考察,中午路远肯定回不去县城,就想在明月村垫一垫肚子。可是没有饭馆啊,怎么办? 我们就想出一个权宜之计,就是从县城里带上大师傅,买好了干粮和蔬菜,提前装上车,到村里再找人家,问东问西:"唉,你们屋头中午有得没得人? 借用一下灶台和柴火可不可以?"就这样简单解决一下。而后来,"外来人"对明月村感兴趣的越来越多了,村民竟自己悟出"唉,我们为什么不可以在村子里开一个小饭馆,做些豆花饭?"

豆花饭,四川人最传统、简单、地道的吃法——一碗饭、一碗豆腐脑、一小碟蘸料。

于是有人开始问"项目小组"的领导:"我可不可以开家餐饮?"领导一听,说好啊,"怎么不可以? 你们就可以在自己家的院子里开餐厅、办茶饮,如果有能力还可以办民宿,接待进村的游客,这样,除了农业有稳定的收入,大家不还可以另有一份进项? 那多安逸!"

第一个动了开餐馆心思的村民叫杨爱民,村里人都叫他"老杨"。

老杨有一手建筑的手艺,明月村搞"再造"前,他常年在外面给承包商做泥瓦工,前几年还在北京干过。他的"豆花饭"第一个开在明月村,就在"谌塝塝原住民创业区"的区域内,饭馆的名字就叫"豆花饭"。院子不大,过去是猪圈,他推平了,收拾出来,挂了牌儿,便开了张。

我两次到明月村,因为都住在陈奇家的"画月",离着老杨家"豆花饭"也就两三百米,所以就经常遇到他,问他为什么放弃了在外面干泥瓦的工作不做,回到家中来做餐饮? 老杨嘿嘿地笑,说:"外面挣的钱是多,但花的也多嚒。"如果能回家,守着自己的父母、老婆、孩子,也能挣钱,何必非要跑到外面?"天安门再好,看一看就可以了,咱农民的生活,个人还得过个人的。"

很多年前有朋友移民到外国,问我为什么不出去?我说:"美国、英国看一看就行了,出去也没有朋友,没有营生,西餐吃不惯,话也说不地道,所以如果是'为自己活',我还得在北京,天天要喝茉莉花高末,更离不开老北京的饺子、炸酱面!"

嘿,当年我就是这么说的,老杨现在……哈哈,"英雄"所见略同,基本如出一辙!

老杨的"豆花饭"虽然简易,食客渐渐多了,游人排队等座的情况也经常出现。这效应,风一样漫在村里,村里的"兄弟饭庄""张冲的院子""柿子树下""竹苑人家""周瑜家常菜"等也都一家一家地开了张。

应该说"观光"带动了"餐饮","餐饮"又带动了"民宿",外面人来到明月村,还有一个项目,一个"体验",就是"制陶"或"蓝染"、"采摘"或"酿酒"。这样,游客开始在"明月村"住下,消费随之而来,很多脑筋活的"老村民"还在家里向客人出售他们亲手种的、做的茶叶、果子、竹笋、笋干、酱豆腐、果酒等。很多农民农忙时下田,干完了农活,放下锄头就开始建房子、改房子,也搞起了经营。到2018年,外面人想要去"明月村"再看一看,村里的"民宿"有时已经非常紧张,吃饭到哪家也都要提前订位。

一家起名叫"明月食堂"的餐厅,位于明月村村口不远的地方,开始是因为地理位置好,菜炒得又地道,村里村外的食客便经常光顾,但后来食客越来越多,物美价廉的菜饭真是到了"饭点"就供不应求,所以这家"食堂"的老板干脆就学着城里的快餐店,搞起了"自助餐",38块钱一位,回锅肉、干烧鱼、酱牛肉、炒青菜、拍黄瓜、南瓜汤、等等的。又好又便宜,真是让人忍不住要"甩开了腮帮子"大吃一番!

如今走进明月村,特别是沿着政府建好的8.8公里的村中环线,人们经常可以看到一块块处理得很时尚的路牌,做介绍、做导游。我随便摘出一块,就在我住的民宿附近:

  豆花儿饭

  明月荷塘

  谌家院子

  画月民宿

  搞事情小酒馆

  青黛

  珍吾居

  蜀山小筑

  火痕柴窑工坊

  ……

如果是外来人,如果"外来人"对明月村的变化一点也不了解,乍看这样的路标,不会想到传统的农民——日出而作、日落而息,倒是会问:"这个村庄在搞什么?仿佛很多人都在搞经营?"

对,就是经营。

过去,很多人认为"经营"不应该是农民的行为,农民就是种田。但现在很多人,明月村的很多村民都会说:"为什么我们只能种地?农民怎么了?为什么城里人干得了的事情我们就干不了?城里人要得,我们要得!"

3. 资产性收益？想都没想过，就用"老房子"？

掰着手指头数一数，明月村上至村主任，下至农民，包括"老村民"也包括"新村民"，大家说起收入，都心里甜甜的。

各种文创产业在村里落户，传统农业和文创产业发生了前所未有的生态融合，新、老村民本是两类人，但慢慢地大家同在一片日月下，你帮我、我助你，你需要我、我需要你，"共建共享"便成了共同的追求。"变化"，尤其在一开始，就不仅很快，而且"非传统的"，"带着前瞻性的"便探索而来。此外，人的心里还有一份最固执的坚守，那就是"我自己想要的我才做"，干什么来不得一点的"被安排"。

所有经营项目，列个单子，越来越长：手工陶器、蜀山道器、明月茶、明月酿、草木染、花果酒、雷竹制品、篆刻衍生品、手工木艺、手工布艺、竹编器材、生态农产品……此外还有一项，农民意外的，我也是第一次听说的，就是"资产性收益"。

什么叫"资产性收益"？就是农民出租自己的老房子，用"老房子"来挣钱。

通过租赁，"老村民"可以从"新村民"那里得到一笔租金，这"租金"，不用自己再投入改造，就照原有的样子去出租——"资产性收益"就来了。

事实上，这些年明月村在搞"美丽乡村建设"，或者按我的说法是在搞"再造"，村里统一建造了很多三层小楼，叫"新民新村"，愿意搬入"新村"的，"老村民"都可以通过宅基地置换而住进楼房。300多户村民在我来到明月村之前就已经迁入，因此村里留下了很多老房子，有的久不住人已经颓废残败；有的还可以住人，但歪歪扭扭，潮湿漏雨，很多村民想保留又苦于手头没有富余的钱来维修。

就在这"两难之中"，项目小组，当时还是徐耘主席实际操盘的时候,就提出村民的"老房子"如果愿意出租,他们可以引荐文创人士来进行选择,选好了,谈下租金,五年、十年、二十年,一次性支付,政府同时也会再补助上一部分,这样"老村民"的"老房子"便变废为宝,一下子变成了可以换成真金白银的"资产性收益",老天爷开眼啦——天上掉馅饼了,何乐而不为?

所以"资产性收益"不是明月村的老村民"想都不敢想"的"生财之道",而是农村改造、再造,新乡村建设,全国都可以看一看、可资借鉴的一种新办法。一举两得、一举多得。这是中国农村,特别是城乡真正实现一体化、实现融合的条条发展道路中的一条。不然城市化(或城镇化),农民扔掉斗笠和水靴就进城? 中国过去十几亿、如今还有将近六个亿的农民,农村人,一说到"城乡一体"就是"指向城市",甚至想办法"拥向城市",那样城市从拥挤到爆炸还不板上钉钉势必会出现? 农村落败荒芜也是"让人看了心疼"? 一个个"城中村"的出现,伴随而来的就是一处处"空巢村""空心村"散落在广袤的田野。这个"前景"好吗? 是未来中国想要看到的样子吗?

明月村作为川西南一个没有山也不显山露水的普通村庄,究竟在走一条什么路?

它在中国农村自新中国成立以来的几十年的变迁中正在走入新时代,正在蹚出一串属于自己的脚印。这串脚印尽管他们自己也许也未必看到价值,但对中国乃至世界有没有贡献?

答案应当是肯定的。

所以,前后两次,我走进明月村,有一阵子我老被质问:"明月村的月亮就比××的圆?"我开始没有反驳,但不断地在设想:明月村这个"再造的村子",10年、20年、50年以后会是个什么样子? 是属于什么性质的一个地方?

除了做电视,我还要写文字,留给自己,留给社科,也留给历史,去慢慢琢磨,慢慢品味。或许有一天,我能够有一个新的视角、新的眼光,看清楚这个样板,看清楚"明月村"今天的意义,发展的意义,历史乃至未来的意义,对社会发展的贡献的确很大,今天谁能说得清楚明天的事呢?

当然,明月村并不是一成不变的,更不是抱残守缺的,相反,它的变化正悄悄进行。只不过沧海桑田,变在"不变"之中,变在"敢想敢做"的创新之中。

仿佛,这个地方是一处"城市"与"农村"的"混搭"?

仿佛不管世界怎样沸腾,我明月村依然还像系着方巾在田地里采茶的丰盈的村妇,是那样满足、自信,那样地享受着生活,这有什么不好?落后吗?

不。

这些变化,有点"反其道而行之"的味道,但是符合农民的心愿。

当然,"变化"不仅仅体现在经济、收入、收益,那太表面了。有一天我听人说:"你知道吗电视台的老师,开豆花饭的老杨、杨爱民,到大学里讲课去了。"我说:"是吗?"很吃惊,"老杨真的到大学里讲课去了?"

"是啊,四川大学!"说话人很负责任地告诉我。

"啊?那讲什么?"我问。

"讲明月村的变化,讲自己怎么开了'豆花饭',怎么利用自己懂建筑的双手为村里的民宿进行改造、修复。"

过去,村里人都是到外面去给人打工挣钱,现在,守着自己的父母老婆孩子就能就地有收益,此外还有精神上的成长,内心里的骄傲。

老杨的故事大大地出乎我的意料。

有一天清晨我出来散步,那时摄制组已经正式进入明月村,时间正在中秋之前,我碰到老杨,他正在一片荷花池前溜达。我说:"老杨好!"他说:"早上好。怎么样,我们村里的花开得香吧?"我说:"是啊,满树的桂花,搞得村子到处飘香。"

老杨说:"这香一年只有一次,就是你们来的这两个星期。你看黄的是金桂,红的是丹桂。"

啊?我那次真觉得自己在一个"老农"的面前知识如此贫乏。桂花一年只开一次,而且花期大约只有一周。

我问老杨这么早到荷花池塘来做啥子?他说:"不做啥子,就是走走,想些事情。"

哦,中国的农民也开始有情有闲地"想事情"了。我知道他内心在变,明月村所有的"老村民"的内心都在变。人们开始随着一个时代的变化心头不安、不甘,开始跳跃,开始"想出"更多打造"美丽新乡村"的切实可行的方案,自己喜欢的,政府支持的……

4. 明月讲堂、明月夜校 —— 村民不出村,老师来家里!

说起明月村的变化,经济的要说,这是基础;但比起精神上的,我怎么都不会忘了明月村的支部书记高坤坤。后来我终于等到他回来,等到他跟我说:"明月村的变化真正的是来自思想,'老村民'过去触摸不到的东西,现在'新村民'带着我们摸到了 —— 文创产业和带头人让我们打开了眼界,知道了我们在村里也可以过上和外面的大城市一样好的生活 —— 从这一点上来说,明月村现在的村民真是太幸福了。"

高书记的总结,让我有一种"千载难逢"的触动,也让我想起了徐耘主席曾经跟我说的:"明月村的投资,最开始的,钱和项目还没有到位，我们的公益行动就首先进村了。"

"为什么产业还没有办起来，公益活动就首先进了村？"

徐主席说："这样是想让大家先有一番精神领域的深耕。我不想让村民一想到发展就是金钱、收入，还有他们的眼界、脑袋，要知道外面的世界，要接受现代文明。"

因此后来我看到有专家对明月村的做法表示肯定，说："明月村的发展也许并不能和其他的地方比速度，也不一定能和其他的地方比谁的手里钱更多，但明月村的幸福指数是最高的。"

为了完成此番"深耕"，也为了持续不断地让村民打开眼界，明月村外请了各种学者、专家，每个月都在明月村举办一次讲座，这些"讲者"有来自北京、上海、深圳的，也有本地、本村的。如果把时间从2018年9月倒着往前数，明月村的"明月讲堂"已经办了50期，一个月一期，掰着手指头算算也已经持续了5年。

除了"明月讲堂"，明月村还有"明月夜校"。几乎是同步，但密度改为一周一期（农忙时也会改为两周一期），更是从实际出发。所谈话题诸如："什么叫乡村再造？""乡村建筑如何与环境统一和谐？""怎么能让茶叶更高产？""雷竹种得多密算合适？"等等。为农民答疑解惑，立竿见影。

徐耘主席曾经跟我说：为了给村民讲解"农民问题""产业问题""合作社问题""操盘手的原则"，他本人就先后11次走进夜校，为村民上课。

有一天，摄制组听说有一对女青年，一个叫曹佳，一个叫赵希禅，分别毕业于上海、瑞士，这两个人也结束了在北上广深大城市的工作经历，只是在杂志上看到一个地方叫明月村，有满满的"远方＋诗意"，就选择到明月村来落户。我决定采访，让她们谈谈"怎么看明月村"？

"自己又为什么会从大城市向农村进行'倒流'？"

见到曹佳和赵希禅，她们告诉我："生活好了，哪里都一样。"

"一样吗？"我质疑，"你们是见过大世面和外面的世界的 —— 人往高处走，水往低处流啊？"

"实现田园梦想，你能说是低？"我被质疑。

"大城市的竞争毕竟太厉害了，朝九晚五，每天把人累得像狗，从来也容不下自己真正想要的生活。"

我知道年轻人最开放，最容易冲破传统，只相信自己的眼睛。但这两个小姑娘，还都是单身，她们来到明月村后不觉得梦幻？不觉得把生活执意安排于此，有一天会感到不切实际？这些问题我心里想，而且如果我是她们的爸爸妈妈，我会不会同意让自己的女儿这么"由着性子胡来"？

曹佳、赵希禅很坦白地告诉我："刚开始我们也觉得明月村可能过于诗意，在这里生活是不是脚踩不着大地？但慢慢地观察，这里其实还是在现实的生活中。从外面刚来时，生活无着，高书记就把他家的院子无偿地提供给我们开茶馆，也卖茶。但现在情况好转了，我们不仅在村里开了一家小店，专卖村民的有机茶叶和我们自己的手工制品，而且我们也加入了民宿的队伍，向'老村民'租来了院子，正在盖六间客房。以后养活自己就应该没有问题！"

国家行政学院生态文明中心主任张孝德教授在考察过明月村以后曾经这样指出："为什么如今有些年轻人觉得乡村生活也有吸引力？有一件事需要我们清醒，那就是，生态乡村的核心吸引力不是市场，而是生活。"

"不是市场，而是生活？"

对，中国人终于开始认真地思考起"生活"了。

"我要生活","我要属于我自己的生活",这一点拥有最高的"幸福指数"。

5. 返乡大学生:带着知识,把理想种进明月村的土地

2018年9月下旬,返乡大学生江维配合我们拍摄,在"明月夜校"给"老村民"很正式地开了一堂"有机农业"的种植课。这个江维,不仅是明月村返乡创业大学生的带头人,而且他的经历贯穿着明月村的改造和演变,"丑柑少年"曾经是他网上售卖"有机丑柑"最开始的名字;现在,他又有了自己的新品牌——"明月天成",主打"无公害",更要带动全体村民都来参与。

江维在课堂上讲得很具体:土壤如何改良?化肥、除草剂对果品和土地究竟有什么伤害?以及如何开展有机水果的种植……

摄像机摆在"明月夜校"的课堂里正在拍摄,我和编导站在教室外观摩。哎,我突然发现:"江维讲课,课堂里坐着的都是本村的乡亲,他怎么不用'四川话',而说普通话呢?"编导也反应过来,说:"是啊,要不要让他换成四川话?"我们转念一想:江维他说"川普"也可以,平时他和乡亲们讲话,其实我们也都听到过了,也是常常在说普通话。

这,是不是变化?

本乡本土的农民,因为和"外来人"的混居,自然就开始使用"共同的语言",这个问题没人强求,老百姓也都是水到渠成,自觉自愿。

除了大家都会听普通话,我再伸头往课堂里看了看,发现在座的"学生"个个虽然是农民不假,但衣着打扮,与城里人无异。男男女女的衣服,特别是领口和袖口,我特别注意,包括指甲,也都没有黑黑的,看得出平时的"卫生好习惯"已经养成。

本来在江维的猕猴桃田里,我们的摄制小组已经很详细地对江维

进行过了采访，了解了江维的"来龙去脉"。这个大学生，地道的本村人。他的父亲母亲，祖祖辈辈都是"明月村"的村民。爸爸几年前遇到车祸，突然走了，他本想把母亲接到城里（那时他已经在成都有了不错的工作，而且自己是学国际商务的，这个行业很时髦，收入也很好），但江维离开了城市，最终决定回到村里来"返乡创业"。问他为什么要回来？他告诉我："如果农村不比在城里过得差，也能实现自己的梦想，为什么不回来？"

我不是第一次被人质疑，"为什么不回来"？后来被证明也不是第一次被明月村的新老村民这样"反问"。

可江维的梦想是什么呢？

江维回到"明月村"后，他的"梦想"就是想搞"有机农业"。最先"从我做起"，把农村常年使用化肥、农药、杀虫剂的"农耕做法"来一个"大反转"。但坐在猕猴桃田（我们在那里采访的），我的问话很现实，"但是说老实话，最开始你搞这个，妈妈同意吗？"

"就是遇到了这样的困难，我老妈坚决地反对！"

我说："是吗？为什么？"

江维说："道理很简单，就是你不用化肥，没有产量；不用除草剂，势必要加大人工除草的成本和劳动强度，家里刚走了父亲，又没有足够的劳力，我是独生子，所以老妈怕我把身体也搞坏了，那她……"

"哦。"

用"孤军作战"来形容江维最早的努力一点都不过分。那时候文创还没有引进，村里也没人能理解他。"不管我怎么苦口婆心，但跟乡亲们讲什么是'土地酸化'、什么是'农残'、什么叫'重金属含量超标'，他们都不懂，也不想听，更不要说支持我。"

后来老妈实在磨不过了，就给了江维七分地，让他到一边"瞎折腾"去。江维就利用这七分地,试种了茶叶,好长时间不采茶,茶叶长出了嫩芽他就剪掉,出了嫩芽就剪掉,把嫩芽铺在地里改良土壤。

其实对于化肥,江维说他也不想"妖魔化":"我们干什么事都不能忘了时代。"江维小的时候,明月村还家家都吃不饱肚子,后来就是有了化肥,水稻和玉米的产量才得以提高,村里才没有人再喊"饿肚子"。只不过现在生活好了,人们开始有了选择。

"但是化肥、农药用了几十年,你一下子让大家都放弃,难度很大,可想而知。"

我说对,并且觉得江维的思想和眼光是实事求是的,他的一句"我不想对化肥妖魔化",更让我看到有知识的大学生怎样看历史、看今朝的"客观"。

为了坚持自己的理想,江维做了很长时间的堂·吉诃德。

一个人整天在自己的田里除草、养地,只给土地用"有机肥",把已经板结了的土地再重新给"养回来"。

"要不是后来村里引进了'新村民',我都不知道自己是否能一路坚持下来。"江维低下头,有点伤感。

"那'新村民'怎么帮到了你?有什么具体的言行?"我问,这是我采访要转入的话题。

"他们说'用产值说话'啊!你走'有机'的路子,尽管成本高,但能卖出高价,产值也高,就跟村民说'产值'。坚持几年,里外里还不是很划算?"

"哦,对,是啊!"

江维就把"产值"当"突破口",用"订单农业"来鼓励村民跟着他干,既"旱涝保收",又尝试"有机种植"。而自己再遇到困难,他就去找城里进村的老师,跟大哥大姐谈心、摆龙门阵。这样,"新村民"

不仅从精神上支持了他，还从资金上、收购上，大力地扶持了他。

"那支持可都是真金白银！"

"我们素昧平生。"

"只是他们喜欢农村，也喜欢'有机农业'，我才在大家的帮助下走过了最开始的难关，没有在'初级阶段'就败下阵来。"

六、变化来了，也带出一堆"问题"？

江维的母亲，在很多年后才理解儿子的"一片苦心"。

几年后，江维在明月村种出了没有化肥和农药的明月茶，种出了更自然、更健康的丑柑和猕猴桃。母亲尝了，真是比用了化肥、农药的要好、要香甜，尤其丑柑和猕猴桃，像是换了新品种，神仙施了魔法似的服了儿子。

我在现场看到过母亲和江维一起在橘子地里拔草，妈妈挥汗如雨，一把把荒草从地里拔出来，堆在一旁做肥料，同时跟我说："今年这片地我们已经是第三次人工除草了，要是过去用除草剂，一撒药就行了，根本就不用这么辛苦。"

"但是结果呢？"我问。

江维妈："结果当然是不用化肥、农药的好啊。果子好吃，人吃着也放心。"

江维在一旁锄地、松土，一锄头下去翻出好几条蚯蚓，我惊得大叫："啊，快看，蚯蚓，蚯蚓，这儿有好多的蚯蚓！"江维便喜上眉梢，看我们的摄像机正在录像，更一副"事实胜于雄辩"的样子："你们能够看到这么多的蚯蚓就是最好的证明了。国际上有一种说法，看土地是不是'有机'，指标之一就是蚯蚓。如果一立方米的土地翻开来能见到十条以上的蚯蚓就是合格,我刚才这才一锄头下去,你们看到了几条?"

我说:"三条,三条!至少有三条!"绝对地天地良心,可以出庭做证的。

江维就不说话,他的"有机农业"最后获得了成功,中途尽管有很多人议论,很多人在徘徊、在看,但"事实胜于雄辩",此刻他可以"沉默是金"了。

明月村的文创路走得对不对,随着时间的推移,议论甚至包括质疑的声音也渐次冒出。不要说社会的议论,就是我在眼前一亮、心头一跃的惊喜后,也发现了问题,有些问题根本就无法释怀,也没有想到。

这些疑问不解决,明月村的"再造"会不会有误?成功的探索是不是会带着满身的硬伤?

我必须认真对待!

1. 诗人的"动静"是不是太匪夷所思了?

笼统地拉出一张清单,我发现有些问题不细想不担心,一细想,有时似要动摇了根本。

A "明月村"的发展有了清晰的定位,但怎么实现?

B "新村民"到底有没有门槛?是不是只要"有钱",就都可以进来?

C "明月村"的"文创产业"究竟要把握在一个什么度上?

D "老村民"在资本的"大举进入"后,会不会逐步"被边缘化"?

E "项目小组"究竟有多大的权力?

F 如何"面对"或"扛得住"上级领导的"长官意识"?

……

有一个晚上，我记得还是和陈编导一起去做调研的时候，我们吃过饭，沿着8.8公里的"明月村环线"边散步边聊天。走着走着，蒲江县委常委、宣传部长李梅说要带我们去见两个人，阿野和阿面。这两个人是男女朋友，尽管岁数都不小了，但他们都是诗人，是志同道合的伙伴。

阿野到"明月村"来之前曾经做过大学老师，在北京经营过幼儿教育；阿面是阿野的同事，在大城市也曾经做过一家杂志社的主编。他俩来到明月村后，先是盖起了自己的工作室，名叫"云里"，同步开办了一间咖啡馆，叫"有朵云"，然后又办起民宿，叫"唔里"，这样"云里雾里"，诗人们便叫响了自己在明月村的存在和个性。

说老实话，对于阿野，我一开始还真不理解。

那天晚上我们走到了"有朵云"咖啡馆。

记得在我身边，刚刚还是一片茶田、竹林、马尾松，很农村、很田园的，突然，我就看到了"云里"，紧接着，梅部长又指向了一处英国式的小木房，那木房通体黄色，木质，尖顶——啊？我愣住了，这就是传说中的"有朵云"？

见到"有朵云"，当时我真的是"愣住了"。太奇特了！华丽、时尚，满满的异国情调！

咖啡馆？在农村，中国的农村，突然闪身出现了一个如此有"品位"的咖啡馆？这样的存在，是不是太突兀太各色也太失真了！

我的脑袋一时反应不过来，更接受不了。

对吧？农村、农民嘛，你弄出点陶艺、染布什么的，和农村的天地、环境、生活还相搭，可农田里，树木荒草，黄土泥泞，突然间就出现了一处"咖啡馆"？还是英式的？卖咖啡、红酒、威士忌、杜松子酒、啤酒、简易西餐？哦，我听说咖啡馆里还有一道非常非常让人垂涎的奶油冰激凌，很正宗、很地道……

我恍若隔世。恍若在英国的某处小镇。

人们好心地把我们带进屋，好心地说："长江老师、陈编导，你们必须尝一尝，这里的酒、这里的冰激凌。"

我顾不了别人，心里一股火突然烧起来：我的天哪！还喝酒、还冰激凌呢！这"有朵云"首先是不是太越位？太匪夷所思了？

2. 不要把"城市"简单复制到农村！

我曾经看到有一位作家写了一篇小说叫《稻草人》，故事的主人公是一位老奶奶。老奶奶独自守着一个"空村"，坚决拒绝搬迁。为了抹不去的"乡愁"，她还将村里已经死去了的乡亲，一个个扎成"稻草人"，说这样就可以留住人们植根大地的灵魂……

这篇小说虽是纯文学，但生活中真的没有这样的原型吗？至少，老奶奶如此难舍自己的乡村，该不乏代表性吧？

走进明月村，我知道操盘手的初心并不是想让一个美丽的村庄有一天被城市所置换，也知道他们的所有设计都是以"农民为主，农事为先"。但如何保证呢？

说实在的，在明月村采访，没事我常在村里溜达，也曾遇到过一些路人、一些正在田里采茶的妇女，我就凑过去问他们："你们知不知道村里来了一些新村民？""老村民"说："知道。"我又问："那你们欢不欢迎他们的到来？"得到的答案一律是"欢迎"！但为什么欢迎呢？那么多人来，住进你们的村子，做着你们不一定熟悉的事情？"老村民"们打断我："他们又不占我们的土地，也不跟我们抢资源。还租我们的房子，免费教我们娃儿这样、那样，啷个（怎么）就不欢迎嘛？"

哦，我这就放心了。

这样看，明月村，起码在新、老村民之间，现在是没有抵触的。

眼下和睦，但是，长远呢？

我知道，眼下"新村民"到明月村来，天时地利人和，"人和"就是明月村的老百姓普遍都很善良。很多"新村民"给"老村民"帮了忙，不仅经常得到"老村民"的反馈，而且很多"新村民"也都告诉我，他们经常得到无偿的帮忙，生活的照顾。有时早上一开门，就发现"门口放着一把小青菜、一篮子新鲜水果"，这些东西是谁送的？没人说，也不知道，"新村民"也无处打听。

今天的明月村，新老互助、新老和谐没的说。只是这样的关系怎么保持？

没有利益，就没有冲突。但怎么能永远都只有利益、没有冲突？

"新村民"在这里置产，如果不加控制，所占土地会不会越来越多？明月村的环境会不会越来越差？利益获得者文创是"大头"，"新村民"有事干；"老村民"能不能插得上手？会不会越来越被边缘化，渐渐成为"看客"？

政府为了打造明月村，投入了巨大的财力，把村子搞得那么漂亮，这只是为了招引"城里人"？如果是那样，或者事实上操作到后来"就是那个样子"，那明月村最后会不会只落得"城里人"的一个后花园？

如果政府拿出的187亩建设用地可以让"新村民"进行购买，那谁可以进来？谁不可以？谁的钱多，谁的钱少？钱多的会不会优于钱少的？大资本会不会吞并小资本？到那时"老村民"再提"保证"，是不是已经失去了话语权的基础？

最纠结的就是那一天我被引到了"有朵云"，主人好心地为我们端上来杜松子酒。这酒，是我平时最喜爱的一种洋酒，可是那一刻我食不甘味。同时人们也没有忘记了要给我们上冰激凌，我也盛情难却，一勺勺地往嘴里送，只是感到甜，丝毫没有尝出明月村的冰激凌真的是世界水平，顶级品质。

再晚一些，我回到住处，向毛主席保证，那天晚上我难过到几乎要哭。

明月村这个典型是成都市文联郭月副主席介绍给我，我拉了编导来。我俩所在的央视《新闻调查》又是一个老栏目，而且成立20多年，一直被业内尊为"中国新闻深度报道的航空母舰"。如果明月村的例子没有一个正面的影响，如果他们的"政府搭台、文创唱戏"，最后得到的结果并没有让当地老百姓受益，或者近期受益，长远利益不一定能够得到保障，那我们的节目就不能做，就可能要流产。

"有朵云"的名字一望而知是文人或艺人、诗人、作家才会想出来的。店家用棉花，粘了真真正正的一大捧棉花，让咖啡馆里的照明灯藏到了云里，但那"云"窝在我的心里，不透气、不明白，让我警惕倍增，举棋不定。

好难熬的一个夜！

七、有问题不怕，"办法"早已备下

也许正是因为我们的认真，我们的较劲，做电视没有半途而废。

我们在明月村随后的前期调研，编导陈新红不断地在问我：

"大姐，你对这个村，现在，还有什么不放心的地方？"

"我们对这个题，是否已经找到了能够撬动观众思考的价值点？"

《新闻调查》的《明月村的"文创路"》2018年11月3日播出，这一期节目总结了明月村再造的合理性、独创性和前瞻性。而坚持找答案的我们，最后终于看到了曙光，这融化了我心中疑云的，是一个先决的条件。

为了寻找解释者,我和陈新红后来专程赶赴邛崃,在邛窑遗址公园找到了徐耘,跟徐耘这位明月村最初的操盘手讨教、学习、争辩了一下午,第一次系统地听到了明月村再造的最初想法,以及如何保证目标、初衷不会因为各种各样的原因而被改变,虎头蛇尾,或有始无终。徐耘跟我们说了什么?

1. 三个"不能任性",山一样不可动摇!

把城里的文创产业和文创能人吸引到农村里来,说老实话,这不能算是明月村的一个创举,很多地方的"新乡村建设"都如此。比如台湾的桃米村,跟明月村很相像。1999年,台湾发生"9.21"大地震,震中桃米里被震出来了一个"桃米坑"——369户人家168户房屋全倒,60户半倒。这场地震,让"桃米里"长久以来的传统农村没落、人口外流,面临自生自灭的危险。然而,在灾后的重建中,桃米在政府、学界、社会组织及区内居民的共同努力下,以建设"生态桃米村"为方向,不仅在废墟上重建了自己的家园,而且借此机会彻底"大翻身",转型成了一个集有机农业、生态保育、文化创意于一体的乡土建设的典范。

明月村的发展,不是简单地学习了桃米,而是根据自己的情况,因地制宜,寻找方向。

吸引"文创"产业进村,这是坚实的一步,目的更是在于让文创产业和人才成为酵母,刺激、启动原住民的自主创造力。但是,良好的初衷,如何保证?如何使这样的"初衷"能够像法律、法规一样地一经确立便被严格执行、长久执行,逾越了、违反了,还会得到及时的纠正?

徐主席讲:我们用的办法就是"三个不能任性":权力不能任性!

资本不能任性！农民不能任性！

徐耘神情严肃，我和陈编导迫切地想知道这"三个不能任性"是何方神圣，怎么就能够帮助明月村守住原始初心，解决我们观察到的潜在的、可能会出现的问题？

徐主席告诉我：首先，"权力不能任性"，指的是无论哪一级领导、哪一级行政长官，来到明月村，都不能一拍脑袋就做出指示，或者安插自己的什么关系。这些都是"不可以的"。因为，"明月村"的项目引进和管理，永远都不是一个人说了算，永远都是要由一个机构、一个集体说了算。这个集体最开始是"项目工作小组"，2016年以后是"明月乡村研究社"。所有涉村事务都要经过集体讨论，比如"以原住民为主"的原则，之后经过科学论证，才能最终形成决定。

第二，"资本不能任性"，就是说，不是谁看中了明月村的这块山青水绿的好地方，都可以进来，或谁有钱就可以优先进来，不是的！比如，在明月村初建的时候，徐主席就有一个朋友，搞收藏的，财大气粗，雄心勃勃。他跟徐主席讲："你给我一块地，大一点，我带着巨资进来。这样，明月村会非常快地被打造而出，你也不用反复费劲去考察各类文创资本与能人，将来也便于管理。"这个朋友有钱不假，要投资明月村也是出于善缘，但是他要搞的产业是什么？他想在明月村干的"事业"跟当地农民没有太直接的关系，无法起到带动作用，那就对不起了，好朋友也不行！事后，人们总是议起这次"天赐良机"，徐主席就毫不后悔并且非常坚定地告诉大家（也是这样告诉我）："如果当时我们请了××来，明月村很快会变富这不假，但以后也就变成了'有钱人'的一个基地，那样，势必会破坏明月村永远都是一个还有正常人生活，有温度的、有烟火气的乡村。因此，明月村尽管可以引来外部的游人，但永远都不能变成一个越搞越大的'旅游景点'，农民永远都不能被强大的资本和项目排斥在外,更不能让'资本'堂而皇之地侵占了自己的土地、家园,否则,有一天明月村真的就有可能成为城里人的'后花园',或某大老板的'项目基地'。"我们这样的"实践"还少吗?

第三呢?还没听完徐耘的全部答案,"三个不能任性"只是说到了前两个,我的心就已经放松了不少,而且泛出一片敬意。

徐耘接着说,第三个不能任性就是"农民不能任性"。

"农民不能任性?"

这让我意外,"这是指……"

"农民不能任性"这里是指:"明月村在刚刚打造的初期,国家不是提供了187亩的建设用地吗?这些地一是有限,二是不能全部与市场进行交换,所以很多的文创产业进村就得从农民手里'租房子'。"

"对,这我知道。"我说,"买地、租房,当时是两条路。"

徐耘说:"对,就是这些老房子,项目组规定可以租,但不能买。可以改造,但没有产权。将来房子不租了,改造、装修的部分都是房主的,什么也带不走。一座'改造好的房子'还要留给'老村民',这样的做法就是为了保证原住民永远都不会失去房产。同步地,土地也不能失去,因为一旦农民在明月村失去了自己的房舍和土地,那'原住民'就没有了根,明月村也就可能不再是'村'了。"

是啊,"项目小组"的这个做法"真是把坏事变成了好事了",把明月村的老房子给救了。但是,用什么"把农民也管起来呢"?我不懂。

徐主席说:"这就要说到实质了。明月村的老房子是资产性收益,这对'老村民'是好事,但在这件事上,任性就有可能出现——今年房租假使是一年五千,明年看到市场好了,'新村民'很多人都要来租了,我'老村民'就立马把租金提高到五万,甚至十万。这可不行。这就是任性,就要坚决地加以控制。"

"哦,老房子的租金不能由个人说变就变?"

"对。明月村'老房子'的价格,都是按村委会和项目小组共同定下的调子来最后定价,根据市场行情,尽量取高,但一旦定下来了就不容更改。不然破坏了前后租赁行为的平衡,一是会吓退后来的文创产业和人才,二是势必会引起很多矛盾与纷争。"

"所以你们提出'农民也不能任性'?"我到这里才摸到点脉。

徐主席说:"对,但这只是一个例子。"

……

我不能不说,徐耘的"三个不能任性"是把发展的随意性关进了制度的笼子,为中国农村在整体脱贫后将广泛开展的"美丽乡村建设",提供了一种机制上的宝贵思考与实践。因为有了"三个不能任性",农民从明月村的建设中稳固了原有的生活、获得了看得见的利益;外来的产业也在村里留得住、办得好。这样的"新农村建设"或者说"乡村再造",既调动了原住民的积极性,也发挥了外来新住民的财力、智力与特长。几方的力量形成了合力,而不是你干你的,我图我的,走着走着大家就会四分五裂,各奔前程。因此"三个不能任性"浓缩着操盘手的智慧,也配合着时代的进步,并大有前瞻性地杜绝了未来可能出现的问题。

我不得不为开拓者竖起大拇指,而且哐当一下子,把心放稳了。

2. 金木水火土,机制的保障也收获着精神的果实!

跟阿野老师继续聊着,这一天我们坐到了"有朵云"咖啡馆的门外,蓝天白云,木头桌椅,面对屋外大片的田野。

聊什么? 聊诗歌。

我跟他要了一本他写的诗，他却推荐给了我一本《明月诗集》。

"这是我们明月村的村民自己写的，有新村民的，也有老村民的。"

一位邻村的周大爷，70多岁了，每天都到明月村的书馆里来看书，"层层叠叠田，弯弯曲曲路，青青翠翠竹，高高下下树。"这就是老爷子的诗作之一。而他每天必到的"明月书馆"，就坐落在明月村一进村的把口位置，这里有明月村再造以后建立起来的一处最主要的公共建筑，学名"文化中心"，俗名"石头房子"。

当初建这个"石头房子"，占地约4000平方米，设计者是施国平，著名的建筑设计师。就是他建议用明月村当地的鹅卵石手工建造，七座房子紧紧挨着，拼成花的形状，由接待中心、规划展厅、展厅、文化站、明月书馆、机构办公室等七种空间设施组成。

就是这座"石头房子"，当时有领导见了说形状不明确，设计者的用心也只有在飞机上才能够看得清楚，似要否定。操盘手徐耘便委婉地说："专业的事情还是由专业的人士来做吧。"言外之意就是"领导您就省省吧"。结果"石头房子"建成，村民觉得很骄傲，还获得了住建部全国"乡村建筑示范奖"。徐主席跟我说起这件事时是作为一个"权力不能任性"的例子一笑了之的。

有了"三个不能任性"，如何保证这三个原则能够长期有效地坚持下去？

明月村的做法是由机制来保证。"机制"是什么？简单说就是"金木水火土"，或者说被形容为了"金木水火土"。其中"金"代表政府，是政策、支撑；"木"代表外来人，也就是文化创客；"水"代表外来资本；"火"是操盘手；最后的"土"就是原村民。这五个方面相互依存，相互制衡。

2016年7月，"明月乡村研究社"成立，它的前身，就是最早的"项目工作小组",负责人还是陈奇。开始我并不太明白,"项目小组"和后来的"乡村研究社"对明月村的发展到底有多么重要？之后不断听故事,方才醒悟:明月村的发展,每一步都要由人来执行,这个"项目小组""研究社"就是操盘手的指挥平台。既然上级赋予了操盘手"再造"的权力,那操盘手就要不辱使命,要坚守"安居、乐业、家园"的发展初心。具体工作,小到老房子改造,大到产业的开发,引进什么人,什么产业,如何发挥这个人和这个产业的作用,等等,都要由"机制"说了算。

……

我问阿野:"为什么明月村的老村民也开始学着写诗了？"

阿野说:"诗是人内心激情的涌动,是最不受强制的。老村民愿意写,说明他们对政府对明月村的再造很赞同,对现在的生活感到满意,心里高兴了,就特别地想歌想唱。"

"那就是说,文创入村,'新村民'对'老村民'精神上的感染也是一种作用？"

"对,当然是,比如红酒……"

哈哈,我知道一提起红酒,阿野老师的话就多。

"比如说红酒,"阿野老师跟我说,"最早我去老杨开的'豆花饭'用餐,我就跟老杨说,你把你的院子搞搞干净吧,其实就是把东西给码放得整齐一点、利落一点。看到老杨照着去做了,客人来了夸奖的也多了,我就又跟老杨说能不能准备一些高脚杯,客人到了田园饭庄,想喝点酒,喝红酒,那没有高脚杯就显得不配套。于是,老杨真的就买来了高脚杯,慢慢地,一个'老杨'、两个'老杨',红酒文化就在明月村开始盛行。"

"农民能爱上红酒？"我不知该如何回应,有点不相信,迅速被阿野老师看出。

"农民怎么就不可以爱上红酒呢?"他反问我。

这个问题我从来都没有想过。不过我没有理由反驳他,就像他的咖啡馆,那座英式的、金黄的,有着尖顶的木质小屋,我开始怎么都觉得它与明月村的存在格格不入,但是不知道,这个咖啡馆很受当地村民的欢迎。自从开张以来,很多光顾者都是明月村的村民。明月村之所以能够引进那么多搞文创的人才和产业,就是想从传统的"农村"概念里抽离出来,接受人类文明 —— 我们不做"城中村",而是要搞出一个"村中城"。

阿野老师告诉我:农民的接受能力很快,"有朵云"咖啡馆现在已经成了明月村里一处非常醒目又非常别致的景观。它和位于村庄另一头的"搞事情小酒馆"一南一北在村里互相呼应着,不仅为"村中城"扬起了标志,更是人们商量事或平时见见面、聊聊天、摆一摆龙门阵的好去处 ——"现在节假日不事先订位,你还坐不进来呢!"

和谐的关系、淡泊的心态,来自什么?来自明月村再造新生的好机制,这个机制把新老村民团结在一起。阿野在"丑柑少年"经营"有机农业"遇到困难的时候,招呼宁远、熊英来相助,从精神到资金,每人先出10万元,然后不计后果,不求回报,无条件支持!

阿野在村里为什么那么具有号召力?就是让人们看到思想与互助也是一种力量、一种投资。是明月村需要的,人走到哪里抱团生活都需要的。

阿野做到了,所以他被叫好!

3. 等母鸡"下蛋",不如请母鸡"孵蛋"!

明月村的发展,有人说,今天正缔造着一种"混搭型"的新型社区。

不管怎样命名，我认为它对历史、对社会发展，都是一种崭新的尝试。

我们过去说"城乡差别"，城市好，农村差，那是一个惯性的认知，包含着许多偏见与误解。城市究竟是怎么一回事？回头看看城市前进的脚印，就是由两个东西组成：一个是"市"，一个是"城"，这两个东西先有"市"，后有"城"。有专家曾经总结：最早人们在农田里种了粮食蔬菜、瓜果梨桃，如果就在自己的家门口与邻居物物交换，那不算"市"；只有他提着篮子或推着车子把自己的农副产品拿到一个地方，一个人多显眼的地方，大家都到这里来，进行更大范围的交换，这才形成了"市"。在这样的"市"里，有些人一天的东西卖不完，家远又回不去，就需要在"市"或"市场"的旁边住下来，于是房子就建起来了。房子一排排、一圈圈自然形成了街道，一条条、一片片，形成了大家的公共广场。因此，物产带来交易，交易带来市场，市场又带来城市，这就是"城市"的来源。只不过越好的城市生活舒适度越高，医院、学校、公园等配套设施也就越齐全。

今天，现代科技迅猛发展，我们的电子商务、快递公司，可以把一篮篮、一车车的农副产品，从田头、厂家直接送到千家万户，那么"城市"存在的必要性还像过去一样强大吗？城乡区别还有必要非得体现出"区别的本身"？

明月村的探索，给我们提出了这样一个问题：城市和农村可以融合，但融合是否可以呈现"双向"？在农村，如果人们需要，生活的舒适度完全可以达到城市的标准，但城市，城市人向往田园环境，干净而新鲜的水与食材，自身怎么产生？因此下一波社会发展的新宠是谁真的很难说，人们对城市的追逐可能会出现停顿、犹豫。在这种情势下，"城乡一体化""美丽新乡村"如何实现？出路和方向至少会多元。

宁远的"远远的阳光房"在罗大娘的"老房子"落户后,她的服装企业便把一部分功能转移到了农村。而她在明月村的作为不仅仅是寻求一个自身的"城乡跨越",还要培养更多的村民,孵化出更多的"蓝染工坊"从业者,与她一起共舞。

短短三年,"母鸡"很骄傲,"母鸡"有成果了。一家"青黛",一家"岚染工坊",目前已经在明月村正式开张。"青黛"的主人是一位叫罗丹的本地大学生,"岚染工坊"的主人是湖北嫁进明月村的一个外地媳妇彭双英。这两个人都是在"远远的阳光房"学习、实习,都免费从宁远老师那里学到了手艺或经营,然后分别"自立门户",开始打出自己的染坊旗号。

其实,所有家在农村或熟悉农民生活的人都知道,我们的祖辈、父辈,如果是"面朝黄土背朝天"的地道农民,那么我们对下一代的希望便更多的是,孩子们能够好好学习,将来能考上大学,留在城里。但是,面对明月村,面对明月村的新发展,不少大学生(像江维那样)恰恰放弃了城市,回到农村。同时,很多过去在外头打工的村里壮劳力,年轻人、中年人,也都纷纷回村。据统计,明月村这些年在外面打工的村民人口大约在600人,如今已经返回的大约300人。此外,外面听说明月村里有钱赚了,进到村中来打工的也已经人数过百,明月村变成了新移民的目的地。这不出人预料吗?

罗丹,严格意义上她的户籍不属于明月村,是邻村,跟明月村离得很近。

罗丹属于那种肩膀扛着父母的希望,从农村的田埂上艰难地走进了大城市的农民子弟。见到她时,我们是准备在她的蓝染作坊——"青黛",进行室外采访的。

她的"青黛"在明月村"谌塝塝原住民创业区"的一片荷塘中央。

荷塘如果是一片湖,"青黛"就是湖中的一个小岛。"小岛"的一侧盖着一座简易的二层小楼,是设计、展示和制作服装的场地;另一侧则有一个大棚,是专门用来给体验蓝染的游人提供的教学场地。院子当中铺着空心孔砖,青青小草从砖缝里执着地挺起脊梁,然后不断伸枝展叶。一副晾衣架,也是由竹竿支起来的,上面晾着刚染出来的布料、丝绸,楚楚动人,迎风缓动。

罗丹本人呢,高高的个子,白白的脸蛋,一双大眼,身着一身蜡染的蓝白相间的粗布连衣裙,头上还箍着一圈用扎染的小方巾叠成的发带,一绺头发还特意从发带的装饰中被人为拨出,闲逸地垂在左侧的脸庞上。这样的打扮,让人无法想象罗丹原本是一位农家女,相反一定会认为她是大城市里的浪漫女孩,绝对地属于城市。

但是,罗丹到底是一名来自农村的大学生,她大学学的是服装设计,毕业后先在北京、杭州、成都等地公司做过,梦想就是做一名服装设计师。

采访中我问罗丹:"你为什么已经成了城里人,又离开,回到家乡?"

罗丹说她的确在很多大城市待过,但作为家里的独生子女,她更恋家。"尤其有一年过春节,我一个人在山东出差,北方的冬季,天寒地冻,过节时也没地方可去,我就特别地想家,想回到父母的身边。而我的妈妈,在上学的时候,还得过一场病,严重的胃病,常常吐血,一吐就止不住。家里为了给她看病,借了很多钱。"

我又问:"那为什么看中了明月村?为什么又会在宁远老师的'远远的阳光房'免费学习了一段时间后就自己决定单门立户?"

罗丹说:"也是因为妈妈,想回家。明月村不是离着我家最近吗?"

说到妈妈,罗丹的眼泪哗哗地落下,心疼得几乎说不下去话。

……

"城市和农村,对我,其实都不是最重要的。对我,最重要的就是事业和家。如果这两样东西在家门口就可以兼得,是天意,那我还会有什么犹豫?"

我相信罗丹的话,时代在变,人们的归属感、求职意向、生存观念等也都在变。

"你不是跟我说,你想做服装设计,最大的愿望就是有一天能够在法国、日本,国际的T台上展示自己的服装作品吗?"我又更深地问了一个问题,意思是"如果不在城市打拼,将来怎么可能有机会……"

罗丹看出我的担心但并不同意我的假设,她说:"从明月村出发,有一天我一样可以走上法国、日本等国际服装展的大舞台,怎么就不可以呢?"

好。太好了!像"有朵云",像阿野、阿面,在我完全想不到的情况下,给了我一个大大的刺激,逼得我不得不推开原来阻挡我视线的一扇扇固有观念的窗和一扇扇沉重的门。

人的僵化,大脑的僵化是自身发展最大的敌人,它不会明确地对你大行杀伐,却会捆住你思维的手脚。"城市"与"农村",对罗丹来说都不重要,重要的是她的"事业"、她的"家"。这话简直是蓝天下的一通冰雹,砸到大地上的是宣言?是领悟?是不同的时代给予不同的年轻人的一种新的发现?新的行动纲领?

总之我要对这个世界刮目相看,不然就落得太远了!

八、只要生活好,哪里不是天堂?

小彭,彭双英,外来人加入明月村的湖北媳妇。她的出生地也是农村,"农村人+外来人",从自己的田间一路打拼,闯到广州,已经在一家公司做到了主管的位置，是一位时代先锋，有能力、有眼光。

明月村还没有发展出文创产业的时候，她就从网上认识了英俊小伙王光俊。当时小王也在外面打工，偏巧还是在彭双英的家乡湖北荆州，于是两个人就隔着千山万水搞起了网恋，还修成了正果。2012年小王把"妻子"带回家，临近明月村的时候，他悄悄地求双英："亲爱的，不管怎么样，你到了我家，如果实在是嫌我家穷，也一定要跟我先结了婚，让老人和乡亲们都看到我确实从外面领回来了个媳妇，然后你再和我分手。"

双英没有问"为什么"，她知道那时候明月村穷，可不像今天这样农民家家都有房、都有车，普通人家下地干活也都是骑着摩托车，至少骑着电动车。

我问双英："那你真的有可能因为小王家的穷，就跟他吃过了酒席扭头分手？"

彭双英很坚定："哪里会？我是那种自己认准了做什么，就是遇到了再大的困难也不会回头的人。"

于是结了婚，彭双英说，你把我这个"妻子"头上的引号给去掉了吧。我不会和你分手，还会跟你好好地过，不会输给别人。

"那、那后来你们的日子？"我问。

彭双英："真是苦，开始他家穷，我生儿子的时候家里都没有钱，还是向亲戚朋友借的。不过，小王家的日子虽然苦，公公婆婆却很善良，我婆婆连我的内衣都给我洗；公公替我守着鸡场，那时候我们主要还是搞养殖，养鸡，然后卖出去，一声苦都不叫。你说还要我⋯⋯"

明月村的"善良"再一次打动了"外来人"。

我要让彭双英评价一下为什么后来明月村能够改天换地，先是农作物转产，把水稻、玉米换成了茶叶和雷竹，然后是跟着文创人搞起了"再造",新村民付出的辛苦,老村民就跟着在后面学,这是不是最重要的?

彭双英说"是",她的老师也是宁远,不过她跟老师学的不是蓝染,这个手艺她自小就会,就跟爷爷学过,是有家传的。只是在"远远的阳光房",她开拓了思路,摸准了市场。"我在'阳光房'先是做了4个月的工作人员,看宁远老师如何组织生产,怎样安排游人体验,还有销售。然后就翅膀硬了,自己出来办了一个作坊'岚染工坊'。"

小彭的"岚染工坊",位置紧挨着"爱陶Li"开发的新"明月窑"。外面的游人进了村,只要去看古老的邛窑,就会顺路走进她的工坊,看看蓝染的古朴和时尚。而小彭的"岚染工坊",推开一扇柴门,一进院子,头顶也是"晒"着一匹匹染布,那染布有白有蓝,呼应着蓝天白云,是招牌,更是对自由的呼唤,这就把客人撩拨得非要进屋去看看,看看小彭的产品,然后买一些自己心仪的纱巾、包包、裙子、T恤衫……

如今彭双英的"岚染工坊"已经在彭州、新都、成都、大邑开了4处连锁店,又染布、又设计,还做各式衣服。再加上老公种竹笋、制茶,这几年更开发了"明月蒸青绿茶""黄金春笋茶"等,把本村的茶叶、笋皮都利用上,销量非常好。她悄悄地跟我说:"这两年我家的收入可不少。"我问:"不少是多少?"小彭说:"每年都能有100万。"

"啊?100万?"

双英没有回避,我也没有掩饰自己的吃惊。

如果彭双英所说不虚(她干吗要夸大自己的收入呢?),那明月村所走的文创道路对老村民的带动,成果就相当可观了。

尽管不是每一个人都能像罗丹、彭双英这样迅速地被"孵化",但"政府搭台、文创唱戏",家家户户原有的经济作物照常种;愿意出租

"老房子"的可以获得"资产性收益";开办了"餐饮""民宿""农副产品销售"的村民,可以获得不同来源的额外收入;最后,即使是没租房,也没有开办任何经营的其他村民,除了可以享受"基础设施"改善的优质服务,农闲时也还可以参加村里的"观光车驾驶""导游""清洁""服务",等等,相应地也都可以在一二三产业的混搭、配套中得到工作,获得一定的收入。

光明大道,只有人人走,才能越走越宽。

九、要守住家园,就要跟自己常说"不"!

李梅,蒲江县委常委、宣传部长,那个浑身总是热气腾腾的中年女人,圆圆的脸,总是红红的,眼睛一笑亲切得像邻家大嫂。明月村的再造升级,在初级阶段,也就是2010年,她就来到这个村子,当时还正担任着甘溪镇党委书记,所以明月村的每一大步演变,包括每一小步进步她都烂熟于心。我们摄制组在村里有时没有吴村主任,也没有"奇村主任"在身旁,只要有"梅部长"(大家都这样叫她),就哪儿都能去,走哪儿都丢不了。

李梅说:"要在农村干任何事,没有农民兄弟的支持,什么也干不成。"因此她特别支持徐耘主席的"操盘手原则",就是明月村的发展,农民永远是主体,是利益的归属对象,政府只是服务,创客是酵母。

"政府的这种身份,新、老村民都清楚吗?"采访时我问。

"清楚,非常清楚。在明月村,新老村民有了什么困难,像土地利用啊、有机种植的方式啊、租房子、房子改造,还有如何置业、创业,以及加不加入合作社、怎么报名去开观光车、做导游,等等的事儿,凡此种种,都要来问政府。"

"也包括你？"

"当然。"

"你可是县上的大领导。"我有意调侃。

梅部长说："那不重要，重要的是你能不能为老百姓解忧。我一路做基层做过来，知道最好的干群关系就是老百姓对你的信任，这信任表现在你说什么，他不再怀疑；更表现在有了困难，他肯来找你。"

2015年以后，明月村文创的项目陆续进村，名不见经传的一个川西南小村庄就这样渐渐地名声在外。这时候"项目小组"就提出要组建一个"明月村旅游合作社"，成立这个"合作社"干什么？目的就是负责开发茶、竹、陶、印染等特色农产品、文创产品，同时也负责管理农夫集市、手工社、乡村工坊，以及自行车租赁、观光游览车经营等旅游的配套项目。

很多外宣，比如明月村的整体对外宣传，谁家有什么好住宿，谁家的餐饮突出了什么口味，要把消息和联系方式都放到网上，印成宣传小册子。此外，"合作社"还有长期的培训业务：如对新、老村民进行公益培训、导览培训，餐饮、民宿，陶艺、印染和书法、篆刻的传习培训组织……

2015年3月，启动资金总额为90万元的"明月乡村旅游专业合作社"正式成立。这个"合作社"采用股份制——"三一三十一"。这其中，三分之一的股份来自政府财政产业扶持资金；三分之一来自村委会；三分之一就是当地的"老村民"。为什么"三一三十一"政府只做支持启动，不参与分红（何时亏了本，政府还要往里再补钱；有一天合作社办火了，政府的股份便会一点点退出，把挣钱的机会继续让利给村民和村集体）？"支持嘛，支持就要有实际行动！"李梅说。

外面来的人多了，村里的餐饮、民宿、旅游等产业被极大地带动。

但是问题来了,明月村要不要把自己发展成一个"旅游景点",让雪球越滚越大?

"大",肯定会赚到更多的钱;但"大"也会对正常的村民过日子有破坏力、杀伤力。

"安居、乐业、家园"这六个字的原则,别忘了可是大家的共识,是初衷。

考验、诱惑——明月村的旅游势不可当,越来越旺,村里的餐饮、住宿也逐渐放大,但是放多大是个头?比如说道路和停车,明月村的道路能不能因为车辆越来越多就不断地被加长、加宽?停车场能不能够无限地修?村民不用去做思想工作,大家异口同声都说"不!""不能!"

我在明月村看到了很多地灯,样子都做成了竹节的模样,不大、不高,拳头般粗细,这地灯和村中7000亩竹林很是和谐、很搭配。但是有些地段还没有灯,有的地段有灯,亮度也不太强,"这又是为什么?"有一天我问,"肯定不是因为差钱。"

村民说:"我们是不差钱,但既然是游客到了我们的村,明月村嘛,我们就喜欢让月亮照明,让更多人更多的时候能感受天地的自然……"

如果不是亲耳所听,说老实话,我可能不会相信这是明月村的村民说出来的话。这话有觉悟、有见地,也透着很自豪的个性。

所以"明月村的月亮就是比××地方的圆",我说这话也是有根据的,圆在人们的思想、人们的意识。

这个村子毕竟有两千多人,大家要实实在在地在这里居住,早上老村民要到田里去采茶、侍弄果园,到了雷竹丰收的时候,他们还要到竹林里去挖竹笋。"新村民"在这里要享受没有污染的空气、水和食材。而一旦村里的情形改变了，变得有了很多城市的喧嚣、城市的麻烦、城市的尾气，他们就不愿意再在明月村住下去了。因此路灯不必太亮，道路不能变宽，停车场也不能建了一个又一个，那样会逼退农田，熏坏竹林，影响村民的生活。所以"不"。

难得新老村民、男女老少都有一份相同的理想，就是共建共享。大家愿意在一起生活，不求大富大贵，好好享受慢节奏的生活。

多少年下来，明月村建筑面积的容积率（学术名又叫"建筑面积毛密度"，是指一个小区的地上总建筑面积与用地面积的比率），从来都没有超过0.4，这是一个什么概念？李梅部长跟我解释：我们在明月村每3亩地的面积上（666×3=1998平方米），只允许出现800平方米的建筑，高度更不能超过地上两层，外墙也不提倡贴瓷砖。而0.4的容积率，与一般城市相比：县城是2，大城市是2.5到5，这样的"水泥森林"明月村不喜欢、不需要。明月村还是一个村，还是推门即见茶园、竹林和松海的一个中国"最美丽的地方"。你说它是"城市"还是"农村"？你说它是既非"城市"亦非"农村"的"混搭"？说什么都行，这都没关系，重要的是：新老村民都不愿意把明月村变成一个巨大的市场，他们不愿意用金钱牺牲掉村里的清静，更不愿意把明月村变成一个实际意义上的伪古镇、伪村落。所以他们经常跟自己说"不"，经常跟自己的欲望说着一声声的"对不起、不可以"……

十、明月村的月亮，是不是就比××的圆？

再让我摘一段《明月诗集》，我们再来喘口气。

啊，明月村，你的温柔是一种慰藉，

是浪子肩上的风……

故乡的月，照见父亲母亲，就是照见无边岁月，
故乡的月，照见青瓦泥墙，就是照见荏苒光阴……

月光落影，茶园竹色，
不失汉唐风采，不逊巍峨青峰，
春风沉醉的夜晚啊，我们在这里 —— 大梦三生！

  有学者统计：《全唐诗》中咏诵"中秋"的诗作共计111首，分别出自65位诗人。而明月村的月亮，到了中秋更圆、更耐人寻味。

  2016年，陈奇为了让新老村民更加融合，有机会不断加深了解，提议举办"明月中秋晚会"，反正外来的"新村民"，很多都是艺术家、作家、诗人，很多人都多才多艺，随便拿出一些节目来就能办成一台晚会。后来连续三年，明月村的中秋晚会，不仅每年都相继举办，而且规模还不断扩大，"老村民"的参与度也越来越高，明月村每到中秋的夜晚，不仅明月村万人空巷，而且附近的村民也都被吸引而至，已经成了远近闻名的一张名片。

  摄制组进入明月村为什么特意选择在2018年9月的中下旬？我们就是为了正好对接上这段时间，新老村民正在筹备中秋晚会，我们便可以用镜头记录群众大联欢，放到节目里去既喜庆，又巧借明月说"明月"，多好！但是，我们摄制小组再怎样准备也没有想到，"明月中秋晚会"根本不是什么"群众大联欢"，它是，很正式的、很认真的，甚至可以说是很"盛大"的。

  当然，各路演员大多是"老村民"。一个"放牛班"，是个合唱小组，

演员也几乎都是来自"老村民"的孩子。特意前来帮助"放牛班"排练的县文化馆的老师对这些孩子"喜欢得不得了",说他们眼睛纯、声音纯,演唱很容易训练,组织纪律也非常好,歌声更拥有天籁般的感人力量,一遍遍穿透田野,进入茶园,久久飘荡在竹林、松海……

中秋节就要到来的头一天,我在明月村的"石头房子"采访了正在进行最后一场练习的"放牛班"的小演员。这些男男女女的孩子,小的几岁,大的十几岁,其中一个叫陈凤羽的大女孩把一首《静夜思》、一首《小鸟啊小鸟》唱得字正腔圆,声情并茂。休息时我走近她问:"你叫什么名字?爸爸妈妈都是干什么的呀?"陈凤羽一点都不犹豫,更一点羞涩都没有,干干脆脆地回答我:"我叫陈凤羽,爸爸妈妈,都是农民!"

农民!嚯!

第一次听农民的孩子对自己的父母、对自己父母农民的身份,如此骄傲、如此自豪。

这还是农民的后代吗?

9月24日这一天,皓月当空,晚风微醺,明月村的"中秋晚会"正式开始。舞台就搭在离明月村"新民新村"不远处的春笋广场。我作为嘉宾,和县里、镇里的领导一起坐在临时搭起来的简易座位的第一排,编导带着摄像、录音在后面拍摄。

舞台之大、灯光之绚,既隆重、又时尚,更关键的是,那一刻我已经知道这是一台出现在乡间村野的"农民中秋晚会"。即便如此,只看那规模的"盛大",我还是忍不住会联想:这是一台××电视台的晚会吧?用来直播都一点也不落伍。

大合唱、小合唱、舞蹈、小品、萨克斯管独奏,还有诗朗诵。那是爷爷写出来的诗,让孙子在台上替自己朗诵。

间或，大孩子表演得认认真真，可村里的小孩子觉得好玩，一点也不客气地就爬上了舞台，跟大哥哥大姐姐们一起迈大步、齐步走，惹得全场笑声震天，农民在自己的晚会上完全放松，舒展心胸，怡然自乐⋯⋯

我超级感慨，无法表达，于是从不发微信朋友圈的我，忍不住发出了九张照片，还在我的帖子附上了一段不长的文字："亲，这是一台'村儿里'的晚会，对，你没有看错，就是一台'村儿里'的⋯⋯"

十一、教育、医疗？ 也不会成为绊脚的难题

有人说，在国外，人均 GDP 一旦超过 8000 美元，就会有大量的城市人希望返乡。

有人说：过去的几十年，中国人为什么都要拼命地往城里跑，那是因为城里的生活最具吸引力。但是现在，人们更喜欢田园，更需要回归自然，更需要与天地接得近一点。

何飞六岁的女儿在明月村活得天真烂漫、健康快乐，羡慕得我要是有孩子也会把他们统统"放"进农村。一对清华大学的夫妻老师，放弃了在北京的优越生活，把孩子带到明月村搞起了"乡村体验式教育"。我就惊讶了，他们真的能在村里扎下根来，还是只把明月村当成一个"实习基地"？ 后来一打听：这对夫妻真的把工作给辞了、跟北京说"拜拜"了，带着孩子在明月村租了房，准备长期在这里工作、生活。

教育、医疗，我忽然觉得不应该回避这两个问题。这两个问题应该说是目前农村与城市还有差别，如果说还有差别的话，这是两个最大、最令人犹豫的问题。怎么解决？ 是不是难以突破？

看看明月村怎么处理的吧——

按理，中国九年制义务教育是强制性教育，城市、农村都必须做到，明月村也不例外。所以孩子上学没有问题。只是有人认为：孩子们在田野里成长，自然、善良、知足、感恩，更懂得与天地共生，是不可多得的。而有些家长如果想让孩子得到"特色教育"，明月村里的各种文创人才其实都是老师。孩子们不用跑路、不用学费，更不用周末定时定点地让爸爸妈妈带着去到处找老师、上补习班。明月村在这一点上，甚至比城里更方便。所以今日农村（像明月村这样的农村），孩子教育不一定会比城市差。

那个第一个在明月村里开"豆花饭"的杨爱民，他的女儿九岁，自打文创老师们进村了以后就跟着老师学写字、学画画。有一天有记者采访偶然问道："孩子，那你这么爱画画，能不能告诉我最喜欢的画家是谁？"小姑娘脱口而出："丰子恺！"啊，"丰子恺"！这是我们国家著名的漫画大师、散文家、教育家，1975年已然作古，如果不是"新村民"老师给孩子介绍，"老村民"的孩子怎么会知道？怎么会惊得当时所有在场的人都一个个"简直无语"！

明月村的新村民，说老实话，目前带着孩子一起来"田园"的家庭并不多，但人们并不担心——有了人气，好的师资与学校不愁会在明月村一直缺位；医疗的问题也是一样，明月村有一位新村民，懂得中医，会扎针灸，常常免费为乡亲们治病，这个可以救急，但村民得了急病、大病，人们还是需要用车子把病人送到医院，只是这个"送"，城里和乡村都一样，明月村离镇里的医院只要开车十来分钟，基本上没人会担心"耽误了病"。

在明月村采访，我不断收获着"惊奇"，不断有"颠覆"的力量在敲击我概念中的"一成不变"——

"明月集市"，这是明月村旅游商店旁的一个广场，外来人一进村都会看到有一个漂亮的玻璃房，大小和真正的人住的十几平米房子差不多，只不过通体透明，干净整洁到仿佛看到舞台上的童话剧的布景。

这"玻璃房"是干什么用的？

垃圾房！

明月村的垃圾回收与处理，比很多大城市都先进、都科学，这一点也让我开了眼界。

这所玻璃房，每一个村民，只需花上十块钱，就可以从垃圾处理公司买到一个白色的隔水大口袋，在家里、在生活中，人们把塑料瓶、硬纸壳等有回收价值的垃圾分类，然后将它们装进袋子，再拿到玻璃房子，用手机一扫门上的二维码，门就自动打开，然后把口袋放到里面。这样的口袋每家都有，扫描二维码，回收公司就知道哪个口袋是谁家的，哪一个口袋有多重，值多少钱，然后就很快把这笔钱返到你的微信账户，以鼓励村民垃圾分类，保护环境，变废为宝。

"城市"和"农村"，哪一个会走在时代的前头？

过去是"城市"，现在是"农村"？

明月村做了一个示范的典型。

2018年以后，每一个周末和节假日的清晨，一支由新老村民，青年人和孩子们组成的小分队都要整装集合，做操热身，准备出发——"晨跑+捡垃圾"。装备就是每个人手里的一个塑料袋。每天跑几公里，边跑边把游人随手扔掉的可乐罐、塑料瓶、水果皮、湿纸巾等拣出来，然后分类，送到回收站。这个活动已经坚持了很久，参加者越来越多，垃圾虽然越捡越少，但孩子们仍然兴味盎然……

明月村的手工陶艺并不便宜，可是有很多次，我看到有人把白天出售陶艺的流动车放在自家的庭院里，没人看着，也没人去动。

"这不是道不拾遗、夜不闭户吗？"我寻思。

还真是。白天一个小瓶、一个小罐都可能要卖到几十、上百元（因为是手工，所以卖得不便宜）。但是到了晚上，就这么不设防，不会担心有人偷走，或"顺手牵羊"？

不怕，因为还没见过有这样的案例。

十二、那好了，就找这样的地方来安放灵魂

江维要搞有机农业，自己历经艰难创出了品牌，由几年前的"丑柑少年"到如今的"明月天成"。他心里有一个很大的梦，就是有一天能够带领全村人集体来搞"无公害"，把整个村子都变成专门生产天然作物的"有机村"。这个梦想当然会得到政府、研究社、新村民的支持，但是跟随的老村民开始并不是很多。人们的意识转变需要一段时间。

有一天，太阳都落山了，我们的摄制组该收队了，不想编导陈新红突然唤我："大姐，快来增加一个采访。"我们在一片猕猴桃地，拦住了一位村民。我说："小伙子，听说你是认准了要走'有机'的路子，现在已经跟着江维在养地，打算种有机的果子了？"小伙子没有事先预约，采访却也并不躲闪，很自然地回答："是啊。"

我问："那风险呢？如果你开始大面积地种有机猕猴桃，万一价格高，卖不出去？"小伙子叫邓强，很有情怀、很智慧地说："那我也愿意去赌，因为如果说风险，很多东西都有风险，你比如除草剂，用化肥，这也是一种风险，哪天我的地坏了，果树有可能会死完，那不也是一种风险？"

说得真好。你能相信这是农民的觉悟吗？没有人强迫他们去有机，但道理自己悟出来了，便会行动。

……

明月村的中秋晚会，我说过了，表演者、演唱者，大部分都是来自村里的乡亲。早上我还看到他们在茶园里采茶、在自家的菜园子里割韭菜，到了晚上穿上演出服，就上台表演了。这里是什么？舞台，田野？这些表演者是艺术家还是农民？或许，"舞台"与"田野"、"艺术家"与"农民"，本身就没必要把他们分开，"生活艺术化、艺术生活化"，我又想起李清老师说的，在明月村，任何实践都是得到了时代的默许，同时也必须得到了人们内心的默许！

熊英说：江维的梦想是一定会实现的，"我就要帮助他！当然帮他也是在帮助我自己！"

熊英打算把她的果酒，从目前每年的2000斤，提高到年产100吨，"那果子的需要量就很大，而且我只要不用化肥的、无公害的，所以乡亲们就成了我的客户，最大的、永久的客户。"

当年"爱陶 Li"走进明月村时还只是一个人独舞，后来政府支持了，是领舞。到如今，明月村已经进入政府、资本、操盘手、新老村民一同出场的群舞阶段。这力量该有多大？势不可当！

人们对美好生活的追求，说到底，并不是在"农村"和"城市"二者中间进行选择，而是在"好"与"不好"、"环保"与"不环保"、"健康"与"不健康"、"舒心"与"不舒心"之间进行选择。谁选得好，谁的生活就会新鲜，甚至成为新生活真正的主人。从这个意义上说，"城市新移民"已经落伍，"思想新移民""时尚新移民""时代新移民"才是新宠，才是我们应该追逐的身份、新的滥觞。不是吗？

结尾：明月村，不可复制？

有好心人提醒：关于明月村的故事，电视做得，文章写得，但是，请注意，这个村子没有什么可复制的前景，因为没有地震，没有187亩国家投放的建设用地，明月村就根本发展不起来。我反驳：可是它的理念呢？因地制宜，走适合自己发展的道路，不"投靠"城市，相反，还要把城市的先进元素和文创产业引入到田野里来？我没想到，其实这个问题早就有人问过操盘手徐耘。而徐主席在几年前也早已给出了回答：怎么就不可以复制？很多地方的很多人置疑："为什么高尔夫球场能拿得到？房地产项目能拿得到？而乡村建设的用地就拿不到？问题不在于能不能拿得到土地，而是决策者决定把建设指标给谁，做什么，不做什么，这是一道选择题……"我释然，终于释然。脑袋里蹦出一个词：给力。这回答够清楚了吧？有胆量吧？差不差智慧？由大家评说、时代评说吧……

（原载《北京文学》2019年第7期）

你和我（节选）

万 方

二十世纪五十年代末，也许是六十年代初，大约晚上九点来钟，我和妈妈走在王府井大街上。街上的店铺都黑了灯，几乎没有什么行人，妈妈牵着我的手，我们要去坐4路公共汽车。我记得自己抬起头看了看妈妈，她穿了一件淡藕荷色的短袖衬衫，耳后的短发自然地微微卷曲，这印象之所以保留至今，是因为当时我并不是无意识地随便看她，而是有原因的，心里怀着疑问：那么好玩儿，我们为什么要走呢？

我们刚刚从北京饭店出来，那里在举行定期的舞会。宴会厅里灯火通明，光滑的地板反射着四面八方的光亮，影子缤纷，旋转不停，像一个巨大的万花筒。乐队一曲接一曲演奏，间隙的空当立刻被熙熙攘攘的人声笑声填满。忽然爆发出一阵高潮，原来是领导们来了，周总理，陈毅，贺龙……舞曲更加热烈，每一个女同志都在等待机会和总理跳舞，于是他只能跳上几步就换一个人！整个舞厅、整个夜晚飘荡在欢乐的涟漪之上。

现在我当然明白了,妈妈不喜欢热闹,很少跟爸爸来参加舞会,好不容易这一次来了,还是待不下去,中途带着我离开。

4路公共汽车上只有三两个乘客,我坐在妈妈腿上,她抱着我。车窗外,昏暗的街道晃晃悠悠向后移动,我一无所思,只是觉得有点困。车到宽街站,我们下车,还是妈妈牵着我的手,走到十字路口右拐进入张自忠路。这条路曾经叫铁狮子胡同,被两侧树木投下的黑影深深笼罩,我们走过23号孙中山行辕,走过剪子巷,街灯在浓密的枝丫间闪烁着微弱的光,走过地质部宿舍,走过7号和敬公主府,然后就是5号。院子里黑黢黢,小花坛黑黢黢,海棠树黑黢黢,家里的窗子亮着灯,迈上台阶,推开屋门,我们到家了。

为什么回忆妈妈我总会难受?是因为我一直觉得妈妈没有过过好日子。这个印象其实不准确。在她和爸爸结婚后,五十年代至六六年"文革"之前,她是幸福的。巴金的女儿李小林,也是我从小的朋友,她告诉我四九年新中国成立后我爸爸曾经给她爸爸写过一封信,特为向他报喜,由于有周总理的关心,他终于能够离婚,和我妈妈结婚了。就是说,经过十年的等待我妈妈终于有了自己的家,丈夫,之后有了我们,她的两个女儿,婆也在她的身边,她的生活完整了。她可以安安心心依从自己的性格、意愿行事,基本上不受外界的打扰。事情的另一面是,爸爸告诉我他多次动员妈妈出去工作,但是妈妈不愿意,她从来没有真正地进入过社会的大循环里,那意味着要和许多陌生人打交道,对她来说是困难的。而她的世界很单纯。后来她做了爸爸的秘书,在家里工作,只工作,没有工资,她非常满足。

最重要的是她拥有爱情。爱情是世上最神秘的事,没人知道她藏在哪儿,何时会出现,她是完全无法预测的。

1941年,和爸爸同在清华读书、之后留美的张骏祥从耶鲁大学回来了,来到江安剧专教书。张骏祥的父亲曾是公公在内务部的同事,彼此相知,公公知道这个消息后产生了一个想法,想把自己的女儿、我的妈妈介绍给张骏祥,当然是希望两个人能好起来。他没有这样和妈妈说,只是说妈妈总一个人待在家里,太孤单太闷了,正好朋友的儿子从美国回来,在江安教书,去玩玩吧,多认识些人。这时好姨正放假在家,公公把心里的打算告诉了小女儿,让她回学校的时候带姐姐一起走。

妈妈不想走,她哪儿也不想去,就愿意待在家里。今天有一个词形容这类人的生活状态:宅着。而现在的我非常理解这种心态,很多时候我也是这样,不愿意动,甚至怕动。怕什么,并不知道。还有一个英文表达我认为十分确切:comfort zone。家,就是妈妈的comfort zone,舒适区。在家里她觉得最舒服,最笃定,而江安完全是未知,尽管好姨把剧专的生活形容得多么有趣,和她又有什么关系呢,她不感兴趣。另外有一点是她说不出口的,她太了解自己的妹妹多活跃多么能闹腾,想到出去以后要靠着她,只能和她待在一起,无处躲藏,她怕自己会受不了。这就要怪妈妈想象力的局限了,就像好姨有自己的生活,她也将有自己的生活,一切将发生天翻地覆的转变,那转变她根本无法想象。

两个性格迥异的姐妹,当然是强的一个起决定性作用。好姨说:"我蛮呀!你妈拿我没办法,她不想走,我就一把抱起她,跟我走,非走不可,是我把她抱上船的。"

雪水从青藏高原一路汇聚奔流,流到江津,河谷宽阔,水流已平缓下来，即便如此上水船依然很慢，到江安要走三天。这三天里妈妈心情如何？不安？或者也有一点朦朦胧胧的憧憬？毕竟离开了家，要开始一段对她来说新奇的生活。有一件事我相信她绝不会想到，那就是爱情。二十一岁的年轻姑娘心里有很多爱，爱她的爸爸，妈妈，小弟弟，妹妹，亲人们，还有杨伯，但是她的心底始终宁静，微微忧伤。而这段三天的旅程过后，那宁静将不再。

乃庐的主人叫张乃赓，是江安有头有脸的人物，有一种称谓为"名士"。家里有看家护院的家丁，身上挎着盒子枪，给人安全感。他的儿子是中共地下党在江安的书记，所以请爸爸住到他家。现在看来有许多人围在爸爸身边，为了吸引他，影响他的思想。从那时起这种影响确实就开始发挥作用了，之后会越来越强大。

此时是1940年。妈妈一到江安就住到三舅娘家，也就是方琯德的妈妈家。她跟随儿子来到江安，租住在乃庐隔壁的一处宅院，有三进大屋和一个后花园。里进院子住着在剧专教书的吴祖光和家人，房东住在前院，中院归三舅娘，她自己住了一厅两室，左侧的一个套间就让妈妈和好姨住。自此妈妈和爸爸的距离一下缩短，只有一墙之隔了。

有一点我非常信服好姨，她不记得的事就说不记得，比如爸爸和妈妈的第一次见面。我非常想知道当时的情景，越具体越好，而她是始作俑者，是她把妈妈带到江安，带到爸爸面前的。我问她是怎么把妈妈介绍给爸爸的，她扑哧笑了："哟，那我可记不得了。我就说万先生，这是我姐姐呗，还能怎么介绍。"略一停顿，语气变了，"你爸一见你妈就爱上了，那可真是……真是一见钟情啊！"同样的话后来她说过许多遍，无限感慨的语气从未减弱。我问那张骏祥的事呢？她说哪来得及呀，你爸一见你妈就爱上了，一见钟情啊！

我能够想象。当我成年，爸爸老了，很多话他都和我说，因为他觉得几个女儿里我最像他，我们俩的交谈可以超越父女关系，更像是人对人。北京医院的病房里有两张沙发，他总是坐在靠窗的一侧，我去了就坐在他身边的椅子上，有时候他久久地不说一句话，有时候会忽然开口。那次就听他忽然说："那会儿有个杨嫂……"他根本不说那会儿是什么时候，往事如烟雾般在眼前飘过，他伸手一抓，抓住了这一缕。

杨嫂是三舅娘家的用人，很会做饭，爸爸说吴祖光特别欣赏杨嫂做的梅菜扣肉。他，吴祖光，张骏祥，都在三舅娘家里搭伙，连同妈妈，好姨，一桌子人，吃过饭大家总是坐一会儿，喝喝茶。妈妈会沏茶，沏好茶就坐在一边听大家聊天，几乎不说话。妈妈把自己住的房间布置了一下，在墙上挂了画，床上挂着白色的帐子，给人安静的感觉，就像她那个人。

快过新年的时候好姨从香港寄来贺年片，我替爸爸拆开，先看了两眼，然后递给他，他拿在手里举着，看哪看哪看，完全超出了可以想见的时间。我觉得奇怪，问：怎么看不完啦。他的手啪哒垂下来，卡片从膝盖滑落到地上："你妈妈，她答应我的时候，夜里我一个人走在街上，忍不住地大哭，哭得呀……"他仰起头，深深呼出一口气，闭上眼睛。原来他不是在看贺年片。

要知道那时候他是有家的，有妻子有女儿，所谓的一见钟情绝不那么简单。在此我需要为他解释吗，解释他在那段婚姻中的处境，和前妻的关系？我有资格吗？

他住在北京医院，有人送来一本书《摄魂》，类似他的传记，有一部分内容是采访郑秀、他的前妻。他平躺在病床上，举着书翻看，忽然把书在胸前一合，问我："你看了吗？"

我说没有，怎么？

他似乎在犹豫。我走近他，在病床旁边坐下，他的嘴唇嚅了嚅，想笑，但又笑不出来，有几分无可奈何，看着我，声音很小，像是说悄悄话："我觉得很肉麻呀。"我们对视，什么话也没说，我没问什么肉麻，根本用不着。我完全明白他想和我说的是什么，他也明白我明白他想说什么。很多时候我们父女心有灵犀。

我爸爸和前妻郑秀是清华大学同学，是他追求郑秀的，追得非常热烈。一开始郑秀很矜持，和他保持距离，甚至躲避他，但是我爸爸，爱情的火一旦燃烧起来没有什么力量能把它熄灭。他释放出全部的天性，全部的痴迷，全部的青春和天真，去追求，他那天纵的才华在一封封情书里喷涌啊奔流啊，一泻千里。我能够想象，没有哪个女人的心能不被俘获。在他和郑秀离婚之后郑秀一直保存着那些信，遗憾的是在"文革"中因为害怕全烧掉了。

田本相在写《曹禺传》的时候采访了爸爸的老朋友吴祖光，吴祖光说："在清华时曹禺追郑秀追得发疯，清华有树林子，他们一起散步，当回到宿舍时，曹禺发现近视眼镜丢了，丢了都不知道。他们曾经有过一段甜蜜的恋爱史。"吴祖光后来还参加了1937年他们在长沙举行的婚礼，回忆道："曹禺、郑秀结婚我在场，是在长沙的一个小酒楼上。余上沅是我的表姑父，我正上大学，余上沅叫我来做校长秘书。曹禺为什么要和郑秀结婚，我都感到奇怪，他们的生活习惯、思想境界毫无共同之处。结婚时只请了一桌，由余上沅做证婚人，是个很正式的结婚仪式。"

吴祖光说出的感觉并不是他一个人的感觉，一些和我爸爸接近的同事和同学也有所感觉，石蕴华是其中之一。"当时我们觉得曹禺有一种内心的痛苦，是因为已经恋爱好久了，就不好再改变，不得不订婚了。"石蕴华甚至非常直爽地问我爸爸："家宝，你是不是觉得很痛苦？"得到的回应是沉默。我爸爸曾和老同学张骏祥谈过，结婚之前他已经感觉到彼此的不同，但是晚了，这个婚不能不结了。

同样的情况放到今天该做出什么样的回答呢？该结，还是不结？怎样会痛苦，怎样会幸福？怎样对，怎样错？怎样道德，怎样不道德？怎样是负责，怎样是不负责？对谁负责？忠于自己？还是忠于什么？可以有太多的设问，但却很难有答案，或者有无数答案，那么无异于没有。

我想到的是，一个男人和一个女人，他们非常年轻，在最美最热血的青春期热烈地相爱了，他们爱对方，可这时候这个对方有很大一部分属于他们自己的想象，甚至他们爱的是爱情本身，并不是真真实实的那个人。说到底他们也许连自己也还不了解呢。认识自己需要时间，需要岁月，经历，需要生命神秘的悟性。我们身上有不变的东西，也有变的，很多。举个小例子：小时候，直到中年，我都不喜欢蓝色，我从不买蓝色衣服，然而说不清从什么时候起，我发现自己有了蓝色系列，T 恤，外套，羽绒服，连鞋都买蓝色的，我变得非常喜欢蓝色。这变化说不出缘由，完全莫名其妙，但它让我知道自己身体里的某处在发生变化，且是在我根本无意识的情况下发生着。变化，可能源自外界因素，更可能源自隐秘的内在，因此你才是你，而不是其他另外一个人。

在江安，街边的茶馆里，我爸爸在看妈妈写给他的信，四周闹哄哄摆着龙门阵，他心无旁骛，忽然妻子郑秀从身后出现，伸手要把信抢走，爸爸怕连累妈妈，争抢之下他干脆把信塞进嘴里，吃下去了。是的，他告诉我他吃了妈妈的信。他说经过那次当街的大闹之后，他彻底下了决心，无论如何要离婚。他为什么要讲这件事？我只能推测。

或许因为这件事对他刺激很深，当他回首往昔时跃然而出；或许他心里隐隐地藏着一份歉疚，需要和自己印证，以减轻负疚感；甚至还有一种可能，他想向女儿传授人生经验，让我明白什么事是不能做的，如果越过底线会出现怎样的因果。不管出于何种原因，这是他亲口对我讲的有关前妻郑秀的事。

我当然还知道其他一些事。吕恩，北京人艺的演员，当年剧专爸爸的学生，同时也是郑秀的好朋友，据我所知她们的友情维系了一生。吕恩在谈到我爸爸和郑秀的婚姻时说："在婚姻问题上我们是同情曹禺的。郑秀家里有钱，曹禺没钱，他们虽然是清华大学同学，生活方式不一样，没有共同语言。郑秀对曹禺不大照顾，也可能是不会照顾。……那时候大家都希望有一个人能很好地照顾曹禺。"好姨总是说在江安的时候郑秀多么爱打牌，天天打，可我想打牌又有什么错呢，不过是一种有趣的消遣方式。如果一对夫妻都喜欢打牌，那他们可以一起玩，过快乐的生活，不是吗。

遗憾的是夫妻的另一方不是同样的人，幸福的婚姻不是很多，而是太少。我爸爸内心的郁闷能向谁诉说呢，他就给自己视为大哥哥的巴金写信，倾诉情感的苦痛。1996年爸爸去世以后我看到一封当年他写给巴金的信，其中有一段："你会知道夫妻生活若果麻木起来，那个比较有灵魂的人的苦痛是不可想象的。我曾经痛苦得以头撞墙，血流了一脸，有一次几乎从楼上跳下去，为着婚后我发现我铸成这么一个大错。"很奇怪这封信不在收信人那里，却在爸爸这里。我把所有的旧信都收进箱子。

从清华大学的热恋到我看到的这封信，之间存在着巨大的空洞，如何把它填满？我的回答是：休想。那空洞就在那儿，但绝不是赤裸裸敞开着，可以随意参观。别想拼凑起一个故事，没有什么故事，所有的故事都仅仅是表象。"你不知道的东西是你唯一知道的东西。"艾略特在诗里说。

2010年《收获》杂志的第六期发表了八十六封我爸爸和巴金的通信,时间从1949年到1996年,为此我和巴金的女儿李小林多次通信通电话,我对她说起上面那封我爸写给她爸的信,她说想看,信里我爸爸谈了很多婚姻中让他很难忍受的事、细节,因为涉及郑秀,我就和她说算了,不寄给她了。她还是说想看一下,看完就寄还给我,于是我把信寄给她了,她看过之后很快把信寄回来,什么话也没有说。

好了,到此为止我究竟想说什么?想说我爸爸和郑秀的婚姻出了问题,所以才会爱上妈妈?我相信出了问题是真的,但我认为这和爱上妈妈没有因果关系。爱就是爱,不需要找什么理由。

我是一个以写作为生的人,却一而再再而三地发现自己的心灵如此不自由,我很惊诧。这情形很像院子里的一条狗,看上去那地方完全开放,没有任何围挡,狗狗跑来跑去,尽可以跑到任何它想去的地方,但是它一走到院子边缘立刻就逃回来,脉冲式电子围栏是看不见的,无形。这就是我,心底被道德的电子围栏所围困。如果连我都被困住,可以想象还有多少人,尤其是女性,被禁锢在看不见的围栏之中。有时候我真想用些粗话脏话来打破它!真想!

我问自己,难道你没写过婚外情、第三者、两性之间的种种关系?那条看不见的界线真就这么坚不可摧吗?专注人性、探究人性、思索人性,尽可能生动地反映人类的境遇,这可是作家的全部工作啊。有时候,偶尔,我以一个作家的思维想到郑秀,很想写这个女人,她的一生,念念不忘一个再不爱她的男人,直到他的妻子去世还想要复合……而那只是一瞬间的念头,不,我不想碰她,绝对不想。理由很简单,她拦在我爸爸和妈妈中间,让我如鲠在喉,避之不及。

我以为自己很开放,我确实很开放,但我还是错了。

我和妹妹谈到正在写的这本书,我说我最大的追求是真实。她的反应来得真快,她说:"你知道的根本不是真相,只是一些碎珠子。"天哪,她说得对!

那么我要放弃这份追求吗? 不。我必须在碎珠子之中寻找。真相就存在于寻找之中,寻找的行为不也是一种真实么。

"咱们哪天去万安呀?"我妹妹问。她从国外回来,这次只待九天。

10月12号,天气不如前几天好,前两天早晨一拉开窗帘就是碧空万里,出了门觉得空气都金光灿灿。今天有云,天空像一块乳白色的玻璃,阳光透过玻璃淡淡地播撒下来。

我们到万安公墓门口时云散开了,照在身上的阳光很暖。一路上乖乖由小姨抱着,动来动去很不老实,可能是小姨不会抱,让她觉得不舒服。我和她说:"你乖乖等着,妈妈一会儿就回来。"然后关上车门。

现在我们什么都不用带了,桶,抹布,扫把,卖花的人都提供。把四盆菊花放到推车上,在门口的厕所接满一桶水也放在推车上,水池很浅,所以我每次都带一条塑料水管,接水就方便了。

迎接我们的是前一声后一声的鸟叫,没有一个人,一派清明静谧,柏树灌木冬青安然地栖息着,在墓碑上投下若明若暗的影子。"多好啊!"妹妹不由感叹。是的,真好。

我用扫帚扫落叶和尘土,她用抹布擦石碑,然后摆花,四盆菊花颜色各异,挪来挪去,看怎样摆更好看,终于满意了,拍照,最后把桶里的水浇到两旁矮矮的冬青上，这几乎是固定的程序了。今天我妹妹忽然有所发现："你看哪！姐，有柿子！"我顺着她的手指看过去，在后面一排墓间的空地有个黄澄澄的小圆球，很小，我走近几步，果然是柿子，小柿子。

"那儿还有一个哪！"她又发现了一个。

奇怪，真奇怪，哪来的柿子呢？抬头望去，一棵柏树两棵柏树，全是柏树，只有柏树，根本找不到柿子树的影子。然而在附近我们又发现了几个小柿子，表皮上带着深色的小疤痕。多么不可思议！

该走了，疑惑既然解不开也只有放弃。我们推着推车走出墓间小径，来到大路上，偶一仰头，在一处树梢的空隙间我望见了它！高高的，在所有树冠之上，被青天映衬着，叶子已经落光，稀疏的枝头挂着一个个金黄的小果实。这辈子从没见到过这么高的柿子树！我快步走过去，树底下竟然干干净净，看不到一个柿子，啊不，我找到两个，只有两个。

我不由继续寻找，在视线所及之处又有了一个、两个、三个五个……是谁把柿子带走的，是风吗？我想当然是风，风刮的。好大的风！我兜兜转转，挑拣了两个完好的柿子，回到爸爸墓前，放到他脚下，心里说：事事如意，爸爸。

妹妹大声喊："也给那个小 baby 吧。"对，我又找了两个柿子放到"长男刘公照"的墓上。你也事事如意。

这时我听见一辆推车的轮子滚过石板路面的声音，两个人，一位老妇一个小青年推着一辆推车走来，车轮碾过石板路发出咯嘣嘣咯嘣嘣的声响，渐渐走远了。这是今天在万安公墓除了我们自己的声音、除了鸟叫声，我听到的唯一声音。啊，鸟！我忽然想到是鸟！鸟才是运输者，那些小疤痕是它们嘴的啄痕。鸟儿们把柿子带向四方。

事事如意。

　　我要感恩一个人，李玉茹，1980年她和我爸爸结为夫妻，我一直叫她妈妈。1996年爸爸去世之后，她把所有保存下来的我妈妈和爸爸的通信交给我，不光是信，还有便条，电报，手稿……多么感激她那颗温厚的女人的心，只有这样一颗心才明白这些信珍贵的意义。

　　信，那些细长的薄如蝉翼的纸，那一行行密密麻麻、蚂蚁般的小字，从1940年我妈妈开始保存，到她1974年去世，然后我爸爸保存，到他1996年离开，之间经历了五十多年的时间，一次次搬家，挪动，各种可能的损蚀，或干燥或潮湿的空气，霉菌，墨水自然的褪色，"文革"中被藏起来，压在无尽的黑暗下，最终来到我手上。

　　之后很多天，我坐在电脑前细细辨认，辨认每一个字，把它们打出来，存盘。即便现在，此刻，想到他们的信激动的情绪顷刻间如潮水般涌上来，一波又一波……不，这形容不准确，不是情绪，是强大的密度极高的能量，使心脏鼓胀，胀得难以承受，甚至无法继续写，需要暂停一下。

　　我扭过头去看乖乖，她就趴在书桌上，枕着软软的大靠垫，身子蜷缩着，小脑袋抵着胸口。看着她安宁熟睡的样子，我呼吸，往肺里吸进更多的空气，等待胀大的心脏一点点收缩回原状，等了很久。

　　莱昂纳多·科恩在他的《颂歌》里唱道："一切皆有裂痕，那是光进来的地方。"

　　是的，裂痕里射出的光打在我身上，那些裂痕，那炫目的强光啊！

其实这些信才是写这本书的源头。我爱妈妈，读这些信的时候我发现了另一个妈妈，我不认识、没见过的妈妈。我竭力想象，试图在脑子里放映一些镜头，但它们总是断断续续，忽明忽暗，转瞬即逝。那个无比年轻、文静、清纯得像小姑娘一般的妈妈，你真的在吗？你是什么时候开始懂得爱情，并从中获得力量的？你像是变了一个人，你自己都想不到吧。当你做出选择，选择了爱情，亲人之中除了妹妹没有人支持你，最爱你的父亲头一个反对，态度决绝，你亲爱的杨伯也反对，你几乎孤立。你变得前所未有的强大，勇敢。

人是会变的，这点毫无疑问，可怎样才能描述你的变化过程呢？在雾气弥漫的长江边，煤油灯下的夜晚，古老的城墙上空寂无人，你一步步向上爬，脚底湿滑，你一定知道有些东西被永远地抛在身后，而你再也回不去了，但你还是继续向上，去赴那个约会。哪来的这么大勇气，让你不顾一切了？还是你本来就有这样的胆魄，却从未发觉？无论如何，我认定自己没有能力描述你所经历的，明白这个事实让我既对自己有些失望却又松了口气。那么就只有一个办法了。

你们的信，当然是要放到这本书里的，只是我一直没有想好放在哪儿，是作为内容的一部分还是放在书的结尾作为附件。现在我已经没有别的选择，请，你们请说吧。

译生：

这年已过得差不多，我想或者你会有封信来。果然今天早上我读着了你的信，我从心里高兴。朋友们常见面不觉得，离开了才觉出见面时谈得太少了。我接着你的信时，代代正问着你，她说邓姨呀，赶下水轮船，邓姐姐也赶下水轮船，当然还是不清不楚的江安话。幸而你说你还要来,不然,连代代都要不断地念着你,慢说,你屋里一同喝红茶的人们。

我们的年三十在张二姐家过了前一半,在赵二老爷家过了后一半,搓麻将,以后连着吃连着赌,昏天黑地过了三天,家里还是来客如流水,打牌如放鞭,也没有多少宁静日子。

昨天到郊外走走,阳光好,颇像前次到橘园时那般光景。朋友们都离开了江安,再妙的天气也唤不出以前那样的兴味。春天似乎到了很久,田野里一片黄花菜。晚间在我的矮楼上,听得见城墙外面的青蛙已经是成群成片在歌唱。隔壁小孩子提着兔儿灯,远远似乎有些欢乐的人们敲着锣鼓,连狗吠都不像前些日子那么凄凉,我自己也觉得心头漾起了愿望似的。有时自己常觉出年纪的荒唐,仿佛一个中年人的生活中就该没有音乐一般的心情,却有时偏偏无端惹起些哀伤或者忧郁一类的情感,一旦醒来就感到异常的不伦不类,真是说也说不明白。中国话里只有荒唐二字勉强道出那一点莫名其妙的感觉。

我不知道你家里的问题,但我料想你个人的问题恐怕也是家里老人们所常想起的事情。起初我常和宛生谈你,她常希望你到学校读书,总之过公共的生活,使你更高兴一点活下去,我当时亦颇同意,后来我见着你,也和你谈了些话,看见你作的东西,我渐渐变了意思,我想你走的路或许正是你该走的路。一个人的性情不能背谬的,顺着发展你可以成就你的画,你的诗,真使你高谈阔论,当女革命家,恐怕也未见得做得好。说起来我们没有怎么深谈过,似乎你们姐妹二人也很少谈得情投意合,入了机微。我倒常想和你谈谈,却怕说错了,反而断了根苗,于是便缄口不谈。我也想到,找话讲就会没话讲,得到了神助的谈话才有趣味,才可真正明白一个人的肝胆,然而一生能遇着几回呢?杨伯伯知道你最深,似乎他可以想出一条大路。我愿意你能在江津见着他,看他老人家说了什么,我再尽我的力量用心想一想。我劝过你写些散文,我信你的文字,你略用些功夫定能胜任愉快。你所缺的或者是观察人生的本领,能作画作诗到你那步田地的人懂得观察是不成问题的,我想目前还是看你有这种耐性不?

我没有想到你入大学或者做事,那两条路仿佛都对你不甚适合,写文章固然是个吃力的事,但你的力量或者就在这上面看得出来。

希望你早早回到江安来,杨伯能到此地来玩玩最好,他老人家该休息休息,我觉得他奔波得太辛苦了。

宛生的牙想已治好,昨日还和瑢德谈起。有一天黄昏到他家里,看见微暗的油灯光下,有两个模糊的人影仿佛相对不言不语吃着什么,我走进去,他们还静静地慢吞吞"刨"饭,没有话,没有声音,真是寂寞得很,我喊了一句才看见瑢德似乎由梦中惊醒起来,三舅娘也像从静止中才看见了什么,说让小妹妹赶快回来吧,真是怪难过的。这里的情形总似缺少了一件魂灵似的,那样昏沉沉的使人苦痛。

请问杨伯伯好,伯父母好。

家宝
二月八日

(这一封信写在普通大小的信纸上,字的大小也正常,也是唯一注了日期的信。)

译生，从你那里走出来，我到学校，到赵家，到小饭馆和吴先生吃饭，到高家唱戏，到赵家看牌，又回到家里来洗脚，预备立刻睡觉。我心里乱得像草，我一刻也站不稳。我只是焦灼，仿佛要立刻解决了这件事我才能宁静。心里眼里都是你的悲哀的面庞，你的倦怠而痛苦的眼睛。我想再到你那里去，又觉得说不了什么话。今晚再见一面不过又使你痛苦一次！译生，我的译生，我想起你整日关在那间小屋子里，想啊，想啊，时时刻刻在等待，希望，而不能立刻获得什么，我真心痛啊！我们必须用工作来把这段时间度过，在我们没有机会见面的时间就狠心做一点自己的事情。你也要做你该做的，画你的画。我说了，我不知做到做不到。但是我们互相督促一点。目前的等候真是难挨呀！

天气像秋天，冷得入了心。我是这样说不出的悲哀，惆怅，四周像一片森森的湖水，又冷又寂寞。译生，如果不是为了别人，不是为了这点不忍之心，我们为什么不能立刻拔起脚就走！你不催我，你似乎又有些不相信将来是可以幸福的。你从来不提这件事，我始终不知道你是若何看法。其实这都怪我。我已经说得太多了……

从现在到明天早晨仿佛又隔几十年，现在就希望一场梦，又把我带到明天看你。

我这两天任何人的信写不了，似乎一点工夫都没有，有点精神就不由得用着想你，想你我的将来。人不能完全幸福的，有所得必有所失。我能和你在一起，你能和我在一起，我们两个都要失些什么，只看对我们值得不值得，就管不得旁人的议论了。译生，我好哭，有时弱得可怕。我常想躲在你的身旁避避风雨，你该多说我，指点我，多找出你所不满意我的地方，我好改。不要一味顺我，太纵容了我会使你心里有一天感到我的骄纵，我的无礼的，并且最终会使你对我失望。

回到家来念起你待我的种种，心里就难过非常，我不配，我真不配。我比你年纪大，我是大人，你是小孩。我真是欺负你。我为什么凭空搅扰你的安静？我愧恨起来，有时想立刻自己化为乌有，但转瞬我又想，难道你不该将来和我一同去寻觅快乐么？为什么不就是我？不就是我来同你走一条旁人不敢走的路呢。

慢慢走，稳稳走，勇敢地走，相信我，我的译生，尽管一时我会悲哀，苦恼，最终我们一定找到一个平和静穆的境界，我们二人从老远还没有认识的时候就梦想到的境界。

我们将来绝不使二人互相有一丝悔恨，而始终觉得值得，要想到在这一跳之前，日后可能的苦痛，这样才会有真幸福。译生，我始终认为你是个刚强的女子！你来帮助我，给我一把手，我们只要互相的了解，慰藉，我们就不怕别人的揶揄和其他的困难。

译生，你现在确实有点瘦，你该早晨在菜园中散散步透透空气。为我你也该把身体养好，囚在屋子里总不是正常的。你在菜园中一样能看见我来，不是么？追求快乐真要有好体格。每次我看你脸上浮起一丝健康的笑容，你猜不出我会多么快乐。我们两个交换戒约，我以后（不到万不得已）绝不在外面与人饮酒，除了我同你，你也答应我，常在菜园中散散步，每天一定走两三千步（刚一起首无妨少走点），日后每天增加到走三小时的路。我每次到你屋里看见你厌厌地睡在床上，或者低头做着活计，我就觉到惨凄凄的，你一定又在为着什么心里苦痛着呢！

我心跳得厉害，不知为什么？你或者还没有睡或者正有人陪你谈话。我现在羡慕他，因为他比我挨近你的身旁。

今天晚上又是伯的唐诗伴着我。我羡慕伯，他所要的他有了。他不能要的，他也不预备要。他真是个充满人间智慧的灵魂。

等待真是不堪设想地苦，不等待又不可能。一分一秒都像是很长。我说过两年，这要多少根白头发才磨得去这么悠久的年月。你是神仙，你像仙人那样超脱，而我是一只灯蛾，终夜在你这团火旁边焦灼地盘旋，我情愿在火焰中烧化，真不肯这样厌声厌气地等待。我按捺自己的性情，说着不愿意说的话，笑着不自然的笑。一个人果若不能尽情活一次，倒不如立刻停止这一段生存。"做"比"等"容易。等待真需要耐性，毁人灵性的耐性。

我时常要想起你的面目，但是奇怪，总不特别地清晰。而你的性格，你的趣味，你的教养常是很生动地在脑内引起一段段的故事，使我感到温暖，感到一个温厚美丽的灵魂在宇宙中与我共存，因而才不若昔日那般地孤独。我知你的心灵还有无数的角落，我还未望见。虽我已隐隐中觉到在缄默的下面埋着无限的美丽的宝藏，这发掘要时间，也要你给我机会，给我帮助。我求你打开一扇门使我再多看看你的灵性，写信也罢，说话也罢，你总该更使我知道你些。我有时望自己能渗进你的灵魂之内，我这般想更深地知道你！明白你！

今夜月色好，多少天我说一同步步月，总没有做到。有一天我们必每逢好月色相偕散步，补偿今日应该很容易而又很不容易做到的期望。我也想着有一天我们在北海荷叶丛中遥望金鳌玉蛛桥上的灯火，或者在一间小咖啡店里我们静静听着音乐，喝着你爱的浓咖啡，或者在雨天里找一个小菜馆弄两三斤好黄酒，心领神会地品味一下。总之，只过去一段苦日子，各种可能的打击经过以后，我们要把我们的生活好好安排一下，把这段短短的生命充实丰满，使这一对魂灵都不必在天涯海角各自漂泊。忧患时，这一对灵魂能挡；快乐时这一对灵魂能尝。如你有一次说的，懂得享福也要懂得吃苦。最后，让我们在临死以前还能握着手微笑，没有一个感到一丝酸辛，没有一个觉得一丝幻灭。想想上帝造了我们的生命，叫我们活，真正地活着，而我们是真正地活过，幸福地活过。我们就没有糟蹋了我们的生命，我们就都是世上无可比拟的骄子。什么文章，画画，这怕还是身外事。能有成就更好，没有成就，我们已经做了一个真正有灵性的人该做的事，我们还乞求什么？需要什么？

这时你或者还没有睡，你或者也在想着什么。明明知道是句傻话，到了那时，又管不住自己说了又说，问了又问。真地，我要学一个十六七岁孩子说的话，你不会笑话我吧。我明明晓得你明白，你不肯笑人，我却真担心你会忍不住笑我的呆气。人是这样地充满了矛盾，充满了聪明和愚蠢，充满了真挚和伪善，在能真挚的时候，就发发呆气吧。我真是拘束够了，压抑够了。我的人，让我今晚梦到你，梦到你在大笑，在第一次畅快地同我高谈阔论，比一个话匣子还能说，比百灵还响，这梦里是我在点头微笑，一声不哼，费了很大力气，我才肯低低叫一声你的名字，而你是无尽无休地像水似的说，说，说到天明，像只夜莺鸟儿似的。

再谈吧。明天我给你信的时候,我又不知说了些什么了。

这两本唐诗又伴陪着我到天明。

你的根基是厚的,我一直相信你的力量只是潜伏着。我也相信你不肯使她长久蕴藉在心里,春天到了的时候,你的生命的力量会像山洪冲决了堤一般奔流出来。你是一棵大树的根芽,你生命内藏蓄着松柏的素质。说你是一枝幽兰,那是你的现在。我望见你的将来。旁人会惊叹地喊出这样怯生生的人会有这样倔、坚实的性格。然而这是你,这是我的译生,没有任何女子可以比得上的一枝弱茗。

今天我最大的快乐是看出来你决心要调理你的身体。我也答应你我将充实我的。将来是一条充满了奇花异草的幽径,但也是一段荆棘满目的长途。好的身体吃苦容易,享福时也领略得比常人多。请你须备着领略这高低不平的颠簸道,也尝一段长征后歇下脚那点踏实。我们不能在暖屋里过日子,偶尔也冒一冒令人气爽的风雨。我现在又不相信我们吃了千辛万苦后,我们不能相处多久的话。不,我不肯相信,我也不忍相信。我知道我能使你快乐,正如同你也知道你也会使我快乐。那么,肯奋斗,并且能奋斗出来的人哪能会早死? 只这一点奋发的精力便使我们相依一生。天也不会这样像"哀情小说"似的做得那样可笑的凄惨! 我们活着,像一个有真性情的人那样地活着。

我时常觉得我像一个卑劣的卖嘴舌的人,天天在欺骗着一个心地宽厚,而又是目光如剑的好汉。今天晚上,我像在热汤中蒸腾，左一件，右一件的回忆刺痛了我的心，我真怀疑我还有否灵性？想起来我真是粗得可怕，自私得可怕，我不知我手里握着的是多难得一颗晶莹的明珠，时常粗鄙地把你的一些美丽的梦境轻轻葬送掉。我自私到竟然看不出你在病，看不出你心里在苦痛。我每一次对你忏悔，便立刻得到你的谅解。你时常用一种悲悯的眼光望着我，你的笑，淡淡的笑，藏蓄着多少了解和宥恕。我现在想起，我临行时你分明是笑着的。只有这一丝仁慈的笑容是我今晚的慰藉。我凭这一点回忆或者还能入睡。

夜更静更深了，远远蛙又在叫，月亮已略微偏了西，现在我希望你真是睡熟的。

你的病若何了？我还是那几句话，你的身体和你的饭量。日后的幸福要靠你的健康。人生需要活得尽性，我们都是想尽性活着的人要和人拼一下，就得有一副健壮的体格。勇敢有时和好身体是并存的。不管将来有若何变化，幸或者不幸，我们应该把生命活得比人充实，比人长。记得我说过的那最惨但也最美的那段幻想么？果若必须要候到白头（当然这是下下策）才能相聚，那么到了白头时也不错过这个机缘。我们要活得下去，活得高兴，我们绝不可抑郁不欢地拖着这个生命。

今天有了太阳，你肯自己到学校看看病么？诊病时间上午九点到十一点，下午二点到四点。

我望见你撑着雨伞独自默默在长街上走。我在门口立了一刻，不愿回我的房，又在毕大夫客堂中坐了半天，吸了半支烟，喝了两碗茶,和那赵家太太东拉西扯片刻,才回到这寂寞的楼上,对着一盏油灯,听着纸窗外面的雨声,树叶沙沙声。我想到你回到屋里,扣上门,连忙点起灯,抚在桌上,与我写信。我心如此,客散了,就想和你谈几句话,你也必一样。

现在写信(虽然天天见面的),读还是幸福。第二天我们能见面,第二天你我的信都互相看见。这是在两个月以后想都想不了的。那时,我们的信不知什么时候才能到手,而信上又哪能如现在这样畅快,要谈什么就谈什么。所以现在见面而还要写信应该看作是一种无上的福气。将来不知要苦几年才能有这样的机缘。(以后写信注上个号码,我们好容易记起)

我很多话,我也很多幻想。是否话多与幻想多的人都多少有些说得做不得的毛病。目前我真是一脑子的计划,也想念起各种可能的应有的苦恼!显见觉得我都抵挡得住,因为我相信你一个人在四周都是不快的嘴脸当中,总是有勇气独个支撑,我也应该有陪伴你的勇气。不知你已读了那"筵话篇"不?那上面称颂爱,说爱是提高人的性灵的,使人向上的,美的,勇敢的,我也真相信这句话的真理。这次我的决心,我一直觉得是一个灵性向上的冲动,是真正的人性在觉醒,是再次的生长。我们都要使我们这一段生命美丽起来,高贵起来,并不是为着人家看或赞赏,而为的是:我们就要一个"美"。

今天吃饭遇见一个人,说话的声音蓦一听颇像杨伯伯,我非常高兴,十分想和他多谈几句。态度神气也有一两分相似,你想不出,见不着你,就想见你所爱的人,然而说不到十句话,我才发现他是关外人,渐渐觉出那一口北方口音。于是我又哑然,从头到尾这一顿饭,我就不肯说什么话了。

一会儿我想和老巴写封信,告诉我要离开和他一同旅行的心思。

再谈吧。我要洗澡去,只好搁下笔了。

伯的信要写的。可怜的译生,我知道你心里的苦痛是说不出的,你不肯有一丝伤了伯的心。但是世上有一种不可避免的事,任何人也要在它面前低头,难道伯真舍得你"清操自晶",在不可及的梦想中过一生?

你平时有一种思想,觉得梦比真美(这话我承认有理),因而以为真既不若梦好,梦完全,梦真,就索性鸵鸟一般钻进梦想的洞里,倒可以快乐一时。这是无可奈何的想头,并且有些"虚弱",经不住几锤头的诘问。你不是老年人,你有青年的血,你的血该逼你不甘于这样逆着一个青年的本性活着。我们明明知道世上充满了不幸,我们为什么还不去吸鸦片烟,早早预备棺材去死? 有的人偏偏整天悒悒惶惶,为着人类请命,为着文化抛弃了生命?这是我们的热血的催促! 这是人类的希望。许多事应明知其不可而为之,绝不是从现在就"无为"。生,我一万万也反对这种人生观。伯一定明白这道理,看他办学,交朋友的道理,都是有青年精神的。一个有真性情的人不会让人走了一条狭路而不救的。你的意思得着伯的同意,才使你心安。那也好。我看得太清楚,如果伯是不满意我的,我纵然将来有能和你在一处的一天,你也是不快乐的。你如果不快乐,我又何苦这样逼你走上一条不快乐的路上去呢? 下午我要写封信给伯,完了给你看看。

我盼望伯来，我好当面和他谈谈，我要把我为你和我的计划完全讲明白。他知道我把你看得多高，多重，我把我的生命寄托在你身上，我没有犹疑，我不是那样轻浮的浅尝辄止的。这次，这杯酒，我要喝到底，不过苦也罢甜也罢，我们要二人把这杯辛酸或者快愉的酒喝干。

伯他这样了解人性，同情人性的人，如果在我的行为上得到了证明，证明我是死心踏地爱了你，没有第二句话，他也会放下心，他会如他以前对你说过的，他要使你得到幸福。所需要是给他一个深深认识的机会。什么是使你得到幸福的？我不敢我一定就是那个人！然而那个人总该来到你的眼前不是么？我们需要一个朋友去谈，去商量，那么就请伯来演这个难演的角色又何妨呢？

不要说对不起的话吧！事实上是我对不起你，我没有任何脸面来搅扰你的安静！你没有任何过失。天会谅伯对你这十几年的深厚，这是永世稀见的真情感。天会谅鉴的，是伯和我对你的心，也只有这一点配在你面前待下去，做你的朋友。

今天你来后，我一直想叫你到楼上看看我一个人写信时的书房，这书房你来过一次，伯和我长谈过两夜的，你们来时我在楼上叫，多半你们没有真来，是我误听了。我的窗外是桐树，风起来，哗哗作响，居然十分萧索。今夜我不难过。我知道你在我的近旁，真是不过百步之遥。你在床上望着天花板，或者在桌前坐着，凝望纸窗上的灯影。百步的距离……

你知道你今天的信最令我感动是哪一句？也许你已想到，因你知我最切，正如我现在也可以说知道你一样。我读到："家宝，伯，我的时刻不能忘怀的人，我一点都不怕。"我说不上来我心里

223

的感激你的和敬重你的情感。你这样豁达，坦白，在你对伯的诚挚的情感中，我也随着进了一种与秋水一般澄清的境界。我想立刻亲你一下，亲你的美丽的灵性，我愈了解你对伯的情感愈厚，而我也愈加爱你这样深厚坦白的人。我现在不知道若何说起，只希望有一天我能证明我现在所说的是诚实的。

译生，我没有过分估价你，我也不承认因为我在感情的激荡中我看不清楚你的素质，你的素质我早在半年前看了明白。而目前我所发现你的另一方面的性格更使我相信我的眼睛，我毫没有错误。我将继续找你的短处，我要冷静地分析你，也分析自己，我们二人在取任何决定的步骤之前必须想透彻了我们必须相聚的种种理由，但目前我不愿想也不能想，我们要在短促的一两个月内尽情地活一活。我已感到我们不能分开，只随便一想就有的是理由我们该在一起。看吧，我们要痛苦来磨练，时间来保证。这一点真性格早晚要互相得到机会露一露。我想过了几年后朋友们也觉得我们走的路并没有错误。他们将赞赏我们作人的精神。

明天晚上又要在人前见面，多少不自然的笑！多少压抑的话。还是慢慢地来吧，我们学习着冷静，聪明，我也知道能得到了幸福也不是一味凭蛮干的。

好几次我要再看一看你，想和你一同望望月色。却念起那许多麻烦，反不如不去，我和大夫出去又喝了酒，今天一共饮三次，回到家里，孩子睡了觉，孩子的母亲出去打牌，我坐在书房里，坐听着初夏的虫鸣，望见窗外的半弦月，我真感谢天，我是活着，我也找着了和我同样活着的人。

我到剧场中四处找，见不着你，我找了有半点钟，最后以为你没有来，就到你家，没有人。半路上喝了一杯酒，又回到剧场找，还是没有见着。后来等回头看见你坐在柱子旁边。我觉得四面有人望着，我始终未敢找你，亦没有敢多看你。下了雨，我去找伞。幸亏雨又停了，不然找着伞，我不知找谁交给你。回到家，我就念着天千万别下雨，外面叶子沙沙地响，不是雨！我想做事，但又想立刻看你。我等待不了，只想做一场梦度过这漫长时候。我真羡慕坐在你旁边的人。那个人对你笑着，你也很客气地笑回去。然而我不知为什么那样难过。我希望我能冷静些，看得远些，沉住气，慢慢地进行应该做的事。现在多一个人在你旁边我就苦恼，半天不见面就着急，就想喝酒，这真是不应该的。管束我一点，我的小女儿，叫我略微冷静一点！然而这哪里行，仿佛热在血里流，我不知我该怎样做？在人前我成了个傻瓜，我要喊，我要叫，喊喊叫叫出一点闷气。

　　你是今天在场所有人中最洁白，最纯净的，我在背后望着你的背影，我多么骄傲啊！这样一个美丽的灵魂是时时刻刻想着我的，我还需要什么？还想再得什么呢？

　　回来你的脚没有湿吧？用热水洗了脚没有？

　　现在已经是深夜了，外屋的人们打着鼾声，你或者早上了床，也许正在做梦了。我想看看你睡着的样子，看你穿着那身雪白的睡衣，像个小孩儿似的睡在床上。也许你还未睡，是睁着一双大眼睛望着帐顶么？雨住了，田里的蛙声酣畅地唱着。这正是想念的好时光！"今夕复何夕，共此灯烛光！"这一盏孤灯照着我的影，静静的，只有笔尖划着纸的声音，我的小女儿，我在为你祈祷，我求天保佑你没有苦恼，没有一丝烦忧。到了明天早晨说不定又是一屋子的阳光，我到你那里，你或者正在晨曦照着的菜园里徘徊呢？小女儿，我感谢你啊！你给我多少希望！你给我活着的勇气！人活着真的就是一次啊！为什么不认真地活下去呢？

　　风起来了，已经有些山涛的声音了。我又要想想工作了。或者因为我在工作你也没舍得睡吧！思想不是电流，不然我要传给你听，我一点不累，我很快乐地工作着，为你，为我们的将来。我现在多写一部东西，将来我们就多一点精神上的思藉啊！想想，我的译生，日后我们要一同做多少事啊，要一同多多地尝尝人生的酸甜苦辣，活着不为着一点了解，一点真实的同情，还为什么呢？我的小女儿，雨又下大了，屋檐流下一串串的水珠，雨落在地上已经像落在小池里，院子里恐怕成一片水塘了。你真睡着了么？我的小女儿，你梦见了什么？我多么想念你啊！

　　今天见着宛生，如同见着你一样地快活，虽然你一时不能来，然想再晚也不会过了春天。并且杨伯伯来，这是一件想不到的愉快事情，因为这两天我想杨伯伯或者不能来了。我已经预备一张较软的床绷子，大小想是可用。此地可惜无黄酒，但最近有了泸县大曲，尚能吃。你来前给我一个电报，我好接你和杨伯伯。骏祥走了，此地剩下我这个孤鬼。我一时自然不能离开，于是更想念谈得上来的朋友。据宛生说你在家很闷，也想出来走动走动。客人很多，整日有应酬，不知你如何过日子。我们谈到你都以为你该走写作的路，似乎你读了很多艰难的小说，能读康拉德他们的作品而感觉兴味，这已看出你对小说欣赏的功夫很高了。写小说是件有兴味的事，也是件吃力的事，但是只限于有天才的人才适合这个工作。画对你或者成一条大路,旧诗只能偶尔寄寄兴,不易发展。

我一时不离开江安,暑假后就难说了。此地太枯燥,朋友一个个地走,再待下去还有什么意思。真是剧校把我拖苦了,也累苦了,五年的工夫,人生有几个五年哪? 我盼望你早些来。你没有来时,有时也仿佛你在此地似的,因为我们常谈你,你的习惯,口语,最近的种种常在我们口头上盘转,而走到那院子看不见你的影子时,总觉得整个少了些什么。

你在家里做些什么? 窗外是黑漆漆的夜,然而田野里浮荡着一片甜畅的蛙鸣,真是冬天已经过去了。

好,我们低低地谈着,温存着,而那时我的心就挂念着你为什么没接到我的信,我一点快乐的联想都想不了啦。爱,我想你! 真正想你! 天! 让我们一起吧! 谁能晓得世上有这样一双相投相合的灵魂啊! 我们怎么能分得这样远啊! 奇怪,从昨天知道你没有收到我的信起,心就乱,就烦,连你的信都不敢多看。看你的信的口气,仿佛还不甚急,却我已经看不下去了。

你说不愿看牙,不去也可,实在无办法。唉,我不等吃午饭了,现在就到邮局等你的信去。太急人了。

等了一天半,收到你的信,说二十九日与三十日都收到我才安了心。我快慰万状,几乎要哭。以后信上不谈这些了。太不好。我要回船。明天给你长信,你不要着急! 我好极了。昨天发一封短信,你急了吧? …… 别了,我的爱琪。

收到你三封信了，这两天无味的应酬太多，使人又累又苦。戏演得好，憔方很满意，文清演得最佳，几乎无懈可击，我第一次把我自己的戏连坐四小时看完。没有一个观众走。这是个大成功，我看戏时就想到你，但是我没有流眼泪，我高兴，你所改正的地方都在台上得着证明是好的。我们将来有的是戏可写，我告诉过骏祥你所改的地方，他也认为是好的。

朋友们认为是我最好的戏，有一个女人连来了三天，哭了三天，这正是我们所想的。这两天吃东吃西，就因为这个戏在此地成了一个可谈的题目。他们还要续演，在下月。

我真想走，我恨不得立刻看见你，和你谈，哪怕二人静静地坐坐，我就得着了幸福了。我这两天又不能走，一则《北京人》的校对（最后的）我要看一两遍，因为以后改不了。我看了印刷局的情形。我们在屋里说改就改，事实上给办事的人太大的困难了。我想以后要少改，但这一次叫他们少出错误，免得日后麻烦。第二，我舅舅要再和我详谈，写了信，我非去不可。三则，我想能……（划去了）

我打听了学画的地方，问了几个人，有办法，但不甚好，回头见着你再说吧。吴老伯送我一个好笔洗，原是为送给你的，我想你会喜欢的。

好人，可怜的爱琪，收到了信，你回来吧！我双手伸出来等你回来，家宝是你的妈，你的爸，你的姐姐，你的妹妹，你的朋友，你的爱人，你的丈夫，是你一切可能温暖的来源，你回来，我远远看见你，跑上来迎接你，抱着你，亲着你，抚慰你，疼我的受了打击的孩子，紧紧抱着我的失望归来的孩子。爸爸的声音如雷鸣,妈妈的声音如绵绵雨,这一切道不出的使人的肉会一块块地落下来的煎熬,痛苦,真是苦了你了,我可怜的。

但是好人,你不傻了,你真说的一点也不错,这就是我朝夕要听的仙音,你开始晓得照护自己,不再呆子似的一味地悬念,烦心,焦灼,你要为你的夫保重自己,保重你爱的肉,你心肝的血,我心上的宝贝。

译生,你知道,家宝身边有火,有温情,有熨帖,有一切所需要的。我这里有海,流不尽的爱向里面流,不会觉得太满,你再无尽无休向外汲取也不会少一丝一毫。译生,你富了我,你使我成了世上最可骄傲的,最可羡慕的,听你说这次归来又带来更稀奇的宝物,爱,更浓,更爱的爱,给你永远像在沙漠中望雨的人,我等待你的赐予,再多些雨露,再多些春风,再多些阳光吧!

下面的信是妈妈写的。

万先生:谢谢您的两封信,这是唯一的高兴,回来后人客就不断,佣人又淘气,现在已走了十多天,弄得人毫无办法。

您问我在家做了些什么,我怎样回答呢?实在没有什么值得告诉您的。只有给小代代做小斗篷是件最快乐的事情,因为一面做一面可以想着她那天真可爱的小样子。其次快乐的事情是杨伯伯同吴伯伯来我家。杨伯伯我是知道就在那几天要到,但我没想到吴伯伯也来,佣人就在他们到的那天走了,于是我们要做一切的事。每天早上我最先起来,(我把这些都告诉您,您不觉得腻味吧?)破柴,捶炭,生炉子,接着大家都起来了,吴伯伯替我煽火,杨伯伯扫客厅地,擦桌子,妈妈收拾房间,等着水热了大家抢着漱口洗脸。杨伯伯每早事情做完先出去散一回步，回家才洗脸。大家都完事就开始做早餐。泡茶，煮咖啡，热牛奶，是我的事，杨伯伯烤馒头，妈妈炸鸡蛋，爸爸和吴伯伯预备碗，凳子，接着就开始这顿快乐的早餐，咖啡煮得香，牛奶又浓，妈做的馒头像小面包一样泡，（说说吃的这没关系吧，万先生？）不过我吃得很少，只喝一杯咖啡而已，因为我回来后胃口就不太好。吃完了大家就就着桌子一面吸烟一面谈天。吴伯伯说话最有趣，万先生您说是不是再快乐莫过于好朋友、老朋友在一起谈天说笑了吧？我呢？我一向是不大谈，同任何人都如此，在这班人中我是个小孩子，我只愿在一旁静听着，所以我没有进步，这就是个原因吧。

有时我也想找些谈谈，但正如您所说找话讲就会没话讲，这是我时常感觉到的。我又想许多地方借用会意也可以代替言传了。然而这像得到了神助的谈话一般，一生能遇着几个了解你到这般程度呢？世间最不幸莫过于没有知己，一旦有了，那快乐就非一般世俗之人所可享受，更非一般世俗之乐所可比拟！

人们一定会说什么世俗不世俗，知己不知己，快乐还有不同的吗？生活是为吃，为穿，为事业，这几样达到了目的就是人生，就是快乐，看你这套不世俗的东西怎样去生活。我以为这些固然是条件，但一个人的内心的生活会更重要，更必需，没有它生活还有什么意义？我又觉得一切一切都会过去，而艺术是……

（这封信只有这一页，下面的找不到了。）

家宝：我的爱！知道么，你的爱琪在给你缝一条棉裤呢。她时刻担心，挂念，怕你的腿受寒。冷不冷呢，我的爱？想到你那么单薄的一条夹裤子，我的好夫，我心里怎么过得去。

真想你呀！日子好快啊。转眼间我们分开半个月了，但是没有一封信能互相安慰这苦苦的思念！不能想，想起来真是肠中车轮转，泪落如深水。我无法安慰你，你也无法安慰我。活生生地分开，像割肉一般地痛，真是割下了心上的肉，我的爱！两点了，在菜油灯下，泪随着一针一线滴在还未沾过你身体的衣服上。我的想、我的念都含着棉絮铺在里面。爱夫，这些时候你是不是也在想我？

今早下午发出两封信，一封寄小，一封寄张，头两天没有信又把你等得急坏了吧。只要我有一点时候就想给你写信，这怎么办？虽然我已经跟你说过以后隔一天再写，可是那只是问你好不好，等你答复了我再实行吧。所以现在我又要跟你谈了。是晚上十一点，如在江安，这时候已经是很晚了，时常是一觉醒了。那个小城，那是在我们将来无限的岁月中永远灭不掉的最可宝贵的记忆。那些朝朝夕夕，夏日漫长冬日短促的午后时光，那些寒冷与炎热的日子！风和日暖，凄风苦雨，城墙上的月夜，朔阳与黄昏。那小屋子啊！那曾经遗留过我们的灵魂的小屋子。那些使我们流泪又使我们笑的酒瓶子，那我们开关多少次的格子窗，那给我欢喜又给我们惊慌的门户。我们工作的桌子，工作的椅子，那照着我们流汗又照着我们寒颤的小油灯，如今它又照着我写下与昔日迥异的情怀，那些那些，哎，没有一滴一点不是在我脑中唤起美丽的记忆。然而光阴易过，人事变迁，谁能不为这吃惊、喟叹。在生命中我们都算经过了最幸福最快乐的一度春夏秋冬。说不尽的啊！那些好日子，我爱想那些过去的，你不说我吧？这几天你过得可好？每天是否按照预定的时间工作了？我的好人，你能工作，你就安慰了我，什么也别想，也别愁，只把心放到工作上，这是唯一必须的路。

我一定不怨，一定不。我还会永远爱你，我的心永远陪伴你，这样不就是幸福吗！是不是弄到结果就这样一场空呢？不，万不要这样想，我不苦，即便是苦，为了你我也心甘情愿！或者我这样问你，你不是说过在某一方面成功的，在另一方面必是失败，那么你要哪面？事业？我？你如何答复？都要！当然好，可万一事情只允许你一面呢？你怎样？我的爱，如果在前些天，你一定毫不犹豫地说，要你！我的宝贝，但是现在你就难了，你就会想一想，爱，我高兴，这是你进步的地方，你的志向更高了一层，我快活，我决不难过。我爱你，然我绝不只爱你对我的爱情，我爱你整个的人，我爱你，也爱你的事业。如果你抛弃了一切来爱我，我会不若现在这样爱你的，这是真话，虽然我还是舍不下爱你的心肠……

不要到她父亲家去谈，一谈又是波澜，不能写戏了。我给你信提到我的身体，我记得有两封信都提到了，你怎么说没接到呢？你再看看没丢吧。这些信寄回吧，别烧了，也是怪可惜的。关于思想方法论一类的书你有就寄来，我可以看得下去。我有个毛病恨不得书越多越好，可越多越不知看哪本是好了，这本还没看完，又在想别的书。从前我看书真叫食而不化，现在渐渐的好些了，有机会我还想看看吉姆爷，在江安看的时候还是有点半知半解的，不十分明白。可是坏事？我简直没工夫，有工夫就老要给你写信。你一定说我是只说不做。比如"财狂"就到现在没改，可是本来我没说一定改,我只是说想改,小就跟你说了,你就跟巴金说了,我还说叫小别告诉你,因为我就怕我改不了,而说了就像只说不做。我的爱,我不用功,你不爱我了吧? 刚才吃完饭,有人叫门,声音老远听有一点像你的,我跑去开门,心都跳出来了,可一开门,好讨厌的一个脸子,是问×××的,我管你这闲事。我说父亲不在家我不知道。现在是下午两点半,爱,你也许刚睡醒午觉吧? 你要睡午觉,早上起得早,不睡不成,我的爱,好好爱惜身体,工作要紧身体更要紧! 千万记住。别喝酒了,你不记得你有胃病吗? 听话,爱琪才爱呢,不然不给你写信了。好孩子,不听话就不疼了。我忍不住自己都笑了,我是你的这个、那个,你也是我的这个、那个,这两个大神经,打灯笼也找不着这么巧的一对呀! 明天有信了,快快快快到明天吧! 从你发信那天起隔两天,第三天才接得到。你算算要几天才接到我的信? 不写了,宝贝! 亲你。

二十七号晚八时,你在做什么? 正在吃饭吧。爸回来了,昨天回来的,他一回来家里就乱了。从你走后我说不出的难过,日子真是不好过啊! 我先请中医看看,到底是什么病,吃点什么药,吃吃药看是不是好一点。我看我多半还是回来,先把病看看,回来画画。现在电灯熄了,十一点,爸爸坐在床上,老顾坐在对面,他们俩在谈话,我手边有《辞源》《离骚》,这两天我读着你上次在时读过的那几段。昨日我给方叙写了信,今天发出去了,我还抄了下来,留给你看。我读给小听,她说姐姐的信写得真好。现在是十一点多了,方才电灯还没有熄,现在熄了,三天未接到你的信了,虞叔的信还未收到,我希望明天有两封信。你不会一到江安就给我信,我知道你没有机会。现在你睡了么,我好多了,心里很平静。我拿了《静静的顿河》看,却又想和你谈,你今晚好好睡吧,因为我很心安。你一定也心安。我的家宝啊……

今天上午起了一次小风波,为了爸爸不在家,我替妈把爸爸的一瓶(只有小半瓶)麻醉药拿给妈吃了,今天发觉没有了,爸爸大气,也是真着急了,自然我也不免受责备,我是说爸爸心里会骂我,嘴上……埋怨了一阵。幸亏小在家,一下就平息了。我很难过,因为并不是妈妈一个人吃的,我也吃了一点,多糊涂呀,我恨不得立刻告诉你,我真不好,不值得你爱,即便是再痛苦,心里再闷,也不该的呀。我不听你的话,你打,你骂我吧,把我踩成泥我都心甘情愿。

今天二十九了,现在差五分九点,我们刚吃完饭,我,小,爸妈,老顾,我们吃的栗子鸡肉,你吃的什么? 你要好好保养。小在家,我们总是大笑,不住地大笑,我的爱,你听见我在笑吗?我要与小一同到渝,看看病,大约只住一两个星期,不会多。小要是没工夫陪我就一个人玩。小还要请我吃饭呢,我叫她请我在跟万先生吃过的地方去吃,她说你们常在冠生园,那我们就去冠生园吃早点。

我的家宝,现在是在到渝的船上了,两个星期以前你也坐船在这条路上过,可惜不是一条船。这只船八点三刻才开,最后一只。昨夜一夜未睡着,今早一亮就起来了,我生了火,坐开了水,才叫小起来,喝了牛奶煮可可才走。爸妈送我们到大门口,爸爸妈妈是可爱啊,是爱他们的宝贝女儿呀。又是三天没见你的信了,我想今天也许有,但是我又走了。我给妈妈写好了信封,有信给我寄渝,并请她老人家给我打个急电,告你我已赴渝,因为我怕你有信去家里。

我的爱,给你说一个笑话,"小"是个小女流氓,她上过澡堂子洗澡,叼着烟卷叫人家给洗,叫人家捏脚,你就想想那鬼神气吧,真是小流氓呀,什么时候我也能这样就好了。你许不许? 小又在说演安魂曲,你演吗? 累吗? 不要太累吧。念念。

今天三十了,现在是差五分十点,我的好人,你在做什么? 今天才收到你在泸州的第一封信,信好慢呀。我盼着你到江安以后的信。前天晚上收到江安的电报。我的好人,我知道你没有工夫写信,只好给我电报。我不难过,只是想你,想我的家宝,我的爱,我什么话也没有,只是想、想、想,想听见你,看见你,真真想你呀。写不下去了,再写也是这几句,说不出的想。亲你,再亲你,抱你的脖子亲。我想啊。

听说今天×××去,你会坐这船下来吧。我想也许在渝能见着你一次呢。说不定这次可以见着伯了,他一定看我变了,连样子都变了,我不再是那副倒霉样,我是你的人,你的宝贝女儿了。小坐在身边看《家》,我们坐的地方很好,可以靠,脚也放得下,我用那本"艺林名著"垫着给你写信,跟你说话呢。十月三日上午九点,我的好人,你正在做什么? 正在客厅里同小代代玩呢吧。她们都好玩得很吧。小昭昭一定很美是不是……这几天天气好，出了太阳，我心里高兴多了，天气给人的影响真大呀。你呢，你高兴吗，好吗？没有接到你到江安的一封信，我知道你没有机会写信，我不难过，一定不难过，这次要把病好好看看，一两个星期后回来，好好作画了。这次带了几幅画，我想在渝裱。那张沾了油渍的也带来了，我们带了炒栗子，我要吃了，一会看看书，一会扑在小身上睡一下就到了。亲我的爱人。

又是十一点了，回家没有你在，家好寂寞好冷清啊！夫，我的夫，你什么时候回来呀？见不到你我就更舍不得离开我们的家，我们的家需要人看着啊。真想你，你的爱琪把家收拾得干干净净等着你回家。本来我想当作日记写的，自己读读的，但是不成，不叫你，不在纸上叫你，受不了啊。我要叫你，我的爱夫，我的心，家宝，家宝，家宝，你听得见吗？心哪，你好可怜，你也想我了吧。

今日本该去看牙，可是又想给你写信，所以我打电话给夏先生推说我不大舒服，不能去了，而同时他告诉我说万先生有信来了，一会就派人送来，我的心立刻在狂笑，大声欢呼出来，哦，我不用等了，我已经够了，够快活了。不过我还是急，恨不得他立刻送来。后来等了一两个钟头，如果不是来了一位稀客我不知如何度过。金先生占去了一个钟头，她走后略过一刻，信送来了，送来了！！我的命，我的宝贵的命。多美啊，你一定要说我太偏爱了，也许是吧，我觉得你的字没有一笔一划不好，那样天真，那样淳朴，那样可爱！我以为夏先生接到手时也应该把你的字大大欣赏一番才是，谁会有眼不识泰山，忽略了你一笔好字，那才是瞎了眼呢。我爱你的字，我爱它们，我先一笔一划一个字一个字地看你写的信封，我要注视许久，把每个字都注视得活了起来，甚至还有美好的声音，那一个个可爱、逗人爱的字，都好像高兴得蹬着一双双小肥光脚板在乱跳，伸着一双小白胖胳膊在向我召唤，它们，那一双双的小手臂要抱我，抱抱它们心爱的小译生。我和你的手臂、腿和脚，它们紧紧地抱在一起了，心贴着心了。我分了你感觉过于沉重的心，你也分了我感觉过于沉重的心，互相从心里吸取出那酸酸与不愉快的部分，而补进去充满甜甜的愉快。于是轻松了，我们的心轻松了，我的嘴里呒着了心中的甜味。天上的葡萄美酒一般的醉人的醇醇的甜味。像通了电流一般，我们的灵魂与肉体都在沉醉中轻微地颤抖，彼此的心身由冷冷地又着了火一般地发热，热得烫，又逐渐回到温暖平和怡静幸福，温暖，不冷也不烫。我们脸贴着脸了，心贴着心了，手抓着手了，眼睛望到眼睛里，望到彼此充满斑耀、在心里的火热的发着奇光异彩的深厚的爱了。于是我们不再冷得发抖，我们整个的心身沉浸在梦幻似的甜美醉人的爱里，不敢动一动！夫，我的好夫，我注视你的信封，注视着那一个个出自我的家宝的一双小黑手的字，我沉溺在喜爱里，沉溺在一半幻想里，我不舍得马上就打开，可是终于是剪子小心地剪开一头，但是还不舍得马上取出信来看。这是下午一点多钟，今天我和妈妈都起得早，可以午睡片刻。我窝在屋中唯一"窝粘"的一角，那是床头用两只箱子做的小沙发，旁边就是那个樟木箱子，仍然铺着那兰花毛巾，两个土磁炉台，插一对红蜡烛，箱子横在床头，小沙发又横在箱边，我把两个黑布枕垫放在箱子上，人躺在沙发上，头枕在放在箱前的黑皮垫上，那小黑漆方凳放在旁边，搁着三角烟碟，我把窗子关上，百叶打开，使屋子不太亮，但看得见字，我躺着看着报，把信放在胸上，等妈在大床上睡着了,真正入了睡,我故意地把报上的电影广告都看完,然后燃上一支烟,才珍爱地、万分珍爱地从信封内取出信来,一个字一个字吃下去咽下去,不是读下去看下去! 我的夫,信上满纸的爱传予了我,我感到深厚狂热的爱,我感到温暖的气息,我得到你的爱了。心快活得不知如何是好,我看了下句又回到上句去,为了可以慢一点看完。好人,那是谁家天真纯厚的孩子画的一张小画呀,先生给你一百分,不,为了叫这孩子再次画得更好,暂且给他九十五分吧,不过先生不得不说这已经够好了,乖孩子,我的好乖孩子,我已经看见那蓝蓝的天,鲜绿的叶子,而一丛丛粉红的花,那如茵的碧草与树丛后一座座朴素整洁的小土屋,这一幅玲珑的似乡村又似不修边幅幽静的景象,活活地跃在我眼前,好孩子,你画得好,随便的飘逸的几笔,抓住了大自然的真谛,我求你以后遇到好风景为我多描画下来,预备一个小本子,全白的,把你所看到的好的奇丽的平淡静谧的景象为我画下来。你不知我多么喜欢你的画,比喜欢我自己的更重百倍,你答应吗? 答应回来带给我这个好礼物吗? 等你回来多少天多少夜也谈不完,不,也许我们一句话也谈不出,也道不出,只有爱,爱,爱,爱个够够的,爱得足足的,爱阻碍了一切语言,一切其它的事情。亲人,我又写不出一句了,又不知用什么话接下去了,有多少话阻塞在喉咙里,可是又像是一句也没有。我的好人,爱你,永远永远地爱你。在任何情况下,任何任何情况下都爱你,并且更深了,与日俱增。一天天地,不能不爱你,不可能,如果没有对你的爱,我就是个空壳子,就是没有灵魂没有智慧没有思想的,什么什么也没有了。我的肉体被对你的爱养活了的,有了对你的爱我才是活着,才活起来,这个爱浸润了我,养活了我,否则这一个空壳子活在世上有何意义？我将永远爱你，决不会分去一点点，减轻一点点！决不会，绝不可能。不要说你现在这样爱我，就是你有些变了，有点不大爱我了，我还是一样一样地爱，我已经是你的身体上的一部分。我恨文字没有一点道理，真道不出万万分之一对你的爱，文字多么无用处啊！是不是？这满纸歪歪扭扭的潦草的字迹，我的每一个字都是透过爱透过真情感而流露出来，写在纸上的，当我的感情激动时我会不知如何结束一个字，时常是这样，太多太多的感情，太多太多的爱，阻在心里，阻在手指上，要宣泄而无法宣泄时，我的笔也就凝结了，滞住了。一时人的心忽然由满满的转而又美妙的空虚，心是荡来荡去的翻着，找不到她的温暖的窝，心窝！于是就忽然觉得空了，空洞洞了，不知如何交待一个字，不知如何写下去，没有一句话能说得中肯，合榫了我心上要宣泄的爱。好人，固然我们无论隔得多远，我们的心都是连着的，我们的气息都是相通的，可是爱呀，这岂不是太空泛，这岂不只为了安慰对方而给自己安慰的想法。我们渴望看到对方的脸，听见声音，握着手，真正的两双手紧紧握在一起，不要说整个的身体相接触了。可是又怎样呢？我们会安慰自己说无论天涯海角我们的心相通，灵魂相通，气息相通，当然也确实如此，是相通相连的，一点也不错的，相通相连，可是这又如何够？我们是人不是物，是有血有肉的人，而不是只有灵魂的无形的东西，因此我们要切切实实地接触，实实在在的肉和肉挨在一起，交缠在一起，才能满足我们这样深切的爱情。我要闻，闻你身上的味，我要听你明亮的声音，好人，以后我们永远永远的要看、看得到，要摸、摸得到，要听、听得到。就是说以后永远永远再也不分开，一会也不能分开，一刹时也不允许分开的。好人，我们知道我们如何地分不开，分开了如何地吃苦受罪。世上的天堂有一个，就是我们在一块的地方。地狱有两个，就是我们两个人分开、二人所在的地方。这就是所谓天堂与地狱，我的感觉是这样的。不过这次也好，对我们的感情将是一个大大的补益，以后我们更切实地知道如何谁也少不了谁，谁也离不开谁，谁也不能单独地过快乐的日子。快乐的日子在我们在一起时才会出现的。我的好人，我心痛，心痛！想想如今离得这样久了，又离得这样远，又如何不心痛？真正心痛，真正心酸，痛得滴出血，酸得枯了形。

家宝，我的至亲至爱的夫！我的最贴心最知己的好朋友！我的永生永世的伴侣！连得你七封信了，又一次是三封一起，第一次是一封，第二次是三封，第三次是一封，第四次（最近前天）一封，一共七封，七封信啊！多快活多欣慰，离开你没有比得到你的信再快活的事。没有比得你的信再能提起我的精神，没有比得你的信再能鼓起我的生气！我的心，我心上的人，这长长的日子，这样悠久的日子，多少时辰，多少光阴，你不在身边，远远的，从三月四日的下午起，到今天九月十四日夜晚一时半了，六个月零十天，半年，足足半年，这半年的日子，这长长的一百九十天！我的心，我心上的肉，不好过啊！我不敢看地图，不敢想你离我有多远，我轻易不敢触动一下。我知道你多苦，多想念我，你又忙，许许多多的事情挤在你一个人身上，你累了，你要休息，倒在我怀里，让我轻轻拍拍你，静静地甜甜地睡一个好觉。然而有一点也许反而帮助了你，就是挤在你身上的许许多多的事情，包围在你四周的种种的人们，你要做，你要应付他们，你不得不一次次地不时地忘记我，不是忘记，是不允许你想，是我躲在你心里，当你忙的时候她躲了起来，也是你把她藏了起来，当你闲下来，一空下来，她就出现了。你就把她拉出来，从你心的深处。从那充满了爱充满了温暖的心窝里把她拉出来，想她，向内心望着她，用心与心交谈，低低地谈着你如何想念，如何爱恋，她低低地回答，声音在你身边，你低低地倾诉，声音在她身边。我们的声音在你我的心里，时时地互道安慰。我心里随时在诉说，嚷着"我的家宝，我爱你，你快回来，回到我身边"。我不敢想，我不能想，我触都不敢触一下我苦苦想念的心弦，那满弦的泪一弹即落，好人，你离我多远，我们不见到不碰到已经有多久了。这六个月是多长的岁月啊。我随时在幻想，在做梦，希望听见你的走路声，你出门回来了，推门，你进来，抱紧我，亲我，亲得我发晕，然而我醒了，知道这是幻想，完全明白了这可怕的事实，你还在远远的，在美国，纽约，西雅图，芝加哥，加拿大，渥太华，这许多许多地方都有你的足迹，这许多许多地方突然对我亲热起来。这儿不是家，我一个人坐在这儿，那些美国的好地方，凡你到过的地方，住的地方，想想觉得那才是我的家。你才是我的家。这儿多寂寞，多荒凉，多冷冷清清地，你把所有的家的温暖都带到你自己身边去了，除了你的信，是你寄来的温暖，来温暖我的身体，和你分开半年，前一个时期是一个心情，后一个时期又是一个心情，前者似苦痛的尖锐的，后者似寂寞的深沉的，要待到我的爱人回来的日子，那才是解放的时候。想那狂欢的日子啊，我不知如何度过这么长的时刻。人是脆弱的，但也真够坚强，有时有点麻木，不麻木如何承受这些刺人的苦痛。现在我想起十一日这叫我心跳的日子，我的精神都一振，我反而要流泪，快活的流泪啊！你是不是也一样？想着这个十一日，还有多多少少事情，多多少少难关，要你一件件地办过，一步步地走过，才能达到那狂欢的时辰。而我呢，不用做许多事，不用走许多难关，但是我和你一样地觉得吃力，一样地觉得一想起来就焦灼，我真不忍去想你要办多少事情，多少难办的交际，多少困难的场合，多么困难的谈话，多么麻烦的鬼事情，都得一样样做到了，做完了，才能松下一口气，走上回家的路。这一段时期我的心和你一同紧一同松，一样的焦灼，一样的不耐，一直要等到十一日了，才能舒一口气，天，你完了这些鬼事了，你上了船了，你向我身边走，我向你身边走，好人啊，我们一同走，一同向前走，走向我们的家，我们的温暖的家，亲亲切切的家，真正的家呀！

慢慢地一样样地办吧，我随时陪着你，安安心心地等，不要焦急，千万不要焦急，我也不，我愿把这感情传给你，把稳静的心情传给你。我等着，跟着上船一般，你上船的日子也是我上船的日子，那日子快些来吧！多快活呀，我们的家多温暖，我们分别后住的地方是多么荒凉，无论在任何地方都如是。而我们在一起的地方又多么温暖热闹，我们要在一起，从此永远不再分开了。这半年真够受了，真够我们两人受的了。我恨这闷日子，提不起一点精神去忙，忙什么呢？做什么呢？我恨没事做，但又不能做事，尽管你走时我嘴上答应我要做事，心里也确实满心要做事，但是一旦你不在面前，天，天哪，我的爱人，你不知道啊，真是天地变了，你把我的魂带走了，一切的一切都改了样子，所有的决心都崩溃了，自己止不住自己，自己无力量使周围的一切恢复原形。这长长的日子在等着我一步步地走，我多次鼓起气，但想起你离我好远的日子还有好久，就泄了气，随他去，只有随他去。

这几天我心里更说不出的滋味，因为小杨回来了，今天张先生去接，也许已经回来，我真忍不了看人家的相聚啊！我知道不好，不应该这样，可是如何忍得了。我多想我的夫也立刻就回来。不，不，我的心，我耐烦，我耐心，分得愈久见面才越快乐，快乐才越多，好人，我知道这个。我们吃尽了苦，我们得到比任何人都更多的快乐，苦尽甘来。我不急，好人，我不急。

又是爸爸的信：

又一个孤独的夜晚，心，不是我在你耳边叨叨我的寂寞，（我在美国，你并不如此。）我确实有些耐不下。处处使我想着你。今日下午看戏走回来，从华德买完药，在雨中一个人步行，总好像你在后面跟着，如同往常，我们并不说话，我在前你在后。今日觉得异常空虚。落寞之感袭迫我的周身，没有一个毛孔不是空虚。我真是弱者，我离开你就不知自己在哪里。你是我的债，我的冤债，我要拿多少痛苦才能换一点饱满充实。昨日是风，今日是雨，我把窗户关上，Radio 开着，听 Bizet 的交响乐。你在家，我们二人并不如此享受，自然我不好，我要一个人看书，你在那房猫着看书。如今我却享清福，听音乐，一个人享着这"清闲"。我不愿想你现在在做什么。无论你现在如何了，你准是在想念我。好人，我就要折磨你，我要告诉你我多么不快活，使你也难过……我时常觉得有你便可天南地北……只要你有一个好身体。

你现在做什么……九月十八日夜九时半……大概和妈、三原聊天呢，还是看电影去了呢？还是牙痛？你的牙好些没有？这次应该给你一个教训，譬如你身体不好，有了其他的毛病而我们需要离开,你看那不自己惹出来的痛苦么? 好人,你有了一副好身体,我们就又自由多了。我多么想你,多么爱你! 多么需要你! 多么要你在我身边。Bizet 真好听! 你如有唱片可选他的 Symphony No.1(第一交响乐),同他的 Suite No.1,这个作曲家叫 Bizet,法国十九世纪人,写卡门歌剧的。他的音乐轻盈快乐,富于颜色,充满了对人生的需求,那样需要享乐,享受,热烈,有时甚至于带了惊张,热闹,只为了感官的享受。他的异国情调很浓厚的。我说了些什么呀,扯到哪儿去了。我翻着音乐书讲给你听,实际上我在想念你。

白锡包我打开了,一点也没有坏,……十一点了,Bizet 的音乐完了。

今天是星期日,早晨×××来电话,把我搅醒了,看看报,睡不着,起来不知做什么好。许多事待决定,也不愿意动,你来了,我好一点,却实在也许我还是没有动,我的惰性,真可怕。

今天又热了,坐着都有些汗。外面打着棉被,其声单调,使人急躁,大太阳。

我真气你,看了几遍信,你决定是十月十日回来,看牙自然应该,为何不到后第二天便去看,不是省下五天。(你十日走的,十五日才去拔牙。)对你这个又拖又糊涂的人,真没有办法,你活活把我气死! 现在好了,我又得一个人在家里挨日子,不只是挨日子,有多少事需要和你商量,我现在想找你决定,你又恰巧不在这里。我烦,烦得不愿写信,我就想蒙头大睡,眼前先把你忘掉!! 现在是夜九时,中秋的夜晚,外面爆竹时响时作,大风呼呼如牛吼,犹如在北平的秋夜,墙外小孩子欢呼,街上汽车电车声传来，人们都忙，都像有所忙，我一个人在屋内。蒋妈回屋去了。我知道你也苦，在你家中会想我，与我正相同，我还是气你。气你为何不在夏天和妈一道回去，我几次劝你回去，你不听！你看，现在过节，你不在家，你我过节不在一处。自然，在一处，遇见这种节令生日，也不觉如何起劲，你却不在家，我一个人遇见这样的节令就异常地难耐。我丢不了你，你丢不了我，你我都知互相安好，但不见面，没有一个相熟的声音，相亲的面孔，真是苦透！我实在是气你！我早料定，你这个人毫无办法，到了什么地方便不会再动，惰性之大，无与伦比。你这个人最能吃稳，不慌，不忙，可是把事情耽误，你一点不觉得，觉得也不在乎，下一次也不肯改！我真气你！恨不得攥起两只拳头，抓起你痛打一顿。

好了，由你看牙去吧，我也只好等，耐心地等。那么，你牙是否已该拔了，痛不痛？三原既说可不痛，当然可靠。他说需一个月那就以不催为是，把牙完全治好，换个新人给我看看。

下午在外与毓棠（他由美国回来了）谈天，料猜家中有信，科巴拉我到他家吃饭，也没去，就转回家。读你信，高兴只是一半，还有一半只有你回来才能全。

人家科巴太太到北平庆母寿，说一星期便归，你看，人家大致只有两天就要回来了。爱，你若治牙，需一星期倒也好，但若不治牙，那么就早些回来吧！你的牙非看不可！但要回来就早些回来！不必等到月底。你看着办吧。你家中既无味，那日子自然不好过，我看不如少看，除了为着治自己的病。

今天收到你父亲寄来一个包。里面有衣服与纸烟。整日心不自在，你回来固然也不能解决问题，我心里却安慰多了。我们可以谈谈讲讲，你又能劝我，我也可少为些小事情着急。家内的情形，不要着急，不要太过，凡事太过，会生枝节的。三原说肠胃病得多检查，我现在确是在多检查，已查了三次，还要查一次呢。这两天我吃董药，倒是见效，大便少而不稀了，也许又是碰巧。今天上午见胡子婴，神聊半天，总之我又在游魂！又不知自己的生活该何摆布了。你大约何时可以回来，哪一天，问问航空公司，回信告诉我，我倒想趁你不在家，到一次南京，看看孩子（自然是一两天）。所以你必定告我何时回来，我好打算一下。

　　你说你想回家，我也是想你立刻回来，就是我不肯说，一天天地候着你，心中烦，也看不下书去。昨晚一个人看电影，到美琪。今晚约科巴听弹词去，他就要来了。还有两天，就过节了，外面日色好，满眼秋色，天气着实凉了。我没有受凉，臂膊似不好，怕要等你回来才能好的，爱，亲……

有多少日记、信件、照片在"文革"中被销毁，或塞进炉子或撕碎冲进马桶？鉴于二十世纪六十年代中国百姓鲜有自家的厕所，所以绝大部分民间的历史记录是在火焰中化为灰烬的。

　　好姨回忆自己深更半夜坐在火炉前，脚边堆着大摞的照片啊，信呀，她一张张拿起来看了又看，一边哭着一边把它们扔进火里。我不知道郑秀保存的清华大学时期的情书是不是也这样烧掉的，应该也是十分不舍的吧。

　　妈妈没有这样做，如果说爸爸就是危险的中心，那她离危险最近，但她绝不会舍弃她的宝物。一个从未混过社会的家庭妇女为什么不怕呢？因为一辈子她心里都有一个自己的世界，一个小小的单纯的核心，无论外面怎样的混乱、暴虐都动摇不了她。

不记得在哪里看过这样一句话："爱情就是一个教派。"这句话真厉害，我就此记住。如果说爱情是一个教派，那么我爸爸可以看作是牧师或神父，妈妈在他的引导下皈依，成为一名最忠诚的信徒。依据以上两个被爱情折磨得发疯的人他们的通信，这个判断并不虚妄，符合实情。而且可以看出爱情是没有办法治愈的，只有爱之弥甚。

信是爱情的一部分，但远不是全部。1942年，爸爸在重庆唐家沱码头的一只小江轮上改编巴金的小说《家》，酷热如蒸，他打着赤膊，汗流浃背，匍匐在餐厅的桌子上，写啊写，写完一段就寄给妈妈，由妈妈誊写，再寄回来。爸爸告诉我鸣凤的一段台词就是妈妈写的，那是在第二幕，鸣凤和三少爷觉慧说："这脸只有小时候母亲亲过，现在您摸过，再有……"三少爷问："再有？"鸣凤回答："再有就是太阳晒过，月亮照过，风吹过了。"

再有，和爸爸相爱、结婚之前的十年里，妈妈曾经打过胎，两次。第一次是在江安时期，好姨把妈妈从医院接出来，接到爸爸租好的一处小屋。竹房子就造在江边，从地面的缝隙间可以看见江水流过，四周没有什么人家，除了好姨和爸爸，再没人知道这地方。爸爸天天去看妈妈，给她送饭，好姨也去，还有一个挑水的老头儿，挑来江水倒进水缸。江水浑浊，要用竹篓子装明矾，咔啦咔啦地打，泥沙慢慢沉下去，水慢慢变清。一缸水用到缸底全是黄泥，好姨经常帮着妈妈淘缸。

打胎这件事并不是好姨透露的，她一直严守着这个秘密，是我妹妹，她看到一份妈妈生她的时候在协和医院妇产科的病历，上面的记录写着怀孕四次，活产两次。作为医学院毕业的人当然想到可能发生过什么，去看好姨的时候她直截了当地说：妈妈生姐姐不是第一胎。这样好姨才把打胎的事说出来。我想知道得更具体，又去问好姨，她说那时候爸爸是剧专的教务主任，这样的事绝不想让学生知道，也许现在也没有人知道，她希望我遵从爸爸的意愿，不要写。我几乎没有犹豫，就决定不采纳她的意见。我要写。爸爸的学生已经没有几个在了，即便他们都健在又怎么样？和他们有什么关系，和别的人有什么关系？没有丝毫关系。一切只和妈妈有关，和一个怀孕的女人有关，我年轻的妈妈，我最亲爱的妈妈，原来你也失去过两个孩子。没有什么能改变你对爸爸的爱，也不可能减轻一分一毫。

抗日战争胜利后爸爸搬到上海，那时候他和郑秀已经分居，妈妈跟他一起来到上海。当爸爸受美国国务院邀请、和老舍先生一起去美国讲学，一年的时间里妈妈就是写信、写信、写信，思念，等待，盼望，盼着爸爸回家的那天。

1978年，十年"文革"之后爸爸再次去上海，我们住到锦江饭店。住下的当天下午他说要出去走走，我就陪着他上街了。我俩沿着马路走哇走哇，他什么话也没有提，仿佛目的就是逛逛街，直到来到静安寺的一个弄堂口，我记得梧桐树已经发黄，落叶飘了一地，他站住，望着一座不起眼的小楼，说："这是我和你妈妈住过的地方。"原来如此。

他默默站在街边，为了不打扰他，我站到他身后，马路上车来人往，一派市井生活，与他毫不相干。临近日落时的光线从弄堂里斜照过来，很明亮，映着他的侧影。那一小段时光、那个场景凝固成一块温润发光的玉石，永久地存在我心里了。在返回锦江饭店的路上，爸爸和我说妈妈在上海打过胎。他亲口告诉我的。

隔壁人民大学的高音大喇叭在狂呼口号，只隔着一堵墙，张自忠路5号，我阴暗的家，妈妈和爸爸垂着头坐在两张破旧的小沙发里，中间隔一个低矮的茶几，那两个沙发是公共财物，当年从戏剧学院借来用的。终于，造反派们喊哑了嗓子，累了，需要休息并去补充能量。死寂降临，空气像灌了铅一样沉重，妈妈和爸爸仍然动也不动地坐着，没有什么话对彼此说，像是被麻醉了。可是等等，妈妈慢慢抬起头，向爸爸转过脸来，那张脸有些浮肿，五官都变了，手因为疼痛而变了形，上身缓缓前倾，向爸爸凑近，望着他，望着他……眼里闪着迷蒙湿润的光，嘴唇嚅动，就像说悄悄话："你还爱我吗？"

时至今日，这件事我不能肯定，以上情景是我亲眼看到，还是听爸爸说的？我觉得我确实看见了，因为记忆里有妈妈问话时的样子，且十分清晰，然而我又记得很清楚，爸爸和我说："看她那样子，你不知道我的心有多痛。"

那时候，他们爱得死去活来，爸爸曾在信里对妈妈说："最后，让我们在临死前还能握着手微笑，没有一个感到一丝心酸，没有一个觉得一丝幻灭。"

命运难测，世界竟然变得如此荒谬、暴虐，不给人性一点喘息的空间，但人性依然会顽强地发出自己的声音：你还爱我吗？

王府井大街上的首都剧场是一座风格简朴庄重的建筑，建成六十多年了，怎么看都很美。每年这里会举行剧目邀请展，今年《北京人》受到邀请，计划演出四场，但票很快卖光，想看而没票的呼声很高，于是主办方和央华公司决定加演两场。2018年4月1号是《北京人》在首都剧场演出的最后一场。我又来了。我对自己说，今晚我不是来看戏,是来看观众的。每次我爸爸的戏上演,他最想知道的永远是观众的反应,因此我也是替他来的。

我选择了前排最靠边的座位,这样便于扭回头看观众席。演出过程中,虽然舞台上发生的一切都吸引着我,可我没有忘记回头观望观众,其实即便我不回头也能感知来自观众的反应。这反应不是掌声,当然也不是叫好,是无声,是几百个人凝神静气、专注于一件事的寂静。我试图想象此刻爸爸坐在观众席里,他会满足吗?会的,他应该会。不由又想到自己,作为一个编剧,为什么看自己戏的时候那样地期待观众的反应,甚至只要能有笑声都是好的。我究竟在担心什么?想要的是什么?

当《北京人》接近尾声,曾老太爷的棺材被抬走,曾宅里的喧闹终于告一段落,陈奶妈把洋油灯捻小,屋内暗下来,而窗棂上渐渐透出黎明的微光……

这时整个剧场仿佛化作了一个人,这个人屏住呼吸,这个人的身心被攫住,这个人是我是你也是他,这个人的名字就叫作:心灵。我再次被寂静、这种伟大的寂静所震撼。老实说,这是戏剧所能带给人的最美好的经验,反过来这也是戏剧人所能获得的最大的享受了。

我没有白来,又一次学到这至关重要的:不要害怕,不要被观众的反应诱惑。切记。

《北京人》是我爸爸在抗战时期写出的剧本,当时有评论表示不理解,认为这出戏和抗战无关,是否不合时宜。今天看来那些怀疑大错特错了。一部真正的好作品、现在的说法是经典,怎么才会产生呢?毫无疑问只有一种可能,就是在作者感到因缘具足的时候,哪来的什么合不合时宜。也只有这样的作品才可能具有最持久的生命,越合时宜越追逐潮流可能越短命。这无情的结论可不是我下的，去看事实吧，看契诃夫，看希腊悲剧，看莎士比亚，不是有人把曹禺比作中国的莎士比亚吗，那好，《北京人》恰恰也是一例。

"生活中往往有许多印象，许多憧憬，总是等到节骨眼儿就冒出来了。要我说明白是不可能的，写的时候也不可能。"

"写作这东西，可是心血，是心血啊！心血这个东西，是多少年的经验，多少年的思想感情里渗透出来的。"

这两段话我是听爸爸说的，并不是对我说，是对来采访的人说，而我正陪在他身边，就把话记下来了。之所以记下来是因为它们情真意切，明明白白，响当当，像敲钟一样，道出了写作的真谛。

再回到2018年1月18日《北京人》的发布会，有记者提问：如今演出《北京人》有什么现实意义。此类问题总是不失时机地出现。我想不起是谁做了回答，又是怎么回答的，因为我即刻在心中反问，当然是无声的：请问，演《哈姆雷特》有什么现实意义？《安提戈涅》《一仆二主》《俄狄浦斯》《理查三世》《万尼亚舅舅》，天，一长串的剧名都被我作为问题一一提出，而我还想问一个问题，那就是：为什么英国人从不问这样的问题，俄国人也不问。

契诃夫曾说："生活里是没有主题的。一切都掺混着：深刻的和浅薄的，伟大的和渺小的，悲惨的和滑稽的。"我还读到过一篇契诃夫的研究者的文章，是位俄罗斯学者，她这样说："契诃夫在无情解剖生活的时候，他具有了这样的思考：生活没有意义。但他还是坚信：不寻找生活的意义，人无法生存。这是契诃夫的悖论。"

深奥吗？其实并不。就看你是否在真心寻找了。你从哪儿来？你是谁？为什么而活？想怎样活？这难道不就是推动所有作家写作的动力嘛。我爸爸当然在寻找，通过他笔下的一个个人物寻找，我觉得

《北京人》里每个男人身上都有他的影子,他比他们的总和更复杂生动。写剧本是因为他感到一种深刻的精神上的需要,而真正的写作就是一定要先让自己爽! 突然,我脑子里冒出玩电子游戏的孩子,什么时候你听他们说过自己累呀! 这联想有点诡异,但也不尽然。当孩子长成大人,兴趣爱好的对象会变,但对兴趣爱好的感觉和反应是不会变的。假如每个人都能做自己喜爱的工作,世界将变得难以想象的和谐,充满欢乐。

我站起身,走到书柜前。书柜里摆着一个与A4纸差不多大的镜框,细细的黑边,衬着一张发黄的稿纸。我打开柜门,把镜框拿出来,拿在手里细看。

"北京人,第一幕,中秋将近正午的光景,在北平曾家旧宅的小花厅里,一切都还是静幽幽的……"哦,妈妈的毛笔字写得真娟秀,是繁体字,稿纸印着暗红色的竖格,右上角标着阿拉伯数字1。这是当年妈妈抄写的《北京人》剧本的第一页,它装在镜框里已经在我的书柜里摆了很多年,平日里我对它熟视无睹,此刻我把它拿到窗前,在正午的阳光里泛黄的稿纸那么温暖,上面的一笔一画那样鲜明生动,字字跃然纸上,像一朵朵活生生的小花在开放,并且在唱歌。我简直惊呆了,不忍放手,就这样过了五秒,十秒,六十秒……最后我亲了亲它,微凉的玻璃贴了贴我的嘴唇,妈妈,我轻轻叫了一声,然后把镜框放回书柜里去。

(原载《收获》2019年第4期)

雀儿山高度（节选）

—— 其美多吉的故事

陈 霁

爱恨雀儿山

1. 精神高度 PK 海拔高度

在康巴高原，川藏线上，雀儿山将被人无数次说起。

人们为它的雄伟和高峻搜尽溢美之词，也为它的凶险和艰难紧张得双腿打颤；既仰望它，尊它为圣洁的神山，祈求它的护佑；也诅咒它，视之为收命的魔鬼，唯恐避之不及。

泸定县一位公安局长，身体运动员一样健壮，到德格办案，却因为严重的高原反应，没有活着翻过雀儿山。

一辆昌都的大客车在雀儿山遭遇雪崩，等救援力量赶到将车从雪里扒出来时，全车人已经不幸遇难。

路过的卧铺车,隔些时候,总听说有人在这里长眠不醒,其中有老人、儿童、中年援藏干部,也有花季少女。

当然,还有我们已经知道的马霄和吕幸福。

是的,雀儿山令人揪心的往事实在太多,太多。

垭口,海拔5050米。雀儿山这个危险的高度,其美多吉和他的邮车兄弟们,却要天天面对,并以此为业。

在这个高度上,其美多吉已经有了一个标杆,那就是生龙降措,调他进甘孜的县邮政局长。生龙降措也曾经开邮车跑雪线邮路,长期和雀儿山打交道,几乎每一天都在演绎非凡的历险故事。

生龙降措身上流淌着藏汉两个民族的血。

爷爷曾经是首任西康中学校长,奶奶是雅江著名家族的千金。外公是成都人,外婆则是炉霍藏族。所以,他的父母从小就可以说流利的汉话,阿妈还因此成为18军的翻译。

平叛期间,有一次阿妈和战友们被叛匪包围在一座寺庙里。断水以后,她自告奋勇,悄悄出去为大家找水。当她提着一桶水返回寺庙时,敌人发现了,追过来,疯狂向她开枪。她穿着藏袍,跑不动,依然毫不畏惧,提着水桶疾走,如有神助。手中提的水桶被子弹击穿,她却在敌人追上之前毫发无损地回到了战友身边。多亏了提回去的那半桶水,让他们终于坚持到援军的到来。

对生龙降措说起这些往事时,阿妈很平静,就像在说别人的故事。

"雀儿山再凶险,也没有拿枪的敌人可怕。"生龙降措经常说。

在其美多吉调到甘孜之前,他就听说过不少生龙降措的故事。最广为人知的故事,发生在"鬼招手"。

又是鬼招手!这个令人毛骨悚然的地名,在川藏线上有着很高的知名度。那天,生龙降措开着一辆解放牌邮车,满载着邮件,从甘孜去德格。也是大雪的天气,也是结冰的路面,他一路开得很谨慎。到了鬼招手,他就更加小心翼翼了。凶险的鬼招手路段,险中之险是"老一档"。这段路不长,仅仅三十来米,却是雀儿山最陡的一段,卡车只有挂一挡才爬得上那一面坡。它也是最窄的一段,仅容一辆车通过。

行车到鬼招手,老一档即将到来。生龙降措轻点刹车,让速度慢下来,再慢下来。他努力让车速尽量与路滑的系数匹配,徐徐下行,平稳过渡到下一路段。

但是,冰太厚,路太滑,滑得几乎将防滑链的摩擦力抵消。就在他的车在老一档行程即将过半时,最不该发生的事情出现了:下面来了一辆卡车,也进入了老一档,并且满满当当地载着人!两车距离越来越近,近得可以看清车上乘客一张张惊恐的脸。

"完了!"副驾上的押运员翁须泽仁慌张地叫了一声。

生龙降措寒毛直竖。但是,他努力控制自己,让自己在瞬间冷静下来。狭路相逢,对撞似乎不可避免。如果是这样,来车连同二三十个人,必然会被撞下悬崖,所有的人都不可能生还。

唯一救人与自救的方法,就是他在相撞之前刹住车。但是,靠汽车的机械制动已经毫无可能。如果刹车,汽车失控,依然会与来车撞到一起,结果还是双双坠下深渊。

千钧一发之际,他找到了让车停住的唯一办法——悬崖里侧,有一块小桌面大小凸出的石头,他可以用车轮去挂,强制让车子停下来。

生龙降措对准那块石头,将车子靠上去。听到嘭的一声巨响,随着猛烈的震动、摇晃、急转,汽车终于停了下来,横在路上。

与此同时,他清晰地听见啪啪两声脆响,他的左手,像是被更强悍有力的另外一只手狠狠击打了一下,感觉到一阵强烈的酥麻。

不经意看了看自己手臂,才发现左臂已断,骨头将皮肉如帐篷一样顶起老高。

翁须泽仁这时镇定下来。平叛那些年,他在甘孜军分区藏民团当过兵,学过急救,受伤流血也见得多了。他看了生龙降措的伤势,让他转过头去,然后抓住他的断臂,使劲一摇,咔嚓一声将骨头复位,压住,再把擦车的帕子撕成布条充当绷带,将手臂捆扎起来。这时,两个人下车去,才知道情况有多么的悬——车子前一半搁在路上,车屁股已经悬在悬崖边。后轮如果再出去几公分,就可能坠下深渊,车毁人亡!

刚才,命悬一线,现在,又绝处逢生,化险为夷。二人就地撒了龙达,谢天谢地,更谢山神。

惊魂甫定,生龙降措将左臂吊在脖子上,用右手握方向盘,慢慢移动,掉转车头,回归正道,又继续慢慢下山。车到德格,才打电话请甘孜来人接替开车。

下午,卸了邮件,甘孜那边却一时派不出过来顶替的驾驶员。

"这怎么办啊?"生龙降措急了。

"等呗。"搭档说。

"邮班不就停了吗?"

"那又能怎么样啊?你的伤这么重。"

"不行!我们得慢慢开回去!邮班怎么能停啊。"

生龙降措决定了,谁也拦不住,说走就走。

那是多么不可思议的一段行程啊。

生龙降措脖子上吊着的左臂已经肿得像一根超级面包,而当时的老解放的方向盘还没有助力,很重。他一只手开车,平直的路上尚可,但是一遇弯道,只能请不会开车的翁须泽仁和他合力扳动方向盘,临时增加助力。就这样,他们居然再上雀儿山,再过鬼招手,安全行驶一百八十公里，将邮车开回了甘孜。

其美多吉很快就知道，在甘孜邮运车队，每一个司机无不历险，他们都有让人落泪的故事。

英雄无名，其美多吉深为自己能够跻身于这个无名英雄组成的团队而自豪。每当穿越雀儿山，车到鬼招手，他都情不自禁地将车速一降再降，看看那个救命的石头，在想象中回放生龙降措那个惊心动魄的生死瞬间。

崖下的石头在他心上一蹭而过。一番砥砺，火花四溅。

2. 后视镜里那个窈窕的身影

又一次出车，又是一个飘雪的早晨。

其美多吉依然是六点钟准时来到停车场，然后按他的流程做完出车的所有准备。

汽车启动了，车轮徐徐滚动。放下车窗，他向车外的妻子泽仁曲西挥挥手，加速，将汽车驶出邮政局大门。他忍不住看了看右侧的后视镜。镜子里，那个窈窕的身影落在了汽车后面，但还是锲而不舍，迈开大步，努力追随。

这一幕，天天在这里上演。

他眼里一热：唉，她也辛苦呀。藏族的男人几乎都是不管家务的，他也是。连两个儿子出生的时候他都在邮车上。现在，儿子们都上学了，家务、孩子全靠她一个人操持。

每天早晨，他五点半准时起床，曲西早起来了。他洗漱结束，热腾腾的包子、糌粑和酥油茶已经端上桌子。包子是昨晚就做好的，现在只是热一热。包子馅是牛肉加葱，糌粑里揉进了奶渣、酥油和白糖，酥油茶里的酥油和奶放得很重，很浓稠。这三样东西，不仅口感好，还营养丰富，经饿，也暖身子。不但肚子饱了，车上的皮囊里还另有干粮，暖瓶里也灌了开水。

物质准备万无一失，另外还有妻子的牵挂加持。这样，路上不管多么艰难多么凶险，他都底气十足，无所畏惧。

其实，在停车场给出车的老公送行的女人，并不止泽仁曲西一个。所有邮车司机，他们的妻子都会在出车的早晨给自己的老公送行。

这项活动是局长生龙降措倡议的，已经在甘孜县的邮车队持续多年。

邮车司机出身的生龙降措，最能感受到司机们常年在雪线邮路上奔波的辛苦和危险。他们特别需要勇气，需要强大的精神力量的支撑——关于这些，来自家属的体贴和温暖至关重要。

在生龙降措的司机生涯里，最让他难忘的经历，除了在鬼招手的那次让他断臂的避让，再就是在卓达拉山的绝地求生了。

那也是春夏之交，卓达拉山发生了一次雪崩。其实，雪崩体只堵了公路的五十米，但是，附近没有道班，交通瘫痪，前后也没有车辆。他们不能离开邮车，也不能坐以待毙，只能自救。生龙降措和押运员意加，二人用铁锹和铁皮桶拼命挖雪，挖开一两米，汽车立刻前进一两米。户外的气温在零下三四十度，坚持不了了，就上车坐一会儿。汽车的燃油有限，断断续续地启动发动机，也经不起持久的消耗。为了不被冻死，必须取暖。寸草不生的高山雪地，他们只能在车上打主意。先烧备胎，再拆后挡板，最后拆左右挡板。总之，野外求生，一切都可以烧，但一个铁打的底线就是，必须保证邮件尤其是党政机关机要文件的安全。他们不断地挖，不断地烧。车厢板拆光了，就将机要文件背在身上，邮件用篷布盖严，扎牢，继续挖雪不止。三天两夜之后，就在最后一块车厢板即将燃尽、两个人的体能消耗也到了极限之时，他们终于打通了道路，用车里的余油将车开往目的地。

身陷绝境而没有崩溃，没有放弃。支撑他们的，是家，是亲人，是从那里散发出来的光明和温暖。

后来，当了局长的生龙降措，将抓安全作为他的第一要务。经历了一次又一次的惊险，他绝不诅咒雀儿山，而是把它称作"福山"。雀儿山之"福"，就在于它的凶险。因为凶险，让人望而生畏，才不敢莽撞冒失，不敢有一丝一毫的疏忽大意，这样反而会少犯错误，收获安全之福。

他想，抓安全，还不能仅仅着眼于行车过程。如果夫妻恩爱，家庭温暖，一个人心里就有了牵挂，就知道生命不仅属于个人，还属于他的亲人，他的家庭，最危险的时刻就有了活下去的信心、勇气和力量。这样一想，让妻子为开邮车的丈夫送行的灵感就来了。他一提出，立刻就得到了所有邮车司机和家属的热烈响应。

但是，对泽仁曲西而言，她早晨做的，不仅是为响应号召，更是出自内心深处的强烈冲动。

丈夫的车子早就消失在解放街的拐角处，但是他告别的眼神还在眼前浮现。甚至，他上车前伸手为她将头发的触感，依然清晰。丈夫远去了，但是，再远也走不出她的牵挂。

解放街头，她转身下行，再右转，进小巷。巷子不深，两边挤满商铺，卖的都是佛堂、寺庙的各种用品，一直生意火爆。虽然天才蒙蒙亮，人已经不少了。泽仁曲西目不斜视，无视穿梭的人群，无视店铺老板们期待甚至讨好的目光，径直向寺庙走来。到了小巷尽头，寺庙旁边，她看见一个乞讨的断腿残疾人。她摸出事先准备好的零钞，弯腰放在他铺在地上的报纸上，才走向庙门。

这是甘孜县最古老的寺庙，寺名德贡布，地位极高。它建于宋元更替之际，距今已有七百多年了。据说第三代活佛是一位汉人，曾经对建筑风格进行过一些更改，所以又叫汉人寺。每天送走其美多吉以后，泽仁曲西必然来这里，雷打不动。

天色越来越亮，寺庙门前的六个熟铜大经筒在初露的曙光里闪耀着金子般的光芒。她用力让它们依次转了起来。接下来是环绕寺庙的小经筒，一个一个，一共一百三十七个。也许时间还早，就她一个人在转经。阳光把她长长的影子投射在经筒上面，让她看上去多少有些梦幻。她依然一丝不苟地用力推转经筒。经筒旋转不息，就像是一条传送带。她坚信，经由它们，她的心愿一定能够传送到她想要送达的地方。

雀儿山，让她爱恨交加。丈夫多吉天天要经过，她因爱屋及乌而爱它，却又恨它带给人们的危险。

她曾经专门跟过丈夫的邮车，有太多的地方让她心惊肉跳。但是，她对此无能为力。她能做的，就是使劲地爱他，照顾好他。再就是希望菩萨能够帮到她，保佑她的丈夫。

每天在德贡布，她要转经筒，要念平安经，要点酥油灯，还要朝功德箱里捐一块钱。逢五、十和月末，还要加倍。即使她外出，人在外地，也要拜托好姐妹代她完成，她才心安。

德贡布只是泽仁曲西要敬的四个寺庙之一。

丈夫并不知道，妻子一年要在这方面花多少钱。

她坚信，她的努力，绝不会白费。

3．五道班

听到门外汽车喇叭响，曾双全就知道是其美多吉来了。

两声喇叭，短促，急凑。这是另一种语言，只属于其美多吉。通过喇叭声，曾双全能够辨析出门外是哪一位邮车师傅。一声、两声或者三声，长短、轻重还有间隔时间等，每个人都有自己的习惯。

曾双全开门，逼人的寒气带着雪花灌了进来。多吉已经从车上下来，提着一个塑料口袋，一个纸盒。不说也知道，他给曾双全捎来了蔬菜和推土机配件。

道班的人都在，看样子他们在议事。多吉发了一圈烟，彼此嘘寒问暖。接下来，给自己的茶杯续些水，问清他们下次需要代办的事项，就结束了这次造访。他刚出门，曾双全又急忙追上去，递给他一个小包。多吉用手捏了捏，知道这是原先贴在门上窗户上晾干的那些鱼尾巴。干鱼尾巴是一种偏方，用它点燃，熏眼睛，可治雪盲。天天在雪地上跑，银光闪闪，炫人眼目，邮车司机几乎没有不得雪盲的，包括其美多吉。前些天，曾双全发现多吉眼睛刺痛，流泪，就记住了。

汽车马达由近而远，消失在茫茫雪原。现在临近年关，雀儿山的过往车辆日渐稀落。再过两天，可能只剩下邮车了。冬天，没有车的雀儿山，死一般寂静。没有溪流，没有草木，没有飞鸟，没有牛羊，没有老鼠，没有苍蝇蚊子，更没有路人。在活动的，唯有飘飞的雪和呼啸的风。其美多吉这样的司机才知道，在靠近雀儿山垭口的地方，山包上有一排土砖房，是五道班驻地。房顶若有若无的青烟，以及偶尔进出的工人，是雀儿山顶唯一可见的生命迹象。

五道班是雀儿山顶唯一的道班，也是地球上最高的道班。

这是一个英雄的集体，曾经出过两个全国人大代表、两个全国劳模、十几个部省先进和劳模。陈德华（扎西降措）、曾双全就是其中的代表。

这里年平均温度只有零下十八度，空气的含氧量只有平原的一半，风大得几乎可以把人刮跑。他们负责的路段，极易发生雪崩的就有三处,近五公里;经常发生泥石流的有六处,两公里多长。这里长年冰天雪地。对付冰雪的利器是推土机。但是,开推土机也是个很艰险的活。这里,几乎每次用车都需要用炭火烤化机油和柴油,给水箱灌热水,光是这样的准备工作就需要两个半小时以上。

五道班是一个国营的正规单位,班长曾双全就是由红头文件所任命。但一个单位本应匹配的诸如电话、办公室、会议室、食堂等,一概没有。甚至还没有电,唯一的水源是冰雪,无边无际,取之不尽。凿冰取水,煮饭也难。山上气压低,水烧到七十多度就开了,浇在手上也只是皮肤发红而已,想烫伤都难。

因为条件所限,五道班的职工在生活上只有"各自为政",解决自己最简单的生存需求。康巴高原上,即使在县城,蔬菜品种也很少,价格也贵。自己下山采购,一次要买几百上千的粮油蔬菜。山上常年冰天雪地,最低气温可以突破零下四十度。土豆萝卜,冻得比石头还硬。很多时候,蔬菜都是吃一半坏掉一半。冬天大雪封山,事故多发,顾不上做饭,就吃干粮。有一年,他们连续吃了半年干粮。

后来雀儿山隧道开通,我见到已经离开雀儿山的曾双全,说起干粮,他就连连摇头。

"莫说干粮了。什么饼干、萨其马、面包、蛋糕,想起就发呕。"

那天,曾双全开着推土机在路上铲雪。累了,也饿了,就在推土机上坐着吃饼干。最后,在路边抓一把雪塞进嘴里,就结束了他的"午餐"。

"我怎么老看见你吃饼干啊?"一个大胡子从邮车车窗里探出头来,微笑着看着他。

"顾不上啊。再说,山上也没有办法弄饭。"

"那怎么行啊？下次我给你带点菜上来。"

这就是曾双全和其美多吉认识的开始。知道了其美多吉是为了开长途邮车从德格调到甘孜的，曾双全也告诉他这个新朋友，自己也是为了开推土机而主动争取来雀儿山的。推土机总是出现在危难关头，轰隆轰隆，铲冰推土，清障开路，坦克一样披坚执锐，摧枯拉朽，何其威风！随着推土机的出场，路通了，路上的人们得以重新上路，甚至得救。这时的推土机驾驶员，不也像一个大侠、一个英雄甚至是救世主吗？

原来两个人都有英雄情结，都能够吃大苦、耐大劳，都很享受自己驾驭的车辆。惺惺相惜，成为朋友就是必然了。何况，一个是道班班长，一个是邮车队的头儿。两个英雄的团队，如同唇齿。道班职工需要采购，需要寄信汇款，需要阅读报刊；邮车司机常常堵在山上，需要救援，疏通道路。于是，因为这些邮车兄弟，五道班不再寂寞，邮车成为他们专属的物流渠道，点对点的特快专递，天天可以看见的快递哥；而道班，则是邮车司机们的保障基地，另外一个家。

没有合同，无须协议，也没有谁提议。一个互相帮助、彼此依存的命运共同体，就在情感的呼应和工作的默契之中形成了。

和其美多吉在雀儿山上的故事，曾双全经历得太多了，多得挤满了记忆的通道，一片混沌。

他记得最清楚的是两次雪崩。

雪崩大多发生在初夏。那是2004年，曾双全正在路上进行铲雪作业。突然头上白光一闪，一个房子那么大的雪球突袭而来，正中曾双全的推土机。推土机猛烈一震，在路上打了一个趔趄，随雪崩体滑向悬崖边沿。曾双全急刹车，将刀片死死抵在坚实的冰雪上，这才刹住车。崖上雪块还在掉落，其美多吉就第一个冲了上来。

"没事吧兄弟?"他拉开车门。

"没事没事。"

"没事就好。"话音刚落,其美多吉已经转身找工具去了。他和随后到来的易晓勇等人用水桶挖,用铁锨铲,用手刨。待推土机全部刨出来,才发现推土机已经到了悬崖边上,履带已经有三分之一悬空。多吉立刻从自己车上拿来钢缆和被子。先打桩,固定推土机,再把自己的被子铺在履带下面,让推土机倒回来。

路通了,邮车远去,曾双全后背汗湿一片。他一个人坐在推土机上,默默抽了三支烟,才慢慢缓过神来,开着推土机继续铲雪。

几年以后,一辆来自康定的大客车被雪崩砸中,被埋大半。因为地形所限,无法用推土机,多吉就和大家一起用手刨。虽然司机老徐获救后脸色惨白,奄奄一息,但乘客并无大碍。问题是后来发生了一个小插曲:曾双全回到推土机上检修机器时,因为机器早已冷却,不小心手被粘在引擎盖上了。多吉已经发动了车子,正准备出发,知道曾双全遇到的新情况,马上停车。他喊来几个人,围成人墙挡住风,再把自己的大衣裹在曾双全身上,然后用自己温热的手掌揉搓他的手背,随着手的逐渐暖和,手也就取下来了。

很久以后,曾双全才知道,那次多吉其实自己也感冒了,咳得很厉害。为此,他很自责 —— 高原上感冒,很容易引发肺水肿,那多可怕啊。

4. 兵车行

作为连接祖国内地与西藏的生命线,川藏公路上偶尔也有军车通过。

那天,一个绿色的大型车队沿川藏线东来,穿越在冰雪覆盖的康巴大地，一路向西。

但是，车队到了雀儿山，不得不停了下来。因为他们遇到了最严峻的困难，一条钢铁的长龙，头在山顶，尾在山脚，寸步难行。

修建川藏公路，是共和国建立之初重大的国家战略，也是世界公路史上最长、最艰险的超大型工程。公路全程两千四百公里，中国人民解放军18军为主的十万大军，花了四年工期，付出了三千人牺牲的巨大代价，才得以开通。也就是说，公路的每一公里，地下都埋葬着一位烈士的英魂。雀儿山是川藏公路上最重要的节点，这个藏胞心目中"鞭子打着天"的高地，被他们称之为"措拉"——老鹰也飞不过的地方，当年，这一个高地上就有三百人牺牲。

因为条件所限，在隧道打通之前，雀儿山一直是公认的"川藏第一高，川藏第一险"。而眼前这支部队，来自比四川更南的南方，年轻的战士们对冬天雀儿山这样凶险的路况闻所未闻。即使部分来自北方的兵，因为他们习惯了家乡的干燥，所以也难以理解康巴高原的湿冷。同样的冰雪，却呈现着不同的形态，不同的溜滑。更何况，这是在高山危崖的急弯、陡坡和窄路上。

之前，尝试闯关的军车都没有成功。下坡路上，路面的桐油凌，的确像漆过桐油的木板一样坚硬，也闪耀着桐油那样的光泽，但是远比上了桐油的木板滑。第一辆车，由一位颇有经验的战士开下去了，但最终还是滑到了路边。紧跟着的几辆车的司机紧张起来，迟疑，减速。但是，他们越慢，越打滑失控。于是，有的车子打横，有的干脆原地掉头，还有车子撞上了路边的石头，随即爆胎。

冒险，蛮干，肯定要出大事。但是，演练也好，执行任务也好，谁都知道兵贵神速。

前进受阻，同时信号不通，带队的首长急得跳脚。

其美多吉，就是在这个时候上军车的。

他是多么喜欢军车啊。小时候，龚垭老家的门前，军车是他生活中最大的亮点，最大的兴奋点。但是，他从来没有近距离看过军车。它们总是风驰电掣，转瞬即逝。即使偶尔有停下来的，对孩子们而言又太神秘，太威严，他们不敢靠近。越不敢靠近，越神秘，他就越想得发慌。

后来，汽车兵雷锋，进一步放大了军车的魅力。从记事起到参加工作之前，关于军车，关于汽车兵，其美多吉不知做了多少回美梦。

看到好朋友亚东当兵走了，多吉羡慕不已，把他当兵的梦想煽动得更加炽热。

他多次报名参军。十八岁那年的征兵季，他报名了，体检也过关了，似乎就要梦想成真了。但是，不知道什么原因，最终还是被刷下来了。

就差了那么一点点，让他跌倒在天堂门口。

军车拉着喜气洋洋的新兵从家门口驰过，其美多吉扒在门边，看着看着，眼泪就下来了。他砰的一声把门关上，躲起来大哭了一场。

最后，他顶阿爸的班，参加了工作，从此与军车绝缘。

远道而来的军车，他们遇到的难题，却是其美多吉和他那些邮车兄弟的家常便饭。也许是有开车的天赋，还有日积月累的经验，凶狠残暴喜怒无常的雀儿山，他早就与之和平共处，甚至历练得百毒莫侵。帮素不相识的司机把车开出危险地段这样的事，是五百次，还是上千次？因为太多，也因为已经成为一种习惯，一种日常行为，多吉根本不会放在心上。要具体说出一个例证，那感觉，就像电视《人与自然》播的，一头海豚要在沙丁鱼群的漩涡里抓一条沙丁鱼。

就像那天，也有好几十辆车堵在雀儿山垭口的德格一侧。其美多吉在雪地里走了足足一公里，才走到堵在最前面的那辆甘肃牌照的车前。司机趴在方向盘上睡着了。其美多吉轻敲车门，没有回应。重重地敲车门，还是没有回应。最后，他使劲拍打车门，才将司机唤醒。其美多吉明白，他这样熄了火，在五千米左右的海拔上，在超过零下三十度的气温里，睡过去是非常危险的。如果没有人及时将他唤醒，他很可能就再也醒不了了。

问清情况，才知道这个甘肃司机没有走冰雪路的经验。他极其艰难地将车开上山，过垭口，眼见下山的路悬挂在断崖绝壁之上，吓死人的急弯陡坡加寒光闪闪的冰道，终于崩溃了。进退不能，发动机也打不燃火了。其美多吉一查看，发现不过是柴油冻住了。他顺手拈起一把扳手，脱下自己的手套套上，在油箱里蘸点油，点燃，将油箱烤热，发动了车子，还帮他把车开下了那段危险陡坡。

经年累月练就的超凡能力，终于在最重要的时候派上了用场。

他找到部队首长说："我们可以帮你们把车开下去。"

"你们行吗？"

"放心，车子哪怕擦掉一块漆，你都拿我是问。"

在众多犹疑的目光注视下，其美多吉来到打头的第一辆军车，坐上了驾驶座。打火，启动，平稳而轻松地将车开到安全路段。开下去一辆，再返回，开第二辆。

部队首长大喜。他把自己的指挥车也让出来用作交通车，载着其美多吉上上下下。这样，速度大大加快。

祖国越来越强盛，军队也越来越精锐。这些军车，都是东风或者重汽的越野卡车，动力好，配置好，内饰也不错，有的车型很有现代感。驾驶起来轻松自如，座位的坐感也舒适贴身。比起他当年在龚垭看得眼馋的老解放，我军简直是鸟枪换炮了。

"这些年轻人,一当兵就开上这样好的军车,他们有福气呀。"开着车,其美多吉恍然如梦。

快要结束了,最后一趟他带的是一个真正的娃娃兵,年龄十八岁上下。多吉感觉他像自己的二儿子扎呷,因为小伙子长得比较清秀。他灵机一动,把本来应该坐在副驾的小战士拉到驾驶座上。

"我能行吗?"小伙子很不自信。

"肯定行。你不用紧张。"

"我怕出事故,连累了您。"

"放松吧,我知道你很棒。并且,我会教你怎么做。"

"您就像原来带过我的老班长。"

"好吧。我教了你,接下来你就可以带你的战友啦。"

其美多吉一路告诉他,一开始就要控制车速,制动除了点脚刹,还要手不离刹把 —— 有时还要更多地用手刹;随时根据路面做出调整,或轻点刹车,或瞬时提速;充分利用下行的惯性,车轮转速要与坡度、溜速配合而略高于溜速,等等。

两个多小时里,他不知道自己已经往返了多少趟。他不知疲倦,因为太喜欢驾驭军车的感觉。一场盛宴,结束了,他还意犹未尽。

车队在山下重新集结,启程,又重新风驰电掣。

一支绿色的箭头,向德格,向他的家乡龚垭,向着金沙江对岸的广袤大地飞了出去。

告别车队,军车的影子挥之不去。接下来一段较长的日子里,他总是错把邮车当军车。

5. 风搅雪·除夕夜

十年前,一个大年三十上午,两辆车,一大一小,出甘孜县城,沿着川藏公路开往德格方向。

大车是其美多吉的邮车,执行甘孜——德格的正常邮班;小车是一辆SUV,是多吉二弟泽仁多吉在开,拉着年货和两个孩子——他十二岁的儿子泽里和其美多吉十五岁的二儿子扎呷。

其美多吉已经好些年没有在家过年了。每年这些时候,在外工作的中国人都奔走在回家路上,目的是为了大年三十的阖家团圆。而其美多吉,好多年来都是逆向而动——别人回家,他开邮车出门。因为邮班不能停,因为他是邮车兄弟们的"其哥",需要值班,顶班,他总是在路上过年。

今年,他终于决定回家过一次年了。这个家,是龚垭的老家,是其美多吉八个兄弟姊妹永远的家,团年,只能是在那里。阿爸阿妈一直在家里,除老大老二,其余的弟弟妹妹早已等在龚垭了。洗肉,煮肉,里里外外清洁和布置,虽然隔着遥远的距离,但多吉似乎都可以感觉到浓浓的年味了。三个小时以后,只要在德格城里卸下邮件,他就可以心无挂碍,好好地陪陪父母和弟弟妹妹吃年夜饭,充分享受阖家团圆的欢乐了。

今天天气很好。群山连绵,皑皑雪山在蓝天下银光闪闪。路上几乎没有车辆。昨夜结的冰早已融化,两辆车在黑色的油路上行驶得轻快,就像其美多吉现在的心情。

到雀儿山下时,天空飘起了稀疏的雪花——在雀儿山,这很正常,甚至可以说是不错的天气。

但是,天气的变化几乎是瞬间完成的。上山的路还没有走到一半,突然间狂风骤起,天昏地暗,能见度立刻为零。除了驾驶室内部,车窗外什么也看不见了。只有风的啸叫和雪团、冰碴子噼噼啪啪打在挡风玻璃上的声音。

"风搅雪来了！"其美多吉大吼一声，把车停住。

"风搅雪"，它不是西北某些地区那种地方曲艺说唱，而是雀儿山特有的灾害现象。它就像沙漠里的沙尘暴，沿海的龙卷风。对过往司机来说，它比雪崩还可怕。

邹忠义也是其美多吉的一个邮车兄弟。有一年，他遇到风搅雪时，道路不可辨认，邮车滑入深沟。危急关头，他只好以最快的速度背起机要邮袋，连滚带爬地走了二十几公里，找到救援时双手已经严重冻伤。那辆邮车，直到第二年雪化之后才被拖回来。

每年十月至次年的五月，都是风搅雪容易出现的时段。

《格萨尔王传》里说，莲花生大师可以将水一样的光线取下一束，树枝一样挥舞。需要快速行走时，他能够驭光飞翔。但是眼前的主角，显然不是莲花生，更像是一方妖魔，它挥舞的不是光线而是黑暗。世界在旋转，飓风在怒号，黑暗被挥动起来，卷动着最密集的漫天大雪，也制造着零下几十度的酷寒和令人魂飞魄散的恐怖。

十几分钟以后，风小了。视野重新打开，像是电影镜头切换，眼前出现了迥然不同的场景：公路不见了，平地凸起一座小型雪山，白茫茫一片，银光闪闪，让人睁不开眼睛。他急忙戴上墨镜，以保护自己已经多次受到雪盲伤害的眼睛。

"怎么样，吓坏了吧？"他打开车门，下车，朝泽仁多吉喊了一声。

"是呀，好恐怖啊，"二弟摇下车窗说，"我们今天要当山大王了。"

"下面的四道班没有推土机，五道班还远在垭口那边，我昨天听说了，他们的推土机也坏了。只有靠我们自己了。"

"那怎么办啊？"

"我们用手挖呗，挖一段，走一段，总会挖通的。"多吉见惯不惊。

"那该挖到什么时候啊？"弟弟很沮丧。

"风搅雪堆起来的雪,体积应该不会很大。回去团年还有希望。"其美多吉鼓励弟弟。

两兄弟在车上找出铁锹和铁皮水桶,真的挖了起来。他们像挖山不止的愚公一样挖个不停,像不知疲倦的机器一样机械地重复动作。挖开一段,再将车子挪动一段。

两个大人在雪地上争分夺秒,两个孩子留在后面的车上无所事事。他们搜索枯肠,讲笑话,讲故事。当夜幕降临,他们的肚子已经完全掏空,两个人只有发呆的时候,扎呷提议干脆去五道班。

还能干什么呢?去就去呗,两个孩子真的就朝山顶走了。他们是悄悄溜走的,因为他们知道,大人肯定不会同意他们去的。

雪还在下,但不大了。茫茫雪原在夜色里不再刺眼,雪的反光让两个孩子可以清晰地辨识上山的路。雀儿山的甘孜一侧,坡度相对平缓。他们不走太漫长的盘山公路,而是取直线,找捷径,直奔垭口。其实,大雪覆盖的荒野里是没有路的。他们深一脚浅一脚地走着。一些地方的雪厚至腰部,不过还是没有阻挡住他们的脚步——既然决定前进,就绝不后退。因为,后退就意味着他们不能够按时回家过年,就看不成他们最喜欢的春晚,就不能和爷爷奶奶叔叔姑姑尤其是堂兄弟们在一起享受节日的狂欢。

再说,去五道班搬兵求援,是他们唯一可以给大人帮上忙的地方。他们要让阿爸们看看,他们也是男子汉。

虽然走的是捷径,他们还是觉得,到五道班的路,像孙悟空他们西天取经的路那样漫长和艰险。当在暗夜里看见五道班的灯光时,他们高兴得几乎要哭了。

误打误撞,扎呷敲开的正是曾双全的门。当他听说"我是其美多吉的儿子"时，立刻把他拉进门去。

听到其美多吉困在下面的消息，曾双全急了。他让两个孩子烤火，自己立马就要去修推土机。

"我要赶快回去，不然，阿爸发现我们不在了，肯定会着急的。"扎呷说。

"不行，晚上在野外走太危险了。"

"没关系，我既然走得上来，也就走得下去。这样吧，我把弟弟留在这儿，您看，他的手都冻成这个样子了。"

扎呷把泽里的手举起，曾双全看见泽里的五个手指头已经红肿，冻成了五根粗壮的红萝卜。

扎呷的手其实也差不多。曾双全拉起扎呷的手，却无法说服他。

"那，给你阿爸提一瓶开水下去吧。"曾双全不再强行留他。

扎呷提了一个温水瓶，只身一人出发了。

下山的路并不轻松，长到这么大，他几乎没有徒步夜行过。现在，他不但独自夜行，而且是在无人区的荒山野岭，是在五千米海拔的雀儿山的冰天雪地里。

因为走过一次，下行的路他已经心中有数。但是当五道班那几粒微弱的灯光消失以后，他心里渐渐发虚，甚至发毛了。万籁俱寂，只有呼呼的风声以及自己脚步踩在雪地上嘎吱嘎吱的声音。大地、远山和天空混沌一片，有几分迷茫，几分诡异。近处，白茫茫的地上散布着黑糊糊的一片乱石，像一些鬼鬼祟祟的人或者动物埋伏在那里，让他想起看过的一部外国恐怖片。

精神紧张，思维却特别活跃。在恐怖片镜头的闪回中，冷不丁脑海中又浮现出了一群狼。

对，就是狼！这一带真的有狼，阿爸有一次就看见了八只狼。他也听生龙降措叔叔讲过,一次车子抛锚,他被困在山上,开车门下去撒尿,才发现不远处,不,是周围,有十几只狼环围着车子,绿森森的眼睛在悄悄向他靠拢……

扎呷头发夸立,冷汗直冒。他有些后悔把弟弟留在了道班。但是,害怕是没有用的。谁也帮不了他。鬼也好,狼也好,由他去吧。路,还得由自己一步一步地走回去。

不过,他还是不敢原路返回了,只能改走公路。

路面的雪有一尺多厚,但是紧张像是给他上紧了发条,让他完全忘记了累。他一边走,一边想春节联欢晚会,盘点今晚可能出场的明星。但是,一会儿鬼还是越过了众多明星的屏障,再次出现。于是,他把防鬼的武器改成龚垭家里的年夜饭。水煮鱼,坨坨牛肉,酥油人参果。他最想的还是凉拌生牛肉。那种鲜嫩、香辣,他口水都出来了。每次节日聚会,总是二爸唱主角。但是,今天二爸和我们一起堵在路上,那么,今晚的年夜饭该谁领衔呢?是阿妈?是姑父?还是三叔?

但是,厨房的热气腾腾,很快变成了鬼片里的阴风缭绕,鬼又从烟雾里钻出来了。

鬼太难缠啦。扎呷索性暂停,在雪地上使劲想鬼,专门在路两边那些暗角里找鬼。睁大眼睛找,真正的鬼并没有出现。于是,扎呷唱起歌来,既是庆祝,也是壮胆。他把所有会唱的歌都唱完了,就反复地唱。

可以肯定,这是他这一辈子唱得最多的一次。

其美多吉终于发现儿子失踪了。

开始,他以为在弟弟车上,弟弟以为他们在哥哥车上。后来,一次挪车以后,他突然想起应该提醒孩子们吃点什么,还怕把他们冻着。

当他发现两个车上都没有人时，才大吃一惊。

天黑以后又来了一辆客车，两个小车。情况稍微复杂了些。但是，在雀儿山，大家都堵在这里，又会复杂到哪里去呢？何况，他们已经是那么大的孩子。

没有任何理由失踪，但他们又确实失踪了。天啊，究竟发生什么了？

其美多吉两兄弟只好喊了起来。一边喊，一边在心里暗暗祈祷，山神啊，千万不能让孩子有个三长两短啊。

两兄弟的呼唤在荒野里交替地响起，但声音刚刚出口，立刻就被风声吞没。

两个大男人，没有想到他们也有那么无助的时候。束手无策，他们唯有扯起嗓子接着喊。当兄弟俩快声嘶力竭之时，终于听见了远处传来的弱弱的回应。随后，有一个蠕动的黑影，从山上由远而近。

当看见扎呷从五道班方向走来，并且看见他手上提着的温水瓶时，其美多吉一切都明白了——儿子已经懂事了。

两个小时以后，其美多吉终于等来了曾双全车屁股上冒着烈火的推土机——他是冒着风险将并没有完全修好的推土机开出来了。并且，曾双全还在滚烫的引擎盖上用铁丝固定了两盒泡面。虽然吃起来满是柴油味，但是，其美多吉毕竟是在十几个小时之后，第一次吃到了热饭。

堵车时，在引擎盖上放着热饭给他的邮车兄弟送过来，这是曾双全的惯例。多吉和他的兄弟们，不但经常享受道班兄弟提供的热饭，还经常享受他们的热被窝。每一次这种时候，多吉都感动得要掉眼泪。

推土机来了，不再有什么悬念。曾双全和多吉兄弟一起努力，公路终于在天亮的时候打通。其美多吉又一次在雀儿山上迎来了大年初一。

曙光熹微，照耀着白茫茫的雪地。发动机响了起来，客车上传来一阵欢呼。

其美多吉举手，拦住了客车。他让弟弟和扎呷把准备带回龚垭的水果、糕点和自己炸的麻花等可以直接吃的东西，全部分给了大客车上饥肠辘辘的旅客。

他早就给他的好朋友曾双全准备了一个袋子，里面装着牦牛肉、青稞酒、蔬菜、水果和自己做的藏式糕点 —— 这是他为他的好朋友准备的年夜饭。

当然，这也是他延续多年的惯例。

大山一样屹立

1. 疯狂的砍刀

灾难接踵而来。不管是不是巧合，反正接连的不幸，是从去年 —— 他的本命年开始的。

时隔很久，其美多吉对那天发生的事件，依然感到匪夷所思。

对职业邮车司机其美多吉来说，每一次出车的经历都大同小异。只不过，那天的不同之处在于，他远离了雀儿山八百多公里，跑的不是平时的甘孜 — 德格邮路，而是从成都北边的青白江到甘孜。拉的邮件也比较特殊 —— 甘孜州中小学的教材。

同行的是两辆邮车。其美多吉在前，李靖在后，二人按惯常的节奏赶路。在雅安下高速，上川藏线，继续西行。到天全县境内的始阳后，前面是正在翻修的单行道。长时间的等待，终于放行之后，大队车流驶上了半边通行的路基。其美多吉的邮车颠簸着，逐渐走在了车流的最前面。"中国制造"越来越好了,他一直满意自己这辆东风"天锦",无论是在康巴高原还是现在的路况,它的表现从来都不会让自己失望。太得心应手了,它似乎已经不是机器,而是具有了生命,甚至是自己身体延伸出去的一部分。大概走了一两个小时,一段最难走的路,还有四五十米就要出头了。当时是晚上九点,还有两个多小时就可以赶到康定。顿时,他一身轻松。

这时,不可思议的事情出现了。就像高速路上冒出一辆逆行车一样,单边放行的单行道上,有两个小车高速迎面而来。打头的蓝色小车,不顾其美多吉鸣笛和闪灯提醒,直冲过来,逼停其美多吉。两车相距只有二十厘米!

其美多吉刚想跟他们交涉,来车车门大开,十多个人蹿了出来,一拥而上。最前面的一个抢着一把大砍刀,其余也都手握长刀短刀和棍棒,穷凶极恶,来势汹汹。

川藏线上的康巴高原,土匪曾经非常猖獗。

2003年我到石渠县出差,返程时,县委书记孙飞就反复告诫:"海子山、松林口、罗锅梁子这些地方,千万不要一早一晚经过,不怕冰雪,但是要防备土匪!"

那时我就知道,在康巴高原,川藏公路沿线的书记县长们出差开会,都是要带武器出门的。

藏地地广人稀,地形复杂,二十世纪五十年代末的武装叛乱又有枪支遗落民间,所以,很多土匪都是持枪抢劫。

几年前,其美多吉的五弟当秋扎西和同事一起出差,就在松林口被抢。当秋当时自己只有几百块钱,但是,他身上还带了一万多公款。面对土匪的黑洞洞的枪口,他面不改色心不跳,大大方方地把自己的钱掏给了土匪,从而保住了公款。多吉知道这件事后非常欣慰,多次当面夸奖这个聪明的弟弟。

那时，多吉尚没有直接遭遇过土匪。但是他知道，躲在暗处的土匪离他并不遥远。因为邮车醒目，运行路线、出现的时间地点都相对固定，所以往往成为土匪作案的主要目标之一。1997年以来，针对邮车的抢劫案已多达二十多起。其中司机万树茂的邮车遭到四个持枪歹徒伏击，挡风玻璃、水箱和两个车轮被击穿，个人财物被洗劫一空，押运员邱宇眼睛被打爆，导致双眼失明。

现在，面对突然出现的这些凶神恶煞，其美多吉高度警惕。因为邮车拉的是教材，是孩子们最重要的精神食粮。他们眼巴巴地等着课本，这是另外一种嗷嗷待哺。

当然，邮车也有更重要的邮件——一个带醒目红条的邮袋。那是机要文件。邮政人员都知道关于机要文件"大件不离人，小件不离身"的严格规定，在他们的心目中，机要文件的重要性，远远胜过自己的生命。

来者不善，显然，这些人都是不法之徒。其美多吉来不及多想，一个箭步跳下车去，伸开双臂，要将他们拦住，用血肉之躯护住邮车。

"你们要干什么？这是邮车！"其美多吉目光锐利，厉声喝道。

没有人回答他。是的，邮车，他们当然认得。但是，按照歹徒的逻辑，邮车里东西肯定值钱。这个人豁出性命要保护邮车，那只能是更加说明了车里的东西值钱！

于是，歹徒开始砸邮车。

"住手！不许砸邮车！"其美多吉雄狮一样吼了起来。

手无寸铁的其美多吉，他的挺身护车进一步激发了歹徒的贪婪和凶残。虽然他人高马大，是个一米八五的康巴汉子，但怎能赤手空拳抵挡歹徒疯狂的砍刀？

后来，面对警察的调查，他才知道关键一击来自警棍。因为他无所畏惧，一座大山似的护住邮车，歹徒们多少有些忌惮。于是，一个猥琐瘦小的歹徒绕到侧后，用电警棍击倒了他，其他的歹徒才乱刀齐下。

"知道吗，那是我们用的那种制式警棍，只须杵一下人就要昏迷至少半分钟，让我们有足够的时间把犯罪嫌疑人铐上，或者捆起来。"一个年轻的警察事后告诉他。

几个月后，多吉在法庭上才知道，那是一个黑社会团伙，早就被警方盯上。

那天，其美多吉不知道昏迷了多久。他醒来时迷迷瞪瞪，以为自己睡在康定的某家旅馆的床上。直到听见了哭声，才感到不对劲。

努力睁开眼睛，视线一片模糊。使劲聚焦，借着星光，才看清原来拥堵的路上已经没有汽车经过。张牙舞爪的歹徒早已不知去向，只有两辆邮车停在路边，闪烁着应急灯。而哭声，来自守在跟前的李靖。

"邮车……砸开了吗？"

"没有。"

"邮件没事？"

"没事。"

"报……报警了吗？"

"已经打了110。也报告了州局和县局。"

听李靖一说，其美多吉放下心来。他准备站起来，继续开车赶路。但是，身子拒不接受大脑的指挥。他不甘心，再挣扎，刚支起半个身子，马上跌倒。周身是麻木的。左腿一伸，下意识摸了一把，糟了，左腿断了，因为他摸到了骨头茬子！再一摸头，摸了一手黏糊糊的血。流出的血像胶水一样将头发粘结成一团。刚才一摸，还发现左边头皮翻开了，毫无痛感。他要用左手把它拉回来，大脑想的也是指挥左手，但是它没有反应,其美多吉这才意识到可能左手也断了。他只好改用右手,将头皮覆盖在原处,尽可能不让血流出来。

李靖在车上找来自己的衬衣,要将多吉的脑袋包住。包扎还没有完成,多吉头一歪,重新又昏迷了过去。

2. 目睹英雄山一样倒下

其美多吉和李靖,一高一矮,一壮一瘦,外形对比鲜明,差不多代表了甘孜州邮车驾驶员的两极。走在一起,人们很难认为他们是朋友。

李靖至今还记得他们的第一次见面。

十几年前的一天,康定来的邮车和德格回来的邮车先后到达,都在大院里装卸。在一堆熟人中,其美多吉的高大身材、陌生面孔、招牌式的络腮胡子和脑后的马尾巴,立刻把自己凸显出来。他们彼此自我介绍,互敬了一支烟——巧了,都是"阿诗玛"。

其实,之前他们已经知道了对方,现在只是对上号罢了。

李靖很快发现,其美多吉看似粗犷剽悍,其实为人热诚、厚道、谦和、极重情义。每见一次,就会发现他更多的优点和美德,他们关系就会更深一步。

是的,他们是好朋友。但是,他们当时绝对想不到,二人以后还会成为生死兄弟。

那一天的始末,李靖都完整地刻录在记忆里,并且经常回放。

2012年9月4日下午,他和其美多吉从青白江出发,在雅安下高速,上318国道,也就是川藏公路。因为天全县内始阳—新沟一线修路,交通管制,所以他和其美多吉四点过就赶到始阳排队,然后利用放行前的时间提前吃晚饭。时间还早,一个五六张桌子的路边店空空荡荡。店里烧菜以鱼为主。李靖痛风不宜吃鱼,而其美多吉自己身为藏族,也忌讳吃鱼,所以他们点了回锅肉、青椒肉丝和土豆丝。两辆邮车同行,其实只有这个时候才是可以交流的。多吉因为大儿子因病猝死,还没有走出伤痛,而李靖因为长期跑车在外而夫妻关系破裂,成为单身汉。家家都有一本难念的经。但是多吉压下自己的悲伤,始终在安慰开导李靖,一席话让他轻松了许多。吃完饭,两个人照例抢着买单,瘦小的李靖抢不过,最终还是多吉把单买了。

放行时已近黄昏。稍微碾压过的路基,总长七八十公里,但李靖觉得有一个世纪那么漫长。路上大坑小坑,让他想到轰炸过的战场。路况很烂,那些货车差不多都严重超载,速度极慢,很难超车。三四十公里后,他渐渐与前面的多吉拉开了距离。天黑下来了。漫长的道路上车灯摇晃着,照耀着前面笼罩在尘土里的滚滚车流。

李靖努力追赶其美多吉,终于在烂路尽头看见了多吉的车。

他是在等我,还是他的车抛锚了?

李靖停了车,向多吉的车走去。

"李靖快跑!"

"不许砸邮车!"

他还没有看见多吉本人,却隐约听见其美多吉在前面喊。

他愣了一下,紧走几步,才看见多吉正在被一伙人围攻。多吉伸开双手,身体紧贴在邮车上,抵挡暴徒。一个个子比他还瘦小的人从旁边溜出来,冷不防抽出警棍,直击多吉颈部。

多吉立刻倒在邮车旁。歹徒们丧心病狂,刀棍齐下。

李靖跑上去,喊着,想阻止。歹徒没有把瘦弱的他视为威胁,不把他当回事。对他的徒劳的阻拦,只是把他推搡开,继续对多吉施暴。

很快,车灯雪亮,大队车流过来了。歹徒们见势不妙,飞窜上车,猛轰油门而去。

一辆货车开过来,在邮车旁停下。

来人是李靖的朋友小杜。他见李靖的邮车停在路边,一伙人神色慌张,正在离去,形迹可疑,便停车查看。匆忙中,他顺手抓起座边的手电筒,举起一照,记下了最后离去那辆车的号码。

正义终于没有缺席 —— 小杜记住的号码,给随后的破案留下了关键的线索。

其美多吉昏迷着,倒在血泊之中。李靖往地上一坐,抱起多吉的头,请小杜将他车上的被子抱下来,盖在他身上,然后打电话,找甘孜州邮政运营中心主任张克功,找甘孜县邮政局局长生龙降措,打110报案。

终于有穿制服的人来了。他们属于路政,负责路卡。李靖猛然想起,经常路过新沟医院,看见有救护车停在门口,急忙请求路政的人帮忙联系,请救护车过来救人。

等了一阵,救护车终于过来了。虽然仅司机一人,但毕竟是救命的车辆。多吉依旧在昏迷中。李靖请过路的司机帮忙,取下救护车上的担架,几个人将多吉移到被子上,然后牵起四角,放上担架,再抬上车。

多吉始终昏迷。

李靖扶着他,很紧张,感觉他就像一只钻了孔的桶,生命之水正在快速流走。他觉得,他的朋友随时可能死在他的怀里。

3. 生死时速

手机铃声响起。

在双流家中的生龙降措,恍然从梦中惊醒,略一迟疑,生龙降措才想清楚自己是在双流的家里——省邮政局照顾三州的职工，在那里建了一批集资房，生龙降措也买了一套。

铃声是生龙降措自己喜欢的《天边》，降央卓玛唱的，浑厚、甜美，满满的深情。但是在这个深夜里，它听起来却是这样的刺耳，甚至可以说令人毛骨悚然。因为这种时候的电话多半不祥——要么是车祸，要么是急病，更严重的，还可能发生了暴恐之类重大突发事件。黑暗中，生龙降措在床头摸索出手机，接听。

电话是其美多吉打来的。

"我遭了……"他的声音微弱，还有点含混。

生龙降措还没有听明白，电话已经断了。他急忙拨过去，通了，但是无人接听。再拨，反复拨，都无人接听。

他看看表，这时是十一点一刻。

他感到问题很严重，起床。刚刚穿好，李靖的电话来了。李靖很紧张，哆嗦着向他报告了事情的大概。

一家人都被惊醒了，都聚到他这里探个究竟。

怎么办？怎么办？生龙降措闭着眼睛，思考，搜索，再搜索。他突然想到了天全的邮政局长李家康。刚刚结束的培训，他们在一个班，也混得很熟。

还好，老李也像他一样，手机二十四小时开机。电话接通，老李很亲热。

"老兄，无论如何，要把人给我救下来！拜托了！"

"放心，我马上安排，我马上去医院。"

李家康重情重义，他穿好衣服，边走边给医院院长、卫生局长、交警队长等相关领导打电话，同时赶往医院。

李家康在天全工作多年，为人热情，朋友很多，接到他电话的人都非常重视。

交警立刻停止放行上行车辆，为救护车腾出生命通道，并维持秩序；卫生局安排新沟医院的救护车将伤员送下去，天全县医院的救护车在堵点等着接人，同时医院医护人员做好急救的准备。

生龙降措出门，赶往天全医院。他的儿子呷绒生龙也是邮车司机，并且是其美多吉的徒弟，刚好也在家里。听说师傅出事了，他比阿爸还急，强烈要求与阿爸同行。名师出高徒，呷绒生龙跟了其美多吉一年，得师傅悉心教诲，学得过硬的技术。一路上，他把车开得如同野马狂奔。车上，生龙降措拨通了甘孜州邮政局长登真曲照的电话，将情况做了汇报。登真马上决定，请分管副局长曾华带着局安办、法制办和运营中心等部门的负责人，马上赶往天全，处理相关事宜。

凌晨一点过，生龙降措赶到天全医院时，李家康正守在医院急救室门口。李靖一身血污，歪倒在椅子上睡得鼾声如雷。不见病人，不见医护人员，不大不小的医院显得无比空旷。几盏路灯眨巴着，似乎也昏昏欲睡。

见生龙降措心急火燎的样子，李家康迎上来安慰："莫急莫急，医生已经在处置了。"他握住生龙降措的手说。

不多一会儿，急救室的门开了一道缝，一个护士出来，说还要输血，要生龙降措签字。

"怎么样了？"几个人一齐凑上去。

"伤很重，非常危险。"

门重新关上。又是漫长而揪心的等待。等到凌晨四点，曾华一行赶到。不久，急救室玻璃门再次打开，出来一位中年医生。

"伤员情况如何？"大家又围了上去。

"很危险！我从医以来，从来没有见过这么严重的刀伤，失血严重,好几个地方露出了骨头。"

"能够救活吗?"

"很难说。砍了差不多有二十刀,手术起来难度非常大,也没有成功的把握。我们只是处理伤口,止血,输血。"

"那怎么办啊?"大家面面相觑,盯着医生。

"我们医院的能力和条件有限。"医生目光游移,一脸疲惫。

"既然这里没有条件,是不是马上转院,去成都?"生龙降措看着曾华。

"对!马上去成都!"曾华点着头,急切地说。

"准备送哪里?"医生问。

"当然是华西医院啊。"

"不,他的伤太重、伤口太多,并且涉及四肢和肌腱,最好是送专科医院。"

医生说着,回到急救室,拉开抽屉,在一堆名片里翻找一阵,拈起一张。

"建议去现代医院。"医生将名片递给生龙降措,说,"那里是骨伤专科医院,尤其是在断肢再植、接肌腱方面具有很高水平,到那里,也许还有希望。"

生龙降措和曾副局长一商量,采纳了医生的意见。大家都走得仓促,几个人凑了凑,凑够了几千块钱,才把医院的账结了。几个人合力将其美多吉抬上救护车,由生龙降措父子护送,直奔现代医院。曾华一行则留下来。他们将与雅安市和天全县有关部门接洽善后,督促和配合办案。

其美多吉依然在昏迷中。救护车顶灯蓝光闪烁,一路鸣笛,开始了与死神的赛跑。

生龙降措捏着名片，不断给现代医院张院长打电话，对方关机，再打，还是关机。一直到早晨六点，快进市区了，院长终于开机了，手机里传来一位温文尔雅的知识女性的声音。

"人还在昏迷之中。他头胸、背和四肢都有很深的伤口，很多地方伤及骨头和肌腱。"简单的自我介绍之后，生龙降措通报了伤情。

"一分钟也不能耽误，直接开到急诊室！"女院长声音温婉，但处理问题非常利落。

救护车的笛声一直响到现代医院急救室门口。已经有十几个医护人员等在那里。但是，下车，一时没有担架，生龙降措父子和几个医护人员扯着其美多吉身下的被子四角，抬往手术台。不一会儿，被子已经被血浸透，带出的血块直往地上掉，最大的一块有小碗大。脚步杂沓，地上立刻印满杂乱的血色的脚印。呷绒生龙年轻力大，最后几步几乎是他半搂着将多吉送上手术台的。

手术从早晨七点一直持续到下午五点。整整十个小时。手术过程中，其美多吉几度濒临死亡，医生几度绝望，差一点放弃。

最终，经过了许多人的接力救援和医治，他还是醒了过来。

"他身上被砍了十七刀，肋骨打断四根，左腿和左手的肌腱砍断，头盖骨还被揭掉一块。我从医三十年，从来没有见过这么严重的伤！"急救室门口，主刀医生取下口罩，向生龙降措透露了最新情况。

"脱离危险了吧？"

"暂时还没有生命危险。奇迹啊，简直是超人！换了任何一个人，肯定都挺不过来。"医生非常感慨。

事后，所有的人都感到万分的庆幸——其美多吉拥有怎样的体质和毅力啊。

当然，值得庆幸的还有很多：邮车兄弟李靖随后赶到，及时报告，并且进行了现场救护;生龙降措及时接到电话,他恰好刚刚参加了培训,认识了天全邮政局的李局长并留下了联系方式;李局长及时协调各方,交警管制交通,医院两头接力,其美多吉才得以在流尽最后一滴血之前送到了天全医院;天全医院医生认识现代医院院长,并且留有名片可以联系,其美多吉以最快的速度被推上现代医院手术台,他才从死神的魔爪里死里逃生。

其中任何一个环节缺失,他都不可能生还。冥冥中,像是有谁精心预设了一场环环相扣的抢救生命的接力。

重症监护室门外。活下来的其美多吉让大家都松了一口气,也等来了他最需要的人 —— 妻子泽仁曲西。

4. 以爱疗伤

其美多吉出车去成都,泽仁曲西原本是放心的。虽然也是川藏线,虽然也有罗锅梁子、折多山和二郎山等高山险阻,但它们和雀儿山比就不算什么险山了。罗锅梁子的土匪也曾经令人胆战心惊,邱宇就是在那里被子弹打爆双眼的,不过土匪被消灭已好几年了。

虽然没有什么不放心的,但她还是送丈夫上车,启程。等车子开远了,她还是去了德贡布。

"感谢菩萨,是您给了我这个叫其美多吉的男人。"面对菩萨,泽仁曲西又一次这样表达了自己的感恩之心。

是的,泽仁曲西和其美多吉,在德格,在甘孜,都算得上是恩爱夫妻的典范。十六岁那年,她在竹庆河边和他恋爱,随后结婚,他们已经共同走过了将近三十年。

这一天,泽仁曲西基本上没有多想她的多吉。她在家里擦啊,洗啊,做了一整天的清洁工作 —— 她要让他回来时看到一个更加窗明几净的家。

晚上九点过,电话铃响。看到多吉的电话来了,她愉快地想,到康定了吧?今天好顺利啊。

但是,她只"喂"了一下,还来不及问候一声,却听到了她最不想听到的信息。

"我……出事了……"电话那头,声音微弱,最后弱到没有了。

她蒙了。把电话打过去,反复打,疯狂地打,却一直打不通。

她哭了。她知道,他现在非常危险,非常无助。危急关头,需要她作为依靠,需要她提供勇气和精神力量。

她擦了眼泪,迅疾下楼,上楼,敲开办公室主任益登灯真的家门。

灯真已经接到生龙降措的电话,正安排小车。于是,等两个司机到了,直接一起出发。而灯真夫人拉嘎则马上起身,去德贡布为多吉祈祷。

漆黑的夜,车子在车灯捅开的窟窿里疾驰。曲西想着生死未卜的丈夫,心如刀绞。车上,她一直身体前倾,像默默为小车使劲。两个司机轮流开车,车子一直迅疾如飞。

折磨人的旅途中,曲西只有不停念经。她念平安经,也念泽马经,交替着念。

藏民里传说,两个鬼想吃人,就商量并分工:一鬼让两口子吵架,让女人负气出走,另一鬼在路边等着,见她出来就将其杀死,然后二鬼一起吃肉喝血。果然,两口子吵架,女人负气出走。但是,女人一看外面阴风阵阵,心中不安,想起阿爸曾经教的"泽马经",准备念。但是,情急之中,她突然脑袋短路了,经文记不全了。不过,她管不了那么多,知道几句就念几句。一边出门,一边磕磕绊绊地念经,她居然平安地走过去了。

家里的鬼出来，急不可耐地要吃肉喝血，却见另一鬼还在外面傻等，就问要吃的人呢？那鬼说，没有看见有人出来呀，我只看见了一个瘸子——那并不是我们锁定的那个人啊。

泽马——经书念不全的人，或者说瘸子。泽马经，就是驱鬼或者骗鬼的经文。

她希望，自己背诵的经文，可以驱散所有觊觎丈夫生命的恶鬼。

第二天下午五点过，她终于站在了重症监护室门口。虽然见不到人，但医生一句"暂时没有生命危险"，让曲西有如自己死而复生的轻松与狂喜。只要活着，只要能天天在一起，哪怕他不能康复如初，她也对菩萨感激不尽。

经不起她反复央求，两个小时之后，医生终于准许她进了重症监护室，见到了她的多吉。

她戴着口罩、帽子，只露出眼睛。

他从头到脚被纱布裹扎起来，看不见表情，也无法做出表情。暴露在外的，也只有眼睛。

但是，四目相对，彼此都从对方的眼神里看见了火苗。

其美多吉的眼神说，终于看到你了。

曲西回答，你很坚强，菩萨会保佑你平安。

多吉的眼神说，放心，不会有什么。

曲西说，从现在开始，我会一直守在这里。

多吉的头似乎点了一下，我们不会分开。

在重症监护室抢救一个星期以后，多吉终于挣扎着死里逃生。曲西终于可以随时看见多吉了——因为他太魁伟，身体沉重，很难挪动他，所以医生特许曲西参与护理。从此，她成为护士兼护工，天天为他擦洗身子，按摩，翻身，服侍他大小便。

家人和亲戚朋友纷纷从甘孜赶来探视。曲西借了一处房子，在这个临时的家里，天天宾客盈门。所以，曲西在医院里忙护理，还要惦记着家里客人，一天二十四小时一直在忙碌。因为有强大的精神力量支撑着，她铁人一样不知疲倦。日复一日，她坚持一切亲力亲为，依然精神抖擞，没病没痛，甚至喷嚏都不打一个。

多吉的情况稍微稳定，曲西便把他的营养作为康复的重中之重。牛骨壮骨，牛肉补血。牛骨炖汤，不加任何作料，随时喝。牛肉剁细，和糌粑做成糊糊，做主食。

医生说，鱼汤有利于伤口愈合，得多喝鱼汤。

藏地鱼多。康巴高原大大小小的河流，都有好多鱼。

曲西记得，当年她和多吉在竹庆河边热恋，从来没有捉过鱼的多吉，蹲在岸边，仅用双手就抓起了一条半尺多长肉乎乎的鱼。曲西最忌讳杀生，生怕伤害了那鱼，让多吉放了它。多吉捉鱼，本来就只是好奇而已。听曲西一说，立马就将手上的鱼放了。看着鱼重获自由，箭一样游走，曲西很开心。

藏人不捕鱼，更不吃鱼。尤其是在康巴地区的甘孜等地，因为在这些地方，人去世以后，不是土葬、天葬和火葬，而是以水葬为主。水葬的道理类似天葬，同样要举行隆重的仪式，念经、煨桑、切割遗体。只不过，最后吃掉遗体的不是天上的秃鹰，而是水里的鱼。死后喂鱼，这是善举，也是人为自己灵魂找到的最后的归宿。因此，就像被视为神鹰的秃鹰一样，鱼不能伤害，更不能吃，因为它们已经具有了神性。

不吃鱼，还有一个重要原因。藏人全民信佛，悲天悯人，敬畏生命，经常放生。放生的对象有牛羊，而更多的是鱼。他们觉得，河里的鱼就包括了放生的鱼,如果把放生的鱼也吃了——那是严重的罪过。

不过,特殊情况下,也还是有例外。

她想起,当初生老大,为了催奶,多吉给她熬了一种牛肉汤,特别好喝。曲西越喝越喜欢,就指定每天都要熬这种汤。有一天,她终于在"牛肉汤"里发现了一根鱼刺,多吉露出马脚了——他是在鱼汤里放了牛肉粒。原来,曲西缺奶,邮车队那些汉族兄弟知道了,就给他说了汉地鱼汤催奶的办法,让多吉也试试。多吉实在想不出其他办法,就熬了这种"牛肉汤"。最终没有瞒住曲西,多吉有些尴尬。但是曲西大度地说,没事,吃就吃呗。

这次,曲西依法炮制。

不过,不杀生,这是曲西的一条红线,不可逾越。于是,她就专门在市场上找已经死去的鱼买下来。

鱼贩喜不自禁,但也纳闷:这个女人怎么专门挑死鱼买?

后来,多吉终于也知道了自己喝鱼汤的事,笑笑说:"你终于报复回来了!"

住院三个月,经历六次手术。医生们像焊接汽车一样"修理"多吉:手脚打了铆钉,头部塌陷处填充了塑料,后来还补了一块钛合金头盖骨。十七处刀口,几处骨肉翻开,几处骨头留下刀尖戳出的窟窿,现在总算都愈合了。而且,愈合后的痕迹很淡。

只是,镶嵌了钛合金头盖骨的部位怕冷,晚上睡觉必须戴一顶厚厚的棉帽。肌腱接头处留下许多疙瘩,如大大小小的瘤在皮下滑动。更严重的是,左手蜷缩,僵硬,五指不能握拢,手臂抬不起来,连藏袍的腰带也无法自己系。

"功能康复的可能几乎为零。医学已经到了极限,帮不了他了。"医生说。

"他头部最可能的后遗症是癫痫。所以，他今后即使有监护人陪伴，也要尽量远离悬崖和高空。"医生又说。

"完了，开不成车了。"其美多吉很绝望，像是一个犯人等来了刑期。

泽仁曲西并不介意。她的多吉人品好，身体好，运气好，组织重视，领导关心，菩萨保佑，所以死里逃生，奇迹发生了。

"即使残疾了，只要活着，可以天天照顾他，我也知足。"她想。

5. 宽恕与复仇

扎西泽翁读的那所高校在乐山。

这是他有生以来第一次独立生活，离家还这么远。但是他并不觉得孤独，因为他生活在集体之中。更重要的是，阿爸阿妈以及哥哥几乎每天都会打来电话。哥哥的突然去世，让扎西泽翁成为父母唯一的儿子。他们也把原先对两个儿子的牵挂全部叠加在他一人身上。每天的早、中、晚，他们都会分别打电话。阿妈事无巨细，电话长得没完没了，慈母之情水龙头一样流淌。阿爸简短，但是扎呷知道，阿爸爱得深沉，感情不轻易流露。

奇怪，他们突然都不打电话了。主动打过去，总是阿妈在接，接通也是匆匆几句，很潦草。这哪里是他们的做派呀，显然阿妈隐瞒了什么。

一天，老家有同学来电话，关切地问阿爸情况怎么样了，他反复追问，才知道阿妈隐瞒的，是一个关于阿爸的惊天秘密！

不顾阿妈反对，他立马赶到成都。在重症监护室，他急切的目光再也找不到他的阿爸了。病床上的人几乎都一模一样：光头，插满管子，从头到脚缠着纱布。没有了络腮胡子，没有了马尾巴，阿爸居然也可以隐身于光天化日之下。直到阿妈伸手一指，他才艰难地将他从病人中辨识出来。

明白了父亲的伤情,他震惊,更感到可怕。阿爸,一个打不垮的钢铁汉子,有可能再也站不起来了。甚至,完全还有可能失去他。

但是,他一年前才失去哥哥,如果阿爸再有个三长两短,这个家就完了。

于是,他的悲伤转为愤怒,仇恨像气体一样在体内膨胀,膨胀到忍无可忍。虽然手上没有刀,却有拔刀相向的强烈冲动。

与仇人拼命,为阿爸报仇,这个念头挥之不去。此仇不报,他无心上学。

其实,愤怒的岂止扎呷一个人。

"其美多吉被人杀伤,危在旦夕"这个爆炸性的消息,在龚垭,在德格,在甘孜、康定、成都甚至更远的亲朋好友中,迅速传播。

其美多吉的亲戚朋友,是一个巨大的群体。

朋友不说,一般亲戚不说,光是其美多吉和泽仁曲西两口子的亲兄弟亲姊妹就是十几个。多吉不但是八个兄弟姊妹中的老大,在窝公草原上那个大家族里,他也排行老大。人们奔走相告,互相联络,于是五六十人结伴赶往成都。

第一批来了,还有不少人在联络,不少人跃跃欲试。

重症监护室外,曲西临时借住那套房子的客厅里,一个情绪——仇恨,在猛烈发酵;一个话题——复仇,被频频谈起。在前者的推动下,后者慢慢地在由一个话题迅速升级为一个具体的行动。

复仇,具体地说是血亲复仇,这曾经是人类社会的普遍现象。并且,这种行为在古代还被视为天经地义,受到鼓励。

藏民族具有尚武的个性,血亲复仇就具有更深厚的土壤。

藏地有谚语说:"有仇不报是狐狸,有问不答是哑巴。"许多藏族作家，比如阿来，比如扎西达娃，他们的文学叙事，都涉及血亲复仇的故事。部落矛盾、争草场、抢生意、情敌矛盾等等，都容易引起仇杀。但是，也有很多个案，它们最初的起因往往简单、屑小、不值一提，让人觉得不可思议。也许是酒后失态，也许是一言不合，也许是个小小的误会。总之，在冲动这个魔鬼的驱使下，必然有人死于刀枪之下。于是，仇就结下了。如果伤者活着，还有化解的可能；如果人死了，麻烦就大了，因为他们认定此仇必报，不报，整个家族都觉得抬不起头。于是，再度有人丧命，新一轮复仇开始。循环往复，冤冤相报，成为死结。如果要化解，只能由活佛、土司和头人出面调解，公断，赔命价。不过，即使协议达成，也未必敌得过血亲复仇传统的强大惯性，协议不一定能够得到严格遵守，仇结了犹未了。

随着新中国的建立，农奴制瓦解，血亲复仇也成为历史。但是，它的影响还在，在某个时候的某个地方，在一定条件下，它还可能死灰复燃。

就在前些年，农区某地，几个人一起干活，有二人本来平时就互相看不惯，现在又话不投机，由口角迅速发展到抽刀互殴，重伤一方送到医院就断气了。死者的哥哥看到弟弟死去，也不收尸了，转身就去找凶手。凶手逃之夭夭，他就去找凶手的哥哥。凶手的哥哥在山上放牛，此时对山下发生的命案一无所知，见是熟人上来，还远远地打招呼。杀手支应着走近，拔枪开火，将对方当场打死，然后潜逃，至今不知所踪。

历史的因子，也在抢救其美多吉的医院现场萌芽，疯长。很快，复仇，几乎成为整个家族的共识。

其美多吉对亲友太好了，许多人都得到过他的照顾，这时一声呐喊就会一呼百应，许多人都愿意为报仇、为家族荣誉而以命相搏。

亲儿子扎西泽翁、二弟泽仁多吉、小弟弟四郎翁修，还有窝公的两个亲叔叔，是家族三代人中最热血贲张者。而泽仁多吉，又是其中最激烈的一个。

泽仁多吉从小就比较冲动，是几个弟弟中最有"匪气"的一个。乍到病房，一见大哥昏迷不醒，生命垂危，哇的一声就失声痛哭。在泽仁多吉看来，原本世界上最凶残的就是侵略中国的日本鬼子，但是如今，砍大哥十七刀的歹徒，比凶残的日本鬼子还要凶残。仇恨在汹涌，怒火在燃烧，牙齿咬得嘎嘣嘎嘣响。顿时，一切都被屏蔽了，只剩下了报仇、拼命这一个念头。他恨不得立马提刀就走，找到仇人，让他一刀毙命，再补上十七刀。

泽仁多吉当过兵，似乎有那么一点特工天赋，很快就通过转弯抹角的关系打探到了犯罪团伙主要成员的姓名和住址。

他的计划很简单：拉几车人去天全，抓住那些坏蛋，以牙还牙，以血还血。

复仇的计划很快浮上水面。其美多吉两口子也知道了。

这还得了！这不是无法无天了吗？倒下一个其美多吉，这个事件已经重创了受害者、加害者十几个家庭，这还不够吗？倒下更多的人，搞垮更多的家庭，把灾难像雪球一样越滚越大，让仇恨越结越深，对个人、家庭、社会、国家，好处在哪里呢？

曲西找到叔叔和二弟，把其美多吉的话转告他们 ——

请他们务必相信政府、相信法律！谁要是出头去干犯法的事情，就是给我其美多吉伤口上撒盐，就是在撕我的伤口！

其美多吉的威信和他们两口子在大家心目中人人敬重的地位起到了作用，经过苦口婆心的劝说，熊熊燃烧的复仇烈焰，终于被理性扑灭了。

事实上,法律的重拳很快就落到了歹徒的头上。事件发生不过三天,十二个犯罪分子全部被捉拿归案。

审判之日,其美多吉拄着拐杖在妻子的陪同下出庭。为了防止意外,再度引燃仇恨之火,儿子和几十个要来观摩庭审的亲戚,一律被其美多吉严禁前来。

法庭上,公诉人详细介绍了案情和各个犯罪嫌疑人的犯罪事实。控辩双方的陈述,让发生在那个暗夜里的恐怖事件的真相得以复原。

犯罪事实清楚,法律准绳客观,审判结果没什么悬念。

但是,法庭内外,犯罪分子的家属——男女老幼二三十号人,多数人都是农民,周身的泥土味,一脸的可怜相。他们见了其美多吉夫妇,除了道歉,就是诉苦,哭穷。说到伤心处,声泪俱下,甚至下跪。他们让其美多吉两口子看到的,不再是暴力和伤害,而是他们的贫穷、无助、悲惨和绝望。他们是罪犯家属,同时也是犯罪的受害人啊。尤其是那些孩子,他们是多么的无辜!

同情,怜悯。其美多吉内心最敏感的神经,被重重地拨动。一种超乎人与人之间各种界限和藩篱之上的大爱,此刻主导着他们两口子的一切行为。

罪犯家属哭,他们跟着流泪。

罪犯家属诉苦,他们随之揪心。

于是,其美多吉发言了——

"他们虽然犯罪,但是都还年轻,还要重新做人,希望法官对他们从轻判决;他们的家庭条件多数都比我们还差,他们也要生活,孩子也要成长,除了主犯,其他的,经济赔偿我可以不要。"

所有的眼睛,一齐惊愕地看着双拐支撑着的其美多吉。

他们看到了一个康巴汉子博大的胸怀,崇高的精神。

但是,他们看不见的却是,其美多吉一家也很困难。为了其美多吉的治疗和康复,泽仁曲西把唯一的一套住房也卖了,他们一家至今借住在一套公房里。

6．破坏性康复疗法

在医院里,其美多吉强烈地感受到来自邮政大家庭的温暖。

车队的兄弟们,包括康定车队的李靖等人,都想方设法找机会到成都看望他。生龙降措、益登灯真两位局长,对他更是关心得无微不至。州局登增曲照、曾华两位领导直接指挥抢救和善后,协调雅安有关方面及时破案,他们和李显华、曲桂珍等领导班子成员都先后到医院慰问多吉。

各级领导和同事们的关心,是多吉疗伤止痛的又一种良药。

及时有效的治疗,各种条件的充分保证,多吉终于死里逃生,可以出院了。

不过,出院后的其美多吉,这时有了一个新的身份证:残疾证。

经过官方指定医院鉴定,他的残疾定级为三级。

三级残疾。这个等级伤残的划分依据是四个:1.不能完全独立生活,需经常有人监护;2.各种活动受限,仅限于室内的活动;3.明显职业受限;4.社会交往困难。

那个绿色封皮的小本本似乎很烫手,他看了一眼就扔一边了。"三级残疾",四个字就是四个重磅炸弹,掀翻了他曾经拥有的一切,尤其是开着邮车奔驰在雪线邮路的那一份自豪和无可替代的快感。

唉,邮车,邮车!他一声长叹。

现在,他的邮车已经被另外一辆新车取代,它就是轮椅。它虽然也有轮子,但是推动它的动力只能是他的老婆孩子。

成都大大小小的医院，包括地方的和军队的，他们都找过了。他的三级残疾，像是一座大山，谁也无法撼动。腿废了，手废了，整个人也废了。看起来，从今以后他只能在轮椅上老去，以一个残疾人的身份度过余生了。

消沉，颓伤，烦躁，像病毒一样在他身上扩散。

只有周末，儿子来的时候，他的情绪会暂时由阴转晴。这时，一家三口在饭后往往都要去不远处的西部汽车城。

这是一家与北京亚运村汽车市场齐名的大型汽车市场，轿车卡车，大车小车，从低端到顶级，各种品牌，几乎应有尽有。其美多吉不但自己是车迷，把两个儿子也培养成了车迷。家里长期订阅《汽车》杂志，汽车进入家庭不久，他就花两万买了一辆二手奥拓，把儿子们带到甘孜的飞机坝学车。扎西泽翁学会开车时，小学还没有毕业。其美多吉父子之间，代沟也是有的。但是一说到汽车，两个人立刻眉飞色舞。

现在，当扎西泽翁推着轮椅上的父亲来到汽车城时，其美多吉立刻安静下来，两眼发光，与先前判若两人。他们最关注新车型，各种牌子，无论是卡车、轿车、越野车和皮卡，都不想错过。他们不但看外形、内饰，还要看底盘、悬挂。他们像专业的汽车工程师，像大型车展的评委，一路检阅下去，直到饥肠辘辘了，才不得不回家。

看汽车成为其美多吉一种持续的消遣。汽车城的汽车，也成为抵抗失落、化解痛苦的一剂解药。但是，当他们回到家里，重新面对日常生活中那些柴米油盐和鸡零狗碎时，失落、痛苦立刻卷土重来，甚至变本加厉。这时，当初的"解药"就变成了吗啡——暂时止痛，过后更加痛苦。

康复治疗期间，其美多吉两口子借舅舅在肖家河附近的房子暂住。

那天，曲西照常用轮椅推着多吉在路上转悠。走着走着，一条古色古香的老街吸引了她。信步进去，才发现是成都著名的中医一条街。街面整洁、清爽，街边银杏和女贞树交错，与车水马龙那些大街相比，环境显得格外清幽。一个个中医馆或者诊所，几乎都装饰着飞檐斗拱，琉璃檐盖，雕花门窗。在一个拐弯处，"曹中诊所"下面"中医骨科"四个小字引起了曲西的注意，就要带多吉进去看看。

"不去不去！"多吉不抱任何希望，拒绝下车。

"进去看看吧，听听这里的医生有什么说法。"

"那么多大医院都解决不了的问题，一个小诊所还能怎样？"

"看看吧，现在反正也没有什么事。"

曲西执拗起来，多吉没有办法，只好妥协，以消遣的心态进去了。姑且把它当成陪老婆逛街、逛商店吧。

其美多吉两口子偶然地进了曹中的诊所。而曹中自己，也是偶然地入了中医这一行。

二十世纪六十年代初，成都体育学院学生、四川技巧队运动员曹中翻跟斗意外失手，导致手脚骨折，被也是中医名家的父母送到成都骨科名医刘家义那里治疗。不愧是名医，曹中很快康复，并且没有留下任何后遗症，甚至没有任何伤痕。年轻的后生对刘医生崇拜得五体投地，立马退学，拜倒在刘家义门下。以名医为师，加上本人的悟性和勤奋，曹中全面继承了刘家义衣钵，逐渐在名医荟萃的成都有了自己的一席之地。他专攻骨折，而股骨颈、踝骨和腰椎骨折这三大世界性骨科难题，恰恰成为他的强项。他曾经作为唯一的亚洲人受邀参加在德国举行的骨折治疗的国际学术会议，央视曾经播出过他的专题片，地方和行业媒体的专访报道那就不计其数了。

其实，曹医生只偶尔在这里坐诊半天，其美多吉偶然地撞上了，成为一次改变命运的相逢。

曹医生差不多比其美多吉年长二十岁。他个子不高,在巨人一样的其美多吉面前更显得瘦小。但是他对人不卑不亢,脸上始终谦和地笑着,像一个老朋友,甚至像一个兄长,或者远房的叔叔,一下子拉近了和其美多吉的距离。

"你的伤可能永远治不好。"经过检查,曹医生对其美多吉说。

其美多吉脑袋嗡地一下,他马上让自己冷静下来,心想,成都的医生们不都是这样说的吗?

"也可能彻底治愈。"曹医生又说。

"我都听糊涂了,到底能不能医好啊?"其美多吉急切地问。

"你这是筋挛缩,"曹医生解释起来,"也就是说,韧带之间互相粘连了。"

"我有彻底治好的方法,那就是通过延伸韧带,解挛。"曹医生像老师讲课一样侃侃而谈,"但是,关键在于,患者本人必须具有两个条件:强烈的康复欲望和超人的意志力。"

"这两个条件我都具备。"其美多吉很振奋,"只要能够康复,您说怎么做就怎么做。"

"我这叫破坏性康复疗法,"曹医生继续说,"具体地说,就是要通过外力牵引,将不正常的粘连和挛缩破坏,分离,然后重新愈合,恢复原状。"

"好!老师,尽快给我上破坏性康复疗法!"其美多吉急不可耐。

"将会很痛,甚至很残酷,关公的刮骨疗毒也未必有那么痛。而且,刮骨疗毒是一时之痛,而你的治疗,需要长期坚持。你可要想好哦。"

虽然其美多吉有充分的心理准备,但显然还是低估了"破坏"二字包含的残酷性。因为它持续时间很长,并且不能麻醉,因此,治疗的过程如同受刑,就像坐"老虎凳"——它们都是用外力强拉韧带,甚至使其断裂。

虽然曹医生手法讲究，循序渐进，属于"微破坏"，但那里神经密集而敏感，剧烈的疼痛，痛感传递到每一根神经。每一次，其美多吉都等于是上了一次大刑，痛得大汗淋漓，几乎都要咬碎牙齿。

除了医生在治疗床上的牵引，更多的是患者的自我训练。按照医生教的方法，其美多吉用右手把左手抬起来，让它抓住小区的单双杠、吊环或者自家的门框，身体使劲下坠，一次一两个小时，一天要进行好几次。

剧痛，持久的剧痛，一般患者绝对不可承受的剧痛。所以，"破坏性康复疗法"虽然行之有效，但成功率并不高，因为很难有人过得了这一关。

其美多吉之所以扛得住，可以坚持下来，只能说他是超人，因为他的名字叫金刚——多吉，在藏语里就是金刚的意思。

两个多月后的一天，小区临时停水，曲西要下楼提水。多吉说，我也去。他丢了拐杖，一瘸一拐地就跟着曲西走了。水接满，他试着一提，居然提了起来。他迈步向前，虽然腿依然是瘸的，但他比当初第一次开邮车还要兴奋——受伤以来，他还是第一次用左手提这么重的东西。走了很远，才发现曲西没有跟上来。回头一看，她正在路边擦眼泪。

其美多吉鼻子一酸，也哭了。

那一刻，他知道他赢了，他再次创造了奇迹。

（节选自《雀儿山高度——其美多吉的故事》，人民文学出版社2019年9月出版）

我的二本学生（节选）

黄 灯

前 言

2005年，我博士毕业后，入职南方一所极为普通的二本院校——广东F学院当了一名教师。14年后，翻看保留的学生名单，我惊讶地发现自己教过的学生多达4500多名。我从来没有想到，我会借此接触到一个群体，看见一个群体在时代洪流中的漂浮与命运。

随着十几年和学生大量、琐碎的交往，以及对他们毕业后境况的跟踪，我深刻意识到，中国二本院校的学生，从某种程度而言，折射了中国最为多数普通年轻人的状况，他们的命运，勾画出了中国年轻群体最为常见的成长路径。

在大众化教育时代，越来越多的年轻人有机会接受高等教育，但只有少数人能进入光彩夺目的重点大学，更多的则走进数量极为庞大的普通二本院校。就我所教的几千学生看，他们大多出身平凡，要么来自不知名的乡村，要么从毫不起眼的城镇走出，身后有一个打工的母亲或一个下岗的父亲，以及一排排尚未成人的兄弟姐妹。务农、养殖、屠宰，流动于建筑工地，或在大街小巷做点儿小生意，是他们父母常见的谋生方式，和当下学霸们"一线城市、高知父母、国际视野"的高配家庭形成了鲜明对照。尽管在高校的金字塔中，他们身处的大学并不起眼，但对于有机会入学的年轻人而言，他们可能是村里的第一个大学生，是寂寥村庄的最亮光芒和希望。来到繁华的都市后，他们对改变命运的高考充满了感激，并对未来小心翼翼、跃跃欲试。

他们进入大学的路径，完全依赖当下高考制度提供的通道。在应试教育的机制里，他们一律经过了紧张的课堂教学、题海战术、千百次考试的淬炼。在一系列严密的规定动作中，他们被删削掉一部分个性、血性、活力，以标准答案为突破口，从高考中艰难突围，就这样一步步来到大学校园，来到我的课堂，并在不知不觉中养成温良、沉默的性子，以至面目日渐模糊。作为教师，通过无数的课堂观察和见证，我深感这个群体经过严苛的刷题和排名竞争，加上就业的焦虑和现实生存压力的逼近，业已过早透支了他们生命的能量，削减了青春的锐气，以至呈现出某种漠然的生存状态，其思考力、创造力，已在残酷的考试进阶中悄然磨损而不自知。

他们的去向，更是在严酷的择业竞争中，有着触目可见的天花板。根据我的观察，在中国大学的层级分布中，不同级别的大学，学生的去向对应着不同的城市。顶级大学对应的是全球最好的城市，重点大学对应的是一线城市、省会城市，一般大学对应的是中小城市、乡镇甚至乡村。一层层、一级级，像磁铁吸附着各自的隐秘方阵，干脆利落，并无多少意外发生。在当下的社会格局中，任何群体若要跨越不属于自己的城市和阶层，需经历怎样的内心风暴和艰难险阻，只有当事者知道。作为二本学生，他们刚踏进校门，就无师自通地找准了自己的定位，没有太多野心，也从未将自己归入精英的行列。他们安于普通的命运，也接纳普通的工作，内心所持有的念想，无非是来自父母期待的一份过得去的工作。毕业以后，他们大多留在国内、基层的一些普通单位，毫无意外地从事一些平常的工作。

作为教师，我对世界的安全边界的认定，来源于对学生群体命运的勘测。二本学生作为最普通的年轻人，他们是和脚下的大地黏附最紧的生命，是最能倾听到祖国大地呼吸的群体。他们的信念、理想、精神状态，他们的生存空间、命运前景、社会给他们提供的机遇和条件，以及他们实现人生愿望的可能性，是中国最基本的底色，也是决定一代人命运的关键。多年来，在对学生毕业境况的追踪中，负载在就业层面的个人命运走向到底和大学教育呈现出怎样的关系，是我追问最多的问题，也是本文竭力探讨的一个核心问题。我想知道，学生背后的社会关系、原生家庭，以及个人实际能力，在他们的就业质量中，到底占有了怎样具体的权重？如果其权重越来越被个人实际能力以外的因素左右，那么，对大学教育的审视，尤其是对彻底市场化后大学教育的审视，将成为一个不容回避的命题。

在中国当下的教育背景下，无论名校的光环怎样夺人眼球，都不能否认，多数的年轻人无论如何努力，都不可能挤过这座独木桥，而只能安守在各类普通大学，这是我写作本文的一个基本观照、讨论前提。毫无疑问，在自我瓦解、自我提问式的写作过程中，本文最终的落脚点，意在探讨中国转型期青年群体，尤其是普通青年群体的命运和可能。换言之，本文不仅面对教学日常，更面对青年们的成长、命运和去向，它打开和呈现了一个群体隐匿的生命境况，是有关年轻个体的生命史和心灵史。但我知道，我既无法通过穷尽对象的学理式写作获得答案，也无法通过严丝合缝的推理来寻找结论。唯一能够依仗的，不过是14年从教生涯中对学生群体的持续观察，以及从师生之间的长久联系、观照中所获得的感性认知。通过打开有限的个体命运，我发现，他们的生命故事竟能验证自己的某种直觉，并通过这种直觉帮我找到一种理解时代的可靠方式。我知道本文无法提供整体性的观点，不过呈现了"个体见证个体"的生命景象，但我不能否认，正是具体的生存境遇，让我意识到中国普通青年群体在时代的洪流中某种必然的遭遇和突围的可能；我亦不能否认，正是鲜活的个体生命，丰富了我对年轻人的认知和理解，稀释了此前对这个群体常见的曲解和成见。

——本文出场的年轻人，全部来自我任教的广东F学院，时间跨度自2005年直至今天。写作的线索，主要依赖我当班主任的观察和私下的"导师制"施行过程，以及我对广东学生的刻意聚焦。我欣喜地看到，尽管年轻人的抗争夹杂着无数心酸，但他们蓬勃的生命力，哪怕处于压抑状态，在并不鲜亮的布景中，依然呈现出了生命本身蕴含的创造本质。他们努力、认真、淡定，有着成人群体无法想象的韧劲，他们蕴含的巨大力量，足以迸发出各种可能。二本院校的起点，也许让他们默默无闻，但没有人能否认，无数个体的努力正悄悄改变群体的命运，并在事实上推动社会的稳固进步。

世界的改变是悄然的，对大多数人而言，日常生活并未产生太多的变化，但那宏大的转身，终究会渗透进我们生活的细枝末节，会介入无数年轻生命的成长之中。

看见他们，看见更多的年轻人，是我作为一个在场者思考的开端。

在 龙 洞

39路公交

广州的夏天无比漫长，很多时候，从家去往单位的途中，拥挤、溽热的人群，总能以最直接的方式让我感受到这座城市的味道和气息。

有一天，我坐在39路公交车上，无意中算起，在14年的教书生涯中，在通往广州天河龙洞方向的广汕公路上，竟然来来回回了3000多天。3000多天，这个惊人的数字让我震撼。我忽然意识到，对生命耗费的计算可以如此具体，按每次往返在路上消耗4个小时计算，光在这条路上奔波，我所花费的时间已达上万小时。

在2010年以前，我上班的线路通常如下：从海珠区"中大北门西站"坐266路到"天河东站"，然后转乘39路去学校，途经广州最繁华的商业地段，先后经过珠江新城和体育东一带，39路拐至"燕塘站"后，直行几分钟就会进入广汕公路，一路再过"上元岗""射击场""天源路中""科学院""三宝墟"站，很快抵达龙洞地块的"植物园正门站"，再往前两百米往左拐，进入龙洞路后，在龙洞村绕行十几分钟，倏忽就会进入群山环绕的校园，也就是39路的终点站"龙洞总站"——广东F学院。一般说来，这条线路，无论如何节省时间，从我家到学校最快都要115分钟。

2010年后，266路改线，我没法只转一次公交到达上班地点，这样，从住处乘坐182路或247路到达客村地铁，然后乘坐3号地铁到达"天河客运站"，爬过一道长长的人形天桥，走到马路对面转乘39路，就成为我上班的常用线路，通勤时间依旧在两小时左右。

2014年，因为儿子上小学，我家搬至越秀区，恰逢6号线通车，我上班的线路变得顺畅了一些，从家出发，步行15分钟，自"北京路站"乘坐6号线到"长㴓站"B出口，在长㴓公交车站转乘39路直达学校，就成为我的通勤选择。

无论如何，不论我搬家到哪里，不论何种方案，39路，总是给我带来最多惊喜、期待的线路。它是我生命中乘坐最多的公交，也是我生命中最为亲密的数字，它一路带我穿越半个广州，将我引向单位，打开了我生命中最为密实的职业场域。

"龙洞总站"这个普通的地名，对39路而言，是它从天河东出发，每天必行路线的终点，但对于经过小学、初中、高中、大学、硕士、博士漫长的20年求学历程的我而言，却是职业生涯的起点。

我记得2005年刚到学校试讲时，从熟悉的中山大学出发至陌生的龙洞，最大的感受就是太远了。太远了，龙洞太远了。我从来没有想到，在广州还有这么遥远和偏僻的地方，在龙洞的群山中，竟然还隐藏了诸多不起眼的学校。后来发现，除了广东F学院，龙洞还有广东工业大学、广东交通职业技术学院、广东科学职业技术学院、广东司法警官学院、广州工程职业技术学院、广东生态工程职业学院等，其中，广东食品药品职业技术学院就在广东F学院隔壁。

除了远，还有一个感受是，龙洞的自然环境太好了，绿化太让人难忘了。在离广州市城市中轴线不到10公里的地方，竟然群山环绕、翠绿逼人，其中华南植物园、火炉山森林公园、广东树木公园呈三角形状，随意而散漫地被大自然丢在龙洞。从华南快速干线支起的高架桥往下看，龙洞就如一块温婉的碧玉，终日萦绕着清新的薄雾，隐匿在喧嚣城市的一角，让人对这座南方的古城，有了更多温润的想象。当然，如果换一个视角，从空中拉近到地面，则会发现，群山褪去，隐藏在角角落落、弯弯旮旯的龙洞，更多的是混乱、喧嚣，是蓬勃的年轻人带来的活力、人气，是身处城乡接合部的城中村所特有的无序、粗粝。

可以说，乘坐39路公交的3000多个日夜，龙洞蜕变的过程，也逐一在我眼前展开。2005年9月，我刚入职时，龙洞的交通极为顺畅，校车每次到达燕塘附近，才开始感受到市中心的拥堵。今天，随着小区的增多以及人流的密集，龙洞已成为交通的瓶颈，原来并不狭窄的出口，远远不能满足今天的需求。除了交通的变化，龙洞房价的飙升同样让人感慨。刚入职时，广汕公路旁边靠近植物园最好的小区，房价每平方米才两三千元。当时住在市内的老师，每次乘坐校车离开龙洞地段，总会感叹龙洞的好空气，但买房还是会毫不犹豫地选择市中心。"龙洞就是农村，太不方便了"，这是我在校车上经常听到的论调。但10年后，随着6号线的开通，以及东部萝岗片区的崛起，龙洞的位置变得极为重要，显示了难得的区位优势。今天，它的房价涨幅超过十倍，已达每平方米四五万元，那些当初觉得龙洞偏僻的老师，都慨叹自己没能看得更远，没在房价如白菜价时多囤几套。今天，再也没有人认为龙洞是农村，是僻远的郊区之地，它日渐优化的交通条件，叠加优美的自然环境，加上年轻人聚集，使得这一片区散发出独有的味道与活力。

确实，龙洞的变化，折射了一段更为广阔的城市变迁史。从266路到39路，我目睹了广州十几年来城市肌理的深刻蜕变。从我居住的海珠区，到珠江对岸的天河区，再从天河区最核心的CBD珠江新城，到经历了城市一次次裂变的体育中心、东站，随后到多年沉寂、并不出彩的天河北边的龙洞，广州这座城市，仿佛手握魔杖，说不准哪天就会点化一个地方，让其褪去平淡、土气的面容，焕发出光彩夺目的一面。昨天，它能让阡陌纵横的稻田变为广州的CBD，变为寸土寸金的商务重地，今天，它用同样的魔力，将遥远荒僻的郊区龙洞变为这座城市的耀眼明珠。

在老广州人的心目中,龙洞相当于城外的城外,坊间一直流传"有女莫嫁龙眼洞"的说法,这可以从龙洞上了年纪的老人将去市中心称为"去广州"的说法中获得验证。我熟悉的一位老师,在荔湾区出生、长大,得知我的工作地点在龙洞,曾补充说:"我们小时候去龙洞玩耍,来回要一天时间。"确实,对一座城市而言,公墓和殡仪馆是测量其边界的最好参照,今天,广州的银河园地处天河以北,早已是雄霸市中心的地段,顺着广汕公路,龙洞较之还有不少于10个站的距离,由此也可以看出,龙洞伴随广州城市的变迁,同样产生了深刻蜕变。

居住在这座城市的居民,感受着它的脉动,但也为摸不准节点,一次次错失财富的累积,暗暗叹息。

无论如何,39路公交,不但帮我建立了与时代的关联,也帮我建立了与广州这座异乡城市的血肉联系,它带我走进学校,来到课堂,遇到了我的二本学生。

城中村

得益于周边聚集的大量学校,龙洞客观上为年轻人的聚集提供了机会。

从地缘而言,龙洞尚有大片并未纳入城市化进程的村庄,尽管地铁6号线已开通,彻底改变了它的交通状况,但龙洞作为城中村的面貌,并未获得根本改观。这保证了龙洞村庄低廉的住房成本,为累积人气奠定了基础。伴随地铁开通的,是村民自住房建设步伐的加速,握手楼的高度越加越高,天际线变得越来越细。看得见的空间,只要有足够多的流动人口,便是摸得着的收入。敏锐的村民早已意识到,便捷的交通、良好的自然环境,相比以前只能种菜、卖菜的营生,租房将是他们重要的收入来源，而城中村的定位，也为接纳更多的年轻人提供了最好的理由。

每天早上的上班时间，龙洞的公交车站必然排着长长的队伍，无数等待进入市区实习、上班的年轻人，借此解决通勤问题。更多的人选择地铁，但地铁的拥挤程度，完全超出了设计者当初的预想。事实上，在进入龙洞片区以前，地铁上早已站满从萝岗方向上来的年轻人，到达"植物园站"，不过是将已经塞满的车厢塞得更密。为了缓解拥挤，增加更多的空间，交通部门在经过第一天试运行后，不得不拆掉6号线的大部分座位，只有短短的两节车厢保留了少量座席。即使如此，6号线还是人流旺盛，人气爆棚，任何时候上车，都看不到客流稀疏的光景。以我的观察，在全国的几个一线城市中，广州地铁的人流最为密集，而在广州，开往番禺方向的3号线一直以拥挤著称，但接通萝岗片区的6号线一开通就后来居上。位于龙洞片区的"植物园站"，和3号线上的"客村站"一样，其拥挤程度毫无疑问可以排在全国前列。

确实，相比天河北一带高大上的新兴商务区，相比越秀老城区雅致、缓慢的生活气息，龙洞鲜艳、蓬勃、略显花哨的色调，几乎完全为满足年轻人快捷、动感的审美需求而生。短短十年，我目睹着龙洞步行街、龙洞美食广场的出现，目睹着龙洞步行街由一个概念，变成一条假货横行的地摊街，最后蜕变为一条活力四射、品牌云集、气息时尚的商业街。我留意到，广州任何一个商业繁华地段都会聚集的连锁店，诸如华润万家、国美电器、周六福珠宝等，同样驻扎在龙洞步行街上。在新开的龙洞购物中心和伟烨广场一带，到处布满了饮食店，诸如真功夫、蒙自源、正新鸡排、九毛九、肯德基、萨莉亚等，这些时尚、潮流的快捷餐饮，一般更愿意开在人流极旺的北京路、天河城七楼美食天地或者天河北一带，但龙洞步行街的定位，迅速吸引了它们的入驻。

当然，龙洞步行街一些极富特色的店铺，会泄露仅仅属于年轻人的秘密。其中最引人注目的，是无处不在的正装店——雷克连码修身、名职正装男装五件套、ZZ正装屋、惠客正装等，短短的街道里分布如此密集，显示了强大的消费需求。对穿着随意的广州人而言，短裤、T恤、运动鞋是最为常见的标配，正装店铺极为罕见，但对龙洞步行街而言，这却是它独一无二的风景。从其亲民的价格可以推断，正装店的服务对象，正是大学刚毕业、面临找工作的年轻人。

除了正装店，同样显示年轻人需求的是各种与电子产品有关的店铺，诸如手机快修、苹果手机解锁、现场专业快修、专业贴膜、爆屏修复等。与此相映成趣的是，还有一些极为时尚的店名，如"城市英雄动漫游戏体验中心"，它鲜红的标牌极为抢眼，在老牌的"九毛九"上方，显得极为气派、嚣张。其他诸如"拉阔音乐氧吧PTV""网鱼网咖"，更是透出年轻时尚的气息，在螺蛳粉、老鸭粉丝汤、东北水饺、重庆麻辣烫、黄振龙凉茶这些老实招牌的重重包围中，显得叛逆而另类。

但龙洞最能昭示其与外界、与年轻人的关联之处，来自无处不在的租房广告。在龙洞西社社区便民服务栏上，张贴最多的是村民提供的租房广告，单间、一房一厅、两房一厅是最常见的户型。能否提供单独的卫生间，是租房者最关心的基本条件。楼层、采光对体力好、早出晚归的年轻人而言，根本不是考虑的重点。自然，出租的户型、房间的陈设基本都是按年轻人的现实需求设计、改造的。在步行街岔进去的小巷内，随处可见爱心租房、有缘租房、吉祥租房、温馨租房等各类暧昧而显眼的广告；临街处，有爱情公寓、苹果公寓等广告出场。整个龙洞步行街北边靠近马路处，有一个非常开阔的龙洞美食广场的入口，旁边则矗立着气派的"假日好开心"国际酒店。显然，越是隐蔽的地段，租房的表述就越低调，而越是方便的地段，取名则要张扬很多。尽管是在龙洞村，但并不妨碍一家国际酒店的登场。

在靠近广汕路的步行街处，一栋被围蔽的建筑正在兴建，从脚手架上印刷的巨幅广告可知，正在兴建的大厦将取名"龙洞新天地"。这是一栋标明与"一带一路"有关的经贸合作大厦，建成后，不但将成为龙洞的一站式购物天堂，更会成为天龙孵化器，将集聚五大产业群，成为创业大咖的摇篮，共建互联网＋生态圈。与"龙洞新天地"遥遥相对的马路另一边，是弥漫着人间烟火气的龙洞农贸市场。大多数村民，除了自建房的房租收入，卖菜依然是最让他们内心妥帖的营生。他们住在周边的高档小区中，坚守多年的生计，以另外的方式守护着村庄。在市场附近的外墙上，有着弘扬社会主义核心价值观的巨幅宣传，"中国日子呱呱叫""中华圆梦，万马奔腾""春光正好，圆梦此时"的标语，与对面的"创业大咖的摇篮"，彼此相对而又遥相呼应。

放眼望去，龙洞位于广汕公路的东边，稍稍外围的植物园、火炉山森林公园等，树木葱茏、鸟语花香，温柔地环绕着村庄。龙洞北路连接了迎福公寓和龙洞城中村，龙洞步行街、龙洞美食广场和对面的龙洞农贸市场就在龙洞北路的两侧。地铁的开通，带来了人流，带来了年轻人和暴涨的消费需求，现有的条件早已满足不了，围蔽的商城正日夜赶工，靠近火炉山森林公园的"宏马众创城"也悄然出现，正雄心勃勃地等待着属于自己的绽放时机。

夜幕降临，龙洞的天空在周边群山的映衬下，显得高远、澄明。无数年轻人从不同的地铁口拥出，带着异乡人的神色，说着不同的方言，不知来自何处，也不知去向何方。但很明显，龙洞是他们此刻最佳的栖居之地。他们脸孔年轻，但眼光游离，明显带有下班途中被折腾过的疲惫气息。"植物园站到了"，这句温馨的提示，意味着他们结束了一天的劳累,终于回到了龙洞暂时的居所。

太阳落山后,龙洞终于迎来了一天之中最为充实的时刻。群山环绕的村庄,像千百年来滋养土生土长的村民那样,同样张开怀抱,打开密集的皱褶,接纳了无数来自远方的年轻生命。村庄伴随城市的变迁,也迎来了属于自己新的使命。

那些年轻人,终于隐匿在一条条小巷深处,消失在一栋栋说不清门牌的房子中。谁都难以想象,第二天太阳升起的时候,他们会再一次在公交站、地铁口汇成壮观的人流。

租住者

在我的学生中,悄悄流传着一句话:"你努不努力,决定了你毕业以后是住龙洞,还是住天河北。"尽管龙洞以其交通的便捷、性价比极高的生活成本,吸引了无数刚毕业的年轻人,但他们显然知道这一区域在迅速蜕变的背后,依然滞留在人们心中的真实定位。

邓春艳是我"大学语文"课上的一个学生,2017年毕业。在毕业典礼一周前,根据师兄师姐提供的建议,她已通过龙洞西社社区便民服务栏,找到了合适的房源。和大多数出租房一样,春艳定下的房子,要经过几条弯曲的小巷。一栋打扫还算干净的六层居民楼,三楼有几间装修不久的单间,春燕的那间南向靠右,让人眼前一亮的是有一个小阳台。阳台的墙面,贴着崭新的暗红色的瓷砖,显得利索、喜气。尽管房间极为简陋,还是水泥地板,既没有空调也没有洗衣机,唯一的家具是一张光秃秃的木板床,但因为带有独立的卫生间,就算仅能容身,春艳还是颇为满意。"幸好我先下手为强。我原来看中的房子楼下,住了个女生,看起来很安静很神秘。跟她聊起,才发现那女生蛮厉害,北大毕业之后回了广州,先是在天河上班,后来换了工作,搬到萝岗，为了离单位近，就搬来了龙洞。"她显然惊异于北大毕业的学生，竟然和她一样，也在龙洞居住。

春艳所在的系部是学校较为冷僻、边缘的劳经系，她找了一份和专业没有太大关系的工作，进了保险公司。尽管她认为相比银行，保险处于上升势头，但她对保险行业的实际情况非常了解，"说是朝阳产业，但还是被很多从业人员将名声搞臭了"。她不喜欢拉保险、跑业务，"对女孩子而言，跑业务太累了"，她没有放弃去另一家银行面试的机会。她知道龙洞周边的房价，相比那些天价商品房，她对每个月500元就能在同样的地段换来一间安居之所心满意足，对临窗的那一抹风景，她尤其满意。她不需要太多的家具，不需要空调、洗衣机，学生宿舍拖回的行李，随意放置在墙角，热腾腾的桶、盆、衣架正蜷缩手脚等待她重新打开，恢复以往的姿势。女孩子的利索、灵动，片刻就能将一个毫无美感的地方，收拾得和女生宿舍一样充满朝气。

傍晚时分，伴随地铁人流回到龙洞，这个小小的空间，足够容纳春艳刚毕业的心。

伟福是春艳的师兄，同样是我"大学语文"课上的学生，但我对他的课堂表现，已没有多少印象。他早春艳一届，提前一年在龙洞安家。在居留龙洞的学生群中，伟福是个神奇的存在，他独特的名声，在校友中间悄悄流传。每一个即将在龙洞租房的毕业生，都会被告知应该先去看看伟福的房间。

从外表看，他的住处和别的地方比较起来，实在没有任何特殊之处，只有进入房间，才会被眼前的景象惊呆：打开门，一处温馨、精致、拙朴、整洁、洋溢着美和秩序的空间突然出现，和城中村暗淡的巷子以及巷子的无序、粗陋、敷衍构成了惊人的对比。尽管房间没有开阔的窗户、阳台，整体空间显得压抑、逼仄，但伟福得体、不经意的收纳，将一个相对密封的空间，收拾得妥帖而让人舒坦。一个男孩之手，就这样实现了对美的实践、理解。

房东丢下的废弃木板，他悄然搬回，在木板上钻几个洞，钉在墙上，不但成了最为紧凑的酒瓶收藏处，也顺带将高脚酒杯安放妥当。两个普通的塑料凳，他随意摆在门旁，在上面搁块透明玻璃，铺上清新的桌布，瞬间成为一个看似随意实则精心的地台书架。最绝的举动，是下掉房间内部的木门，将门铺开，高高架起，做成巨大的吧台。一个小小的洗脸台，为了充分利用空间，他在水龙头旁边的空处，搁置了一个高高的钢架，放置锅碗瓢盆等厨房用品。

伟福和别的年轻人一样，每天坐6号线去市中心上班，但和别人不一样的是，无论工作多么辛劳，结束一天的忙乱，回到龙洞的小窝，他就拥有了一个能让自己享受的空间。他经营生活的耐心，让这个角落如此精致、舒坦，弥漫着小资气息和年轻人的朝气，足以让人忘记周边的世界。

龙洞周边价钱高不可及的房子，春艳和伟福从来不敢想象。春艳从学生宿舍搬出，决定在龙洞暂时栖居以后，压根就没有考虑过买房子的事情。"我现在对房子也无所求啦，我了解的一些同学，他们和我一样，不想这么快就有个房子压着。而且，一旦买房，因为承担的风险和固定房贷，就不可能任性地去择业、跳槽。"她庆幸自己是女生，买房的压力小很多，她坦然承认社会给予男生的压力更大。龙洞满足了春艳"出门带个手机，不用带钱包"的想象，她认为相比房子，找对象、成家甚至以后子女的教育，才是更为迫切的问题。对伟福而言，再卑微、逼仄、暗淡的角落，如果有一颗装扮和点亮生活的心，一切便会灿烂起来。这是他从广东F学院毕业后，唯一所能抓住、确定的东西。他已换了好几次工作,但因为住处的温馨,一种类似归属感的情绪,伴随"龙洞"这个词汇,悄然在他内心扎下了根。

和春艳、伟福不同,冉辛追自从确定考研的目标后,事实上就只将龙洞作为人生过渡期的暂居之处。尽管他对于广州的城中村有着特别的喜爱,迷恋这儿热气腾腾的生活和随意斑斓的树影,甚至跑遍了除龙洞以外的石牌、客村、南亭、北亭、小洲等村庄,但他知道,龙洞对他而言,更多意味着一种青春和成长的记忆。

辛追出生在甘肃平凉泾川县妇幼保健站,是劳经系少有的外省学生。爸爸在邮局上班,先后在平凉、酒泉任职,一直做到邮局的一把手。从记事起,辛追直观地感受着邮局的变化。他模模糊糊拥有邮局送信的印象,但到上初中,他能更明确感知邮局的业务已获得了很大的扩展,除了中国邮政这一块还承担着传统邮政系统的功能,中国邮政储蓄银行和EMS,早已在金融和物流方面介入了社会竞争。他无法说清爸爸早年在邮局工作的情景,但他知道,一家人的主要经济支撑来自爸爸的职业。

妈妈很早以前在泾川县棉纺厂上班,随着20世纪90年代的国企改革,成为下岗工人。为了更好地照顾孩子,下岗后,再也没有外出工作,自然而然承担起了全部家务。辛追1992年出生,因为年龄太小,记不起妈妈在工厂上班的任何细节。父母的婚姻,带有二十世纪八九十年代浓厚的单位特色,拿不高的工资,住单位的房子,历经了从公用厨房的筒子间再到独立厨卫套间的过程。当初的泾川县,棉纺厂的姑娘多,邮政局的小伙子多,随着两个单位配对人数的增加,形成了一种自然的选择模式。爸爸妈妈的结合,应该就是这种模式的产物。

和家族其他成员一样,父母极为重视辛追的教育。在辛追的家族,和他同龄的孩子,上大学是一种常见的现象,和他同龄的大伯家儿子,甚至念到了美国一所大学的博士。相比别的孩子,辛追自小就显露出对阅读的特别兴趣。在辛追的印象中,整个家族都特别期待他上大学,尤其是妈妈,在他很小时,就一次次鼓励他考北大,"北大好啊,你到北大去,妈妈就来北大看你呀"。从会认字起,父母见他特别热爱读书,为他订阅了很多报刊。"他们当时给我订了一些很好的杂志,反正都很贵。我还记得《米老鼠》,一本漫画,我挺喜欢的,定价七块八,而当时,我们那儿一顿饭才一块八,小碗面才一块六。"显然,相比来自农村的学生,辛追良好的家境以及父母的开明态度,为他童年的成长提供了很好的保障。

说起对父母的不快,唯一的一件事,是他小学二年级转学到咸阳后,因为孤独,经常一个人很早就蹲在学校的小土堆上看天。有一次,他突然意识到,早上的天空怎么挂的是月亮?他为此新奇、惊讶,在土堆待了很久很久。妈妈见他始终不肯挪动,最后露出了不耐烦的神色。"尽管是一件小事,但这件事我一直印象深刻,它明显对我产生了影响。我当时觉得妈妈不对,她的不耐烦,让我知道对世界的好奇,并不能时时得到呵护。"

辛追有过和爷爷奶奶生活的短暂经历。出生不久,妈妈因为身体虚弱,缺少奶水,他被送往乡村爷爷家。爷爷小时候是地主家庭,很有钱,读了点儿书,经过一系列变故后,因为有文化,后来被安排进玉都镇的邮电所上班。此后还因为工作需要,去过兰州,负责装电线。三年自然灾害发生后,他从兰州回家,重回邮电所工作,此后再也没有外出。"文革"期间,因为与人发生口角,被打成"右派",去当地最穷的红河地区劳改了几年,平反后,又回到了单位。劳改期间,爷爷的腿经常泡在水里,得了严重的风湿病,很早就退休了。爸爸子承父业，顶替了爷爷的工作，成了泾川县邮政系统的一员。

显然，辛追对文学骨子里的热爱，除了自身天然的兴趣，和爷爷骨血里对诗歌的执着有密切关联。他始终记得，很小的时候跟随爷爷放羊，老人会用树枝示意，教他平仄。他当初离开甘肃，报考了广东F学院人力资源管理专业，最伤心失望的就是这位老人。老人无法理解人力资源管理的具体内容。无论生活对他露出怎样的面目，辛追坚信，爷爷内心世界最值得珍视的事物是诗歌，孙子的选择让他茫然失措。"他有些失望、失落吧，他觉得，我丢下了他想传承下去的一些东西。"这种遗憾，后来或多或少成为辛追人生选择的隐秘动力。

尽管家庭重视教育，但辛追在应试的环境中，成绩倒不是一直非常拔尖。父亲的工作，注定一家人要频繁变动居所，"从甘肃泾川县念完小学一年级，随后在陕西咸阳念二、三、四年级，然后又回到泾川念完小学。初中则搬到甘肃平凉，随后去过兰州、酒泉，还在西安待过几年"。综观整个求学经历，他自称不是那种能在应试规则中迅速脱颖而出的人。他不习惯死记硬背，中考因为超常发挥，考上了平凉一中实验班，"自此就开始了我人生中悲惨的命运。"在整个高一，他的成绩一直是班上倒数第一。成绩影响到了他的行为能力，自制力逐渐变差后，老师批评也增多，就此陷入了一种恶性循环。直到高二分科，他选择文科后，才结束了倒数第一的历史，顺利考上了广东F学院。

和我教过的其他学生面临的主要挑战来自现实困境不同，辛追从一开始面对的挑战就是自己，就连对父母唯一的抱怨，也仅仅停留在妈妈没有容忍他长时间看月亮的记忆。这固然显示了他的敏感、细腻，在一个老师眼中，却是他童年获得良好滋养的最好证明。也正是源于童年相对完美的呵护，辛追进入大学后，独立思考的优势显露出来了。相比周围更多进入大学就失去目标的同学，他尽管无法预测以后从事的职业，但却一直知道自己的需要。他记得从童年开始，自己的梦想一直是成为漫画家。考上大学来到广州后，他甚至去过广东美术学院昌岗校区的万象画室，这种延期的补偿，让他认清了自己缺乏绘画天赋的事实。他坦然承认，选择人力资源管理，是因为专业好对付，不会占用他太多时间，他可以有更多精力干自己喜欢的事情。放弃绘画的执念后，潜伏已久的另一颗种子突然在辛追内心发芽，他决心通过深造，重回喜爱的文学世界。2013年下半年，我恰好教他们班的"大学语文"，在课间，辛追曾多次咨询我，从人力资源管理跨到文艺学，到底有无成功的可能。我见多了头脑发热的学生，留意到专业跨度太大鲜有成功的案例，对他的选择尽管没有明确反对，但也没有鼓励。

　　没有想到，大学毕业后他压根就没有加入找工作的队伍。北方孩子更热衷考研的事实，再一次得到验证。更没有想到，辛追父母对孩子的决定全力支持，仿佛读大学的目的，就是为了获取一个考研的机会。从2015年到2017年，整整三年，他住在龙洞，先后辗转了四个住处，父母给他每个月提供3000元的生活费，"扣掉房租，还有2000多元，在龙洞，我的生活足够好。"他喜欢龙洞的市井气息，喜欢龙洞的生生不息，他对龙洞的房源了如指掌。他知道房源广告中姓樊的业主肯定是龙洞本地人，他们都很好打交道。他知道隐秘旮旯的无窗黑房子，价格不到300元。他喜欢安静、太阳不猛烈的空间，喜欢干净、整洁的感觉。他对龙洞的第二个住处念念不忘。这处房子位于龙洞人民医院后面，楼下就是一所幼儿园，他喜欢被孩子叽叽喳喳吵醒的感觉。他在龙洞的最后住处，位于新建房子的八楼，敞亮、洁净、簇新，满足了他对居住条件的所有想象。在备考的两年中，龙洞城中村，始终有一盏灯陪伴他的身影。

　　辛追一共参加过三次研究生考试，他不接受调剂，目标是复旦大学。最后一次考试，120名考生中，仅招十几人，其中有8名来自保送，他考了430多分，位列第二，和第一名相差4分。尽管第一学历不是名校，但他的实力还是具有足够的竞争力，终于成为复旦的一员。在龙洞居留的年轻人中，辛追因为他的执念和坚持后的成功，成了"龙洞的传奇"。

他已拿到复旦的录取通知书，离开龙洞的日子，早已注定。我想起他曾向我描述的一幕：和爷爷放羊时，老人总是抑制不住内心的诗情，要教孙子古诗的平仄。在龙洞喧嚣的氛围中，这个西北老人关于诗歌的梦想，通过一个年轻人的三年努力，终于获得了延续。

我后来才知道，除了春艳、伟福和辛追，在他们身后，有一个我极为熟悉但未曾走近、始终隐匿的更为庞大的人群。从我第一次任教经贸系的1516045班，到我第一次当班主任的062111班，那些与我在课堂上相遇的年轻人，在毕业以后，并未随着毕业鲜花的凋零进入广州的繁华腹地，而是更多隐匿在龙洞的村庄，等待着属于自己的机会。

我突然明白，对春艳、伟福和辛追而言，来到龙洞并不是一场偶遇，而是自然、隐秘地走了一条既定的路径，对这些普通的年轻人而言，这是由他们的来路注定的一场必然。对更多租住此地的年轻人而言，龙洞是他们青春之歌中必然会奏响的一段序曲，6号线"龙洞站"D出口所导向的村庄，是他们人生的必经之站，没有门牌标识的出租屋，是他们人生旅程的坚实起点。无论短暂还是长久，龙洞在他们的生命中，都必将打下深刻的烙印。

除了我的学生，除了广东F学院的学生，除了龙洞周边高校的学生，我知道，龙洞属于所有来广州寻梦的异乡人，属于全中国的年轻人，也属于春艳曾经偶遇的那个北大女生。

龙洞的浮夸、活力、鲜艳，昭示了广州经济、文化活色生香的一面。龙洞的背后，站着一个叫广州的城市，广州的背后，站着一个古老的中国。一群年轻人和一个城市的碰撞，一群年轻人和一个时代之间的联系，通过6号地铁线，在龙洞获得了神奇的相遇。

他们如何表达对时代的感觉？他们如何建立与时代的关系？拥挤的龙洞地铁站，是他们在自己的时代，对广州这座城市的直接感知。无论如何，龙洞承载了一座城市现代化进程中，年轻人的奋斗、梦想、汗水和心酸，它更如地母般，承载了无数年轻人的生命，抚慰了异地的游子在陌生城市被抓挠得千疮百孔的心灵，在粗粝而便捷的滋养中，悄悄给予他们力量和勇气，也为他们的青春敞开了别的路径。

他们来自哪里？他们将走向何方？

他们此刻在龙洞黯淡与光芒并存的青春，有谁动过心思注视？

我无法预测每一个年轻人的去向，更无法得知每一个年轻人的生命史，但与他们共享的龙洞经验，让我愿意靠近我的二本学生，愿意从我班主任的持久陪伴、私下"导师制"的聚焦，以及作为外省人对广东学生的观照中，记住一些年轻的身影。

班 主 任

迎接新生

2006年6月16日，在原来经济贸易系文秘教研室的基础上，学校决定成立财经传媒系。我当初之所以进入广东F学院，也是因为学校要申报新的专业——汉语言文学，作为系里第一个中文博士，通过人事处的招聘信息得知，我实际上是以申报新的专业、以"急需人才"的名义而入职的。

说是财经传媒系，但因为师资的90%以中文背景为主，依托的专业也是汉语言文学，在没有获批新专业以前，实际上就是中文系。2006年，新成立的财经传媒系开始招收第一届本科生，我在给全校学生上公共课的同时，终于拥有了一个在本系上专业课的机会，并且在第一届新招的两个班中，被系部书记安排当062111班的班主任。

2006年9月16日，是新生报到的日子。一早，我就按学校的规定，履行一个班主任的职责，去迎接新来的学生。天气还不错，我穿着军绿色套裙，穿梭在人流中，心里涌动着第一天上课般的激动，对即将到来的新生充满了好奇。开学第一天，学校的人气极为旺盛，繁忙的接新生车辆来来往往，将来自广东省各个地方的孩子，拉到了学校青年广场上方的空地上，各个系部的迎新桌子一字排开，一张张新鲜、略显紧张的脸庞在桌子周边环绕。

我留意到班上不同家庭背景的孩子，那天报到的方式完全不同，印象深刻的有几种：其一，一个女孩的爸爸找我反映，说是看过学生宿舍的情况后，发现没有空调，感觉条件太差，问我能否到校外给孩子租房住。他的妻子，大波浪的卷发，脸化着浓妆，年轻、光鲜也时尚。她跟随丈夫，一言不发，揉着红通通的眼睛，怎样也擦不净冒出的泪水，仿佛女儿住进没有空调的集体宿舍，即将面临着一场地狱般的痛苦。女孩看起来极为单纯，面对父母对我的咨询，眼神闪烁而茫然失措。其二，一个男孩，眼神坚定，行李简单，很明显没有父母的陪伴。我后来注意到，送他来学校的，是一个比他大几岁的哥哥，因为两兄弟长得太像，外人一眼就能看出。哥哥看起来受教育水平也不是很高，遇到不清楚的事项，也不问人，而是观察别人怎么做，然后很快就熟门熟路地处理好了诸如缴费、办卡、进宿舍等琐事，一看就在外面闯荡过，颇有社会生活经验。其三，一个戴眼镜的斯文男孩，陪伴的队伍最为庞大，不但父母来了，爷爷奶奶也来了。奶奶拄着拐棍，看起来有80多岁，一脸的幸福，感觉孙子能上大学，是一件特别自豪的事情。男孩淡定、从容，知道我是班主任，很大方地和我点头微笑。其四，一个看起来朴实、懵懂的女孩，眼神里有着不确定的害怕，但又充满了对大学生活的向往，和我目光相撞时，明显想躲闪，躲闪不过，终于从嘴边挤出了一些不自然的笑容，略黑的脸蛋，倒是显得极为阳光。她的父母从装束一看就是农民，爸爸带着女儿办各种手续，妈妈怯生生地躲在树荫下守着化纤袋包裹的行李。

　　开学后，我特意到宿舍了解情况。第一个女孩，出生于汕头，家里很有钱。她父亲是汕头一家公司的老板，妈妈的生活非常优裕，保养得极为年轻。女孩很快就适应了集体生活，性格温和，讨人喜欢，与同学相处也融洽愉快，宿舍没有空调，在她眼中根本就不是一件值得担心的事情。第二个男孩，出生于农村，家里情况不是很好，但男孩性格开朗，长相英俊，不卑不亢，喜欢也擅长与人打交道。适者生存的准则，在他身上获得了淋漓尽致的体现。生活的历练，让他无师自通地懂得机遇的重要，在班级的首次竞选中，他顺利当上班干部。有一次我没带饭卡，他看到我，直接将我带到食堂底层，叮嘱打饭的师傅给我来一份最好的菜，根本就没有刷卡收钱。后来才知道，打饭的师傅是他老乡。这个男孩适应能力强，做事不死板，内心也没有太多的规则约束。毕业时，因为找工作，没有时间好好写论文，指导老师又急又气，但面对他的态度，又不能发作，最后只得想尽各种办法让他通过。第三个孩子来自惠州一个教师家庭，父母看起来教养不错，得知我是班主任，立即邀请我去惠州玩。孩子入学后，各方面都符合好学生的标准，专业功底也不错，对文学的感悟力显然超出班上别的同学很多。但更多的孩子则悄无声息，恰如第四个家庭中的女孩，在班上默默无闻，唯恐被别人注意，也不愿和老师多沟通，到毕业时，都没有给我留下特别深刻的印象。

第一次开班会,我拿到了全班的名单,共52人,38名女生,14名男生,全部来自广东省。他们出生的时间大多在1987年左右,也就是说,我当班主任带的第一届学生,是80后。让我奇怪的是,班上男女比例如此失衡,我难以想象,一个52人的班级,男生竟然不到三成,而在我念大学的时候,情况恰恰相反,同样是中文专业,46名同学中,女生12名,女生不到三成。后来和教研室老师聊起,才发现,男女生比例失衡早已成为常态。我后来才明白,作为系部第一届学生,062111班的男生数量,和此后系部其他班级的男生比例比较起来,已经是非常可观了。以2015年网络与新媒体两个班为例,因为班级是到大二时根据成绩绩点重新编排的,居然全部是女孩。

2007年6月,我开始休产假,错过了大二第一学期给他们上"中国现当代文学"专业课的机会。考虑到此后课程的安排,为了早点儿了解他们,在系部专业教师匮乏的情况下,在大一第二学期,我主动要求给他们上"外国文学史"。待我2008年2月休完产假,他们已经进入大二第二学期,此后,我再也没有机会给他们上专业课程。

通过给他们上课以及日常的接触,我发现,广东学生相比我熟悉的湖南、湖北的年轻人,更留恋自己的家乡。在班上,我随机做过调查,很少有学生愿意离开广东,到外地念书或工作。这种执念,和我高中毕业最大的梦想就是离开家乡、离开父母远走高飞,构成了强烈的对比。这种反差,既让我困惑,也让我着迷。我突然发现,这种身处异地所带来的文化冲撞、映衬,除了让我更好地看清了自己,本身也极为有趣。我甚至觉得,如果说,来广东的选择和留广州的决定,让我真正确认了自己湖南人的身份,那么,062111班孩子的存在,则让我在这种奇妙的碰撞中，进一步强化了自己内陆人的认同感。自然，"广东学生"这个固定的群体和概念，也伴随我的班主任身份，一步步扎根于我的内心。

从2006年入学算起，我目睹他们踏进校门并度过波澜不惊的大学时光，然后在学校的后山和他们共度毕业聚餐，随后一直关注他们毕业后的漫长岁月。仰仗信息时代的方便，通过QQ和微信群的便捷，我随时都能知道他们的动向。在虚拟的网络中，有一个小小的空间，依然延续了我作为他们班主任的既定角色。在中国的教育语境中，班主任意味着更多的担当，意味着一份信任的托付。尽管大学有专职的辅导员，学生学习上的教务管理及生活琐事，几乎不用班主任操心，但对学生而言，班主任始终是他们大学生活中最为亲近和随意的倾诉对象。在当他们班主任的几年中，除了和学生不定期的交流，我的一个最核心的任务，就是配合辅导员做一些所谓"后进生"的思想工作。他们逃课，考试不及格，不愿意打扫宿舍卫生，反感被迫去听讲座，不认同学校的诸多评价机制，以一种辅导员头疼的方式，保留了凝聚于叛逆气质之上的生命力。如何说服这些孩子面对学校的考核，并让他们顺利获得学位，以应对进入社会后更为死板的基本门槛，成为我最头疼的事情。我不在乎他们是否能够获得优秀宿舍、优秀班级的称号，但每个学生必须获得毕业证和学位证，是我对自己班主任职责的基本要求。

14年来，我突然发现，正是班主任身份，让我的社会关系中多了一个确定的群体：我的学生。相比公共课上一闪而过的面孔，这52个孩子，像是永远守在一个角落，一旦要和母校建立联系，我就成为他们毫不犹豫要找的第一个人。14年来，还是因为班主任身份所提供的方便，我目睹了一个群体从学生时代到完全步入真实的社会，并和这个时代产生真实的关联。我目睹了80后一代，在房价飙升最疯狂、社会群体分化最严重的十年，所演绎的形形色色的生活和命运。我想起给他们上"外国文学史"，讲到狄更斯中期和后期小说的主题，充满了对资本主义和金钱世界的批判。于连的命运，更是引起他们长久的讨论。在二栋五楼的教室，曾经回荡着一群大一新生对于连命运教科书般的复述和总结：

"于连是同社会奋战的不幸的人。"

"于连是受压迫的小资产阶级青年的典型形象，是资产阶级个人奋斗的典型。"

"他最终只能是一个为统治阶级所不容的平民青年。"

我从来没有想到，教科书上的内容，一个遥远时空文学选本的故事，竟然会如此贴近他们的感受，并形成对另一个时空的呼应。

他们，如一个个固定的锚点，成为我对国情最方便的观测。

他们，以一个个真实的生命，成为我对时代最真切的感知。

四任班长

从大一到大四，班上一共选举产生了四任班长。让我惊讶的是，尽管占有比不到三成，但选出来的班长，竟然都是男生，他们分别是曾刚、王国伟、吴志勇、石磊。曾刚是第一任班长，他毕业以后就进入了一家银行；王国伟是第二任班长，在银行工作一年后，考上了公务员，现在在四会监狱办公室当文员；吴志勇是第三任班长，没有考研考公务员，也没有进入银行，辗转了很多单位，现和哥哥在天河区开了一家饮食店；石磊是最后一任班长，毕业以后，在广州居留多年，在诸多单位辗转后，最后决定考公务员，现在于梅州国税局上班。回过头看，四位班长毕业以后的选择和现在的处境，实际上代表了十年前二本院校大学毕业生所面临的机遇和可能。

　　曾刚的特点是适应社会的能力强，能够很早认同社会的一些现实规则，在校读书期间，就和老师的关系极为亲密。从个人素养看，尽管他的笔头能力比不上随后的两任班长王国伟、吴志勇，但他口头表达能力强，也愿意和人交往，懂得怎样和别人处理关系。毕业以后，他选择了一家银行，很快就进入了较好的工作状态，也很快成家立业，在广州买房立足。他属于最能适应现实的年轻群体，往往也能最快、最直接地获得较多的发展资源和现实利益。

　　和曾刚比起来，石磊的成长路径颇为不同。石磊在大四那年选为班长，也是062111班最后一任班长。他出生于潮州市，是家里的独生子，父亲经营一家摄影店，母亲为家庭主妇。石磊家属于广东常见的城市出生、自主经营的市民家庭。因为从小衣食无忧，他一直懵懵懂懂，直到大四那年才意识到要毕业了，需要找一份工作。而班上大部分同学在大一、大二就给自己做了可靠的职业规划。因为事前没有太多的准备，而他学业上的唯一优势又是英语，大学毕业后，他错过了含金量颇高的秋招和春招，最后进入了广州遍布街头的各类培训机构。"四年之内换了六家单位，大一点儿的机构，诸如新东方又进不去。"离开学生宿舍后，他一直住在龙洞的迎福公寓，在学校附近逗留了1000多天，并且依旧履行着一个班长的职责。几年来，班上来来往往到广州的同学，都以他租住的房子为据点。我后来才得知，吴志勇、刘聪、朱柱球都曾蜗居在迎福公寓。

　　毕业后折腾的四年，在石磊看来，是他人生的低谷期。2014年，他突然意识到，若再这样下去，他的人生看不到任何确定的希望。广州待不下，家乡潮州那个古老却沉闷的城市，除非学经济或管理专业还有点儿就业机会，别的专业，几乎没有太多发展空间。摆在面前的选择逐渐明朗：广州是待不下了，只有一条路，回家考公务员。他非常认真地备考，仅仅复习了一个月，幸运地考到了梅州国税局。毫无疑问，这是他人生的一个转折点，尽管一次过关纯属偶然，但这次偶然却给他的人生带来了确定。他很快结婚，父母一辈子打点的摄影店，最大的意义就是在儿子成家时，心安理得地拿出所有积蓄，给儿子的新房当首付。结婚不久，他很快就有了孩子，尽管他将每月的日子描述为"信用卡先还两三千，然后支付宝、蚂蚁花呗再还两三千，房子供两三千"的境地，但他以前的迷惑烟消云散，不明朗的前途突然清晰。因为有英语特长，日子安定后，他念在职研究生的计划，已经成了小家庭的共识，并被提上日程。

大学毕业时，他并不喜欢体制。他曾经为了迎合父亲的心愿，在毕业那年回到家乡参加公务员的裸考，但他故意不做任何准备，随随便便地应付，不过以一种明朗的结果，给自己一个留在广州的理由。而广州四年的辗转，仅仅依附一个二本院校的文凭，并没给他挣得一席之地。独生子女背负的传统责任，让他意识到确定的人生轨迹对父母的重要意义。说到底，还是回家考公务员，让他并不坚挺的大学文凭获得了饱满的汁液，成为支撑他此后人生的坚实依靠。

作为第三任班长，吴志勇的人生选择和石磊有几年完全重合，他们甚至在毕业后，共同居住在迎福公寓多年，像学校很多毕业生一样，将龙洞作为人生暂时的居住地。志勇性格沉静，但不属于那种本分的人，在校念书期间，有一段时间，因为不愿意上课，曾是辅导员头疼的角色。因为同学信任，被选为班长后，他立即毫无怨言地承担起了班上的事务。

毕业后，他和很多同学不同，没有选择进入银行，而是坚持进了一家社工机构，在 NGO 组织中任职，尽管收入极低，还是坚持了三年多。考虑到他家庭的经济状况和他这个年龄所面临的实际压力，2010年左右，通过朋友的介绍，我竭力推荐他进入珠三角一个经济发展不错城市的公安局。他听从建议，辞掉了社工机构的工作，但没想到仅仅在公安局待了不到十天，就断然辞职，还是回到了社工机构，并坚持了很长时间。

细数他毕业以后的职业，他做过网店，在网上卖过时装，后来还曾加入一个美容机构，专做文绣行业的培训师。他的朋友圈会有一些与自己职业相关的内容，但凭我对他的了解，我知道，很多场合他不会喜欢。在最近的一次电话聊天中，我得知他已放弃了文绣项目，转到了其他行业。他和我谈起文绣行业时说："都是套路，都是包装。成本只要二三十元的项目，可以包装为成千上万，甚至上百万的项目。美容搭配玄学，诸如文眉，一定要和人的运势联系，这样，上钩的人就会很多。"

毕业多年，他性格中的敏感、自尊还是如此显眼，没有被生活打磨得哪怕圆滑一点点。

但生活还得继续，尤其在结婚生子以后，看得见的压力和开支，已成为他每天睁开眼就能感受到的现实。经过八九年的摸爬滚打，他深切体会到人必须首先活着、必须为生存打拼的残酷律令。想起在社工机构的多年生活，他不后悔，却觉得遥远而不真实。

因为毕业的时间过于久远，对志勇而言，像石磊一样，回到家乡，通过公务员考试进入体制寻找稳定，已变得不太可能。骨子里，他也不喜欢这种生活，哪怕处于现实的一地鸡毛中，这种僵化的稳定，依然激不起他内心半点儿渴望。为了维持一家人的生活，他和在外打工多年的哥哥，合伙开了一家饮食店。饮食店的工作极为繁忙，利润也不丰厚，处在"不请人忙不过来，请人就没有任何利润"的境地。很多时候，他必须亲自上阵，和大街小巷随处可见的快递小哥一样，为完成网络和电话订单，将外卖送到一个和他境况可能差不多的人手中。

志勇出生在粤西北的一个普通山村，家境不太好，毕业八年后，"上有老下有小"的具体担子，终于沉沉地压在了一个男人的肩头。孩子已经两岁九个月，父母年龄已大，一家人的生活，就靠共同守着的这家店。电话中，他和我说的一句话让人印象深刻："生活已被控制，生活已被金钱控制。"他和石磊的不同在于，他知道自己不喜欢什么，便不会去尝试那些东西，贫瘠山村给予他的倔强，让他在进入喧嚣的城市后，依然在个体的人格中保留了一份坚守。他始终难以对生活做出真正的妥协，而这种不妥协的结局，落实到个体的生存上，便是看得见的漂泊，和弥散到下一代身上与他人确定的差距。

比较而言，王国伟的经历和成长，代表了典型的农家子弟的成长路径。

从大二开始，王国伟被同学推举为班长。他性格腼腆，不爱多言，黝黑的脸庞，看起来非常朴实。刚进校的时候，他和其他农村来的孩子一样，不是特别擅长和老师打交道，也不懂得去刻意经营人际关系。2006年10月18日，我在学校值班，在和学生聊天的过程中，意外得知国伟曾写过几十万字的武侠小说，这让我颇为惊讶。军训过后，他们的学习逐渐步入正轨，在随后的新生作文训练中，我发现他的武侠小说创作，已经有了较高的起点。后来才得知，因为痴迷写小说，他第一次高考失败，复读一年后，才考上广东F学院。他曾提到自己的写作动机："在读过了金庸所有作品后，随着年纪慢慢增长，所读的小说越来越多，其情节越来越不能满足我的欲望，于是，便萌生了自己创作的想法。"

尽管我不会评价武侠小说,但从他的文笔中,可以感知他良好的文字根基。更重要的是,他是一个真正被兴趣吸引的人,是一个有目标和梦想的人,这在我教过的几千名学生中,凤毛麟角,难以寻觅。

王国伟出生在广东四会一个叫邓村的地方。那里环境优美,"青山若黛、绿水如碧"。祖辈以种田为生,到爷爷那一代,开始做一些小买卖,此后父亲一直延续爷爷的路子。父亲高中毕业,除了种田,在孩子还未出生时,曾经向信用社贷款,经营起一家土制的砖瓦厂,但没过几年,因经营不善,砖瓦厂倒闭。此后,他重拾邓村的古老手艺,经营了一家古法造纸的小作坊。在国伟的讲述里,父亲和一般的农民不一样,他不安分,动手能力极强,也愿意尝试各种营生,除了种田和造纸外,还会饲养、电工、泥瓦、针织……其中的收益,都用来供他和妹妹读书。

1995年,为了孩子的前途,父亲斥资在四会市区购买了一套90平方米的房子,这成为国伟求学过程中的重要转折点。尽管在乡村念书的时候,他有更快乐的童年,放学回家可以干农活、玩耍,到了晚上才花一个小时左右去复习功课,根本感受不到学习的压力。而进入市区后,他猛然感到学习压力倍增,不但作业多了很多,同学之间的竞争压力也加剧。突然的变化,让他无所适从,更何况还要忍受和父母的分离,他曾经哭着求父亲让他重回乡下念书,但理智的父亲,一眼就看到了城市和乡村教育资源的差距。父母坚守乡下的作坊和田地,为了两个孩子的教育费用起早摸黑,将兄妹俩交给奶奶在城里照顾,这种选择,恰恰和内地外出打工农民的选择相反。国伟始终记得,让孩子走出穷乡僻壤,是小学尚未毕业的母亲一生最大的心愿。

因为国伟的写作热情和天赋,这么多年来,他是我唯一期盼能够继续深造念研究生的学生,我知道他一旦走向社会,必然会被现实和工作绊住。有意思的是，他到大学后，相比高中写作的狂热，仿佛多了一份冷静。国伟性格中的务实，在大学的平凡日常中显露无遗。目睹了父母在生活中的挣扎，他清晰地知道自己大学毕业以后的首要任务，不是坚持武侠梦，而是解决生存，"梦想，每个人都应该拥有，但不是每个人都能实现。我在大学期间，就知道自己不能把梦想照进现实，至少短期内不可以。我很清楚地认识到，大学毕业后，我的首要任务是要解决我和家人的生活问题。"

他很顺利地找到了一份银行的工作，为了揽储，为了顺利度过12月31号"银行从业者的解难日"，他不得不过上陪酒应酬的生活。他不爱应酬，但必须应酬，到了年底，为了完成任务，"天天喝，天天醉，睡醒第二天再喝"。银行的工作仅仅坚持了一年，尽管收入不错，毕业第二年，他毅然参加了全省公务员考试，成为四会监狱的一名狱警。他的务实，帮助他再一次成功实现了转型，之所以报考这个单位，主要是因为它招录人数比较多，容易考。尽管因为环境的变化，这份工作比之银行风险要大，但他身心却获得了更多自由。"在这里，我不用为了取悦别人而把自己打扮成另一个人，至少不用去应酬。更重要的是，这里的工资更稳定些，并且能够给我更多的时间去思考我的未来该向哪个方向前进。"

和石磊一样，他一旦进入体制，工作稳定下来后，很快就结婚生子，并立即在四会买房买车。他高中时代的狂热梦想是武侠小说，并为此练就了良好的文笔，但他大学并没有沿着高中的梦想前进，而是通过大学的桥梁，获得了进入体制的起点和机会。对一个农家孩子而言，进入体制获得稳定工作，比之虚无缥缈的作家梦，显然更能让父母尽早挺直被生活压弯多年的腰。

尽管国伟认为，"梦想离我渐渐远去，生活如同一个复杂的课题，要我们用一辈子去研究",但在读书改变命运的故事中,王国伟是不动声色的一个,也是最为真实的一员。

四任班长,从出身而言,都是普通家庭的孩子,没有一个家境特别优越,也没有一个孩子在大学毕业后,得到过家庭的庇护和资源。对曾刚、石磊和王国伟而言,他们之所以能在社会立足,并顺利过上让父辈放心、安心的稳定生活,要么是早早认清了现实的规则,顺着社会去经营生活,要么是经过现实的碰壁后,终于认清进入体制的优势,选择毕业后回炉考公务员。唯独志勇,客观而言,从各方面的综合条件讲,四任班长中,他算得上佼佼者,但他毕业以后的九年经历却证明,现实留给他这样一个普通的农村年轻人坚守梦想的空间,是狭窄而拥挤的。他内心不愿屈从一条常见的个人成功路径,但现实中,他还是不得不听从父辈的召唤,结婚生子,选择一种最为常规的活法。但这条常规的通道,在他放弃"考公"、考研之后,志勇猛然发现,他并没有太多的选择。

夹缝中的光芒

在大众化教育时代,尽管文凭贬值的呼声越来越高,读书改变命运也日渐被人怀疑,但我的直觉是,尽管跨越了24年的光景,062111班学生的命运,和我1995年大学毕业的班级——岳阳大学九二中文二班同学的整体命运,并没有太大的差异。我以前总认为,随着20世纪90年代后期大学的扩招,年轻人的机会越来越少,但进入具体的分析和审视可以发现,至少在毕业于2010年、我当班主任的062111班,这一结论并不成立。

我之所以拿我大学毕业的班级和062111班相比,是基于以下几点：从大学层次看，两所大学在中国当下高校的分类中，都属于二本高校（两所学校都经历了校名更替的过程，岳阳大学现改名为湖南理工学院，广东F学院的前身是中国人民银行所属的地方院校）。从专业看，都是最为常见的汉语言文学专业。从招生特点看，两所大学都隶属当地教育主管部门，所招学生几乎都来自本地区。从招生难度看，1992年，全国共有303万人参加高考，录取75万人，录取率25%，加上当年还有大量的中专院校，可以推断，能够考上岳阳大学的学生，至少排在当年高考人数的前20%。2006年，全国高考报名人数950万人，录取540万人，录取率56.8%。但因为全国还有大量的三本、独立院校和职业技术学院，加上广东F学院地处沿海发达省份，而且专业偏重热门的财经大类，整体录取的分数在全国同等院校中偏高，可以大致推断，能够考入广东F学院的生源，至少也排在当年高考生源的前20%。换言之，我的学生2006年考入广东F学院的难度系数，和我1992年考入岳阳大学的难度系数大致相当，两所普普通通的学校，接纳的都是当地一些普普通通的孩子。

但两者也有不同之处，从地域分布而言，我所毕业的学校地处湖南岳阳，是一个中等发达省份的内陆城市，班上的同学全部来自岳阳地区。而我学生的学校地处广州，占有沿海发达地区一线城市的区位优势，班上的学生，全部来自经济较为发达的广东省。从学历层次而言，我所念的岳阳大学，当时还是专科层次，直到1998年左右，才和别的学校合并，升为本科院校。而我的学生进入广东F学院时，学校早在2005年就已升为本科层次，他们的学制是大学四年完整的本科。剔除生源的相似状况，由此恰好可以窥视学历的含金量发生了怎样的变化。

毕业24年后，我的大学同学都在干什么呢？以2005年毕业10周年聚会上来的36人为例,其中党政机关、事业单位就职的有29人,占到80%,在国有企业的有6人,在外资企业的有1人。整体而言,对于70%来自农村的大学同学而言,通过高考,确实改变了一个群体的命运。有意思的是,除了4位同学在工作中发生变故,存在二次就业,80%的同学一直在同一单位或同一系统工作。这种状况,充分显示了高校在市场化以前的就业特点:在国家包分配的前提下,个人和国家及单位的粘连非常紧密。尽管人才流动性相对较弱,但人才的稳定性极强,个体对单位的情感认同深厚,对单位的忠诚度非常高。从同学的生存状态看,他们通过高等教育获得干部身份后,在单位早已成为骨干,有不少同学甚至已是单位的主要领导,个人的经济状况、社会地位,在当地都属于上等水平,生活稳定、安逸。从就业地点看,班上的同学除了一名在北京定居、两名在广东定居外,其他同学都在湖南落户,在当地就业的比例超过90%,充分显示了地方院校就业分布的特点。

1995年到2010年,中间横亘了15年时空,我第一次当班主任的062111班面临毕业。2018年7月,在学生毕业8年后,我统计了一下,班上52名同学,全部在广东就业,其中居住在广州的有17名,居住在深圳的有4名,分布在珠三角一带有8名。其余的则大多回了生源地,遍布广东各个地区,其中潮汕地区4名、湛江3名、肇庆2名。有意思的是,52名学生在毕业时没有一人选择考研,8年过去,除了石磊在读在职研究生,依然没有一名去考全脱产的研究生。由此可以推断,他们整体对自己的就业状况较为满意,并不需要通过文凭的提升去改变生存状况。

如果说,岳阳大学九二中文二班的同学,得益于时代所提供的机遇,在文凭并未贬值、高校依然坚守精英教育的时代,哪怕出身乡村,也能通过高考得以改变命运，过上了衣食无忧的生活。以此为对照，我发现062111班的学生，尽管面临教育大众化的整体背景，但因为他们地处广东，整体上，通过高考依然获得了在社会立足的根基。如果将前者的整体状况，形容为幸运的70后一代，那么，作为80后的后者，同样享受到了时代中的光芒。

从062111班学生的家庭背景分析，他们的出生和成长，既带有国家近几十年来转型期的特点，也带有广东的地区特点。概而言之，来自广州、深圳等大城市的不多，仅有6人，剩下的都来自非珠三角地区诸如韶关、化州、新兴、连州、肇庆、雷州、河源、阳江、四会、兴宁等地。不少孩子，在广东改革开放的大潮中，切身感受到了乡村城镇化过程带来的冲击。他们一方面享受到了城镇化带来的好处、便利，诸如更好的教育资源，以及因为交通便利所致的流动可能，但另一方面，他们也不得不承受由此带来的代价，诸如日渐加大的教育投入、因为外出打工和亲人之间的分离、社会贫富差距给他们带来的内心冲击。

钟梦兰出生于广东省吴川市一个普通的农民家庭，兄弟姐妹五人，这种多子女的状况，在广东的乡村极为常见。父亲高中文化程度，从事建筑行业，母亲是全职家庭主妇，负责照看一家老小的日常起居，家里的主要经济来源是父亲。尽管家庭开支极大，养育五个孩子的成本不低，但得益于中国高速的城市化进程，父亲所在的建筑行业，获得了最为充分的发展，他一个人的收入，足够维持一个大家庭的开支。梦兰回忆，尽管出生在农村，但父母并没有让孩子们在贫穷中长大，家里的经济条件，在当地属于中等偏上水平。

梦兰的小学，在村里度过。小学毕业后，她以全校第一的成绩，考到了镇上的中学。母亲为了照顾孩子们的学业，租房住在镇上，陪伴梦兰度过了6年的中学时光。在母亲陪读的过程中，父亲决定拿出多年的积蓄，在市里购地建房，并在梦兰高二那年，将此变为现实。一年后，梦兰考上大学，他们全家也彻底告别乡村，开始了在小城市的生活。

梦兰一家的经历，对观照纯粹的农村家庭如何迈进城市化的门槛，具有极为典型的样板意义。十几年前，对经济条件尚可的农村家庭而言，坚定地走向城市，是他们常见的共同选择。中国乡村城镇化的进程，更多的时候，不是在刻意为之的行政意志下生硬地完成，而是渗透进千家万户的细部，伴随家庭的需求和孩子们成长的路径，不知不觉中自动完成。从前面国伟的叙述可知，他们一家的生存转折，同样得益于父亲及时、主动地融入了城市化进程。国伟不止一次提到，他人生最重要的转折，来自父亲1995年在四会市买房的决策，这和梦兰一家的状况如出一辙。

潘海燕的情况与王国伟、钟梦兰不同，代表了农村家庭在城镇化转型期的另一种遭遇。海燕刚进初中时，父母为了增加收入，决定远走他乡，外出打工。母亲去了佛山，在一家茶餐厅当服务员，父亲则去广州开车。他们一家的状况，代表了普通农民家庭一种更为普遍的选择：为了增加收入，进城打工。这种选择的结果，除了增加家庭收入，伴随而来的现状不是夫妻分居，就是孩子成为留守儿童。海燕记得上初一时，不论是接到妈妈的第一封信，还是接到妈妈的第一个电话，都因为思念父母而泣不成声。但她对此没有任何抱怨，依旧理解父母的选择，"对于妈妈外出打工，我当时也没太多想法，因为很多家庭都是这样的，就知道妈妈要外出挣钱交学费。"进入大学后，她发自内心地感激父母的选择，"他们这种希望教育能改变生活、命运的想法，给我们打开了前进的道路之门，并让我拥有感知外面更美好世界的机会。"父母务工的收入，保证了三姊妹的教育费用。她没有延续母亲的命运,也没有重蹈村里贫困家庭长女的遭遇。海燕知道,如果父母不外出挣钱,和村里别的女孩一样照顾弟弟妹妹,而后早早辍学、嫁人生子,将是她最可能的轮回。海燕的成长,将在后面有更多的叙述。

显然,在梦兰、国伟和海燕成长的过程中,中国加速的城市化进程,同样作用到了他们身上。三个家庭的起点相似,尽管在不同节点的选择,对孩子们此后的命运和人生产生了不同的影响,但不能否认,正是父母主动融入轰轰烈烈的城市化进程,他们才得以拥有机会,获得教育资源,并迈进大学的校门。对梦兰和国伟而言,父母在城里购房的举动,不但为他们此后在城里立足打下了较好的经济基础,更让他们避开了乡村教育发展的短板,及时转到城市,接受了更好的教育。对海燕而言,尽管和父母的分离给她带来了情感困惑,但父母外出打工的选择,则保障了她的教育费用,为她通过高考走出乡村、顺利进入金融行业提供了可能。

我留意到,和我大学时候就读的九二中文二班比较起来,062111班不少学生家庭,都曾开过工厂或小作坊,这一点,和内地的乡村家庭构成了很大差别。这种状况,显然得益于广东更为发达的经济条件和更为成熟的市场意识。除了前面提到的王国伟家曾开过古法造纸厂,来自潮汕地区的学生,家里开办工厂的情况则更为普遍。在潮汕,各个不同的乡镇,都有不同的经营特色,诸如枫溪镇,算得上潮州工艺瓷的发源地,古巷镇则主要经营厨卫洁具,彩塘镇经营不锈钢,庵埠镇则经营食品、果脯和肉脯加工。与此相对应的是,和我大学时代的同学更热衷于进机关、事业及国有企业等稳定的单位不同,062111班的学生,则并无如此强烈的愿望。他们中间有不少人,大学毕业后根本不找工作,而是直接回家和父母或者家族亲人一起打理和经营自家的作坊、工厂。女孩子嫁人后,有些也会直接进入丈夫家的厂子,帮助一起打点。

陈倩是一个样貌秀气的女孩，说话快言快语。她出生于潮州古巷镇，有两个姐姐、一个弟弟。爸爸一直在枫溪做工艺瓷，家里也开了一家陶瓷厂。大学毕业那年，爸爸因为年事已高，将家里的工厂出租给了别人，自己则待在家里画画，同时指导弟弟作画。陈倩毕业后，和班上很多同学一样，最开始在珠三角一带活动。她曾在佛山工作过一年，因为找不到归属感，最后回了潮州。陈倩曾经尝试在潮州找一份工作，对中文专业的她而言，找一份普通的文员工作并不难，但文员的工资极其低廉，2011年时，月薪只有2000左右。摆在她面前的现实是，潮州工厂遍地，但大的公司极少，稍微好一点儿的公司，诸如创佳电视，如果要进去，必须通过关系才能达成。她的人脉，没有办法帮助她找到满意的工作。

和同样出生于古巷镇的丈夫结识后，她决定此后不再外出，安心在潮州定居。丈夫没有念大学，但勤奋好学，极为聪敏。丈夫家和自己家一样，经营了一家陶瓷厂。1997年，公公婆婆看准了即将到来的市场，辞掉了国有企业的正式工作，开办了这家厂子，火爆的行情一直延续到2008年之前。在丈夫的讲述中，订单根本接不过来。陈倩结婚后，彻底放弃了外面的工作机会，她利用自己的专业知识和工作经验，成为丈夫家族企业的一员。很快，她便成了全面工作的参与者和管理者，从设计、跟单一直到与客户的联系、货款的跟踪、产品的维护，每一个环节，她都了然于胸。和十几年前的市场比较起来，陈倩明显感到，近几年，工厂受汇率、环保、人工成本各方面的影响非常明显。更大的挑战在于，对于产品，消费者个性化要求越来越高，工厂无法做到像以前那样批量生产。这些新的变化，毫无疑问，已成为这家经营了20多年家族企业的现实难题。

陈倩大学毕业后的选择，对潮汕甚至广东的学生而言，极为常见。家里有厂子的，父辈经营得好，子女会接过来，完成学业后，成为继任者；家里没有工厂的，相比进一家固定单位，他们更倾向从事商业活动。汕头出生的大顺，就曾经和我谈起他爸爸的态度："宁愿开厂，也不愿给别人打工。"国伟也曾和我聊过，父亲在四会买房以后，母亲曾劝他放弃纸厂的生意，到市区谋一份工作，但父亲的看法是，"打工没有自由，还不如自己做个小老板"。对于内地出生的我而言，这种职业观念的差异，让我颇为惊讶。

几种去向

从职业分布和毕业去向看，相比我大学班级就职党政机关、事业单位占绝对优势的状况，062111班的职业分布则要丰富得多。更重要的是，他们的职业流动也频繁得多。从前面的叙述可知，我的大学同学，毕业后待在同一单位或同一系统的人数，占到了80%，而062111班，根据我到目前了解的情况，除了刘素婷一直待在初次就业的温泉公司，再也没有一人守着大学毕业后签约的第一份工作。王国伟在考入四会监狱当文员前，曾在银行工作，像他这种仅仅折腾了两次工作的学生都不多。黄施敏毕业后去了英德联社，又去了省行，最后考进了广东农信粤北审计中心，到目前为止，换了三次工作。石磊在进入梅州国税局以前，曾创下四年换六次工作的纪录。吴志勇干过的工作门类更多，从卖衣服的网店到社工机构，从公安局到文绣培训师，再到目前和哥哥开办的饮食店，在他所从事的职业门类中，压根就没有稳定一说。从毕业8年的统计情况看，062111班学生的毕业去向大致有如下几种：

*传统的公务员和事业单位。*黄春燕毕业后，考进了潮州市广播电

视台，成了潮州电视台知名的节目主持人，是班上耀眼的明星，也是知名度最高的学生。张健父母是机关公务员，他听从父母建议，很早就下决心"考公"，大学毕业后，顺利考进博罗县机关，现在下面一家镇政府工作。因为是独生子，他一直和父母同住，工作落实后，很快结婚生子，现已是两个孩子的父亲。更多的学生，像王国伟和石磊一样，经过不同工作的尝试后，最后还是决定回到"考公"的路上，并获得了成功，马丽颖就是如此。班上共有12人做出如此选择。

丽颖出生于广州市从化区，来自一个普通的警察家庭，有一个弟弟。父亲1966年出生，大专学历，在公安系统工作了将近30年，干过交警、刑警、治安警察，是一个性格沉默，喜怒不形于色的男人。母亲比父亲大一岁，在很长一段时间之内，为了照顾孩子，她当起了家庭主妇，每天除了买菜，几乎不出门，对着四堵墙，犹如井底之蛙。直到2003年丽颖初中毕业，母亲突然意识到，"不工作就没有发言权，不工作就无法独立"，于是拜托熟人，在公安局找了一份后勤服务的工作。丽颖高中时候，曾写过一篇作文《30岁的我》，她梦想的生活是："30岁的我，微胖，育有自己的乖女儿，同时继续在职场打滚，生活虽然平淡，然而却无比幸福。"可以说，除了生育的孩子是男孩，她现在的生活，几乎完全实现了高中时代的愿望。她是我所知的第一个明确表达实现了梦想的学生。

因为家庭环境的影响，丽颖性格极为独立，所有的事情，从高考的志愿、专业的选择到人生规划，都自己做主。独立带来的副产品，是孤独感的滋生。有一段时间，她几乎掉进了抑郁的阴霾中，直到遇见现在当医生的丈夫，才结束了整个青春期游离、困惑的情感状态。她毕业后的第一份工作，是经过层层选拔后，进入某地方电视台当一名播音主持，主持的方向包括新闻时政、热点问题、家庭教育、儿童节目等,这一份工作貌似光鲜,但在市场化运营过程中,为了减少成本,对刚毕业的年轻人而言,单位不承诺给予编制,只是劳务派遣形式。尽管干的活儿并不比正式编制的职工少半点儿,但丽颖能明显感到,领导并不尊重他们。加上地方小媒体行政化管理手段与市场实际需求之间的矛盾愈演愈烈,在一次忍无可忍的冲突后,她毅然辞去了电台的工作,参加了广州某区规划局的招聘,并顺利通过"考公",来到了新单位。

来到新单位后,她最大的困扰是工作中的喝酒应酬,而最大的改变,则是从纯粹的行政人员变成了懂规划的半个技术人员。回首自己历经媒体到机关的职业生涯,在见识了媒体的混乱和行政部门的官僚作风后,她感叹说:"作为专门被坑的80后,如何混战在这个复杂的社会,如何通过我们这一代人去改变大环境,我觉得还没能给出一个答案,我希望能在彷徨与摸爬滚打中找到答案。"丽颖的经历,在班上的女生中颇有代表性。很多女生,诸如黄施敏、陈燕腾、蔡慧娴、郑友鑫,无不是毕业经过折腾后,通过"考公"得以进入机关、事业单位。尽管工作中也有新的挑战,但相比此前的动荡,"考公"的尝试,还是让她们获得了一份安稳的生活。

常见的银行、保险等金融机构。从整体而言,这是广东F学院学生就业的主要渠道。从历史沿革来说,广东F学院的前身是广东银行学校,隶属中国人民银行,在没有划归省管之前,是一家金融特色非常明显的院校。2000年划归地方管理后,先后经历了广东金融高等专科学校和广东F学院两个阶段,据说珠三角一带的银行,60%的行长都出身于此,这为它大量的金融就业人才需求,提供了校友优势。尽管中文属于学校非主流的财经类专业,在学校的地位相对边缘,但得益于金融行业提供的就业惯性,062111班的学生,还是有不少进入了金融、保险行业。班长曾刚一直坚持在这一领域，王国伟的第一份工作也是在银行，喜欢舞蹈的梁景军，最终回到了家乡遂溪，就职当地农信社，过上了一份安稳的生活。

前面提到的潘海燕，显然也受益于学校这一大的就业环境。海燕1986年出生于广东省连州市大路边镇黄太村，有一个弟弟、一个妹妹，祖祖辈辈都是农民。爸爸念到了初一，妈妈因为外婆去世早，考上了高中，但不得不辍学回家，帮外公一起养家糊口。父母结婚后，爸爸买了一辆拖拉机，外出连州市区运输建筑材料挣钱养家；妈妈留在家，和爷爷一起下地务农，主要种植水果、庄稼；奶奶则待在家里做饭，负责照看孙子孙女。在海燕看来，他们家的生活依循的路径，正是村里绝大部分家庭的生活模式。

随着孩子们的长大，家里负担陡然增重，三个孩子读书的学费、伙食费、爷爷奶奶的生活费、医药费，大大小小，都落在了父母身上。光靠待在家里讨生活，已无法满足基本开支，父母经过慎重思考，决定外出。到海燕上初中时，妈妈跟随一个远房亲戚到佛山打工，在一个叫周记的茶餐厅当服务员，爸爸随后也转移了阵地，决定去广州开车。海燕则被寄养在姑姑家，没有念寄宿。姑姑待她极好，她感觉自己上了初中父母才外出，已不能算作留守儿童，但弟弟、妹妹年龄尚小，父母一离开，就直接沦为不折不扣的留守儿童，并对他们此后的性格养成有直接的影响。

父亲到广州开车后，月收入比之以前有了一点儿增长，一般能拿到三五千元。但因为主要从事运货，根据行业规矩，往往要先垫付货款，一旦有什么闪失，就面临追讨货款的风险。妈妈的收入较为稳定，每月工资有2500元，另外还会有些补贴。为了省钱，她在佛山和自己的弟弟、弟媳合租了一间老旧的大房子，每晚在餐厅洗漱完毕后，只是回来睡睡觉。算起来，妈妈的开销，已压缩到最低限度，除了每月100元的房租，她将各种花费控制在500元以内，剩下的钱，和爸爸的收入一起，供一家人的开支。

海燕上大学后，妈妈从佛山来到广州，在广州找了一家茶餐厅，一家人得以团聚。每到周末，对海燕而言，最开心的事情是从广州东北角的龙洞坐地铁，穿越从天河经越秀直达荔湾的半个广州，来到父母的出租房，帮着煮中午饭给爸爸吃，帮忙洗洗衣服。大学时光，对别的孩子而言，意味着爱情、玩耍和交际，对海燕而言，则是"一个农村孩子，开阔眼界、补缺父母陪伴的改变期"。比起外面的灯红酒绿，她更愿意待在有父母笑声、讨论声的出租屋里，并通过自己的劳动，帮父母减轻一些生活负担。

海燕的工作充满了戏剧性。毕业时，她参加了清远农信社的公开应聘，但第一轮就落选。她随后通过了广州移动萝岗分公司的招聘笔试、面试，成为营业厅营销代表实习生，并以劳务派遣的形式，成了公司的一员。"劳务派遣"是当下大学生就业的一种重要形式，也算得上高等教育市场化在就业层面的直接体现。虽然这种形式弹性大，有时有较高的业绩，但晋升的平台并不明朗。更重要的是，海燕发现，在移动公司，除了完成工作任务，"学会应酬、说漂亮话，学会左右逢源、处事圆滑"的职场潜规则，同样非常重要。这对从乡村走出来的孩子而言，是一个很大的挑战。

在萝岗移动公司实习45天后，她接到了失而复得的清远农信社的电话，心情激动而复杂，曾经缥缈的期待，竟然神奇而真实地降临，她的身份立马获得了根本的改变，从一名劳务派遣的漂泊女孩，变成了一名金融系统的正式员工。经过几年的历练，她已成为清远农商银行银盏支行的运营主管，她的工作不需要太多的额外应酬，而家庭给予她的朴实、勤奋、吃苦耐劳等品行，对她目前的岗位尤为重要。尽管银行业的发展，已让她意识到了金融行业的挑战和危机，但这份工作，不但让她迅速稳定下来，获得了个体的快速成长，也让她顺利地成家立业，过上了衣食无忧的生活。海燕对自己的现状极为满意，她认为自己出生在"一个普通得不能再普通的农村家庭""父母没有受过高等教育，也无权无势"，但通过读大学，赶上较好的就业形势，彻底改变了自己的命运，破除了落后山区长女辍学早嫁的宿命。不可否认，正是金融行业近20年的超级火爆，给无数海燕一样的农村大学生提供了可观的收入和稳定的生活。对广东F学院更多的学生而言，这份没有多少诗情画意的职业，在经济上行阶段，确实给个体提供了最为可靠的支撑，帮助他们得以在城市立足。

国营、民营及各类私营企业。相比内地的大学生，广东地区丰富的企业资源，为他们提供了就业的重要渠道，也改变了他们的就业观念。朱柱球大学毕业后，和石磊一样，一直没有找到特别满意的工作。2011年夏天，我记得他和吴志勇到过我家，和我聊起了大学毕业一年后的境况，还顺便拜托我帮他留意工作机会。我认识的人少，终究没能帮上他。经过几年折腾，他最后回到家乡中海油所属的一家燃气公司，负责给企业安装管道，干起了和中文专业没有太多关系的业务，日子总算稳定下来。事实上，和柱球一样，在企业就职，也成为班上学生的重要去向，刘素婷就是其中最为典型的一位。

素婷出生在广东西北怀集县的一个工人家庭，大学期间最大的遗憾是未能参加毕业合影。毕业后，她进入一家温泉公司，因为遇上了好的领导和工作氛围，"没有经历职场上的钩心斗角，更不需要担心同事间的尔虞我诈"，她一直没有想过跳槽。显然，她对这份工作非常满意，感觉收获了很多快乐和成长。她记得自己最先应聘的岗位是文案策划，后来则更多倾向于项目管理。由于她所在的公司，在温泉行业算得上佼佼者，很多后起的温泉企业，一般都会找他们咨询。素婷在工作中获得了不少外出见识的机会，也学会了和各类人物打交道。她深谙服务行业的精髓，懂得站在他人的角度考虑问题，知道与人打交道讲究的是一种巧劲："有时哪怕掌握了再多的理，也应该给别人留个面子，因为这个世界上，只要对方不想被说服，你永远都说服不了他。人家根本不是觉得你的理不对，而是反感你这种咄咄逼人的方式。""成熟的处事方式是，在表达自己的同时，亦要照顾对方的感受。如何在别人不难堪的情况下交往，在说理的同时也不会让对方不痛快，是一门高深的技术，也是一门艺术。"

素婷的温婉、厚道，还有善解人意的性格，让她在单位获得了实在的归属感。在跳槽极为普遍的地区和行业，她并不觉得跳槽是提升个人身价的最好方式。她疼惜父母，深知在小城镇生活了半辈子的父母，生怕给子女添麻烦，总也不肯闲下来。素婷的最大心愿，是"努力赚钱，趁父母健康，带他们出去见识一下，吃各种好吃的东西"。

她还没有结婚，不想过早步入婚姻生活。她也没有买房，觉得精神上的追求，比拥有一套让自己变成房奴的房子更重要。她有空会去旅游、学古筝、学韩语、练习毛笔字。她内心有着成熟职业女性对自己的认知："年龄困不住一个女人，如果一个女人将自己定位为一个独立个体，一个有能力、有勇气、有资本的人，就不会惧怕衰老。作为女人，应该告诉自己，无论到哪个年龄段，你最好的年龄，就是你现在的年龄。""岁月对女人来说，从来都不是敌人。我们最大的敌人，是以男人的眼光来要求自己，是将自己的梦想构建在男人身上，是穿着最时尚的衣服，却有着最传统的内心。""做自己喜欢的事情，活成自己喜欢的样子，到死都能优雅，我认为这些是作为一个女人的最大追求。真正能掌握自己的喜好，有能力去负担自己的兴趣，便会成为最好的自己。"素婷的淡定，显然和她在温泉公司舒心、安定的工作氛围有着密切的关联。她是一个野心不大、安安分分的姑娘，她的成长和工作经历，代表了班上很大一部分女孩的选择和生活。

自己创业。在2010年左右，尽管做出这种选择的人不多，但却成为班上就业的最大特色。我在前面曾提到，对062111班的同学而言，和我大学毕业的时代相比，一个很明显的变化是职业的流动极为频繁。70后一代对稳定职业的追求，是长在骨子里的东西，而80后一代，对职业的稳定早已没有太多的执念，开放的就业环境，更多的职业尝试，不过是为他们下一个选择奠定根底，甚至成为跳槽的资本和前提。在这种频繁的职业流动中，一些人会选择更为稳定的工作，重新考公务员或事业单位，进入体制，而另一些人，则会越来越远离体制，最后自己创业，张梅怡就是其中的代表。

梅怡1987年出生于广州，有一个比她小6岁的弟弟。父亲生于1959年，高中毕业，母亲生于1962年，初中毕业，父母都是个体户。对于父母的收入，她并不清楚，弟弟目前报读成人大专，在广汽本田任职，月收入有7000多。毕业以后，她换了很多工作，掰手指头一算，至少有6份，最长的两年，最短的3个月。2010年的毕业季，尽管有很多银行、证券公司来招聘，但她没有去参加一次面试，而是选择了自己感兴趣的互联网行业，做起了和中文专业对口的网络编辑。实习的公司算得上互联网巨头，实习期满原本有机会留下转正，因为不喜欢公司明争暗斗的氛围，她以公司离家太远为由，选择了离开。

离职后，她断断续续找了几份文案工作，写过各种广告软文、伪原创、产品书，最后进了一家行业类的B2B互联网公司。公司不大，老板是佛教徒，同事关系融洽，她应聘的职位是高级编辑，尽管工资不高，但很快获得了各类锻炼机会。比如刚一入公司，便接受了就"欧盟反倾销首次获胜"案件电话采访中国行业协会会长的挑战，并因出色的表现，获得了公司对她的认可。这份工作持续了两年，在熟悉了各类工作流程，掌握了网站的内容、线下刊物的编辑事宜后，她毅然辞职，自己创业。对她而言，创业以前的所有历练，都是为了独当一面单干。

第一次创业尽管热血澎湃，但异常艰辛。"别人说每天叫醒你的不是闹钟而是梦想，对于我，每天叫醒我的只有坚强。办公环境很差，在城中村租了一个30多平方米的办公室，月租2000元，7个人办公，其中有3个是兼职，38度的天气我们是没有空调的，电脑都是自己带的手提。为了离公司近，我在附近租了一个单间，房租600元，算上水电费每个月800不到。因为当时是草根创业，为了降低个人的日常开销，拿着2000一个月的工资，算上水电费、吃喝，每个月基本没有剩余。"公司坚持了两年，团队从最初的7人变成了4人，为了不给团队成员造成压力，在亏空了所有积蓄后，她决定解散第一次创业的公司。

第二次，梅怡选择和一个英国留学念硕士的闺蜜合作。闺蜜看好留学项目，但她对公司运作缺乏了解，梅怡则对公司的运作有一定经验，留学项目一窍不通，两个人刚好互补。梅怡吸取上次创业的教训，对项目的风险、未来的收益进行了评估，"能否戳到目标客户的痛点"成为她们推进创业的核心动力。恰逢国内教育需求的快速释放，公司进展还算顺利。"截至目前，虽然不算发展迅猛，但基本上能有稳定的收入，目前合伙人在英国驻点，寻求更多合作项目，我在国内负责网站运营、推广和客服咨询，偶尔兼职美工设计。我们目前并不需要养着一群员工，所以成本不是很高，公司网站这个月准备上线，上线之后我们计划寻求国外的风投。"

在梅怡的就业观中，她从来没有动过固守一份稳定工作的心思。张扬个性、实现自己的梦想，是她敢于自主创业的心理动因。毫无疑问，她的选择和父母的精神鼓励分不开，和她在大城市出生、长大积累的见识分不开，更和她较好的家庭经济条件分不开。她不像国伟，大学毕业后，"首要任务是要解决我和家人的生活问题"，也不像志勇，总在梦想和职业的纠缠中，横亘了一个需要他支撑的贫寒家庭。

概而言之，毕业8年后，综观062111班学生的就业情况和生存状貌，可以看出，整体上，对80后一代孩子而言，在房价平稳低廉、经济上行的阶段，他们通过各种努力和尝试，大都能拥有一份让人踏实的工作，并在工作的庇佑下，得以成家立业，实现读书改变命运的古老承诺。很明显，对那些通过"考公"，得以顺利进入体制的学生而言，这种通道，显示了大学教育最为直接和原初的价值，以及时代给他们提供的公平机会。对那些顺利进入银行、证券、保险行业的学生而言，他们的选择，得益于金融行业的快速发展以及学校提供的就业优势。对那些进入各类企业大显身手的学生而言，广东地区发达的经济环境，毫无疑问给他们提供了最好的土壤。当然，对那些一直坚持梦想，愿意在市场中搏击，敢于自己创业的学生而言，这是他们的自信在时代和自我的认知中最好的证明。

无论如何，062111班的学生，之所以还能够在教育市场化的境况下，获得良好的发展，显示了这一代普通青年所拥有的丰富资源和时代机遇。

（原载《人民文学》2019年第9期）

飓风行动之围猎

丁一鹤

引子：南粤亮剑

2013年，一个普通而又特殊的年份。

这一年，中国发生的一些事件，对人们的现实生活和中国的历史发展，都将产生深远的影响。3月14日，习近平当选中华人民共和国主席和中华人民共和国中央军事委员会主席。新一代国家领导集体在法律和程序上完成接班后，执政风格初步显露，实现中国梦、实现中华民族伟大复兴成为头等大事，政治改革大刀阔斧，经济增速保持稳定，法治建设反腐亮剑。

这一年，习近平就建设平安中国做出重要指示：平安是人民幸福安康的基本要求，是改革发展的基本前提。习近平讲话之后，全国公安系统对多位省级公安主管进行异地大调整。5月，公安部政治部副主任李春生，赴任广东省副省长、公安厅长。

2013年10月9日凌晨3点，李春生快步走进广东省公安厅指挥中心大厅。

凌晨3时55分，身在惠州的副厅长郭少波朗声向李春生汇报："春生同志，我在惠州前线向您报告，这次收网抓捕行动，目标是三个重大制贩毒团伙、一个重点村，全省共出动2000余名警力。惠州为主战场，广州、深圳、东莞、汕尾、韶关等地为分战场，部署抓捕犯罪嫌疑人115名。行动涉及江苏、福建、江西、云南等省市。目前警力已全部到位，进入战斗状态。请您指示！"

听完汇报，李春生一字一顿地大声宣布："雷霆扫毒收网行动，现在开始！"

凌晨4时整，收网战斗正式打响！近300部车辆几乎同时打开远光灯，这些暗夜里的灯柱，像一柄柄利剑，照亮了南粤的夜空！

异地用警，同时出动2000余名警力雷霆扫毒，这在广东禁毒史上，还是第一次。一个小时后，副厅长郭少波汇报初步战果："三个团伙的主要犯罪嫌疑人全部落网！已成功抓捕100人，从4个不同地点缴获K粉375公斤，捣毁制毒窝点两个。惠州民警张燕雄受伤，唆使毒贩围攻张燕雄的陆丰口音男子趁乱逃跑，此人绰号黎老大！"

李春生叮嘱说："全力救治张燕雄，并请你代表我向他慰问、致敬。同时，全力缉捕黎老大，给英雄一个交代。我们必须下定决心，坚决铲除广东的毒瘤。雷霆扫毒六大集群战役已经打响，无论前边是地雷阵还是万丈深渊，只要我们勇往直前无所畏惧，就一定会在林则徐销烟的中国南海边，为老百姓打出一片朗朗晴天！"

一、虎门夺冰

2013年10月10日下午，广东珠江口虎门大桥东侧，收费站口堵成了一锅粥。

一辆路虎越野车鸣着长笛，顶着前面排队过卡的车辆，一路吼叫着往前拱，生生把一路纵队排列的车龙，拱成了弯弯曲曲的蛇形。

眼看这辆发疯的路虎就要冲过收费站，与路虎车几乎并行的一辆丰田越野车，死死抵在路虎车右侧。两车摩擦出尖厉刺耳的声响，甚至飞溅出火花。

突然，丰田车趁着收费岗亭前一辆车刚驶过的空当，迅速冲过ETC快速通道。只见司机右手一打方向盘，丰田车急转180度，将车头死死顶在左车道路虎车的前头。

与此同时，后面另一辆丰田越野车的车头，也顶在了路虎车的车屁股上。咣当一声闷响之后，路虎车又往前狠狠拱了一下！

路虎车司机和副驾驶上的同伴，随着惯性晃了几晃脑袋，还没等两人缓过神来，路虎车司机的太阳穴，就顶在了冰冷的枪口上！

持枪的黄脸大汉正是冲卡的丰田车司机，身材高大、板寸短发、虎目圆睁，四五十岁的样子。他叫王胜利，是广东省公安厅禁毒局副局长。

"黄毛"见此人气势逼人，就先怂了下来，乖乖把两手举了起来。

两个小时前，王胜利突然接到汕尾市公安局禁毒支队政委林毅的求助电话，称一辆路虎越野车从汕尾的陆丰市甲子镇博社村村口蹿出来，上了沈海高速后往惠东县方向疾驰而去。据可靠消息，车上载有大量毒品。情急之下，林毅连忙向身在惠东的王胜利求助，希望王胜利安排惠州的禁毒同行进行拦截。

此时，惠州禁毒警察们刚刚完成一次收网行动，正在将有关制贩毒人员押赴看守所，一时无法抽调堵截人员。王胜利立即带上广东省公安厅禁毒局的战友刘鹏，开着两辆越野车，从惠东直接冲上了沈海高速。

没想到，运毒路虎车的车速太快，已经过了惠东出口。王胜利和刘鹏一路跟踪追击，一直追到虎门大桥，才将这两个黄毛青年堵住。

王胜利和刘鹏用手铐卡住对方手腕，动作娴熟。两个"黄毛"也很配合，满不在乎地用手指了指车屁股。打开后备厢，掀开夹层拽出一个小小的白色塑料袋，里面果然装着一小袋冰毒，一掂量，也就不足10克的样子。

"就这么点儿？值得这么不要命地跑吗！"王胜利有些恼怒，他围着路虎车的备胎，皱着鼻翼使劲吸了几下。

"政府，我们不是陆丰的，也不是贩毒的，只是买了自己吸。不信你拿去称一下，9克！还不信的话，再查查俺俩的尿，看是不是阳性！"两个"黄毛"理直气壮地辩解着。看来，他们似乎很懂法，知道只要不是贩毒，自己买了吸，数量微小，罪过就不大。

"就这么点儿，值得去陆丰买吗？"王胜利眯着眼冷冷盯着两个"黄毛"，直瞅得他们后背发冷。

一个"黄毛"磕磕巴巴地说："本来我们是想去惠东买的，下了惠东高速，听说这几天风头正紧，好多警察把那边围了，俺俩就干脆重新上高速，到了陆丰甲子镇上的一家夜总会里买了点儿货，准备回来试试。政府，俺俩这可是头一次，天地良心！"

"这个不用跟我说，去看守所再说吧。"王胜利转身把刘鹏拉到一边，悄声说，"一会儿林毅他们就赶过来了，你们把他们押回陆丰去审！再就是把路虎的备胎打开，里边藏着冰，数量不会少！"

交代完毕，王胜利裤兜里的手机响了。

来电显示的名字是"邱伟政委"，王胜利边接电话边走向自己的越野车。电话接通的同时，挂挡、倒车，停靠在高速进口的匝道上。

"邱政委,有什么指示?你回到广州了吗?"接电话的王胜利问。

电话那边传来浑厚的男中音:"胜利,你在虎门那边吧,事儿办完了吗?办完了赶紧回省厅,郭大侠要你马上回来。"

"好,我这就回去!"王胜利清楚,既然是"郭大侠"催着回去,一定是有重要事情。挂掉手机,王胜利告别刘鹏,驾车直奔广州而去。

二、重任在肩

邱伟电话里说的"郭大侠",就是坐镇惠州前线的副总指挥郭少波,时任广东省公安厅副厅长,主管禁毒。

王胜利猜都不用猜就知道,郭少波这么着急让他赶回省厅,肯定与陆丰有关。

最近这两年,陆丰三甲地区的禁毒形势再次严峻起来,并且呈现出家族式制毒和武装贩毒的态势,枪毒合流严重制约着当地经济的健康发展,也把社会风气搞得乌烟瘴气,极大损害了红色圣地海陆丰的名声。

据事后汕尾禁毒支队报告,他们从这辆路虎车的备胎里,搜出了整整10公斤冰毒。据毒贩"黄毛"供述,他们是从陆丰市博社村一个叫蔡罗的年轻制毒师手里买到的这批冰毒。

王胜利轻车熟路地来到了省公安厅大门口。出门来接王胜利的,是一个警服褶皱还没熨烫平整的小帅哥林友江。

交谈了几句后,王胜利把车钥匙交给林友江,径直走进办公楼。

与郭少波简短几句寒暄后,省厅禁毒局王均科局长、邱伟政委推门进来。

郭少波告诉王胜利:"省委主要领导同志的原话是,在我们共产党领导的广东,决不允许陆丰这样的'制冰'毒瘤存在。下一步的攻坚战,要在重灾区陆丰打响……这次打陆丰,要发挥你情报侦查的特长,先把制贩毒品团伙的情况摸摸清楚,为领导的决策提供可靠依据。"

王均科局长接话说:"电影《奇袭白虎团》看过吧?你的角色就是《奇袭白虎团》的侦察排长杨伟才,主要任务就是在汕尾和陆丰当地公安队伍中,秘密挑选几个业务精通、政治过硬的民警,组成侦查小分队抵近侦查,为下一步的重兵围剿陆丰提供情报支持。当然,邱伟政委也同时带一支队伍沉到陆丰去,与你一起展开两线侦查。"

三、陆丰点兵

领受任务的王胜利立刻开始组织到博社村的侦查,他马不停蹄地直奔汕尾市公安局,找到了禁毒支队政委林毅。

精明强干、英俊帅气的林毅是当地海丰人。要在汕尾用兵展开侦查,王胜利需要林毅这样熟悉禁毒和当地社情的得力助手,他邀请林毅一起来到陆丰市公安局禁毒大队挑选人手。

首先被选中的是林东进和林西岳。两人不但都姓林,而且都是陆丰最西部靠近海丰市的潭西镇人,跟三甲地区没有任何瓜葛,用起来顺手。

接下来是长得有点儿像乡镇企业家的郑海泉。郑海泉也是陆丰本地人,对三甲地区的社情、毒情了如指掌。他的绝活儿是眼光刁毒,无论什么人只要在他面前走过,他鼻翼一动、眼光一扫,就能判断出此人是否涉毒。

随后是外号"罗仔"的罗右江。乍一看,毫不起眼的罗右江是个后背微驼、小眼微眯的小个子。忽视他的人一交手才知道,他手劲极大,是真人不露相的那种内敛壮汉。

最后,王胜利还特意挑选了25岁的女警察林小青。她一张大众脸,扔在人群里很难让人认出来。因为禁毒女警察太少,每次化装侦查需要扮演女朋友,她都是不二人选。因为心理素质超强,她赢得雅号"淡定妹"。

挑完侦查人员之后,王胜利又建议陆丰市公安局,对三甲地区的派出所来一个大换血,将陆丰市最西部的潭西镇派出所副所长胡海涛调任甲西镇派出所所长。胡海涛以腿快著称,是北京体育大学毕业的体育健将,百米冲刺11秒6,将来不管追捕逃犯,还是被毒贩追着跑路的时候,都能派上用场。

被挑中的六位禁毒民警,当然知道省厅禁毒局副局长王胜利在禁毒界的名头,他们明白王胜利是在布局一场大行动。他们几乎同时向王胜利发出了同样的疑问:"我们这些人都熟悉三甲地区,都是本地人,与当地人甚至个别制毒贩毒人员,有着千丝万缕拐弯抹角的关系,你能信得过我们吗?"

王胜利回答:"用人不疑,疑人不用!"

四、堡垒博社

兵贵精而不在多。王胜利在陆丰秘密搭建侦查小分队,对手直指甲西镇博社村的护村队伍"狼队",还有"狼队"庇护下数不清的制毒窝点和绝命毒师们。

在甲西镇博社村,除了娶进村的外姓媳妇,村里男丁和后代全部姓蔡。博社村在册户籍人口1.4万人,常住人口却接近两万人。

这多出来的几千人,是怎么来的呢?除了本村超生的没有上户口的娃娃之外,还有一部分外来人口。博社村一没有大型工业园区,二不是港口物流集散地,流动人口为什么会大量聚集在博社村呢?原因只有一个:博社村是制毒堡垒村,在这里可以安全制毒。

博社村里的房屋虽然看起来破败不堪、拥挤散乱,但这样的破房子每个月的租金却动辄数万元。租房的人在里面做什么,大家都心知肚明。

海陆丰制毒的核心,在以甲子港为中心的三甲地区,三甲地区的制毒核心又在博社村,所以博社村被警方称为"制毒堡垒村"。

在警方的调查过程中,博社制毒的源头来自于本村的两个人,其中头号人物就是村支书蔡东家,他同时也是博社宗族中的核心人物,在村民中威望颇高。后来,蔡东家一个在外地闯荡的本家堂弟带回来了制毒技术,这个人叫蔡良火。

蔡良火与蔡东家一拍即合,蔡东家出资金,蔡良火出技术,兄弟俩成为博社村制贩毒品的"开山鼻祖"。

五、狼队

正在王胜利挑选精兵强将准备抵近侦查的同时,2013年10月17日,广东省公安厅成立"雷霆扫毒"行动指挥部,广东省副省长、公安厅长李春生担任总指挥,副厅长郭少波任副总指挥,省厅禁毒局主要领导为指挥组成员。

与此同时,"雷霆扫毒"汕尾统一行动前线指挥小组成立,王胜利和林毅作为核心成员,直接参与策划指挥这场行动。

首先出场的,是民警郑海泉和他的女搭档林小青。虽然林小青对三甲地区的毒情早有耳闻,但她对三甲地区尤其是博社村的情况并不熟悉。所以，在两人开车从陆丰到甲西镇的路上，郑海泉向林小青做了详细的介绍。

两人说话间，甲西镇派出所到了。郑海泉到了派出所，却不急着去侦查，而是来到甲西镇派出所所长胡海涛简陋的办公室里，泡上一壶凤凰单枞，慢悠悠闲聊起来。三个人一直从下午两点喝到太阳西下，眼看快要太阳落山了，郑海泉才带着林小青出门。

摩托车上大街奔小道，郑海泉载着林小青出了甲西镇往海边的博社村奔去。林小青紧紧搂着郑海泉的腰，把半边脸紧贴在郑海泉后背上，一副陶醉的样子，但眼神却不停地搜索着路边的稻田、荔枝和龙眼树林。

这时候，林小青发现远处树林里升腾着几柱白色烟雾，却并不像小时候看到的袅袅炊烟，而是浓烟滚滚弥散在荔枝树林里，同时，还伴有强烈的浓硫酸的刺鼻味道。

她连忙提醒郑海泉说："老郑，你看右边的荔枝林里，那是干什么的？怎么这么呛啊？"

郑海泉说："你心里默记下来吧，看看树林里有几个地方有烟。这是造冰毒化学反应产生的烟雾，因为毒性太大、味道太重，谁也不敢在村里做，都是等下午天擦黑的时候才开工，知道我为什么现在才带你来了吧？来早了根本看不到。"

说话间，郑海泉驾驶摩托车七拐八拐来到了博社村。刚进村口，立即有两三辆摩托车尾随而来。

博社村内村道狭窄，拐弯众多，第一次进入很容易迷路。郑海泉开着摩托车，按预定的侦查方向，准备秘密接近蔡良火的制毒老宅，但被尾追而来的摩托车打乱了计划。

刚到博社村委会门前，郑海泉就被一群人拦住了。拦在郑海泉面前的,还有一群龇牙咧嘴的恶狗,闻见生人的味道,此起彼伏地狂吠着。

带队的是一个二十四五岁的小青年,他是博社村的治安员,大名蔡罗,绰号罗子,既是"狼队"的头儿,也是博社青年一代的制毒高手。之前,"黄毛"就是从他手里买的毒品。

蔡罗追上来把摩托车横在郑海泉面前,冷冷地问:"你找谁?"

郑海泉也不拿正眼看他,斜睨着蔡罗,准备凭经验赌一把。他随口说:"你不认识我啊?我是甲子镇的黎腾龙,你说我找谁?"

蔡罗一听"黎腾龙"的名头,心头一震,虽然黎腾龙是个神龙见首不见尾的人物,可是在当地黑道上是有江湖地位的,一跺脚整个甲子镇都乱颤。黎腾龙在甲子镇白道黑道都吃得开,他的哥哥黎腾蛟是甲子镇有名的富豪,黎腾龙的大嫂也就是黎腾蛟的妻子蔡东梦就是博社村人,是蔡东家的堂妹。

蔡罗再看郑海泉摩托车后面坐着一个花枝招展的女子,会心一笑说:"叔啊,久仰您的大名,您跟小婶是来找蔡书记的吧?他今天到惠东去了,过两天才能回来,要不您到村委会喝个茶?"

郑海泉一看拿着黎腾龙的名头,竟然唬住了蔡罗,便扭头对林小青说:"哎呀,也怪我没提前给东家表哥打电话,白跑了一趟,那咱回去吧。"

林小青搂着郑海泉的腰,趴在郑海泉背上,头也不抬娇滴滴地说:"都说博社有名,来都来了,你带我转转呗。"

蔡罗他们正想礼送郑海泉离开,听林小青这么一说,连忙岔开说:"这都黑天了,我们这边没什么可看的啊。"

郑海泉对蔡罗说:"既然来了,你们谁带我去大祖公祠堂,我去祠堂给老祖宗上炷香!"

"前边就是，我带你过去。"刚才还有些迟疑的蔡罗，听了此话变得无比热情起来。

大祖公祠堂是博社人的内部称呼，在外界和所有文字记载中，这个蔡氏宗祠被称作源远堂。如果不是了解博社村内情的自己人，根本不知道"大祖公"是谁。

短暂的祠堂之行后，郑海泉驾车离开了。

趁林小青不注意的时候，郑海泉摸清楚了蔡良火家的位置。他还提醒林小青："看看谁家的臭水沟往外冒脏水，谁家门口堆着拆空的康泰克外包装，还有谁家门口垛着麻黄草，你用心记下来就行。"

两人赶到甲西镇派出所后，才算松了一口气。这趟侦查总算有惊无险，平稳过去了。在甲西镇派出所找胡海涛换了车，两人顾不上吃晚饭就赶回了陆丰。

第二天一早，两人分别把侦查到的情况详细向指挥部做了汇报，并在王胜利早已准备好的博社村地图上，对重点目标一一做了标记。

六、猎手

接下来，轮到"二黑子"林西岳出场了。

林西岳的任务是侦查博社村西北角靠近新饶村的大片林地。这里的山名叫地灵山，取人杰地灵的意思，博社当地人习惯叫后山。

据郑海泉和林小青的前期侦查，起码有五六处以上的野外制毒窝点藏匿在这片人杰地灵的山野丛林里。而且按照卫星地图上的信息，如果对博社动手，熟悉地形的人可以穿过地灵山逃到附近的新饶村，神不知鬼不觉地冲出包围圈。

而博社村的东南角到西南角这片靠海的区域，是大片一览无余的水网稻田,一旦收网,只要堵住博社村通往外边的几个村口道路,即可将这里团团围住。唯一有可能漏网的地方,就是村北的地灵山。连绵起伏的山岳丛林,足以掩盖一切人员的活动。

林西岳的任务有两个,一是摸清制毒窝点的位置,二是查清地灵山丛林里的道路。只要是能走人的小道,都要查清楚。

在搭档罗右江的建议下,林西岳从刑侦大队那边借来了两把收缴上来的双管霰弹猎枪,还有几十发蓝色外壳的霰弹,这都是法律上认定的管制枪支。另外,他还准备了一辆四驱越野车,遵照罗右江的嘱咐"车顶上带探照灯的那种,越张扬越好"。

车子在新饶新村停下,罗右江引导着林西岳来到村口东南方向,他指着往东的一条路说:"看着没,这条路过去就是地灵山,直线距离不到一公里就是博社村。我们只要在新饶新村这边设个卡,那就一夫当关万夫莫开,什么人都别想跑出去。你在地图上给这地方做好标记。当然,南边还有一条路,我们一会儿装作打猎的游客,穿过这片树林,步行过去踩点。车留在这里,咱俩不要走远,万一有点儿事,咱俩上车也好跑……"

两人悄悄走进山里,查清楚了博社村和新饶村连通的村路。对周边的环境侦查过后,两人又重新钻进树林,目测着与博社村的距离,沿着离博社村500米左右的距离搜索前进,很快发现几处制毒留下的痕迹……

正当两人紧张地一边往右侧望着博社村,一边往北走的时候,前方十几米远的地方,一个小伙子从一块巨石后提着个白铁桶突然站了起来,大喊一声:"干什么的?"

看来,这个年轻的制毒师是被突如其来的陌生人惊着了。

而这个正在制毒的年轻人,就是博社村"狼队"的首领蔡罗!因为林西岳和罗右江并不认识他,所以并没有感到身处险境。

冷不防的遭遇,令双方都措手不及。见林西岳和罗右江都拿着猎枪,蔡罗连忙往腰间去摸。说时迟那时快,林西岳抬手朝着自己右边头顶的树梢开了一枪,砰的一声,再次把孤身一人的蔡罗惊得打了个寒战。

也真是凑巧,林西岳的一枪果然惊起几只飞鸟,罗右江连忙埋怨说:"你看你,毛手毛脚的,鸟都让你吓跑了,白白浪费了一发子弹,咱还不赶紧追啊?看看有没有打下鸟来,别让猎物跑了。"

正在蔡罗愣神的时候,罗右江连忙持枪回头,边退边说:"不好意思啊,我这小兄弟吓着你了。也怪你,你一嗓子把我们到手的猎物给吓跑了。你忙你的,我俩追鸟去了。"

说着,罗右江抓起林西岳的胳膊,倒退着就往北撤去。

曾经多次与毒贩持枪对峙甚至持枪对射的林西岳,当然清楚蔡罗刚才摸后腰的动作意味着什么。他必须在蔡罗回过神来之前消失,也必须在博社村那边闻风而动的亡命徒们到来之前,回到新饶新村村口的越野车上。

果然,当蔡罗打电话召唤"狼队"赶到新饶新村村口时,林西岳和罗右江早已绝尘而去。

一连几天的摸排,林西岳和罗右江终于摸清了博社村险象环生的毒品交易通道。每一批冰毒制好后,蔡东家就催促着村里几个负责外销的毒贩,尽快把冰毒卖出去。蔡东家生性多疑,当有外地人慕名到村里购买冰毒时,蔡东家都是指示人先假意拒绝,但当买主失望地离开后,蔡东家就会采用兵不厌诈的伎俩,叫人马上追上去,留下来人的联系方式,随后与之交易。

七、有惊无险

在抵近侦查的过程中，最难的是针对主要制毒目标，进行一对一的位置锁定，为警方的精确打击提供准确情报。

为了查实新生代毒枭蔡镇海老屋的情况，经验丰富的郑海泉信心百倍、自告奋勇地说："我对博社那边轻车熟路，已经去过很多次了。有几个重点毒贩的家我也摸得差不多了。这次去探蔡镇海祖屋，我单枪匹马试一下，我就不信他们是龙潭虎穴。"

郑海泉已经十几次到博社村踩过点，他当然明白深入虎穴没有伙伴没有支援的危险程度。一旦侦查员身份暴露，非死即伤，因为对方干的是刀头舔血的生意。郑海泉脑子里有这根弦绷着，他不敢有任何大意。

到甲西镇胡海涛那里换了摩托车后，郑海泉换了一条进村的道路，独自一人骑着摩托车，从博社村东边的西山村，沿着瀛江边的乡间道路穿过一片片稻田，从东北角进了博社村。

不出所料，刚拐进村里不久，七八辆摩托车立即围了过来，挡住了他的去路。摩托车的后边，还跟着龇牙咧嘴的恶狗。

带头的小伙子问："干吗的？找谁啊？"

郑海泉回答："我西山村的，儿子在博社村小学读书，他放学了，我来接儿子的。"

带头的小伙子立即反驳说："胡扯，看你老成那样子，你接孙子吧？"

郑海泉一口咬定："说什么呢？就是接儿子，这不快放学了嘛。"

带头的小伙子又问："孩子叫什么？几年级几班的？"

郑海泉淡定地瞎编了一个名字："五年级一班，叫郑桂圆！"

带头的小伙子说:"那行,看你面生,我们带你去!"

"行,你们前面带路。"郑海泉不会把自己的后背留给对方,这是警察自我保护的本能。但郑海泉刚刚说完,危险的事情还是发生了,前面又有几辆摩托车围了过来。

原来,听到有外村人进村,蔡罗带着十几辆摩托车闻讯赶来。

郑海泉回头一眼就发现冲在最前面的,是他上次冒充黎腾龙时,带他去祠堂的蔡罗。

显然,蔡罗也认出了郑海泉,他大喊一声:"这个黎腾龙是假的!赶紧堵住他。"

此时,郑海泉周围有十多辆摩托车围着,蔡罗喊这一嗓子,很可能让郑海泉把命撂在这里。

老谋深算的郑海泉是何等身手?还没等蔡罗声音落地,猛地掉转摩托车头,把油门儿踩到底,一脚踢开身边的一辆摩托车,从摩托群中冲开一条出路,往西山村方向疾驰而去。等蔡罗他们反应过来,郑海泉已经开出去足足200米了。

20多辆摩托车狼群一样尾追而来,摩托车队后边,跟着嗷嗷叫的恶狗。静谧的乡村道路上腾起滚滚烟尘。尽管这些摩托车奋力追赶,却被训练有素的发疯一样逃命的郑海泉远远甩在后边。一直追到西山村的村口,他们才停止追击返回博社。

其实,郑海泉第一次带着林小青侦查时并没有暴露身份。但蔡东家第二天回到博社后,蔡罗就及时向蔡东家做了汇报。蔡东家一听就不大对味,他虽然有个堂妹蔡东梦嫁给了甲子镇的黎老大,但黎腾龙只是一个上不了台面的江湖人士,根本进不了蔡东家的法眼,平素也没什么来往,怎么会突然来博社造访呢?

蔡东家抓起电话打给了黎腾龙,黎腾龙矢口否认到过博社。蔡东家顿生狐疑,就对蔡罗说:"要是再有人冒充黎腾龙来博社,先给我扣住。要是跑,就往死里打!多长个心眼儿,最近对外来人,只要不认识的,都要严查。"

眼看郑海泉逃走了,蔡罗也没有追得太远。但蔡罗万万没有想到的是,看似狼狈逃窜的郑海泉并没有真的逃走,而是趁着夜色从西山村转了个圈儿又折返回来,就近冲入茂密的荔枝林。

郑海泉把摩托车藏好之后,又在夜色掩护下,在荔枝林里潜行了两公里,杀了个回马枪回到博社村,顺着墙边摸到了蔡镇海的老屋,对周围地形地貌查看了一番,却并没有发现任何制毒的迹象,甚至屋里连灯光都没有,黑黢黢一片。

郑海泉准备返回局里,发动摩托车的时候,他哼了一声,自言自语地说:"小兔崽子们,跟老子斗心眼儿,你们还嫩着点儿。"

八、虎落博社

蔡镇海回博社了!

郑海泉刚刚夜探博社回来不久,深圳警方突然传来一个消息。

蔡镇海是博社村在外经营的大毒枭之一,早已在省厅禁毒局挂上了号。

胆大心细的林东进带领侦查员在凌晨四点开着卡车来到博社村外,悄悄换上便装,从卡车上推下来电动摩托车,悄悄开着进入博社村踩点侦查。

电动车声音小,不会吵醒正在酣睡的村民。

几路侦查员们分乘不同的电动车,按预定的侦查方向进村,秘密接近目标,并用车上装载的记录仪、手机等摄录设备,将现场情况秘密拍摄下来,回来后交给技术人员,进行截图、定位,再次确定制毒窝点和犯罪嫌疑人的住址。

但林东进进村几次都没查到蔡镇海的踪迹,只围绕着他的住所,了解了外围的最新情况。要想拿到准确的情报,最好的办法就是守株待兔式的蹲守。但驾驶电动车进村很容易暴露目标,加上博社村内耳目重重,没多久,趁天不亮进村的侦查员也开始被"狼队"尾随追踪。民警每次都要绞尽脑汁编出各种理由,次数多了就露出了破绽。

怎么办呢?

林东进决定更换交通工具,他想好各种预案,和同事开着一辆长安之星进了博社村,准备在蔡镇海家门口的路口进行蹲守。

林东进原以为进村的时候会有人盘问,但这辆小货车也许太普通了,竟然没有引起怀疑。所以,林东进在穿过几条主要街道的时候,就一直用手机录像。那些在村里穿来穿去的摩托车,也没有围上来,这让林东进悬着的心渐渐放了下来。

但让他意想不到的是,当他们刚刚盯上从家里出来的蔡镇海,跟踪他到博社村源远堂门口小广场上的主路时,前后几辆摩托车把他的长安之星堵在了路中间。

蔡镇海在前面不慌不忙地走着,见摩托车围上来,快步绕进了一个小巷,转眼就消失得无影无踪。林东进这才意识到自己中了圈套,之前之所以没有人阻拦,是因为他们还没有走到死胡同。现在,空荡荡的街上,他们的车被两头一堵,20多辆摩托车像苍蝇一样突然从小巷子里钻了出来,好多人手里还提着木棒铁棍。

蔡罗他们一拥而上,将林东进他们团团围住。博社村的恶狗在人群之外低声吼叫着,只要主人一声令下,就会扑上去撕咬。

如果说郑海泉、林西岳他们抵近侦查,靠的是机智和对地形的熟悉,那么林东进这次进村侦查,赌的却是运气。林东进什么都想到了,但他没想到的是,他下的赌注是自己的生命。

蔡罗早已明白,这是两个落单的警察,但他并不戳穿这层窗户纸,上前敲打着副驾驶的玻璃问:"下车!下车!说吧,干吗的?"

林东进轻松地回答:"路过啊,我从甲西过来,走西山村,路过你们这里,这不是要去新饶村拉货嘛,怎么着,你们村不让路过啊。"

"路过?骗鬼呢?去新饶村走村外的路就行了,绕进村里来干什么?来偷东西的吧?"

林东进憨厚地说:"老弟,你看我这车,我就是来拉货的啊,走错路了,我骗你干吗啊?"

蔡罗懒得废话:"你把身份证拿出来,我看你这样子,可不是拉货的,你俩赶紧下来。"

林东进针锋相对:"你又不是警察,没权力查身份证,我不下来怎么着?还不让我们走了?"

蔡罗不高兴了:"我不管你是谁,你要是不下来跟我到村委会,我们可就要把车给你掀翻了。"

林东进的心思是:一旦出了车门,自己身上带着的枪和警官证肯定会被他们搜去,那就露馅儿了。

怎么办?!

在双方僵持之中,林东进的小货车果然被他们掀翻了。接下来,蔡罗他们撬开后备厢,一阵乱翻。即便如此,林东进也不敢轻易下车,一旦发生冲突,不但猛虎难敌群狼,而且很可能打草惊蛇,耽误了重大行动。

几个年轻人拿着棒子和砖头跑了过来,二话不说就朝困在车里的林东进他们劈头盖脸地打下来。

动手的人越来越多,身旁的同事一个劲儿地冲林东进使眼色,小声道:"赶紧!赶紧亮身份,不然咱俩得被他们打死。"

林东进摸了摸兜里揣着的警官证。他知道,亮出来肯定能保命,这些人胆子再大,也不至于当街杀害两个警察。但要是亮明身份,所有前期的准备工作将前功尽弃。在这种情况下,林东进既不能说自己是警察,也不能反抗。

林东进的头上和腿上接连被打了四五棒子,脸上挨了两砖头,血水模糊了双眼,眼前的一切都变成了红色。被暴打的林东进突然蜷缩起身子,一动不动躺在了驾驶室里。

林东进其实是在装昏迷,以此躲避挨打。见林东进满脸是血倒在驾驶室里,旁边的同事急眼了,几次想要掏出警官证,却被林东进死死拽住。林东进明白,这种情形之下,就算亮出身份,这些人也未必相信他们真是警察——哪有这么一声不吭挨打的警察啊?!

林东进咬紧牙关,宁可被打晕也不能暴露身份,没有百分百的把握,绝不能惊动蔡镇海。他一咬牙,翻身把同事护在身下,硬挺着。

九、危难之际

正在这时,一辆卡宴轿车停在人群外,鸣了几声喇叭之后,从车上下来一个风流倜傥的青年男子,身穿休闲西服,身后还跟着一个摩登女郎。这个男子儒雅地走到蔡罗面前,却抬起手一把死死攥住了蔡罗举着木棒的手腕,低声质问蔡罗:"你想干什么?"

蔡罗抬头看见来人,顿时低下头来,不敢辩解,轻声问:"黎大哥,你怎么来了?"

这个被喊作"黎大哥"的来人厉声问:"我不来,你就要闯下天大的祸吗？赶紧让你的人停手！"

蔡罗连忙招呼手下停手，几个手下看林东进两人被打得一身是血，也担心真出人命，连忙住手闪到了一边。

"黎大哥"蹲下身去，从口袋里掏出一方干净的手帕，递给被打得满脸是血的林东进，伸手做出一副搀扶的架势，对林东进说："这位大哥，让你受委屈了，来，我拉你出来。"

林东进一看来人制止了群殴，知道他并无恶意，便伸出手递给了来人，动身从长安之星的驾驶室里钻了出来，满脸是血地站在原地。

"黎大哥"对蔡罗说："找人把他们的车翻过来，让他们走。"

蔡罗乖乖照办了，带领几个年轻人把林东进的车翻了过来。"黎大哥"抬手拍打了几下林东进肩膀上的尘土，催促说："对不起了，你们走吧。"

林东进道声谢谢，拽开车门正准备钻进驾驶室，却突然听到了由远而近的警笛声。他知道是胡海涛来救自己了。可是，是谁搬来的救兵呢？林东进看了一眼同伴，同伴也是一脸茫然。

为了不暴露自己的身份，林东进隔着车窗高声喊着："警察同志啊，你们可来了，我就是过路拉货的司机，快救我们。"

蔡罗被摆了一道，立即火了，抡起棍子冲着林东进的车窗又砸了下去："我让你胡说八道，我让你报警！"

就在这个瞬间，蔡罗被"黎大哥"狠狠从侧面踹了一脚，瞬间倒在地上。

身材高大的胡海涛一个箭步冲上前，死死抓住身材矮小的蔡罗。"黎大哥"厉声斥责蔡罗说："当着警察的面还敢打人，你眼里还有王法吗？滚一边去！"

胡海涛也重复了一句："你眼里还有王法吗？"

蔡罗并不认识胡海涛，他对胡海涛叫嚷着："什么狗屁王法？这俩人就是胡编乱造，你别信他的。他们就是来博社干坏事的，不信你问问大伙儿，我是博社村的治安员！"

这时候，几条狗围着胡海涛龇着牙低声叫着。看到恶狗，胡海涛不由得倒退了几步。他对博社村的恶狗早有领教，只要生人进来，它们扑上去就咬，他腿上，还有两个恶狗的牙印，那是他悄悄化装进博社村侦查时，被恶狗咬的。正是因为恶狗挡道，胡海涛的那次侦查任务失败了。

派出所跟来的民警连忙上前挡住恶狗，提醒蔡罗说："这是咱们派出所新来的胡所长。"

林东进在边上不停叫屈，暗示胡海涛说："他们就是专门欺负我们过路司机的！你看他们都拿着棍子，把我们打成什么样了。你要是不信，把我们都弄到派出所去吧。"

胡海涛扭头指着林东进说："你说话得有证据啊，别诬陷好人。这样吧，你们几个都跟我到派出所去录个口供吧，把事说清楚。"

林东进说："去就去！谁怕谁怎么的！"

蔡罗不知是计，脖子一梗："去就去，谁怕谁是蹲着撒尿的。"

"那就请在场的各位告诉你们蔡东家书记，就说我带这位小兄弟去录个口供就送回来，让他放心。"说着，胡海涛把林东进和蔡罗带上了警车，又让一位警察驾驶着长安之星跟在后边。

胡海涛的警车鸣着警笛，引领着长安之星出了博社村。

离开博社村的时候，林东进擦了一把脸上快要凝固的鲜血，隔着车窗盯着远处藏在人堆里看热闹的蔡镇海，眼里几乎冒出火来，仿佛要把他镌刻进脑海里。

林东进并不知道，这个被称作"黎大哥"的人，大名黎海鹏，公开身份是佛山鹏展豪车俱乐部董事长,是甲子镇年轻一代的富豪之一。蔡罗之所以喊黎海鹏为"黎大哥",是因为黎海鹏的母亲蔡东梦,是蔡东家那一房头的堂妹。

十、意料之外

回到派出所,胡海涛指着林东进二人对派出所警察说:"把这两人单独关押起来,一会儿我再录口供,别让他们再打起来,万一伤了这位博社的兄弟,我不好跟蔡书记交差。"

直到这时,林东进悬着的心才放下来,乖乖跟着胡海涛进了看押室。一进门,林东进腿肚子一软就晕了过去。

胡海涛连忙叫人来给林东进搭档俩包扎,自己去讯问蔡罗了。

为了把戏做足不让其他人看出破绽,胡海涛把林东进留在了暂押室里,叮嘱其他民警说:"我亲自讯问这两个货车司机,没我命令谁也不准进暂押室。给他俩抱两床被子来,他们受了伤,别再冻出个好歹来。"

对于胡海涛的讯问,蔡罗没有任何防备。他知道,用不了多久,蔡东家书记就会来捞他的。所以,有关"狼队"的人员结构、数量、职能等情况,他基本向胡海涛亮出了家底。

没费什么力气就套出了想要的情报,这是出乎胡海涛预料的。

但同样让胡海涛出乎意料的是,他问起"黎大哥"的情况时,蔡罗却一口咬死说,自己不认识什么"黎大哥",跟他说话的开卡宴的人是过路的,他也不认识。

第二天早上天刚亮,蔡东家就来到派出所,直接来到胡海涛的办公室,面带微笑地将一个报纸包着的长方条包包扔在了胡海涛桌子上:"胡所长,头一次见面,给你条烟抽,不成敬意啊。蔡罗那小子不懂事,跟过路的人搞了点儿口角，没什么事吧？要是没什么事，我就把人领走了。"

胡海涛抓起纸包，掂量了一下，心照不宣地顺手放进抽屉里，满脸堆笑地说："劳蔡书记大驾亲临，怎么好意思啊。蔡罗老弟正在吃早餐，我正准备等他吃完饭派车把老弟送回博社呢。您放心，跟他干架的那个大个子我审了，就是个拉货过路的，两人拌了几句嘴，动了几下手，伤势不太严重，还在暂押室里面关着呢。您看怎么处理好呢？"

"怎么处理你看着办吧，我哪敢帮你这大所长做主呢，我只管带走我蔡家的孩子。"

蔡东家说完，背着手转身走出派出所大门，蔡罗乖乖跟在他的身后。

随后，蔡东家拿来的那包东西，胡海涛连封都没有拆，直接交到陆丰市公安局纪委了。

十一、关键讯问

胡海涛和林东进已经查清楚，蔡镇海这次回博社村，是回来谈一笔原料生意的。

然而，水泼不进针插不进的博社村，可谓铁板一块，办案民警穷尽了一切办法，都无法在博社村安插进任何特情。

怎么突破呢？

林毅想到了一个人。

一个月前，林毅他们抓住了博社贩毒团伙中的外围人员范建，当场缴获冰毒16公斤。从量刑的角度上讲，这意味着死刑。

范建自知罪孽深重在劫难逃，所以落网后他拒不开口，试图撬开他嘴巴的预审员都铩羽而归。林毅赶到看守所时，范建刚经过了一番车轮战式的讯问，而且谈到他参与家族式制毒时情绪起伏很大。预审员担忧地对林毅说:"此时提审,肯定不是时候。"

但时间不等人,为了顺利拿下范建,林毅只好硬着头皮说:"我试试,这么大老远跑来,总要见一面。"

预审员答应了。

林毅跟在预审员身后,穿过重重铁门,进到监舍内一个管教干部的房间。看到有人进来,范建视若无睹,头不抬、眼不睁,装作养神的样子。显然,他的防范意识极强。

劝说已然无用,只能打他个措手不及,才有可能拿下他。林毅将事先准备好的一袋苹果和一盒春茶放在范建面前的桌子上,说道:"我只跟你说三句话,三句话说完,如果你再不开口,我立即走人,绝不纠缠。"

范建抬了一下眼皮,没吭声,但他还是扫了一眼桌上的东西。想必他已然明了,这苹果代表着平平安安,而那茶叶的名字叫"顶上春芽",发新芽的寓意也很明显。

不等范建开口,林毅先扔出了生死的问题:"第一,我为什么抓你,你清楚。今天我不跟你探讨制毒贩毒问题,我只想知道,你是想死,还是想活?你给我个准话。死有死的办法,活有活的办法,你这条命的生杀大权在我们手里,也在你自己手里,想要什么结果你看着办。"

说到这里,林毅停顿了一下,观察着范建的表情。但范建脸上根本没有表情。

林毅只好接着说:"第二,我不是来讯问你的,我只是来告诉你,我们准备端掉博社,凡是博社参与制毒的,都要全部打掉。如果我们真把博社端了,你这16公斤搁在博社村连个零头都算不上。我知道你不是博社人,但你的儿子和外甥现在都还租住在博社呢,对吧?我还可以告诉你一个数据,我们已经掌握了博社村108个制毒点,就看你想不想保住他们的性命了。你要是帮我们指认一下你知道的制毒窝点，就属于法定的重大立功表现，我们可以向法院提交说明。第三……"

还没等林毅说出第三条，范建抬起头说了一个字："行！"

林毅大喜过望，但表面上仍装出一副无所谓的样子说："知道你上午刚做完讯问笔录，累了，好好休息一下，好好回忆一下。今天不谈了，明天拿出一整天，咱们好好聊。"

说完，林毅扭头就走。

第二天，林毅与范建在看守所里，在高墙铁网下对着早已准备好的博社村的卫星地图，聊了整整一天。范建对博社村内的道路、制毒点、藏毒点，以及他所知道的制毒人员，逐一进行了指认。

与此同时，为了确定犯罪嫌疑人蔡东家、蔡良火等主犯的家庭准确住址，广东省公安厅禁毒局为一线侦查人员提供了无人机、热感成像等技术装备，对博社村内及周边可疑制毒场点进行航拍侦查。

梳理完所有涉毒人员之后，省公安厅禁毒局协调专业部门，采取高科技侦查手段，对蔡东家等团伙主犯展开24小时监控。

侦查成果很快显现出来：博社村每家每户常住几口人，谁家参与制毒，谁家参与贩毒，谁长期在外地，谁长期住在村里，甚至每家制毒的数量，都摸得清清楚楚了。

十二、斩获"左膀"

广东省公安厅和汕尾、陆丰三级公安机关，经过两个月的明察暗访，基本摸清了陆丰三甲地区和博社村的制贩毒品情况，锁定了以蔡东家、蔡良火、蔡镇海为首的犯罪团伙。下一步，是制定战斗策略，一网打尽还是各个击破呢？

"先扫清外围，再集中突破！包他们的饺子。"李春生定下了"雷霆扫毒"行动的总基调。

2013年12月12日，广东省公安厅禁毒局副局长王胜利等人，在惠州盯住了蔡东家的堂弟蔡良火，发现蔡良火在惠州两个制毒场地制成大量氯胺酮和少量冰毒，正准备出手贩卖。

进入临战状态的郭少波请示李春生："二号人物蔡良火在惠州制毒，正准备出货，量不大，人数不多。抓，还是不抓？"

"证据扎实不扎实？会不会打草惊蛇？能捂住不跑风吗？"李春生问了三个问题。

郭少波回答得干脆利索："证据扎实，不会跑风，肯定捂住！"

李春生果断下达命令："那就先砍掉蔡东家的左膀！"

坐镇汕尾前线指挥的郭少波立即指挥严阵以待的惠州、汕尾警方，迅速联合收网。警方在惠州抓获蔡良火等犯罪嫌疑人16名，缴获毒品冰毒1公斤、氯胺酮171公斤。

1公斤冰毒，顶多算是样品。这个数量，让警方既沮丧又踏实。沮丧的是，制毒元老蔡良火这次冰毒数量做得太少了。踏实的是，捂住这么点儿毒品，不会引发大的震动，也不至于引起博社那边太多的连锁反应。

果然，惠州的动作悄无声息，博社那边除了蔡良火家人知道一点儿情况外，博社村的一切制贩毒品的活动，都在有条不紊地照常进行。

十三、三年等待

接下来，轮到身在深圳的"三峡渔夫"程煜奎给蔡镇海下钓钩了。

自从蔡镇海2010年来到深圳买房开始，就进入了深圳市公安局刑警支队缉毒处副处长程煜奎的视野。差不多三年过去了，看似打盹儿的程煜奎，一直睁一只眼闭一只眼盯着蔡镇海。

善于跟警方斗智的蔡镇海，绝对不是省油的灯。他在深圳罗湖区的一个花园小区买了一套房子，天天优哉游哉过着神仙日子。除了春节、清明节等重要节日，蔡镇海会回博社村待一段时间之外，其他时候他经常窝在深圳。在深圳期间，蔡镇海不与外界发生联系，甚至很少通电话，每天下楼遛弯、买菜、购物，活像一个循规蹈矩的寓公。

在深圳没有任何动作的蔡镇海，一旦回到陆丰，却犹如虎入丛林龙归大海，在博社村掀起惊涛骇浪。陆丰警方传来的信息，令程煜奎也不寒而栗：在往返于深圳和陆丰之间的三年时间里，蔡镇海不但成为陆丰制毒界的代表，而且是仅次于蔡东家、蔡良火的制毒首领级人物。

陆丰警方传来蔡镇海的准确消息是：2009年，蔡镇海出资与他人合伙制造冰毒，一次性获利41万元后移师深圳。

2012年清明节，蔡镇海表面上从深圳回博社祭祖，暗地里他悄悄潜入陆丰市甲西镇西山村的几个制毒窝点。他买了50公斤麻黄素，回到博社村的祖屋后，造出10公斤冰毒，并用部分冰毒当作货款，抵给了麻黄素的卖家。

2013年10月，蔡镇海决心赌一把大的，他以每吨两万元的价格，购买了8吨麻黄草，藏在了博社村的老屋内，准备春节前造一批毒品出来。

案发后，据公诉机关统计，蔡镇海制造、贩卖的冰毒高达38公斤。

蔡镇海制毒，需要购买原材料麻黄素。而为蔡镇海提供原材料的上家叫关成栋。

除了从关成栋那里买麻黄素制毒，蔡镇海还主动帮助关成栋推销麻黄素。其中一单买卖，蔡镇海就介绍关成栋以每桶210万元的价格，贩卖出去37桶麻黄素。按照业内规矩，蔡镇海一次性从关成栋手里拿到60万元好处费。

关成栋买卖麻黄素，早被陆丰警方盯上了。2011年8月12日，陆丰警方发现两个买家开车跑到关成栋家，将后备厢里的几个蛇皮袋子交给了关成栋的父亲关子雄。早已蹲守多时的陆丰市公安局特别行动大队民警冲进关成栋家，打开蛇皮袋子后，连见多识广的民警都惊得目瞪口呆：蛇皮袋子里面全是成捆的百元大钞，从银行抱来验钞机一查，整整4670万元。

警方当场将关子雄连人带钱送到了看守所。

警方讯问之后更是大吃一惊，原来，这4670万元并非全部毒款，仅仅是那37桶麻黄素的余款。

当然，这些关于蔡镇海和关成栋的情况，都是真相大白之后，程煜奎才知道的细节。而在2013年12月21日，程煜奎带领深圳刑警支队缉毒处的民警夏辉、江峰等人，准备对蔡镇海动手时，当时掌握到的线索，仅仅是蔡镇海从博社回到深圳后，蛰伏多年的他突然跟卖家频频接头。

程煜奎断定，蔡镇海可能手里有毒品要出手。

程煜奎将这个情报及时汇报给省厅禁毒局后，立即接到省厅禁毒局的指令：组织警力蹲守，只要蔡镇海一出手，立即抓捕。

盯了三年都没有结果，这次蔡镇海终于要出手了。出门前，程煜奎叫来他的手下夏辉、江峰，指着禁毒支队墙上蔡镇海的照片说："这是蔡镇海，你们用心记下来，从三年前他来深圳，这张照片就在这面墙上，一直没摘下来。蔡镇海是压在你们奎叔心上的石头，也是我们禁毒警察的耻辱。今天，搬开石头、洗刷耻辱的时候终于到了。"

听了这话,夏辉、江峰几个年轻人脸上直发烧。他们摩拳擦掌对程煜奎说:"这趟再逮不着这个家伙,我们几个就没脸回来!"

十四、把软肋亮给毒枭

到了深圳市罗湖区某花园小区,程煜奎他们通过前期侦查,从容地来到蔡镇海购买的房子,也就是这栋居民楼的1002号。从对面楼上观察,程煜奎发现902号和1002号的窗户全开着。

蔡镇海是个狡兔三窟的家伙,为防止打草惊蛇,程煜奎决定先从902入手,打听楼上住的究竟是不是蔡镇海。

程煜奎带队蹲守了六个多小时,发现蔡镇海上楼后,再也没有出来。最后,程煜奎决定敲山震虎,他走进楼门刚敲了两下902的门,门就砰的一声从里面打开了。当程煜奎看到开门者的一刹那间,头皮一下就麻了:此人正是蔡镇海!

照片在墙上钉了三年,程煜奎做梦都能梦见蔡镇海的样子。

程煜奎一下子明白了,三年来,蔡镇海买下1002房间,自己却租住在楼下的902房间,平时楼上的房间给手下住着,为的就是给自己留好逃跑的机会。

因为只是抵近侦查,程煜奎和夏辉、江峰根本没带枪。干过刑警的都知道,赤手空拳遭遇一名持枪毒枭,就跟碰上困在笼子里的野兽没什么两样,对方指定玩儿命。

程煜奎大脑突然一片空白,原来想好的对话全都不管用了,脑子里只剩下三个字:怎么办?

两人足足对视了十秒钟。蔡镇海突然见到陌生来客,也万分警觉。两人的脑门上都冒出细密的汗珠,蔡镇海的右手开始慢慢地靠向身后。

陆丰同行早就提醒过：蔡镇海手里可能有枪！

此时，程煜奎手上哪怕有个烧火棍，都会冲上去拿下这小子。可他和两个小兄弟两手空空，如果冒险强攻，肯定会遭到暴力反抗，何况程煜奎还不知道屋里到底什么情况。蔡镇海一旦有同伙在，别说抓人，程煜奎和两个小兄弟的命，没准儿都得搭进去。

时间已经不容程煜奎再考虑了，反正蔡镇海已怀疑程煜奎他们的身份了，程煜奎决定冒险赌一把。

程煜奎从怀里掏出警官证，故意压低声音说："我们是派出所的，听说一个叫关成栋的人最近要来深圳，可能住在这一带，上面让我们挨家挨户查一查。"

蔡镇海见程煜奎并没认出自己，而且抓的是关成栋，紧张的神情略有缓和，那只摸向身后的手不自然地抬起来，挠了挠头说："我不认识这个人。"

说着，蔡镇海就要关门。

程煜奎一把拽住房门，故意把蔡镇海扒拉到一边，摆出一副目中无人、牛气烘烘的架势说："既然来了，我们就得进去看看，不然不好回去交差。"

程煜奎不由分说地冲进屋里东翻翻西敲敲，四处查看发现没有别人后，故意不回头，却大声嚷着问后边的夏辉、江峰："你们是不是搞错了？这里没有什么关成栋啊。"

夏辉、江峰站在门外，像门神一样守住了门口。

看到程煜奎根本没把他放在眼里，蔡镇海也虚张声势，口气强硬地吼道："都告诉你们了，我不认识什么关成栋，你们听不懂中国话啊！"

其实，此时程煜奎的神经都快绷断了。都在演戏，就看谁演得像，谁能从心理上战胜对方。

程煜奎随即装出一副很失望的样子,掏出手机拨了一个号码说:"喂,所长啊,你这什么破线索,根本没什么关成栋啊。你们就别上来了,等我问完话马上下去,准备撤吧。"

挂断电话,程煜奎不耐烦地对蔡镇海说:"你也真够倒霉的,摊上关成栋这么个惹事的邻居,你还得帮我们回去做个材料。对了,你叫啥名来着?"

说着,程煜奎把手伸到后腰上,假装拿手铐,想试探蔡镇海的反应。蔡镇海顿时紧张地说:"我叫蔡西家。"与此同时,蔡镇海的那只手又不由自主地摸向身后。

看他这种谨慎的自卫反应,程煜奎把手缩了回来,不耐烦地对蔡镇海摆摆手说:"算啦算啦,你也不是我们要抓的人,用不着给你戴手铐了。你跟我们走一趟,下楼做个笔录就可以回来了。"

这时,程煜奎已经断定,蔡镇海的身后指定藏着家伙,不是刀,就是枪。

见程煜奎满不在乎的样子,蔡镇海皱起眉头,又把手缩回来,一脸委屈地说:"关成栋的事儿跟我有什么关系?再说,要出门总得让我换身衣服,把窗户关上吧。"

程煜奎更不耐烦了:"就几分钟的事,换啥换!赶紧跟我去吧,外面还有不少人等着我呢。"说完,程煜奎扭过头,拉着夏辉和江峰就往门外走。

程煜奎把夏辉、江峰推在前面,故意把自己的后背亮给了蔡镇海。

这个举动,大大出乎蔡镇海的意料。略有常识的人都知道,后背是搏击时的软肋,把后背留给敌人是大忌。要么这警察傻,要么真没把蔡镇海当回事儿。

"快点儿吧,楼下还有司机接应呢。别让他们等急了跑上来,多麻烦啊!"程煜奎一边出门摁电梯,一边嚷嚷着。

蔡镇海只好跟着出门。

十五、秘密工厂

电梯门开了,程煜奎走在前面,身后就是蔡镇海,谁也不知道下一秒会发生什么。程煜奎趁蔡镇海还未踏入电梯,先悄悄摁了一下30楼的按钮,电梯没有直接下楼,而是悄悄升到了30层。当电梯停下来,电梯门开的时候,程煜奎的后背已经被冷汗湿透了。

刚一出电梯口,蔡镇海一愣,马上又去摸自己的后腰。这时候,夏辉和江峰一左一右,立刻把蔡镇海死死地摁在地上,迅速从腰里拽出手铐,利索地把蔡镇海铐了起来。

这时,蔡镇海还心存侥幸地吵嚷着说:"你们抓错人了! 我不是关成栋!"

程煜奎扳过蔡镇海的脑袋,盯着他的眼睛一字一句地说:"蔡镇海,老子抓的就是你!"

紧接着,夏辉从蔡镇海的腰间搜出了一把一尺多长的折叠弹簧刀。

但是,搜遍蔡镇海全身,除了那把刀,蔡镇海身上并未携带毒品。事后讯问证实,当时蔡镇海刚刚完成毒品交易回到家。

程煜奎之所以把蔡镇海引到30层抓获,是因为他们在侦查期间发现蔡镇海经常乘坐电梯到达30层,最近还有几个不明身份的人住在这里。程煜奎判断,位于30层的3001房间,极有可能是蔡镇海的制毒窝点,所以他决定带着蔡镇海锁住铁证。

然而,3001房间铁门紧闭,而且设了两道高科技门锁,一道是电子门锁,一道是罕见的指纹锁。

摁着蔡镇海的手指头，第一道指纹锁很快打开，但第二道门的电子锁，怎么也打不开。程煜奎他们逼问蔡镇海密码，蔡镇海却装成死猪一样牙关紧闭。

程煜奎当机立断："把破拆组给我叫来！"

破拆组赶到后，随着新型电子防盗门的轰然倒掉，出现在程煜奎眼前的，是一个设备齐全、流程完整的化学实验室，里面还有几个呆若木鸡、坐以待毙的制毒师。经验老到的程煜奎从屋里的味道就能判断出，这是一个制造麻古的秘密工厂。

果然，警方在这间密室里缴获冰毒95克、麻古944克。看到搜出来的毒品，刚才还牙关紧闭、腰杆硬挺的蔡镇海，此时顿感天旋地转，瘫软在地上。

拿下蔡镇海，再抓他的同伙就容易多了。五天后，蔡镇海的主要同伙相继落网，程煜奎他们有效掐断了他们与蔡东家的联络。

此时的蔡东家，因为不经常与蔡镇海联系，并没感到危险的来临。这么多年来，蔡东家一直坐在火药桶上，对于些许的风吹草动，早已麻木了。

十六、娘子军团

在铁证面前，铁齿铜牙的蔡镇海表现出他人性中不堪一击的一面。最终，蔡镇海供出了冰毒原料的提供人关成栋。

在蔡镇海供述之后，藏身在深圳的关成栋和他销售麻黄素团伙的六个犯罪嫌疑人被抓捕归案。

关成栋家在甲子镇，他不是蔡氏家族的成员，没有必要为蔡镇海和蔡东家背黑锅。他很快交代了将大量麻黄素等原材料卖给蔡镇海和蔡东家的所有细节。

让专案组都大跌眼镜的是,关成栋竹筒倒豆子一般,交代出一系列惊天内幕,还将一张张黑保护伞撑开在讯问人员面前。

当年,为了救出被陆丰警方羁押的父亲关子雄,关成栋慷慨解囊,拿出了540万元给了在陆丰当地担任商会会长的中间人。其中部分以现金和物品的形式,先后送给了时任陆丰市公安局的几位领导以及陆丰市看守所所长及相关办案人员。

案发后,关成栋的父亲关子雄因行贿罪、包庇罪被判处有期徒刑17年。

关成栋贩卖麻黄素,不仅把父亲拉下水,而且全家上阵转移毒赃,也纷纷落入法网。关成栋的两个亲妹妹、没什么文化的发妻,甚至女朋友也就是"二房夫人"黄榕,都因为帮助关成栋窝藏、转移毒品犯罪所得,被警方缉捕。

关成栋是三甲地区贩卖制毒原材料的大户之一,其中的利润空间大到难以想象,甚至数以亿计。那么,关成栋赚的这么多钱都哪里去了呢?

警方通过缜密侦查,在关成栋的妹妹家里,找到了堆在仓库里的2460万元现金。除此之外,他的妹妹还帮助关成栋购买多处房产,同时用自己的银行账户为关成栋管理资金,通过开设酒庄、投资公司等方式把赃钱洗白。

风流倜傥、帅气英俊的关成栋,年轻时因为家境一般,父母给他娶了一个文化程度不高又相貌平平的农村老婆,但他发达之后,并没有抛弃自己的发妻,而是出了一大笔钱,在老家给妻子建造了一栋七层的楼房。

在对待发妻这一点上,关成栋的难兄难弟蔡镇海也不甘落后,他大手一挥甩给妻子一笔巨款。而蔡镇海的妻子在理财方面也是绝顶聪明,除了在陆丰市区买下一处房产外,还学着蔡东家的办法,在甲子镇上买下一块4680平方米的土地,坐等蔡镇海制毒赚钱后,在这里开发楼盘洗钱上岸,梦想过以后的好日子。

然而,好日子并没有等来,厄运却如影随形。

十七、擒贼先擒王

一边是紧锣密鼓的暗中收网,一边是毒枭们最后的狂欢。蔡东家和博社的制毒者们并没有感受黑云压城城欲摧的紧迫。对于蔡良火和蔡镇海的落网,蔡东家都认为是这两个小兄弟不听他的话,离开博社到外地制毒,失去了他的庇护,才倒霉撞到外地警察的枪口上。

即便埋怨这俩不听话的本家兄弟,蔡东家也不能扔下他们不管。在蔡东家眼里,蔡家兄弟犯事儿他去捞人,是他蔡东家作为博社村老大的本分。

他当然想不到,此时警方的侦查已经进入收尾阶段。经过3个月艰苦细致的摸排调查,加上各种高科技手段综合完成的精密航拍图,以及侦查员入村调查的情报,博社村内的所有制毒窝点被准确定位,各个制贩毒团伙成员的动向也被严密监控,一张围捕的大网正静悄悄打开。

万事俱备只欠东风,李春生一锤定音:2014年元旦前,在陆丰博社村打响"雷霆扫毒"攻坚战。

既然蔡东家的左膀右臂蔡良火、蔡镇海等人已经落网,下一步的目标就瞄准蔡东家本人了。2013年12月28日,在"雷霆扫毒"战役打响的前一天,根据事先安排,李春生坐镇广东省公安厅掌控全局,郭少波前往陆丰前线指挥部统一指挥，王均科、邱伟、王胜利等人，分头组织协调各地区抽调的民警，多路进击，围剿博社。

擒贼先擒王，蔡东家是这次行动的一号人物。郭少波把陆丰当地的党委、政府及警方人员，统一请到了设在陆丰市公安局的前线指挥部。他果断地当场确定行动步骤，先期诱捕蔡东家，为12月29日凌晨大部队行动扫清障碍。

蔡东家是村支书，逮捕他最便捷的办法当然是以开会的名义，把蔡东家调出博社村，在会场上进行诱捕。随即，在前线指挥部的统一安排之下，28日中午，蔡东家接到甲西镇党委的通知，要求蔡东家下午到甲西镇党委开会。

蔡东家满口答应下来。

十八、突发情况

王胜利带队到达甲西镇，在会场内外埋伏下数十名警察，只等蔡东家入网。

但是，荷枪实弹张网以待的王胜利，却没有等到蔡东家，而是等来了博社村的一个副书记。

王胜利急眼了："你们蔡东家书记呢？怎么没来啊？"

博社村副书记见这个穿着藏蓝色夹克的陌生人一脸冷峻威严，心里打鼓，回答得却也实在："书记让我代表他来听会，他说他下午有事，要出去一趟，去哪儿他也没告诉我啊。"

王胜利的第一个反应是，蔡东家很可能嗅出了危险，要逃！

毕竟，在博社搞这么大的行动，从公安部、广东省公安厅到汕尾、陆丰甚至甲西镇，准备了几个月时间，保密的难度太大了。一旦计划泄露，蔡东家漏网，博社一战就会留下天大的遗憾。

"查！动用一切手段，立即查出蔡东家的动向！"王胜利下达指令。

蔡东家到底在哪儿？

时间一分一秒地过去，直到12月28日下午5点，前方侦查人员才传来准确消息：蔡东家开车离开陆丰，沿着深汕高速往惠州、深圳方向去了。

"不管是逃跑，还是碰巧外出，务必抓获蔡东家，确保雷霆扫毒行动圆满成功。"李春生听完郭少波汇报后，果断做出指示。

郭少波立即打电话给正在紧张协调布置任务的王胜利："你马上把手头儿工作交给邱伟，立即带队追捕蔡东家，决不能让蔡东家漏网！"

大战在即，突然被委以外出抓捕任务，这让王胜利十分意外。但他不敢怠慢，将手上的任务一揽子交给禁毒局政委邱伟，转身带着几名身边的民警紧急召开碰头会，布置追捕蔡东家的任务。

蔡东家突然开车前往惠州、深圳方向，到底是逃跑，还是有要事要办？经过迅速的研判，王胜利和战友们分析出三条意见：

一是蔡东家得知蔡良火在惠州落网，蔡镇海在深圳被捕，他很可能嗅到危险仓皇外逃。但按照常规思维，蔡东家不可能往危险的惠州、深圳方向逃走，而是应该朝相对安全的汕头方向逃窜。

二是如果蔡东家要逃跑，最好的方向是出海逃跑，他从甲子港分分钟就可以乘坐渔船逃出去，走陆路逃跑是个笨办法。

三是蔡东家很可能是去惠州和深圳捞人，因为蔡东家是博社村的老大，他的主要任务之一，就是捞出博社村因制毒落水的兄弟，维护他的权威。

王胜利他们最后的研判结果是，蔡东家之所以往惠州和深圳方向而去，最大的可能是去捞人了。因为蔡良火在惠州落网，蔡镇海在深圳落网,他一定得到了消息。

此时蔡东家的座驾,正在深汕高速上飞驰。王胜利果断决策:"密切注意蔡东家的停靠轨迹,派出一队人员跟踪追击,但要远距离地跟着,先按兵不动以免打草惊蛇。做好两手准备:要是他在惠州停下来,就盯死他,等把博社围起来之后,一起行动。要是他继续别的方向跑,那就守好各个高速卡口,立即拦截。通知惠州和几个高速卡口,马上做好准备!"

随即,王胜利带了助手从甲西镇上了深汕高速,追踪蔡东家而去。

显然,只有王胜利他们几个人,不足以保证成功围捕蔡东家,只能急调惠州禁毒同行配合。在夜色笼罩的高速上,王胜利打电话给惠州禁毒同行,安排他们沿途对蔡东家进行监控。但是,电话那边传来紧急消息说:"按照省厅的统一安排,惠州禁毒民警已经集结,正秘密赶往陆丰三甲地区,高速上没法儿掉头啊。"

怎么办?这次围猎博社,省厅统一要求保密。而追捕蔡东家,更是绝密行动,不能出半点儿纰漏,更不能走漏任何消息。

王胜利急中生智,把电话打给了惠州市局领导:"请你从惠州市公安局刑警支队急调一队精干民警,协助我搞个突发案子。"

惠州市局领导早已知道王胜利正在前线指挥扫毒行动,但却想不到他会在临战之前,突然跑到惠州来。虽然心存疑问,但既然王胜利不明说,就不便过多询问,必须迅速安排刑侦和技侦部门,立即盯上刚刚到达惠州高速出口的蔡东家的车子。

十九、拿下"堡主"

王胜利安排完毕之后,紧急状况又出现了。快到惠州的时候,王胜利的车被堵在了惠州海湾大桥上。急如烈火的王胜利眼看前面堵成了疙瘩，却不敢让司机鸣笛，而是自己从车上跑下来，往前跑了500多米，才看清原来是出了车祸。王胜利立即现场指挥调度，将十几台出事车辆挪到路边，迅速疏解交通后，高速路上的车龙才缓缓移动起来。

王胜利刚上车，惠州那边就传来了好消息："目标车辆从惠州高速下来后，进入惠州城，现在停在了华斯顿国际酒店停车场。根据酒店的入住信息显示，这一行入住的有五人，其中一人就是蔡东家。"

王胜利悬着的心放了下来，在赶往惠州的路上，他电话指挥惠州刑侦支队的战友，立即布置警力包围酒店，严密监视蔡东家的动向，不让他离开酒店半步，随时准备抓捕。

王胜利带队到达酒店后，惠州市公安局刑侦支队民警组成的抓捕组已经严阵以待。王胜利现场制定抓捕计划，在向省厅指挥部汇报后，李春生指示，在29日凌晨博社的行动开始之前，先抓住蔡东家。

就在3000名警察荷枪实弹围猎博社的同时，蔡东家也在进行着他的围猎。而且，蔡东家围猎的对象不是别人，正是我们的缉毒警察，他所用的武器不是枪支，而是成捆的现金。

蔡东家一行五人果然是来捞蔡良火的。根据情报，王胜利知道蔡东家此刻正在围猎的对象是谁，而且此人现在正在酒店房间里跟蔡东家讨价还价，但他不想立即带队冲进去，把这个警察中的败类和蔡东家一起捂住，他想给同行身上的那身警服留点儿面子。

眼见自己的同行离开蔡东家位于11层的客房，看看腕上的手表指向29日凌晨1点，王胜利果断下达命令："动手！"

荷枪实弹的抓捕组用事先准备好的门禁卡，在1108房门锁上一刷，绿灯闪烁，抓捕组民警猛推房门冲进房间，王胜利上去就将正斜躺在床边看电视的蔡东家摁倒在床上,其他几个惠州刑警将房间里另外两个人摁在了地毯上。

王胜利一把扳过蔡东家的脸问:"叫什么名字?"

蔡东家愣神的同时回答说:"蔡东家!"

王胜利一手摁着蔡东家的头,一手掏出手机对比着手机上的图像。果然,长方脸,朝天鼻,肯定是蔡东家无疑。

与此同时,其他房间里蔡东家的同伙也被顺利控制。惠州刑警从蔡东家的房间里找到一个拉杆箱,箱子里满满当当全是10万元一捆的现金。民警数了数,整整70万元。

王胜利拨通了陆丰前线指挥部的电话,向郭少波汇报说:"蔡东家搞定了!"

郭少波兴奋地说:"你再说一遍! 你确定你拿下了蔡东家?"

"咔嚓,拿下!"王胜利激动地挥着手,又在电话里重复了两遍。

"好! 拿下蔡东家,'雷霆扫毒'成功了一半! 我马上报告春生同志,请他下达最后作战命令!"郭少波说完,立即把电话打给了李春生。

2013年12月29日凌晨4时整,广东省公安厅指挥中心大厅内灯火通明,巨大的电子显示屏上闪动着各地民警进入阵地前蓄势待发的态势,指挥大厅里的所有人都睁大了眼睛,现场出奇地安静,每个人只能听到自己的心跳。

广东省副省长、公安厅厅长李春生也同大家一样,表情凝重地等待着前方的消息。突然,李春生桌前的红色座机响了起来,三声之后,李春生抓起电话,听完后轻轻地放下,然后清了清嗓子,压抑着自己的兴奋,大声说:"我宣布,'雷霆扫毒'收网行动,现在开始!"

此时,王胜利守着蔡东家,也用手机终端收听到了李春生的命令。

他拿着手机打开免提，蔡东家同时听到了这个令他心惊肉跳的消息。

蔡东家当然清楚，博社这个由他亲手构筑起来的制毒堡垒，会在天亮之时土崩瓦解。也是在这个瞬间，他的心理防线开始崩塌。

二十、神兵天降

2013年12月29日凌晨4时整，随着李春生发出的收网号令，茫茫夜色之中，数条长龙突然启动马达，所有车辆都没有打远光灯，而是开着近光灯，悄无声息地呈扇形向南海边的博社村聚拢而去。

头一次参战的林友江，紧跟在邱伟政委身后，趁着夜色检查参战的各支队伍。天色蒙蒙亮时，他被眼前的阵势惊呆了：他的视野里全是黑压压一片荷枪实弹的警察。

仅仅四个地级市的公安局，就出动了3000警力，同时对博社村展开包围。每个指挥员手里都有明确的制贩毒团伙的重点人物的名单和坐标，只要按图索骥，集中清剿收网即可。

虽然公安、武警、边防部队同时集结，海陆空联合作战，海上有快艇，天上有直升机，但"雷霆扫毒"围猎的制贩毒分子们，手上有手雷，还有AK47突击步枪，甚至还有一个炸药制造窝点。博社村就像一个火药桶，冲突一触即发，一旦发生枪战，两万博社人的性命堪忧，战友们的性命堪忧。

在林友江眼里，这是一场海陆空全方位展开的围猎行动。地面上，3000名警力组成了109个抓捕小组，每个小组在防暴犬、缉毒犬的引领下，悄悄从集结地域向沉睡的博社村挺进。进入博社村后，各抓捕小组向各自的目标展开突击。

博社村突然响起了此起彼伏的狗叫声，那尖厉的叫声撕心裂肺般刺耳！

而警察们的亲密战友防暴犬、缉毒犬却根本不叫，双眼冒火一样奋力拱着身子往前冲，仿佛要挣脱警察们手中死死拽着的绳子。

当天空出现鱼肚白时，博社村的村民被狗叫声吵醒的同时，也被天空中突然飞来的两架直升机惊呆了。看着直升机上的警徽，博社村民们慌作一团，不知所措。他们并不清楚，这是广东省公安厅首次装备的警用直升机。好钢用在刀刃上，李春生拍板，警用直升机头一次在广东亮剑，就是飞临博社上空。

直升机上传来高空喊话："你们已经被包围了，无路可逃，立即投案自首，不要围观，不要聚集，如有违法行为，警方将依法处置。"

博社村距离海岸只有2.5公里，为了防止犯罪嫌疑人走水路逃脱，广东省公安厅组织的边防快艇队，早已在博社村南部海域设卡清查，做好拦截准备。很多村民注意到，村子远处的海面上，突然出现了许多边防快艇，堵住了出海的通路。快艇在海面上巡逻穿梭，此时，连一只海鸟都飞不出去。

村内，河源抓捕小组拿着地图挨家挨户破门而入，冲着慌乱的犯罪嫌疑人喊："都举起手来！""趴下！""趴下！"

呈现在民警视野中的，是黑暗的冰毒结晶房。在房间的一侧，摆放着六七个白色的制毒大铁桶，全部是正在结晶的冰毒。虽然对博社的制毒情况早已了解，但办案民警还是被现场的情况惊呆了，以前查到的毒品都是几公斤、几十公斤，在一户人家里见到数百公斤的冰毒，缉毒警察们也是头一次见。

民警一看制毒工具，便拽起装傻充愣的老汉问："这是做什么的，你知道吗？"

老汉回答说："我不知道，我种田的。"

或许是为了证明自己是种田的,老汉顺手抓起一把锄头。

民警一看锄头更火了:"你骗鬼呢？ 你锄头都是生锈的,怎么种庄稼？"

这个老汉顿时蔫了。

让人惊讶的是,在这些贩卖毒品的违法分子中,警方查获毒品量最大的毒枭,竟然不是缉捕重点蔡东家、蔡良火和蔡镇海等人,而是一个只有27岁的小伙子。尽管他也是这次收网行动要抓捕的重点对象之一,但警方没料到这个不显山不露水的年轻人竟然能做到这种程度。

这个小伙子家在博社村共有六栋楼房,每栋造价都在三四百万元左右,都是家族靠制贩毒品建起来的。

二十一、法网恢恢

失去蔡东家的博社村,成了群龙无首的乌合之众。"狼队"首领蔡罗听到异常的响动后,连忙打电话给蔡东家,却怎么也接不通。他的家在博社村靠近瀛江的东南角,熟悉地形的蔡罗清楚,进入博社村一般都要从博社北部的公路开始推进,如果大部队展开,会从北面呈扇形向东西两个方向包抄,不可能从南边的水网地带围过来。

蔡罗爬上楼顶四下一望,只见全村内外已经布满了黑压压的警察,南面的海上有快艇游弋穿梭,头顶盘旋着的直升机正在喊话。他跑下楼去发动摩托车,但摩托车轰响之后,他才想到这是徒劳的,此时的他已经无处遁逃,跑出门去只能一头扎进警察的包围圈。

蔡罗神色黯然地熄了车回到房间,静静地拿出一瓶白酒,咕咚咕咚喝掉了大半瓶。又拿出一个装满冰毒的注射器,朝着自己已经满是疤痕的大腿扎去。

与此同时，林东进带领一队来自汕头的战友，朝着蔡罗家的三层楼房围拢而来。本来指挥部并没有动用本地警力组织围剿，但林东进多次进村侦查，他忘不了那场含泪带血的围殴，加上他主动请战，领导便命令林东进配合汕头警方组成的抓捕小组一起行动。

汕头抓捕小组的带队警察，是二十七八岁的汕头禁毒支队民警杨一鹏，小伙子精干帅气、剑眉豹目，胸肌和肱二头肌几乎将警服撑满。杨一鹏刚从刑警转行干禁毒，新鲜劲儿还没过去，又赶上这场大行动，听说被围猎的这个小子是打伤战友的蔡罗，他热血沸腾地跟着林东进进了蔡罗家，准备连人带货一锅端。

进门之后的杨一鹏和林东进却傻眼了，蔡罗家里空无一人，只留下成堆的毒品和现金，还有刚刚用过的注射器，甚至连蔡罗的手机也扔在注射器边上。

光天化日之下，这个狡猾的蔡罗难道人间蒸发了吗？

杨一鹏闪动了一下鼻翼，就闻出了浓浓的酒味，他断定蔡罗一定跑不远，连忙让同事牵着缉毒犬进来。但是，查遍蔡罗家里的楼上楼下，竟没有查到任何蔡罗的踪迹。最后，缉毒犬从蔡罗家跑出来，在瀛江边狂吠不止。杨一鹏和林东进寻踪追迹来到江边，抬头望着平静的瀛江，却什么也没有发现。

回到蔡罗家，林东进和杨一鹏上上下下、前前后后又搜了几圈儿，依然没有搜到蔡罗的踪迹，只好失望地撤出来，继续围捕其他毒枭。

此时的博社村犹如陷入一张巨网，抓捕小组按照地图坐标搜索着每一个房间。很多正在梦中酣睡的毒枭被当场摁在床上，而那些正在结晶的冰毒，以及藏在各个角落里成袋的冰毒和成堆的现金，被警察和警犬一件件搜了出来，整齐排列在大街上。

这场神兵天降的突袭，在太阳升起时已大获全胜。18个特大制贩毒团伙的182名成员，被一个个套上头套，带到了博社村委会门前的长街上。77个制毒工场和1个炸药制造窝点被捣毁，警方现场缴获冰毒2925公斤、K粉260公斤、制毒原料23吨，各种枪支9支、子弹62发。

告别博社时，杨一鹏握着林东进的手安慰说："老兄，别灰心，这个蔡罗就是跑到天涯海角，也有落网的那一天！以后汕头那边有什么事情，请联系我！"

告别杨一鹏，林东进在村口遇到了陪同工作组前来接管博社的胡海涛。看着垂头丧气的林东进，胡海涛猜出个八九不离十："老林，没抓着那小子吗？"

"没有！"林东进不愿多说。

"他跑不了！总有一天会落在我们手里。"胡海涛安慰说。

（原载《啄木鸟》2019年10—12期）